LE PRÉSIDENT A DISPARU

Né à New York en 1947, James Patterson publie son premier roman en 1977. La même année, il obtient l'Edgar Award du roman policier. Il est aujourd'hui l'auteur le plus lu au monde. Plusieurs de ses thrillers ont été adaptés à l'écran.

Né en 1946, Bill Clinton est le 42e président des États-Unis, de 1993 à 2001.

BILL CLINTON
JAMES PATTERSON

*Le Président
a disparu*

ROMAN TRADUIT DE L'ANGLAIS (ÉTATS-UNIS)
PAR DOMINIQUE DEFERT, CAROLE DELPORTE
ET SAMUEL TODD

JC LATTÈS

Titre original :
THE PRESIDENT IS MISSING
Publié par Little, Brown and Company,
une division de Hachette Book Group, Inc., et
Alfred A. Knopf, une division de Penguin Random House LLC.

Les personnages et les situations décrits dans ce livre étant
purement fictifs, toute ressemblance avec des personnes
ou des situations existantes ou ayant existé
ne saurait être que fortuite.

Un grand merci à Robert Barnett, notre avocat et ami, qui nous a mis en relation pour écrire ce livre. Il nous a conseillés, stimulés, et parfois aussi un peu secoués.

Merci aussi à David Ellis, toujours si patient et avisé, pour nous avoir accompagnés dans nos recherches, ainsi que pour le synopsis et les très nombreux brouillons. Cette histoire ne serait pas la même sans le concours et l'inspiration de David.

À Hillary Clinton, pour ses encouragements, et pour avoir été l'exemple vivant que ces cyberattaques ne sont pas une vue de l'esprit et qu'il ne faut jamais baisser la garde.

À Sue Solie Patterson, qui a eu l'art de nous critiquer et de nous soutenir, souvent dans un même élan.

À Mary Jordan, qui a su garder la tête froide quand tout le monde paniquait.

À Deneen Howell et Michael O'Connor, grâce à qui nous avons tenu nos engagements et nos délais.

À Tina Flournoy et Steve Rinehart, qui ont aidé le plus novice de nous deux à mener ce projet à bout.

Et aux hommes et aux femmes du Secret Service, ainsi qu'à toutes les personnes de la police, de l'armée, du renseignement et de la diplomatie, qui se dévouent pour que nous vivions dans un pays sûr.

JEUDI 10 MAI

1

— La séance de la Commission d'enquête est ouverte…

Les requins rôdent, attirés par l'odeur du sang. Treize, pour être exact. Huit du parti de l'opposition et cinq de mon propre camp. Une attaque à laquelle je me suis préparé avec mes avocats et mes conseillers. Mais j'ai appris une chose à mes dépens : même parfaitement entraîné, peu de stratégies de défense résistent à ce genre de prédateurs. Et, à un moment donné, on n'a plus le choix : il faut se jeter à l'eau.

Ne faites pas ça, m'a supplié hier soir ma chef de cabinet, Carolyn Brock, pour la centième fois. Ne vous approchez pas de cette Commission d'enquête. Vous avez tout à perdre. Et rien à gagner.

Vous ne pouvez pas répondre à leurs questions, monsieur.

Ce serait la fin de votre présidence.

Je scrute les treize visages face à moi. Treize membres de l'Inquisition moderne assis côte à côte autour d'une longue table. Au milieu, l'homme aux

cheveux gris, derrière la plaque M. RHODES, s'éclaircit la gorge.

Lester Rhodes, le président de la Chambre des
représentants, ne participe jamais aux auditions.
Pourtant, il a fait une exception pour cette Commission d'enquête spéciale, dont il a lui-même choisi les
membres parmi ses partisans au Congrès. L'objectif
premier de ces hommes est de me détruire, tant sur le
plan politique que personnel. La barbarie de la course
au pouvoir est vieille comme le monde, mais certains
de mes adversaires me haïssent vraiment. M'écarter de la présidence ne leur suffit pas. Ils ne seront
satisfaits que lorsque j'aurai été emprisonné, écartelé
et rayé des livres d'Histoire. Bon sang, s'ils le pouvaient, ces types seraient capables de brûler ma maison en Caroline du Nord et de cracher sur la tombe
de ma femme.

Je déroule le fil du micro. Je ne veux pas avoir à
me pencher pour parler aux membres de la Commission, assis bien droits sur leurs sièges en cuir, tels des
souverains sur leurs trônes. Cette posture me ferait
paraître soumis – un message subliminal indiquant que
je suis à leur merci.

Je suis seul à mon pupitre. Pas de conseillers, pas
d'avocats, pas de notes.

Le peuple américain ne me verra pas discuter à
voix basse avec mon avocat, la main sur mon micro,
avant de répondre : « Je n'ai aucun souvenir de cet
événement. » Pas question de me cacher. Je ne devrais
pas me trouver ici. Je n'ai aucune envie de subir un
interrogatoire, pourtant me voici. Moi, le président des
États-Unis, seul face à mes accusateurs.

Dans un coin de la salle, le triumvirat de mes alliés : Carolyn Brock, ma chef de cabinet ; Danny Akers, mon conseiller juridique à la Maison Blanche et ami d'enfance ; et Jenny Brickman, ma chef de cabinet adjointe et conseillère politique. Tous trois sont assis, stoïques, impassibles. Et inquiets. Aucun d'eux ne voulait me voir témoigner. Ils en sont arrivés à la conclusion que ce serait la plus grande erreur de ma présidence.

Pourtant, je suis là. Et c'est le moment fatidique. Nous allons bientôt savoir s'ils avaient raison.

— Monsieur le Président…

— Monsieur le président de la Chambre…

La session peut débuter de différentes manières. Un discours pompeux de Rhodes déguisé en interrogatoire ou une série de simples questions introductives. Mais d'après les vidéos de Lester Rhodes en train de cuisiner un témoin, quand il n'était encore qu'un simple parlementaire à la Commission de contrôle, il est évident qu'il aime frapper fort, et viser la jugulaire. Depuis que Michael Dukakis a loupé l'ouverture du débat sur la peine de mort en 1988, tout le monde sait qu'il ne faut jamais rater son entrée. Sinon, c'est la seule image que le monde retiendra de vous.

Rhodes adoptera-t-il la même tactique avec un président en exercice ?

Bien évidemment.

— Président Duncan, dites-moi, depuis quand protégeons-nous des terroristes ?

— Ce n'est pas le cas !

Sa question m'a tellement surpris que j'ai failli lui couper la parole. Je reprends plus posément :

— Mon gouvernement ne protège pas les criminels. Et ne le fera jamais. Pas tant que je serai président.

— En êtes-vous certain ?

C'est une plaisanterie ? Je sens mes joues s'enflammer. À peine une minute d'interrogatoire, et il a déjà réussi à me déstabiliser.

— Monsieur le président de la Chambre, soyons bien clairs sur ce point. Nous ne protégeons aucun terroriste.

Rhodes fait mine de réfléchir.

— Eh bien, monsieur le Président, nous avons peut-être un problème de terminologie. Considérez-vous les Fils du Djihad comme une organisation terroriste ?

— Bien sûr.

Mes conseillers m'ont recommandé d'éviter les « bien sûr ». Ça peut paraître condescendant dans certains contextes.

— Et ce groupuscule bénéficie du soutien de la Russie, n'est-ce pas ?

— En effet. Nous avons condamné le soutien de la Russie aux Fils du Djihad comme aux autres organisations terroristes.

— Les Fils du Djihad ont commis des actes terroristes sur trois continents, c'est bien cela ?

— C'est exact.

— Ils sont donc responsables de la mort de milliers de personnes ?

— Oui.

— Y compris des Américains ?

— Absolument.

— L'explosion de l'hôtel Bellwood Arms de

Bruxelles a fait cinquante-sept victimes, dont une délégation de parlementaires californiens. Et le piratage informatique du trafic aérien en république de Géorgie a provoqué le crash de trois avions. Dans l'un d'eux se trouvait l'ambassadeur de Géorgie aux États-Unis.

— Ces attentats se sont produits avant ma présidence, mais en effet, les Fils du Djihad les ont revendiqués.

— D'accord, alors revenons à des événements qui ont eu lieu sous *votre* présidence. Il y a deux mois, les Fils du Djihad ont piraté le réseau informatique de l'armée israélienne et divulgué des informations confidentielles sur des agents secrets et des mouvements de troupes. Le confirmez-vous ?

— Tout à fait.

— Et ici même, en Amérique du Nord, pas plus tard que la semaine dernière – vendredi 4 mai, pour être précis –, les Fils du Djihad ont commis un nouvel acte terroriste en prenant le contrôle du métro de Toronto. Ils ont fait dérailler un train. Bilan : dix-sept morts, des dizaines de blessés, et des milliers de personnes errant dans le noir des heures durant.

Effectivement, les FDD sont responsables de ce drame. Et les chiffres de Rhodes sont exacts. Il se trompe néanmoins sur un point. Il ne s'agissait pas d'un acte terroriste. Mais d'une simple répétition.

— Quatre des victimes de Toronto étaient américaines, n'est-ce pas ?

— Absolument. Les Fils du Djihad n'ont pas revendiqué cet attentat, mais nous les tenons pour responsables.

15

Il hoche la tête, consulte ses notes.

— Monsieur le Président, le leader de ce groupuscule terroriste est un homme répondant au nom de Suliman Cindoruk ?

Nous y voilà.

— C'est le chef des FDD.

— On peut dire que c'est le cyberterroriste le plus dangereux et le plus actif du monde ?

— On peut le dire, oui.

— Un musulman d'origine turque ?

— Il est turc, mais pas musulman. C'est un nationaliste laïc, qui combat l'influence de l'Occident sur les pays d'Europe centrale et du Sud-Est. Son djihad n'a rien à voir avec la religion.

— Si vous le dites.

— C'est ce qu'affirment toutes les agences de renseignement que j'ai consultées. Vous avez également lu les rapports, monsieur le président de la Chambre. Si vous voulez transformer cette bataille en croisade islamophobe, libre à vous, mais ça ne rendra pas notre pays plus sûr.

Rhodes a un sourire ironique.

— En tout cas, c'est le terroriste le plus recherché de la planète.

— Nos services le recherchent activement. Comme tous ceux qui menacent notre pays.

Rhodes se tait. Comme s'il hésitait à répéter : *En êtes-vous sûr ?* S'il le fait, il me faudra un gros effort de volonté pour ne pas renverser mon pupitre et lui sauter à la gorge.

— Donc, pour qu'on soit bien d'accord... Les États-Unis veulent capturer Suliman Cindoruk.

— Inutile de clarifier ce point. Nous traquons Cindoruk depuis dix ans. Nous ne nous arrêterons que le jour où il croupira derrière les barreaux. Est-ce suffisamment clair pour vous ?

— Eh bien, monsieur le Président, avec tout le respect que…

Je l'interromps :

— Quand vous débutez une phrase de cette manière, c'est pour poser une question déplacée. Peu importe vos convictions, monsieur le président de la Chambre, j'attends de vous le plus grand respect. Pas seulement pour moi, mais pour tous les hommes et les femmes qui consacrent leur vie à combattre le terrorisme et à protéger notre pays. Nous ne sommes pas parfaits, nous ne le serons jamais. Mais nous faisons tous de notre mieux. (Je balaie l'air de la main.) Allez-y, posez votre question.

Mon cœur bat à tout rompre. Je prends une grande inspiration et observe mes conseillers à la dérobée. Jenny hoche la tête : elle veut que je sois plus agressif avec notre nouveau président de la Chambre. Danny reste impassible. Carolyn, ma formidable chef de cabinet, est penchée en avant, coudes sur les genoux, mains jointes sous le menton. S'ils étaient juges olympiques, Jenny m'attribuerait un 9 pour cet éclat, mais Carolyn ne me donnerait même pas 5.

— Je ne vous laisserai pas remettre mon patriotisme en question, monsieur le Président, réplique mon adversaire. Les Américains sont très inquiets depuis ce qui s'est passé en Algérie la semaine dernière, un sujet que nous n'avons pas encore abordé.

17

Nos compatriotes ont le droit de savoir de quel côté vous êtes.

— De quel côté je suis ?

Je m'avance brusquement, manquant renverser mon micro.

— Je suis du côté du peuple américain ! Quelle question !

— Monsieur le Prés…

— Je suis du côté des gens qui travaillent dur pour protéger notre pays ! Des gens qui ne sont pas obsédés par leur plan de carrière et qui ne courent pas après les honneurs. Et qui ne peuvent pas se défendre quand ils sont sous le feu de la critique. Voilà de quel côté je suis !

— Président Duncan, je suis de tout cœur avec les hommes et les femmes qui se battent pour défendre notre nation. Il ne s'agit pas d'eux. Il s'agit de vous, monsieur. Et ce n'est pas un jeu. Cette situation ne m'amuse pas plus que vous, je vous assure.

En d'autres circonstances, j'aurais éclaté de rire. Lester Rhodes attendait visiblement cette audition avec l'impatience d'un étudiant à l'approche de son vingt et unième anniversaire.

Ce n'est qu'une mascarade. Rhodes a dépêché cette Commission uniquement pour mettre en lumière des actes graves ayant eu lieu sous ma présidence et m'assigner à comparaître devant la Commission judiciaire de la Chambre, la seule apte à destituer le président des États-Unis. Les huit membres du Congrès de son parti appartiennent tous à des districts acquis à leur cause. Même s'ils baissaient leur froc au beau milieu de l'audition, ils seraient non seulement réélus dans deux ans, mais feraient campagne sans opposants.

Mes conseillers avaient raison. Les preuves rassemblées contre moi n'ont aucune importance, les jeux sont déjà faits.

Je commence à perdre patience :

— Posez-moi votre question. Et finissons-en avec cette comédie.

Du coin de l'œil, je vois Danny grimacer et chuchoter quelques mots à l'oreille de Carolyn, qui hoche la tête, imperturbable. Danny n'a pas aimé mon commentaire sur la comédie. Ni mes reparties musclées. Il m'a pourtant prévenu : l'agressivité fait « très mauvais genre » et donne au Congrès une raison valable de poursuivre ses investigations.

Il n'a pas tort. Mais il ne connaît pas toute l'histoire. Contrairement à Carolyn, il n'est pas habilité à être informé des détails. Si c'était le cas, il verrait la situation différemment. Il serait au courant de la menace qui pèse sur notre pays. Une menace d'une ampleur inimaginable, qui m'a poussé à prendre des mesures sans précédent.

— Monsieur le Président, avez-vous appelé Suliman Cindoruk le dimanche 29 avril de cette année ? Il y a une dizaine de jours, avez-vous oui ou non contacté le terroriste le plus recherché du monde ?

— Monsieur le président de la Chambre, comme je l'ai déjà dit à de nombreuses reprises, et comme vous le savez certainement, tout ce qui se rapporte à la sécurité nationale est classé secret défense. Le peuple américain comprend parfaitement que, pour assurer sa protection et mener notre politique étrangère, nous dirigeons des opérations complexes, que l'on ne peut dévoiler au grand public. Pas par goût du secret, mais par devoir. C'est la prérogative du pouvoir exécutif.

Rhodes va sûrement rétorquer que la « prérogative de l'exécutif » ne s'applique pas à des informations classées secret défense. Danny Akers, mon conseiller juridique à la Maison Blanche, affirme que je peux remporter cette bataille, car il est question ici de mon autorité constitutionnelle dans le domaine des affaires étrangères.

Pourtant, en prononçant ces paroles, je n'en mène pas large. Mais si je n'invoque pas cette prérogative, d'après Danny, je vais être obligé de répondre à la question : ai-je téléphoné à Suliman Cindoruk, l'homme le plus recherché de la planète ?

Ce qui est impossible.

— Eh bien, monsieur le Président, je crois que le peuple américain ne se satisfera pas de cette réponse.

Eh bien, je ne crois pas que le peuple américain vous considère comme un grand représentant de la Chambre. Vous n'avez d'ailleurs pas été élu à ce poste, n'est-ce pas ? Vous avez obtenu à peine quatre-vingt mille votes dans le troisième district de l'Indiana. Moi, j'ai rassemblé soixante-quatre millions de suffrages. Vos partisans vous ont érigé en leader parce que vous avez levé des fonds importants pour eux, et leur avez promis ma tête au bout d'une pique.

Ce petit laïus ne passerait sûrement pas bien à la télévision.

— Donc, vous ne niez pas avoir téléphoné à Suliman Cindoruk le 29 avril dernier ?

— J'ai déjà répondu à cette question.

— Non, monsieur le Président, absolument pas. Savez-vous que le journal français *Le Monde* a publié des registres d'appels, ainsi que les déclarations d'une source anonyme, qui indiquent que vous avez parlé à Suliman Cindoruk le 29 avril dernier ? Vous étiez au courant ?

— J'ai lu l'article.

— Alors, niez-vous avoir eu cette conversation téléphonique ?

— Je vous ferai la même réponse que tout à l'heure. Je n'ai pas l'intention d'en débattre. Je ne peux commenter aucune action liée à la sécurité nationale. C'est classé secret défense.

— Monsieur le Président, si c'est à la une d'un des plus grands journaux européens, ce n'est plus un secret pour personne.

— Ma réponse reste la même.

Bon sang, je passe pour un sale con. Pire, pour un avocat.

— *Le Monde* rapporte que… (Il lève le journal.) « Le président américain Jonathan Duncan a organisé un rendez-vous téléphonique avec Suliman Cindoruk, leader des Fils du Djihad, l'un des criminels les plus recherchés au monde, pour trouver un terrain d'entente avec le groupuscule terroriste. » Démentez-vous ces allégations, monsieur le Président ?

Ma parole, il joue au chat et à la souris avec moi ! J'ai les mains liées, et il le sait.

— Je me suis déjà exprimé à ce propos. Je ne vais pas me répéter.

— La Maison Blanche n'a fait aucune déclaration au sujet de l'article du *Monde*. Ni dans un sens ni dans l'autre.

— En effet.

— Suliman Cindoruk, en revanche, a réagi. Il a posté une vidéo qui dit en substance : « Le président peut toujours me supplier. Je n'aurai aucune pitié pour les Américains. » Ce sont bien ses paroles ?

— Effectivement.

— En réponse, la Maison Blanche a publié un bref communiqué : « Les États-Unis ne répondront pas aux divagations d'un terroriste. »

— C'est exact. Nous ne le ferons pas.

— Avez-vous imploré la pitié de Suliman, monsieur le Président ?

Jenny s'arrache presque les cheveux. Elle n'a pas non plus connaissance de tous les éléments, mais elle veut que je me défende. *Si vous ne rendez pas les coups, ne montez pas sur le ring. Ils ne feront qu'une bouchée de vous.*

Et elle a raison. En ce moment, Lester Rhodes agite son mouchoir rouge sous mon nez, et je reste sans réaction.

— Vous secouez la tête, monsieur le Président. Est-ce un non ? Juste pour être clair : vous niez avoir supplié Suliman Cindoruk de…

— Les États-Unis n'ont jamais supplié personne.

— D'accord. Donc, quand il affirme que vous l'avez s…

— Et les États-Unis ne supplieront jamais personne ! C'est clair ? Vous voulez que je le répète une troisième fois ?

— Eh bien, si vous ne l'avez pas supplié…

— Question suivante.

— Lui avez-vous demandé gentiment de ne pas nous attaquer ?

J'articule lentement, en tentant de garder mon calme :

— Question… suivante.

Il consulte de nouveau ses notes avant de déclarer :

— Mon temps de parole est bientôt terminé. Je n'ai plus que deux ou trois questions.

Cet interrogatoire touche à sa fin. Mais il en reste douze autres ! Avec des adversaires au taquet, prêts à me bombarder de questions pièges.

Rhodes est aussi connu pour ses ouvertures fracassantes que pour ses plaidoyers finaux. Mais j'imagine ce qu'il va me demander. Et il sait que je ne pourrai pas répondre.

— Monsieur le Président, revenons à ce qui s'est passé le mardi 1er mai. En Algérie.

Soit il y a un peu plus d'une semaine.

— Le mardi 1er mai dernier, un groupe de séparatistes pro-Ukrainien et anti-Russe a pris d'assaut une ferme dans le nord de l'Algérie, où il pensait trouver Suliman Cindoruk. Il s'avère que le terroriste se cachait bien là. Les séparatistes ont attaqué la ferme dans l'intention de le tuer… Ils ont pourtant été stoppés, monsieur le Président. Par un commando des Forces spéciales et de la CIA. Et Cindoruk en a profité pour s'échapper.

Je reste de marbre.

— Avez-vous ordonné cette contre-attaque, monsieur le Président ? Et si oui, pourquoi ? Pourquoi le président des États-Unis ordonnerait-il à des soldats américains de sauver la vie d'un terroriste ?

2

— Le président de la Chambre donne la parole à M. Kearns, représentant de l'Ohio.

Je me pince le nez, luttant contre la fatigue. La semaine dernière, je n'ai dormi que quelques heures. Et la gymnastique mentale, consistant à se défendre avec une main liée dans le dos, est éprouvante. En plus, je suis à bout de nerfs. C'est une perte de temps. J'observe mon nouvel interlocuteur. Mike Kearns est président de la Commission judiciaire et le protégé de Lester Rhodes. Il porte des nœuds papillons pour se donner un air intelligent. Pour ma part, il m'est arrivé de lire des post-it plus intéressants que lui.

Mais ce type sait mener un interrogatoire. Il a été procureur fédéral pendant des années avant de se jeter dans l'arène politique. À son tableau de chasse figurent deux P-DG de grands groupes pharmaceutiques et un ancien gouverneur.

— Arrêter les terroristes est une affaire de sécurité nationale, monsieur le Président. Vous en conviendrez ?

— Tout à fait.

— Donc, tout citoyen américain qui perturberait l'arrestation de terroristes serait coupable de trahison ?

— Absolument.

— Et il serait condamné pour acte de trahison ?

— C'est aux avocats et aux tribunaux d'en décider.

Nous sommes tous deux avocats, mais il sait très bien où je veux en venir.

— Si un président américain contrecarrait l'arrestation d'un terroriste, ce serait une transgression grave, passible d'*impeachment*, vous ne croyez pas ?

Gerald Ford déclarait que les actes passibles de destitution dépendaient de l'humeur de la Chambre des représentants.

— Ce n'est pas à moi d'en décider, monsieur Kearns.

Il hoche la tête.

— Non, en effet. Tout à l'heure, vous avez refusé de nous dire si vous aviez ordonné aux Forces spéciales de stopper une attaque contre Suliman Cindoruk en Algérie.

— Je le répète, monsieur Kearns, c'est une affaire de sécurité nationale, classée secret défense.

— D'après le *New York Times*, vous avez eu accès à des informations confidentielles indiquant qu'un groupe séparatiste anti-Russe avait localisé Cindoruk et voulait l'éliminer.

— J'ai eu accès à ces informations, je le reconnais.

Tôt ou tard, tous les présidents ont à prendre des décisions difficiles, et impopulaires, du moins à court terme. Mais étant donné les enjeux, on doit faire ce qui est juste, et espérer qu'un jour le vent de la politique sera de nouveau favorable. C'est notre devoir.

— Monsieur le Président, connaissez-vous le titre 18, section 798 du Code des États-Unis ?

— Je ne connais pas tout le Code par cœur, monsieur Kearns, mais je crois que vous faites référence à l'*Espionage Act*.

— Absolument, monsieur le Président. Dans la partie qui nous concerne, il est stipulé que l'utilisation d'informations préjudiciables à la sécurité ou à l'intérêt des États-Unis est un crime fédéral. C'est bien cela ?

— Votre résumé me paraît exact, monsieur Kearns.

— Un président qui se sert de données confidentielles pour protéger un terroriste entre-t-il dans ce cas de figure ?

Pas d'après mon conseiller juridique. Il affirme que la section en question ne s'applique pas au président. Cela serait une tout autre lecture de l'*Espionage Act*. Selon Danny, un président peut déclassifier n'importe quelle information.

Ça n'a aucune importance. Même si je voulais me lancer dans un débat juridique sur les champs d'application de l'*Espionage Act* – ce que je n'ai aucune intention de faire –, la Commission peut m'accuser d'autre chose. Il n'est pas nécessaire que j'aie commis un crime.

J'ai protégé les États-Unis. Malheureusement, je ne peux pas le crier haut et fort.

— Je peux seulement vous affirmer que j'ai toujours agi dans l'intérêt de mon pays. Et que je continuerai à le faire.

Du coin de l'œil, je vois Carolyn lire un message sur son téléphone, et pianoter une réponse. Je l'observe pour savoir si elle a reçu des nouvelles. Un appel du général Burke au commandement central ? Du sous-secrétaire à la Défense ? De l'unité spéciale antiterroriste ? Nous avons beaucoup de monde sur les dents, prêts à réagir à l'attaque imminente. Le couperet peut tomber à tout moment. Nous pensons – nous espérons – avoir encore au moins un jour. Mais en réalité, à l'heure qu'il est, nous n'avons aucune certitude. Nous devons rester sur le qui-vive…

— Et contacter les leaders de Daech, c'est aussi pour protéger notre pays ?

Sa question me ramène brutalement à cette audition.

— Quoi ? De quoi parlez-vous ? Je n'ai jamais appelé les leaders de Daech. Qu'est-ce que le groupe État islamique vient faire là-dedans ?

Avant même de terminer ma phrase, je me rends compte de ma bourde. J'aimerais ravaler mes paroles, mais c'est trop tard. Kearns a profité d'un moment d'inattention.

— Oh ! Alors quand je vous demande si vous avez contacté Daech, vous le niez catégoriquement, mais quand le président de la Chambre vous demande si vous avez appelé Suliman Cindoruk, vous brandissez la prérogative de l'exécutif. Je pense que les Américains sauront en tirer les conclusions qui s'imposent.

Je soupire et jette un coup d'œil à Carolyn, qui conserve son expression impassible, même si je décèle un *Je-vous-l'avais-dit* dans son regard.

28

— Monsieur Kearns, encore une fois, c'est une question de sécurité nationale. On n'est pas en train de jouer au chat et à la souris. Il s'agit de sujets graves. Quand vous serez décidé à me poser une question sérieuse, je serai tout disposé à vous répondre.

— Un Américain est mort dans le désastre algérien, monsieur le Président. Un agent de la CIA du nom de Nathan Cromartie a perdu la vie en tentant d'empêcher ce groupe armé de tuer Suliman Cindoruk. Je pense que le peuple américain est d'accord avec vous sur ce point : cette affaire est très grave.

— Nathan Cromartie est un héros. L'Amérique est en deuil. Je suis en deuil.

— Vous avez entendu le témoignage de sa mère.

Bien sûr. Comme tout le monde. Après l'échec de la mission en Algérie, nous pensions pouvoir étouffer l'affaire. Personne ne devait être au courant de cette opération. Mais le commando séparatiste a posté sur Internet la vidéo d'un Américain mort, et Clara Cromartie n'a pas mis longtemps à identifier son fils, Nathan. Elle a aussi découvert qu'il travaillait pour la CIA. Un vrai fiasco. Les journalistes se sont jetés sur elle, et quelques heures plus tard, elle exigeait de savoir pourquoi son fils s'était sacrifié pour protéger un terroriste responsable de la mort de centaines d'innocents. Aveuglée par le chagrin, elle a quasiment écrit le scénario de l'audition d'aujourd'hui.

— Vous ne croyez pas que vous devez des réponses à la famille Cromartie, monsieur le Président ?

— Nathan Cromartie est un héros, je le répète. C'était un patriote. Il comprenait, comme tous les

Américains, que ce qui touche à la sécurité nationale ne peut être débattu sur la place publique. J'ai parlé à Mme Cromartie, et je suis profondément désolé de ce qui est arrivé à son fils. Je ne ferai aucun autre commentaire.

— Mais avec le recul, monsieur le Président, reconnaissez-vous que votre politique de négociation avec les terroristes est un échec ?

— Je ne négocie pas avec les terroristes !

— Comment appelez-vous cette stratégie alors ? Contacter personnellement un terroriste, pactiser avec l'ennemi…

— Je ne pact…

Les lumières clignotent au-dessus de nos têtes. Cette interruption provoque quelques grognements. Carolyn Brock se redresse et fronce les sourcils.

Kearns profite de la confusion pour poursuivre sa diatribe.

— Nous savons tous, monsieur le Président, que vous privilégiez la voie diplomatique à la démonstration de force. Vous préférez discuter avec les criminels…

Je sens ma frustration monter. La simplification de Kearns illustre parfaitement les déviances de la politique.

— Non, ce que j'ai dit et répété, c'est qu'il faut toujours chercher une solution pacifique à un conflit. Le dialogue n'est pas synonyme de défaite. D'ailleurs, est-ce que nous sommes là pour discuter de politique étrangère, monsieur Kearns ? Je ne voudrais surtout pas interrompre cette chasse aux sorcières par une conversation intéressante.

Je regarde Carolyn, qui pince les lèvres. Entorse exceptionnelle à son expression impénétrable.

— Vous parlez de dialogue. Moi, j'appelle ça pactiser avec l'ennemi.

— Je ne pactise pas ! Et j'emploierai la force si nécessaire ! Mais l'intervention armée, c'est pour moi le dernier recours. C'est sûrement difficile à comprendre pour un fils à papa qui a passé ses années d'étude à siffler des bières avec ses copains de fraternité et à prêter serment devant des sociétés secrètes ridicules. Pendant ce temps, moi, j'affrontais l'ennemi sur le champ de bataille. Je réfléchirai longuement avant d'envoyer nos fils et nos filles au combat, monsieur Kearns, parce que j'ai été l'un de ces fils, et que je mesure le danger.

Jenny s'est avancée. Elle en veut encore. Elle me presse toujours de donner des détails sur mes années de service. *Racontez-leur votre expérience. Rappelez-leur que vous avez été prisonnier de guerre. Parlez de vos blessures, de la torture.* Ça a été un sujet de désaccord tout au long de la campagne. Mes hauts faits militaires avaient un impact très favorable dans tous les sondages. Si je les avais laissés faire, mes conseillers n'auraient parlé que de ça ! Mais je n'ai jamais cédé. Certains sujets sont trop personnels.

— Avez-vous terminé, monsieur le…

— Non, je n'ai pas terminé. Je l'ai déjà expliqué aux représentants de la Chambre : je ne peux pas témoigner. Vous auriez pu répondre : « D'accord, monsieur le Président. Nous sommes patriotes, nous aussi, et nous respectons votre action, même si n'avons pas tous les tenants et les aboutissants. » Mais c'était au-delà de vos forces, non ? Vous n'avez pas pu résister à l'envie de me chercher des poux. Alors laissez-moi vous répéter officiellement ce que je vous ai déjà dit en privé. Je ne répondrai à aucune question sur mes conversations, mes décisions ou mes actes, car cela mettrait notre nation en danger. Et si je dois perdre mon poste pour protéger mon pays, qu'il en soit ainsi. Mais ne vous méprenez pas. L'intérêt et la sûreté des États-Unis ont toujours été, et seront toujours, ma priorité.

Mon interlocuteur paraît déstabilisé par mon attaque. Il est cependant satisfait d'avoir réussi à me faire sortir de mes gonds. Alors que j'essaie de retrouver mon calme, il consulte ses notes, mais je ne lui laisse pas le temps de relancer l'offensive.

— Quelle est la décision la plus difficile que vous avez prise cette semaine, monsieur Kearns ? Quel nœud papillon porter pour cette audition ? De quel côté placer cette mèche ridicule qui ne masque rien de votre calvitie ? Moi, j'ai veillé au bien-être du peuple américain. Je dois prendre des décisions, sans avoir toutes les cartes en main. Parfois, les solutions sont toutes franchement merdiques, alors j'opte pour la moins mauvaise. Bien sûr, je me demande si j'ai fait le bon choix, et si cela va régler le problème au bout du compte. Mais je ne peux pas toujours en être sûr. Alors j'agis en mon âme et conscience. Je vis avec les conséquences. Et je dois aussi supporter les critiques d'un parti opportuniste qui pousse son pion sur l'échiquier sans connaître l'ensemble des éléments, et sans avoir la moindre idée du danger qu'il fait courir à notre nation.

Je prends une grande inspiration avant de conclure :

— Monsieur Kearns, j'adorerais discuter de mes choix avec vous. Pourtant, dans l'intérêt des Américains, cela doit rester confidentiel. Vous le savez déjà, bien évidemment. Mais vous n'avez pas pu résister à l'envie de vous faire mousser.

Danny lève les mains pour me signaler qu'il est temps de faire une pause.

— Ouais, vous savez quoi ? Tu as raison, Danny, on arrête tout. J'en ai ma claque. C'est terminé.

J'envoie valdinguer le micro et je renverse le pupitre en me levant.

— J'ai pigé, Carrie. C'est une mauvaise idée de témoigner. Ils vont me mettre en pièces.

Carolyn se lève et lisse son tailleur.

— Très bien, dit-elle. Merci tout le monde. Laissez-nous seuls maintenant, s'il vous plaît.

Nous nous trouvons en fait dans la *Roosevelt Room*, en face du Bureau Ovale. Un lieu idéal pour une réunion – ou pour faire une répétition de l'audition prévue lundi prochain. Le portrait de Teddy Roosevelt à cheval est accroché au mur – dans l'uniforme de son régiment des Rough Riders –, et on voit aussi le prix Nobel qu'il a reçu pour sa médiation dans la guerre russo-japonaise. Cette salle n'a pas de fenêtres, et les portes sont faciles à surveiller.

Tous se lèvent. Mon porte-parole retire son nœud papillon, détail vestimentaire qui lui permettait d'entrer dans la peau du parlementaire Kearns. Il me regarde, l'air de s'excuser. Je balaie son inquiétude d'un signe de main. Il ne faisait que jouer son rôle, pour me montrer le pire scénario si je décide de témoigner devant la Commission d'enquête la semaine prochaine.

L'un de mes avocats à la Maison Blanche avait pris la place de Lester Rhodes. Avec sa perruque gris argent, il ressemble plus à un journaliste vedette de télévision qu'au président de la Chambre des représentants. Il m'observe avec une mine contrite, et je le rassure à son tour.

Tandis que la pièce se vide, l'adrénaline retombe, me laissant épuisé et abattu. Personne ne vous prévient que ce boulot est pire que les montagnes russes – une succession d'ascensions magnifiques et de chutes vertigineuses.

Je me retrouve seul, face au portrait du célèbre cavalier au-dessus de la cheminée. Derrière moi, j'entends les pas de Carolyn, Danny et Jenny, qui s'approchent prudemment de l'animal blessé.

— J'ai beaucoup aimé le « franchement merdiques », lance Danny, pince-sans-rire.

Rachel me reprochait toujours de trop jurer. À ses yeux, la vulgarité trahissait un manque de créativité. Je n'en suis pas si sûr. Quand la situation s'envenime, je peux me montrer plutôt créatif en matière d'insultes.

Mes trois plus proches collaborateurs savent que cette mise en scène m'a servi de thérapie. S'ils n'arrivent pas à m'empêcher de témoigner, ils m'auront au moins permis de laisser éclater ma frustration, et

espèrent que je donnerai des réponses plus « présiden-
tielles » le jour J.

Jenny, avec sa subtilité habituelle, marmonne :

— Il faudrait vraiment être complètement idiot
pour témoigner la semaine prochaine.

Je fais un signe de tête à Jenny et à Danny.

— J'ai besoin de parler à Carrie.

C'est la seule habilitée à discuter avec moi de l'affaire qui nous occupe.

Jenny et Danny quittent la pièce. J'interroge aussitôt
Carolyn :

— On a du nouveau ?

Elle secoue la tête.

— Rien pour le moment.

— C'est toujours prévu pour demain ?

— D'après nos infos, oui.

Elle désigne la porte par où sont sortis Danny et
Jenny.

— Ils ont raison, vous savez. L'audition de lundi,
c'est une impasse.

— Oubliez la Commission, Carrie. J'ai accepté
cette petite mise en scène, je vous ai accordé une
heure. Maintenant, c'est terminé. On a d'autres chats
à fouetter, vous ne croyez pas ?

— Oui, monsieur le Président. L'équipe est prête
pour le brief.

— Je veux parler à l'unité spéciale antiterroriste,
ensuite à Burke, et au sous-secrétaire. Dans cet ordre.

— Bien, monsieur.

— Je ne bouge pas d'ici.

Carolyn me laisse seul. J'étudie le portrait du premier président Roosevelt et réfléchis. Ce n'est pas la Commission d'enquête qui m'inquiète.

Je me demande si lundi, nous aurons encore un pays.

3

Dans le terminal de l'aéroport Ronald-Reagan, elle fait semblant d'étudier les panneaux, alors qu'en réalité, après l'avion, elle est soulagée de se trouver enfin dans un espace ouvert. Elle prend une profonde inspiration et croque un bonbon au gingembre. Le premier mouvement du *Concerto pour violon n° 1*, interprété par Wilhelm Friedemann Herzog, passe doucement dans ses écouteurs.

Souris, se dit-elle. La joie, apparemment, est l'émotion parfaite pour ne pas éveiller les soupçons. Les gens heureux ne paraissent pas dangereux.

Elle préfère être sexy. Une attitude plus facile à adopter quand elle est seule, et qui lui réussit plutôt bien – petit sourire en coin, démarche chaloupée en tirant sa valise Bottega Veneta. C'est un rôle comme un autre. Un personnage qu'elle incarne quand elle en a besoin, et qui produit un certain effet. Les hommes cherchent son regard, admirent son décolleté, tandis que les femmes observent avec envie son mètre soixante-quinze, ses bottes en cuir chocolat et ses cheveux auburn, avant de jeter un coup d'œil inquiet à leur compagnon.

Personne ne l'oubliera, aucun doute là-dessus. La grande rousse sexy, cachée en pleine lumière.

Alors qu'elle se dirige vers la file des taxis, elle se sent déjà un peu rassurée. S'ils l'avaient reconnue, elle n'aurait jamais pu quitter l'aéroport. Pourtant, elle reste sur ses gardes. Toujours.

Une seconde d'inattention, et tu peux tout faire rater, affirmait l'homme qui lui avait mis un fusil entre les mains pour la première fois, vingt-cinq ans auparavant. *Impassibilité* et *méthode* étaient ses mots d'ordre. Réfléchir, et surtout, ne jamais montrer ses émotions.

Le chemin lui paraît interminable, mais son impatience ne se voit pas derrière ses lunettes de soleil Ferragamo. Elle prend un air détaché.

À la station de taxis, elle se réjouit de respirer de l'air frais, malgré les gaz d'échappement. Des employés en uniforme font signe aux chauffeurs de taxi et dirigent les clients vers les voitures. Des parents traînent des enfants en pleurs et des valises à roulettes.

Elle cherche le véhicule dont elle a retenu par cœur la plaque d'immatriculation, avec un autocollant de Bip Bip sur la portière. Il n'est pas encore arrivé. Elle ferme les yeux un instant pour profiter du jeu des instruments à corde. C'est son mouvement préféré, d'abord triste et mélancolique, puis doux et paisible.

Quand elle rouvre les yeux, le taxi s'est glissé dans la file. Elle fait rouler sa valise jusqu'au véhicule et monte à l'arrière. Une puissante odeur de fast-food lui agresse aussitôt les narines. Elle réprime un haut-le-cœur et s'enfonce dans la banquette.

Elle arrête le *Concerto n° 1* au début du mouvement final, le frénétique *allegro assai*, et enlève ses écouteurs. Sans le son rassurant des violons et des violoncelles, elle se sent soudain nue.

— Ça circule comment aujourd'hui ? demande-t-elle en anglais, avec un accent du Midwest.

Le conducteur lui jette un coup d'œil dans son rétroviseur. On l'a sûrement prévenu. *Ne dévisage pas Bach.*

— Plutôt pas mal, répond-il, articulant chaque syllabe du code convenu.

Parfait. Elle ne s'attend pas à des complications si vite, mais on ne sait jamais.

Maintenant, elle peut se détendre. Elle croise une jambe pour dézipper une botte, puis l'autre.

C'est un soulagement de libérer ses pieds, avec les talonnettes de dix centimètres à l'intérieur de ses bottes. Elle remue ses orteils et passe son pouce sous la plante de ses pieds. Presque un massage à l'arrière d'un taxi.

Pour le reste de sa mission, elle n'a pas besoin de mesurer un mètre soixante-quinze. Un mètre soixante-cinq devrait suffire. Elle ouvre son bagage à main, glisse ses bottes Gucci à l'intérieur, et sort une paire de Nike.

Quand la voiture s'engage dans la circulation, elle vérifie que personne ne peut la voir et baisse la tête entre ses jambes. Lorsqu'elle se redresse, la perruque rousse gît sur ses genoux, remplacée par des cheveux d'un noir d'encre, remontés en un chignon strict.

— Vous vous sentez… plus vous-même ? interroge le chauffeur.

Elle ne répond pas et prend un air irrité. Il n'ose plus la regarder.

Ne lui parle pas. Bach n'est pas du genre bavarde.

Elle ne s'était pas « sentie elle-même », comme disent les Américains, depuis bien longtemps. Il lui arrive d'avoir des périodes creuses. Mais plus elle fait ce boulot, plus elle se réinvente – elle change d'apparence pour chaque opération –, et moins elle se rappelle sa véritable identité.

Bientôt, ce sera différent. Elle s'est fait une promesse.

Sa perruque et ses bottes changées, son bagage à main fermé à côté d'elle, elle se penche vers le tapis à ses pieds. Elle le palpe et tire dessus, révélant un compartiment en bois fermé d'un loquet. Elle soulève le couvercle.

Par précaution, elle regarde le compteur pour s'assurer que le chauffeur ne roule pas trop vite, et vérifie qu'aucune voiture de police ne se trouve dans les alentours.

Puis elle s'empare de la mallette métallique nichée dans le compartiment et pose son pouce sur la serrure biométrique, qui s'ouvre aussitôt.

Personne n'a intérêt à lui fournir du matériel défectueux, mais elle préfère être vigilante.

Elle ouvre le couvercle et inspecte rapidement le contenu.

— Bonjour, Anna, murmure-t-elle.

Anna Magdalena est un superbe fusil semi-automatique noir, capable de tirer cinq balles en deux secondes, qui se monte et se démonte en moins de trois minutes avec un simple tournevis. Il existe de nouveaux modèles sur le marché, bien sûr, mais Anna Magdalena ne lui a jamais fait défaut, même à très longue distance. Des dizaines de personnes pourraient – en théorie – confirmer sa précision : un procureur de Bogota, qui s'est pris une balle dans la tête sept mois auparavant ; le leader de l'armée rebelle du Darfour, dont la cervelle a éclaté dans son ragoût d'agneau dix-huit mois plus tôt.

Elle a tué sur tous les continents. Des généraux, des militants, des politiciens et des hommes d'affaires. On ne connaît d'elle que son sexe, le nom de son compositeur préféré. Et son taux de réussite : cent pour cent.

— Ce sera votre plus grand défi, Bach, lui a dit son nouvel employeur.

— Non, a-t-elle répondu posément, ce sera mon plus grand succès.

VENDREDI 11 MAI

4

Je me réveille en sursaut, et cherche mon téléphone à tâtons dans le noir. Il est un peu plus de 4 heures du matin. J'envoie un SMS à Carolyn.

Du nouveau ?

Sa réponse est immédiate. Elle ne dort pas non plus.

Rien.

Évidemment. S'il s'était passé quelque chose, elle m'aurait appelé aussitôt. Mais elle s'est habituée à nos échanges nocturnes, depuis que nous sommes au courant de la menace.

Je m'étire pour évacuer mon énergie négative. Je ne vais jamais réussir à me rendormir.

C'est censé se produire aujourd'hui.

Je passe un moment sur mon tapis de course. Depuis mes glorieuses années de base-ball à la fac, je n'ai jamais arrêté le sport, et j'aime toujours autant transpirer. C'est important, avec mon métier. Cela me prépare au stress de la journée.

Quand le cancer de Rachel est revenu, j'ai fait installer mon tapis de course dans sa chambre, pour veiller sur elle en faisant de l'exercice.

Aujourd'hui, je me contente d'une marche. Pas de course ni même de marche rapide, étant donné ma condition physique. Ma maladie est revenue, ce qui ne pouvait pas tomber plus mal.

Je me lave les dents, puis j'examine ma brosse à dents. Rien, en dehors de résidus de dentifrice. Je m'adresse un grand sourire dans le miroir et observe mes gencives.

Puis je me déshabille et scrute mon dos dans le miroir. L'hématome remonte sur mes mollets, et grimpe maintenant à l'arrière de mes cuisses. Ça empire.

Après ma douche, je m'attelle à la lecture de mon rapport quotidien. Puis je vais prendre mon petit déjeuner dans la salle à manger. Avec Rachel, nous passions ce moment tous les deux. « Le reste du monde peut t'accaparer pendant les seize prochaines heures, plaisantait-elle, mais au petit déjeuner, tu es tout à moi. »

Et souvent au dîner. Mais nous préférions manger à la petite table de la cuisine attenante, plus intime. Parfois, quand nous voulions avoir l'impression d'être normaux, nous faisions la cuisine. Ce sont nos souvenirs les plus heureux ici : faire sauter des pancakes à la poêle ou étaler des pâtes à pizza. Rien que nous deux, comme dans notre maison de Caroline du Nord.

Je coupe l'œuf dur et contemple le jardin au-dehors d'un air absent. Blair House, la résidence des invités de la Maison Blanche, se dresse à l'autre bout du parc Lafayette. J'entends le JT en fond sonore. J'ai fait installer la télévision après la mort de Rachel.

Je ne sais pas pourquoi je continue à regarder les informations. Toutes les chaînes débattent de la destitution. Chacune cherche une raison plausible à cette procédure extrême.

Sur MSNBC, un correspondant étranger affirme que le gouvernement israélien va transférer un terroriste palestinien dans une autre prison. *Cela fait-il partie de « l'accord » passé entre le président et Suliman Cindoruk ? Un marché incluant Israël et un échange de prisonniers ?*

CBS News explique que je pense proposer un poste à l'Agriculture à un sénateur de l'opposition. *Le président espère-t-il récupérer des votes en distribuant des mandats ?*

Sur Food Network, les journalistes venus visiter la Maison Blanche le mois dernier racontent sûrement que si j'aime tant le maïs, c'est uniquement pour m'attirer les faveurs des sénateurs de l'Iowa et du Nebraska, deux hommes déterminés à me démettre de mes fonctions.

Fox News titre « Tempête à la Maison Blanche » et prétend que mon équipe est divisée au sujet de mon témoignage devant la Commission d'enquête. Le groupe favorable à mon intervention est mené par ma chef de cabinet, Carolyn Brock, tandis que la faction opposée a pour chef de file la vice-présidente Katherine Brandt. « La riposte s'organise dans le camp du président, déclare un journaliste posté devant la Maison

Blanche. Ses partisans font courir le bruit que les auditions de la Chambre sont des mises en scène dont l'issue est connue d'avance, donnant ainsi au président Duncan une raison de ne pas se présenter lundi devant la Commission. »

Dans le *Today Show*, une carte montre d'une couleur les cinquante-cinq sénateurs de l'opposition, et de l'autre les sénateurs de mon parti dont la réélection est proche. Ces derniers subissent une forte pression, car l'opposition doit en convaincre douze pour m'envoyer devant la Commission judiciaire.

CNN ajoute que mon équipe et moi avons appelé les sénateurs de notre camp ce matin à la première heure pour nous assurer de leur loyauté.

Good Morning America affirme que, d'après leur source à la Maison Blanche, j'ai pris la décision de ne pas me représenter à la prochaine élection présidentielle. Apparemment, je vais passer un marché avec le président de la Chambre : s'il abandonne la procédure d'*impeachment*, je renonce à briguer un second mandat.

Où sont-ils allés chercher toutes ces conneries ? Je reconnais que ce sont des nouvelles sensationnelles. Et le sensationnel se vend mieux que le réel.

Toutes ces spéculations sur un éventuel procès sont pénibles pour les membres de mon équipe, qui pour la plupart ne savent rien de l'opération algérienne, ni de ma conversation téléphonique avec Suliman Cindoruk. Ils n'en savent pas plus que le Congrès, les journalistes et les citoyens américains. Jusqu'à maintenant, ils se sont serré les coudes, et ont affiché un front uni face à mes détracteurs. Ils n'imaginent pas ce que leur soutien signifie pour moi.

Je presse une touche de mon téléphone. Rachel me tuerait si elle me voyait téléphoner à table.

— JoAnn, où est Jenny ?

— Elle est ici, monsieur. Vous voulez lui parler ?

— S'il vous plaît, merci.

Carolyn Brock entre. C'est la seule personne qui se permet d'interrompre mes repas. Je ne l'ai pourtant interdit à personne. C'est l'un des nombreux détails que la chef de cabinet règle à ma place – contenir le flot de visiteurs, jouer les cerbères pour empêcher mes collaborateurs de me déranger à tout bout de champ.

Comme toujours, Carolyn est tirée à quatre épingles, ses cheveux noirs coiffés en arrière. Elle ne se laisse jamais aller, même en privé. Son travail, elle le répète souvent, n'est pas de faire ami-ami avec le personnel, mais d'assurer la coordination de l'équipe, de la féliciter quand le boulot est bien fait, et de régler les détails pour que je puisse me concentrer sur l'essentiel.

C'est largement sous-estimer son rôle. Chef de cabinet est le poste le plus exigeant de la Maison Blanche. Bien sûr, elle gère les problèmes du personnel et les emplois du temps, mais elle participe aussi aux décisions importantes. Carolyn se bat sur tous les fronts : elle est l'interlocutrice privilégiée des membres du cabinet, des parlementaires, des groupes d'intérêt et des journalistes. Je n'aurais pu rêver meilleur bras droit. Elle est d'une efficacité redoutable et ne recherche pas la gloire. C'est tout juste si je peux lui faire un compliment ! Elle le balaie d'un revers de la main, telle une poussière sur son tailleur impeccable.

Il n'y a pas si longtemps, Carolyn était pressentie pour devenir présidente de la Chambre. Pour son troisième mandat, cette progressiste avait réussi à remporter un district conservateur dans le sud-est de l'Ohio, et s'était rapidement imposée comme l'un des leaders de la Chambre des représentants. Intelligente, charismatique, télégénique, elle était l'équivalent politique d'un joueur de football américain complet. Après avoir levé des fonds importants et bâti de solides alliances, elle avait logiquement pris la tête de notre comité de campagne – une position très convoitée. À l'époque, elle avait à peine quarante ans et pouvait prétendre aux plus hautes fonctions à la Maison Blanche, voire à la fonction suprême.

Puis 2010 est arrivé. Tout le monde se doutait que les élections de mi-mandat seraient difficiles pour notre parti. Face à Carolyn, se présentait un candidat sérieux, fils d'un ancien gouverneur. À une semaine de l'élection, ils étaient au coude à coude dans les sondages.

Cinq jours avant le vote, alors que Carolyn se détendait en buvant un verre avec deux proches collaboratrices, elle a fait un commentaire désobligeant sur son adversaire. Ce dernier avait critiqué le mari de Carolyn, un avocat très en vue. Le commentaire de Carolyn a été enregistré. Personne ne sait comment. Elle pensait être avec deux amies dans un restaurant discret.

Elle traitait son adversaire d'« enculé ». Moins d'une heure plus tard, l'enregistrement était diffusé sur toutes les chaînes de télévision et tous les réseaux sociaux.

À ce moment-là, plusieurs solutions s'offraient à elle. Nier en bloc – ce n'était pas sa voix. Ses deux collaboratrices s'étaient même proposé de s'attribuer le commentaire. Ou bien reconnaître son erreur, en arguant qu'elle était fatiguée et furieuse des coups bas de son concurrent, qui s'en était pris à son mari.

Carolyn s'est contentée de la vérité : « Je suis désolée que ma conversation privée ait été enregistrée. Si un homme avait employé ce terme, cela n'aurait pas fait tant d'histoires. »

Personnellement, j'ai adoré sa repartie. Aujourd'hui, elle s'en serait sûrement sortie sans trop de dommages. Mais à l'époque, elle avait besoin du soutien des conservateurs modérés. Et elle a perdu l'élection. Avec cette insulte attachée à son nom, sa carrière politique était terminée. Ce milieu est impitoyable.

Le malheur de Carolyn a fait mon bonheur. Elle a monté une société de conseil, et s'est servie de son expérience et de son intelligence pour mener d'autres candidats à la victoire. Quand j'ai décidé de me présenter à l'élection présidentielle, j'ai réfléchi à un directeur de campagne. Un seul nom figurait sur ma liste.

— Vous devriez arrêter de regarder ces bêtises, monsieur, lâche-t-elle.

Un expert politique inconnu au bataillon explique sur CNN que je commets une « erreur stratégique

51

monumentale » en refusant de commenter le coup de téléphone et en laissant Rhodes occuper tout l'espace médiatique.

— Au fait, Carrie, il paraît que vous voulez que je témoigne devant la Commission ? Et que vous vous opposez à Kathy dans la guéguerre qui secoue la Maison Blanche ?

— Je suis heureuse de l'apprendre, maugrée-t-elle.

Elle s'approche de la fresque murale représentant la guerre d'Indépendance américaine. Une touche de déco de Jackie Kennedy – cadeau d'un ami. Betty Ford ne l'aimait pas et s'en est débarrassée. Le président Carter, qui au contraire la trouvait superbe, l'a fait remettre en place. Et ainsi de suite. Comme Rachel adorait cette fresque, nous avons décidé de la garder.

— Asseyez-vous, Carrie, et prenez un café. Vous me rendez nerveux.

— Bonjour, monsieur le Président, déclare Jenny Brickman en entrant.

Jenny a dirigé ma campagne de gouverneur, et travaillait sous les ordres de Carolyn pendant la présidentielle. Haute comme trois pommes, les cheveux blonds coupés court, elle n'a pas la langue dans sa poche. C'est mon arme secrète. Si je lui donnais carte blanche, elle mettrait mes adversaires en pièces avec la hargne d'un pitbull. Et sans rien perdre de son charme.

Depuis ma victoire, Carolyn se concentre sur les dossiers de fond. Elle garde un œil sur la stratégie, mais sa priorité est de faire adopter mes propositions par le Congrès et de renforcer ma position à l'étranger.

Jenny, de son côté, se consacre entièrement à la politique, et à ma réélection. Malheureusement, elle n'est même plus sûre que je termine mon premier mandat.

— Notre groupe à la Chambre tient le coup pour le moment, affirme-t-elle. Mais ils sont impatients d'entendre votre version des faits sur l'Algérie.

Je réprime un petit sourire.

— J'imagine très bien leurs commentaires : « Dis-lui de se bouger le cul et de nous montrer de quoi il est capable ! »

— On ne peut rien vous cacher, monsieur.

Je ne facilite pas la tâche de mes partisans. Tous veulent prendre ma défense, mais mon silence leur lie les mains. Ils méritent mieux. Pour le moment, je n'ai hélas pas le choix.

— On verra ça plus tard.

Je ne me fais aucune illusion sur le vote de la Chambre. Rhodes a la majorité, et son groupe est prêt à tout pour me coller une procédure d'*impeachment*. S'il réclame un vote, je suis fichu.

Une bonne défense devant la Chambre m'aidera à affronter la Commission judiciaire du Sénat. Rhodes y détient cinquante-cinq votes, mais il a besoin de la majorité aux deux tiers – soit soixante-sept – pour me destituer. Si notre groupe parlementaire tient le choc, nos partisans au Sénat ne se défileront pas si facilement.

— J'ai les mêmes échos du Sénat, continue Jenny. Jacoby s'efforce de rassembler un groupe de « soutien de principe » – ce sont ses propres termes –, l'idée étant que la destitution est une solution extrême, et qu'ils veulent en savoir plus avant de prendre une décision. Cependant ils sont tout disposés à garder l'esprit ouvert.

— Personne ne se précipite pour me défendre.

— Vous ne leur avez donné aucune raison de le faire, monsieur le Président. Vous laissez Rhodes vous envoyer au tapis sans réagir. Autour de moi, je n'entends que des commentaires du genre : « L'Algérie, c'est mauvais, très mauvais ! Il a intérêt à avoir une bonne explication. »

— D'accord, merci Jenny. Sujet suivant.

— Si on pouvait juste parler de…

— Non, Jenny. Vous avez eu dix minutes sur l'*impeachment*. Et je vous ai accordé une heure hier soir pour la préparation de l'audition. On laisse tomber la mise en accusation pour le moment. J'ai des problèmes autrement plus importants à régler. Alors, autre chose ?

— Oui, monsieur, intervient Carolyn. Je voudrais modifier l'agenda pour la réélection. On devrait lancer tout de suite les sujets importants : le salaire minimum, l'interdiction des armes d'assaut et les prêts étudiants. On a besoin de bonnes nouvelles. Ce qui nous permet de répondre : malgré toutes ces manigances politiques, le président veut faire avancer le pays. Laissez-les à leur chasse aux sorcières pendant que vous réglez les vrais problèmes.

— Ces dossiers ne risquent pas de passer inaperçus avec toute cette agitation médiatique ?

54

— Jacoby ne le pense pas, monsieur. Nos partisans attendent une bonne cause pour vous soutenir.

— C'est le même discours à la Chambre, renchérit Jenny. Si vous leur donnez un os à ronger, un sujet qui leur tient à cœur, ils se rappelleront combien il est crucial de défendre la présidence.

Je soupire.

— Ils ont besoin d'une piqûre de rappel.

— En toute franchise, oui, monsieur.

Je lève les mains.

— D'accord. Je vous écoute.

— D'abord, l'augmentation du salaire minimum la semaine prochaine, propose Carolyn. Puis l'interdiction des armes d'assaut. Enfin, les prêts étudiants...

— L'interdiction des armes n'a aucune chance de passer devant la Chambre. Autant vouloir donner mon nom à l'aéroport Ronald-Reagan !

Carolyn hoche la tête, lèvres pincées.

— C'est exact, monsieur le Président. Aucune chance.

Nous savons tous les deux que le but n'est pas de faire passer cette résolution, du moins pas avec ce Congrès. Elle poursuit :

— Mais vous croyez à ces propositions. Et vous avez la crédibilité pour les défendre. Quand l'opposition aura voté contre l'interdiction des armes d'assaut et la revalorisation du salaire minimum, deux projets essentiels pour les Américains, vous leur montrerez le vrai visage de vos adversaires. Et vous aurez piégé le sénateur Gordon.

Lawrence Gordon, un sénateur de mon propre camp, pense comme tous ses comparses du Sénat qu'il devrait être président à ma place. Mais, contrairement aux autres, ce vieux renard – déjà à son troisième mandat – est parfaitement capable de se présenter contre un président en exercice de son propre parti.

Larry Gordon se situe du mauvais côté de notre parti et de notre pays sur ces deux sujets. Il a déjà voté contre la revalorisation du salaire minimum, et il préfère le Deuxième Amendement – qui défend le droit de chaque Américain à posséder une arme –, aux Premier, Quatrième et Cinquième combinés. Jenny veut le mettre à terre avant qu'il n'ait le temps de fourbir ses armes.

— Gordon ne se présentera pas aux primaires contre moi. Il n'osera jamais.

— Personne ne suit l'affaire algérienne avec plus d'intérêt que lui, précise Jenny.

Je sonde Carolyn. Jenny a un instinct politique aigu, mais Carolyn connaît parfaitement les rouages de Washington, après ses trois mandats au Congrès. Et c'est aussi la personne la plus intelligente que je connaisse.

— Je n'ai pas peur que Gordon se présente aux primaires, explique Carolyn, juste que l'idée fasse son chemin dans sa tête. Il risquerait d'alimenter les rumeurs. De se laisser courtiser. Juste pour le plaisir de lire son nom dans le *Times* et de voir sa tête sur CNN. Il n'a rien à perdre, non ? Ça lui donne une longueur d'avance, et c'est bon pour son ego. L'*outsider* est toujours populaire. Tout le monde adore le quarterback sur le banc de touche. Gordon en sortira grandi, alors que votre crédibilité aura pris un sérieux coup dans l'aile. Il apparaîtra comme le valeureux chevalier, et vous aurez le visage de la défaite.

Je hoche la tête. Ça paraît sensé.

— Je propose de lancer le salaire minimum, ou l'interdiction des armes d'assaut, reprend-elle. On oblige Gordon à venir à nous et à nous supplier de laisser tomber. Ensuite, il nous est redevable. Et il sait que, s'il fait le malin, on lui fera bouffer son dernier projet de loi.

— Rappelez-moi de ne jamais vous pousser à bout, Carolyn.

— La vice-présidente est avec nous sur ce coup-là, intervient Jenny.

— Évidemment, marmonne Carolyn.

Elle garde une distance prudente avec Kathy Brandt, qui était mon adversaire lors des primaires. Katherine était le choix logique pour la vice-présidence, mais cela ne fait pas d'elle mon alliée la plus proche. Elle en est arrivée à la même conclusion que Jenny à propos de Gordon, et ce, dans son propre intérêt. Si je suis destitué, Kathy me succède, et va probablement se lancer dans la course à la présidentielle. Il vaudrait mieux pour elle que Larry Gordon n'ait pas la même idée.

— Même si je suis d'accord avec vous sur l'analyse, je ne vois aucune raison de couper la poire en deux. Je veux qu'on attaque fort, sur les deux tableaux. Et je ne reculerai pas devant Gordon. Nous allons forcer la main de l'opposition. C'est la bonne décision. Tant pis si nous perdons, nous aurons agi en notre âme et conscience.

Le visage de Jenny s'éclaire.

— Voilà l'homme pour qui j'ai voté, monsieur ! Vous faites le bon choix, même si je crois que ça ne suffira pas. Vous êtes en position de faiblesse. La conversation avec Suliman. Le fiasco en Algérie. Vous avez besoin de vous réaffirmer en tant que commandant en chef des armées. Un acte emblématique, pour rassembler autour de vous…

Voyant très bien où elle veut en venir, je l'interromps :

— Non. Jenny, je n'ordonnerai pas de frappe militaire pour redorer mon blason.

— Il y a plusieurs cibles sans danger, monsieur le Président. Je ne vous demande pas d'envahir la France ! Pourquoi pas une attaque aérienne au Moyen-Orient, avec la complète…

— Non. La réponse est non.

Elle plante ses mains sur ses hanches et secoue la tête.

— Votre femme avait raison. Vous êtes naze en politique !

— C'était un compliment de sa part.

— Monsieur le Président, puis-je vous parler franchement ?

— Parce que vous prenez des pincettes, là ?

Elle joint les mains, comme si elle cherchait à me convaincre, ou peut-être à m'amadouer.

— Vous allez être mis en accusation par la Chambre. Si vous ne réagissez pas, si vous ne faites pas un coup d'éclat, les sénateurs de votre propre parti vont quitter le navire. Et je sais que vous ne démissionnerez pas. Ce n'est pas dans votre ADN. L'Histoire ne retiendra qu'une seule chose de Jonathan Lincoln Duncan... Vous serez le premier président des États-Unis d'Amérique à avoir été démis de ses fonctions.

5

Après ma discussion avec Jenny et Carolyn, je regagne ma chambre, où Deborah Lane est déjà en train d'ouvrir sa trousse.

— Bonjour, monsieur le Président.

Je retire ma cravate et déboutonne ma chemise.

— Vous êtes très matinale, docteur.

Elle m'étudie attentivement, plutôt mécontente. Il semblerait que j'aie cet effet sur les gens ces derniers temps.

— Vous avez encore oublié de vous raser, commente-t-elle.

— Je le ferai plus tard.

En réalité, ça fait quatre jours que je me laisse pousser la barbe. Quand j'étais à la fac, par superstition, je ne me rasais pas pendant la semaine des examens. Cela avait l'air de choquer les gens, car si mes cheveux sont châtains, mes poils tirent sur le roux, ce dont je ne suis pas peu fier. Et ils poussent très vite !

Curieusement, je n'avais pas repensé à ça depuis très longtemps.

— Vous paraissez épuisé. Vous avez dormi combien d'heures la nuit dernière ?

— Deux ou trois.

— Ce n'est pas suffisant, monsieur le Président.

— J'ai pas mal de problèmes sur le feu.

— Et vous ne pourrez pas les régler si vous manquez de sommeil, réplique-t-elle en posant son stéthoscope sur ma poitrine.

Le Dr Deborah Lane, mon médecin officiel, est spécialiste en hématologie à Georgetown. Elle a grandi en Afrique du Sud, à l'époque de l'apartheid, et a émigré aux États-Unis pour ses études secondaires. Depuis, elle n'est jamais repartie. Ses cheveux coupés court sont complètement gris et son regard est un mélange de douceur et d'inquiétude.

Depuis une semaine, elle vient tous les jours à la Maison Blanche. La présence d'une femme, même avec sa trousse médicale, attire moins l'attention que la visite du président au Georgetown University Hospital.

Elle prend ma tension.

— Comment vous sentez-vous ?

— Je sens une odeur désagréable. Pouvez-vous vérifier que le président de la Chambre n'est pas caché quelque part ?

Elle me jette un regard entendu mais ne rit pas. Pas même un petit sourire en coin.

— D'accord. Physiquement, je me sens bien.

Elle inspecte l'intérieur de ma bouche. Puis elle examine attentivement mon torse, mon ventre, mes bras et mes jambes, avant de regarder mon dos.

— L'hématome s'étend, constate-t-elle.

— Je sais.

Au début, c'était juste une éruption cutanée. Maintenant, on dirait qu'on m'a donné des coups de marteau sur les mollets.

Pendant mon premier mandat de gouverneur de Caroline du Nord, on m'a diagnostiqué une maladie du sang appelée thrombocytopénie immune – TPI – ce qui signifie en gros que mon niveau de plaquettes est trop bas. Mon sang ne coagule pas comme il le devrait. Je l'ai annoncé publiquement et j'ai dit la vérité : la majeure partie du temps, la TPI ne pose pas de problème. On m'a conseillé d'éviter les activités trop brutales, qui risqueraient de provoquer des saignements, ce qui n'était pas difficile pour un homme dans la quarantaine. Mes années de base-ball étaient loin, et je n'ai jamais été très fan de corrida ni de combat au couteau.

Lorsque j'étais gouverneur, j'ai eu deux crises, puis la maladie m'a laissé tranquille durant toute la campagne présidentielle. Elle a refait surface quand le cancer de Rachel est revenu – mon médecin est convaincu que le stress est l'une des causes principales de la rechute, mais j'ai été bien soigné. Et, il y a une semaine, un hématome est apparu au niveau de mes mollets. La noirceur de l'ecchymose et sa rapide propagation sont des signes clairs : cette fois-ci, la maladie frappe fort.

— Des maux de tête ? interroge le Dr Lane. Des vertiges ? De la fièvre ?

— Non, non et non.

— Fatigue ?

— À cause du manque de sommeil, oui.

— Saignements de nez ?

— Non, madame.

— Du sang sur les dents ou les gencives ?

— Rien à signaler sur ma brosse à dents.

— Dans vos urines ou vos selles ?

— Non.

Ce n'est pas simple de se montrer humble quand un orchestre se met à jouer chaque fois que vous entrez dans une pièce, quand les marchés boursiers du monde entier sont suspendus à vos moindres décisions, et que vous commandez le plus grand arsenal militaire de la planète. Mais vous faites encore moins le malin quand on vous demande d'examiner vos selles.

Elle recule d'un pas et marmonne pour elle-même :

— Je vais vous reprendre un échantillon de sang. Vos résultats d'hier sont alarmants. Vous étiez en dessous de vingt mille. J'aurais dû vous hospitaliser sur-le-champ. Pourquoi vous ai-je écouté ?

— Je vous ai convaincue parce que je suis le président des États-Unis.

— J'ai tendance à l'oublier.

— Je peux tenir à vingt mille, docteur.

Le niveau normal de plaquettes se situe entre cent cinquante mille et quatre cent cinquante mille par millimètre cube. Donc, personne ne saute au plafond quand vous êtes à vingt mille, mais c'est encore au-dessus du seuil critique.

— Vous prenez vos stéroïdes ?

— Religieusement.

Elle ouvre un flacon, puis me frotte le creux du

coude avec un coton imbibé d'alcool. Je n'aime guère les prises de sang, car notre bon docteur n'est pas experte en la matière. Il faut avouer qu'elle manque d'entraînement. À son niveau d'expertise, elle ne pratique plus ce genre d'actes. Ma TPI est de notoriété publique, pourtant personne n'a besoin de savoir que j'ai fait une rechute, surtout pas en ce moment. Je dois donc limiter le nombre de gens informés. Pour l'heure, seul le Dr Lane est au courant.

— Vous devez prendre un traitement à base de protéines.

— Quoi ? Maintenant ?

— Oui, maintenant.

— La dernière fois, je n'ai pas pu aligner trois mots de toute la journée. Impossible, docteur. Pas aujourd'hui.

Elle suspend son geste, sa seringue à la main.

— Alors une injection de stéroïdes.

— Non. Les pilules m'embrouillent déjà les idées.

Elle baisse légèrement la tête, réfléchissant à la marche à suivre. Après tout, je ne suis pas un patient comme les autres. La plupart des gens obéissent aux instructions de leur médecin. Mais ils ne sont pas à la tête du monde libre.

Elle se concentre sur mon bras, sourcils froncés, se prépare à insérer l'aiguille dans ma veine.

— Monsieur le Président, déclare-t-elle en prenant le ton d'une maîtresse d'école, vous avez beau donner des ordres au monde entier, vous n'obligerez pas votre corps à vous obéir.

— Docteur, je…

— Vous risquez une hémorragie interne. Ou céré-
brale. Vous pourriez faire une crise cardiaque. Je ne
sais pas ce qui vous tracasse, mais ça n'en vaut pas
la peine !

Elle m'interroge du regard. Je ne réponds pas. Ce
qui, en soi, est une réponse.

— C'est si grave que ça ? (Elle secoue la tête.)
Non... ne me dites rien. Je sais que vous ne pouvez
pas.

Oui, c'est grave. Et l'attaque pourrait se produire
dans la matinée. Ou dans la soirée. Ou bien ça vient
de se passer, et Carolyn est en train de courir pour me
prévenir.

Je ne peux pas me retrouver hors circuit, pas même
une heure. C'est trop risqué.

— Ça va devoir attendre, docteur. Probablement
deux jours.

Concentrée sur sa tâche, le Dr Lane hoche la tête et
plante l'aiguille dans mon bras.

J'ajoute pour la rassurer :

— Je vais doubler la dose de stéroïdes.

Ce sera comme si j'avais descendu quatre bières
au lieu de deux. Je suis obligé d'en passer par là. Pas
question d'être sur la touche, mais il faut quand même
que je reste en vie.

Elle termine le prélèvement en silence, puis range
soigneusement l'échantillon.

— Vous faites votre boulot, monsieur le Président,
et je fais le mien, conclut-elle. J'aurai les résultats
dans deux heures. Mais nous savons tous les deux que
le niveau baisse.

— Oui, je sais.

Elle se dirige vers la porte, puis se retourne.

— Vous n'avez pas deux jours, monsieur le Président. Peut-être même pas un.

6

Aujourd'hui, et seulement aujourd'hui, ils vont fêter leur victoire.

Il leur doit bien ça. Ses hommes ont travaillé jour et nuit, avec une détermination sans faille, et ils ont réussi au-delà de ses espérances. Tous ont besoin d'une pause.

Le vent soulève ses cheveux. Il tire sur sa cigarette, dont le bout incandescent brille dans la pénombre. En ce début de soirée, il admire la vue de la terrasse du penthouse qui surplombe la Sprée. Les lumières de la ville scintillent au-delà de la rivière, du côté est du Mur, devenu un lieu de divertissement. Ce soir, le Mercedes-Benz Arena donne un concert. Il ne reconnaît pas la musique, mais aux sons qui lui parviennent, il devine que c'est un groupe de heavy metal, avec des guitares électriques. Cette partie de Berlin a totalement changé depuis son dernier séjour ici, quatre ans plus tôt.

Il se retourne pour observer l'intérieur du penthouse, un appartement de cent soixante mètres carrés, doté de quatre chambres et d'une cuisine design, où ses hommes rient et boivent du champagne. Ils sont probablement déjà ivres. Quatre petits génies de moins de vingt-cinq ans. Sûrement encore puceaux.

Elmurod, la barbe broussailleuse et le ventre débordant sur sa ceinture, porte une casquette VÉTÉRAN 3ᵉ GM d'un bleu passé. Mahmad, qui s'est déjà débarrassé de sa chemise, bande ses minuscules biceps et prend une pose de culturiste assez comique. Soudain, les quatre jeunes hommes se tournent vers la porte, puis Elmurod se décide à aller l'ouvrir. Huit femmes sublimes, en robe moulante et aux coiffures sophistiquées, font leur entrée. Toutes ont été grassement payées pour faire passer à leurs clients la plus belle nuit de leur vie.

Il traverse prudemment la terrasse, attentif aux détecteurs infrarouges et volumétriques – désactivés à cet instant-là bien sûr – installés pour faire exploser la terrasse si un être vivant plus gros qu'un oiseau atterrit dessus. Cette précaution lui a coûté la bagatelle d'un million d'euros.

Mais qu'est-ce qu'un million quand on va en gagner une centaine ?

L'une des prostituées, une Asiatique de moins de vingt ans, aux seins tout neufs, et dont l'intérêt est loin d'être sincère, s'approche de lui quand il referme les portes coulissantes.

— *Wie lautet dein Name* ? demande-t-elle.

Comment il s'appelle ? Il sourit. Le séduire fait partie de son boulot. Son nom n'a aucune importance pour elle.

Alors que certains donneraient n'importe quoi pour connaître la réponse. Juste pour cette fois, il est tenté de baisser sa garde et de répondre avec sincérité.

Je suis Suliman Cindoruk. Et je suis sur le point de rebooter le monde.

7

Je referme le dossier sur mon bureau après avoir passé en revue les documents que Danny Akers et son équipe juridique ont préparés en prévision de mon rendez-vous avec le procureur général.

Un décret présidentiel instaurant la loi martiale et un mémo pour en vérifier la constitutionnalité. Un projet de loi pour le Congrès. Et un décret pour suspendre l'*habeas corpus*, afin de pouvoir placer en détention tout individu soupçonné de terrorisme.

Un autre décret établissant le contrôle des prix et le rationnement de certains produits de consommation, avec les autorisations légales nécessaires.

Je pose la main sur le dossier en faisant une prière muette. *Mon Dieu, faites qu'on n'en arrive pas là.*

— Monsieur le Président, annonce JoAnn, le président de la Chambre…

Lester Rhodes sourit poliment à ma secrétaire et entre d'un pas décidé dans le Bureau Ovale, main tendue vers moi. Je contourne mon bureau pour l'accueillir.

— Bonjour, monsieur le Président.

Il m'observe d'un drôle d'air, sans doute à cause de ma barbe rousse naissante.

— Monsieur le président de la Chambre.

D'habitude, j'ajoute « merci d'être venu » ou « content de vous voir », mais je ne suis pas d'humeur. Après tout, Rhodes a regagné la majorité aux élections de mi-mandat en promettant de « reprendre le contrôle du pays » et en publiant un « bulletin de notes du président ». Il avait évalué mes performances dans les matières « affaires étrangères », « économie », et le traitement de plusieurs dossiers brûlants. En bas de la page qu'il a distribuée à tous les parlementaires, il avait écrit : « Duncan est recalé. »

Rhodes prend place sur le canapé, moi dans le fauteuil en face de lui. Il est venu jouer le rôle du parlementaire puissant – chemise bleue patriotique, col blanc et cravate rouge vif, les couleurs du drapeau américain. Dans son regard brille l'arrogance du pouvoir récemment acquis. Président de la Chambre depuis seulement cinq mois, il ne connaît pas encore ses limites. Ce qui le rend d'autant plus dangereux.

— Je me demande pourquoi vous m'avez invité ici. Vous savez que d'après la rumeur, nous avons passé un accord tous les deux ? Vous renoncez à vous représenter et je laisse tomber les auditions.

Je hoche la tête. Oui, je suis au courant.

— Alors voilà ce que j'ai dit à mes collaborateurs : vous avez vu les vidéos des soldats capturés avec le caporal Jon Duncan pendant l'opération Tempête du Désert ? Ils étaient morts de trouille ! Ces types étaient terrorisés à l'idée de dénoncer leur propre pays devant les caméras. Ensuite, demandez-vous ce que les Irakiens ont fait à Jon Duncan, le seul prisonnier de guerre américain à leur avoir tenu tête. Réfléchissez bien. Et maintenant, vous pensez toujours que Jon Duncan est le genre d'homme à refuser d'affronter une bande de parlementaires ?

Il ne sait donc pas pourquoi je l'ai convoqué.

— Lester, à votre avis, pourquoi je n'évoque jamais ce qui m'est arrivé en Irak ?

— Eh bien, la modestie, j'imagine.

Je secoue la tête.

— Personne à Washington n'est modeste. Non, si je n'en parle pas, c'est parce qu'il y a des sujets plus importants que la politique. Les membres de la Chambre n'ont pas besoin d'apprendre cette leçon, mais leur président, si. Pour le bon fonctionnement du gouvernement, et pour le bien du pays.

Il écarte les mains, prêt à entendre la suite.

— Lester, depuis que je suis président, m'est-il déjà arrivé de ne pas prévenir les Commissions du renseignement d'une opération clandestine ? Ou, en cas d'intervention délicate, de ne pas en discuter avec le Gang des Huit ?

Avant de lancer une mission secrète, la loi m'oblige à en référer aux Commissions du renseignement du Sénat et de la Chambre. Mais si le dossier est trop sensible, je peux me limiter au Gang des Huit – à savoir le président de la Chambre des représentants, le leader du parti minoritaire de la Chambre, les deux chefs de file du Sénat, et les présidents et officiers supérieurs des deux Commissions du renseignement.

— Monsieur le Président, je ne suis à ce poste que depuis cinq mois, mais à ma connaissance, vous n'avez jamais failli à votre devoir.

— Je suis certain que votre prédécesseur a fait le même constat.

— En effet. Et je m'étonne que même le Gang des Huit n'ait pas été informé de l'opération algérienne.

— Et moi, ce qui m'étonne, Lester, c'est que vous ne sembliez pas comprendre que j'ai une bonne raison d'avoir gardé le secret cette fois-ci.

Ses mâchoires se crispent.

— Même *après* les faits, monsieur le Président ? Vous avez le droit d'agir, et d'en référer ensuite aux autorités compétentes, en cas de nécessité absolue – mais vous n'avez toujours pas expliqué la débâcle en Algérie ! Et vous avez laissé ce monstre s'échapper. Vous violez la loi.

— Interrogez-vous, Lester. Pourquoi j'ai agi ainsi ? Sachant pertinemment quelle serait votre réaction. Et que je vous servais un motif d'*impeachment* sur un plateau !

— Je ne vois qu'une explication plausible, monsieur.

— Oh, vraiment ? Et laquelle ?

— Eh bien, si je peux parler franchement…

— Il n'y a que vous et moi ici, Lester.

— D'accord, dit-il en hochant la tête. Je pense que vous n'aviez pas de bonne raison pour cette mission désastreuse. Vous espériez une sorte de trêve avec ce foutu terroriste, et vous avez empêché ce groupe séparatiste de l'exécuter pour pouvoir négocier je ne sais quel accord de paix absurde, auquel vous vous accrochez désespérément. Et vous avez failli vous en tirer à bon compte. On n'aurait jamais rien su de l'Algérie, sans le drame. Vous auriez tout nié en bloc.

Il se penche vers moi et m'observe d'un œil mauvais, avant de reprendre :

— Mais un soldat américain est mort. La vidéo a fait le tour du monde. Vous avez été pris la main dans le sac ! Pourtant, vous ne voulez toujours pas le reconnaître ! Parce que vous refusez d'avouer vos magouilles. Pas tant que l'accord ne sera pas signé. (Il pointe le doigt sur moi.) Eh bien, le Congrès ne renoncera pas à sa fonction de contrôle. Tant que je serai à la tête de la Chambre, je ne laisserai aucun président faire cavalier seul et pactiser avec un terroriste incapable de respecter sa part du marché. On serait les dindons de la farce ! Tant que je...

— Lester...

— ... serai à la tête de la Chambre, ce pays...

— Ça suffit ! m'écrié-je en me levant d'un bond.

Stupéfait, il me regarde un moment, avant de m'imiter.

— Mettons les choses au clair. Il n'y a pas de caméras ici. Alors ne faites pas semblant de croire à votre petit laïus. Ne me dites pas que je me réveille le matin en murmurant des mots doux à l'oreille des terroristes. Vous et moi savons très bien que j'atomiserais ce salaud à la seconde, si c'était dans l'intérêt de notre nation. C'est une excellente manœuvre politique, Lester, je vous l'accorde, ces conneries que vous racontez partout – le président veut « faire l'amour, pas la guerre » avec les Fils du Djihad ! Mais n'entrez pas dans le Bureau Ovale en prétendant une seule seconde que vous croyez à vos propres salades !

Il cligne des yeux, mal à l'aise. Il n'a pas l'habitude qu'on hausse le ton. Et il ne répond pas, car il sait que j'ai raison.

— Je vous fais une vraie fleur, Lester. Mon mutisme est pour vous une aubaine. Mon silence alimente votre petite cabale. Vous en profitez pour me rabaisser aux yeux du grand public. Je reste assis là à en redemander : « Merci ! Encore ! » Vous êtes assez malin pour comprendre que si je me laisse torpiller politiquement, c'est pour une bonne raison. Un enjeu capital.

Lester soutient mon regard, puis baisse les yeux. Il glisse ses mains dans ses poches et se balance sur ses talons.

— Alors dites-le-moi, répond-il enfin. Pas au Gang des Huit. Pas aux agences de renseignement. À moi. Si c'est aussi important que vous le prétendez…

Lester Rhodes est la dernière personne à qui je donnerais les détails de l'affaire. Mais il ne faut surtout pas qu'il s'en rende compte.

— C'est impossible. Je vous demande de me faire confiance.

Fut un temps où la requête d'un président au porte-parole de la Chambre aurait suffi. Cette époque est révolue.

— Je ne peux pas accepter, monsieur le Président.

C'est un choix intéressant – *je ne peux pas*. Et non *je ne veux pas*. Lester subit une grosse pression de son comité électoral. Surtout des « cracheurs de feu », qui s'emparent du moindre frémissement sur les réseaux sociaux et dans les médias pour alimenter le brasier.

Au mépris de la vérité, ils ont fait de moi une caricature, et Lester Rhodes ne peut s'abaisser à accorder sa confiance à ce pantin. Cela le discréditerait totalement.

— Pensez à la cyberattaque de Toronto. Les Fils du Djihad ne l'ont pas revendiquée. Réfléchissez. Ces gars ne manquent jamais une occasion de se faire mousser. Chaque attentat est suivi d'un message clair à l'Occident : Ne vous approchez pas de nos frontières ! Reprenez vos dollars et dégagez ! Mais pas cette fois. Pourquoi, Lester ?

— Vous allez me le dire.

Je lui fais signe de se rasseoir, et reprends ma place.

— Cela reste entre vous et moi, Lester.

— Oui, monsieur le Président.

— Pour être honnête, nous ne savons pas pourquoi. D'après moi, Toronto était un coup d'essai. Une preuve qu'il en a les moyens. Sans doute pour obtenir un acompte, avant la véritable opération.

Je laisse mon annonce produire son petit effet. Lester a l'air penaud, comme un gamin qui n'a pas compris la leçon et ne veut pas le reconnaître.

— Alors pourquoi ne pas le tuer ? s'enquiert-il. Pourquoi l'avoir sauvé en Algérie ?

Je l'observe longuement.

— Entre vous et moi, ajoute-t-il.

Faute de détails, je peux au moins lui donner de quoi se faire les dents.

— Notre objectif n'était pas de sauver Suliman Cindoruk, mais de le capturer.

— Mais alors…, balbutie Lester, pourquoi avez-vous stoppé ce groupe armé ?

— Ils étaient décidés à l'éliminer, Lester. Ils allaient pulvériser la ferme au lance-roquettes !

— Et alors ? Un terroriste en prison ou un terroriste mort, quelle différence ?

— Dans notre cas, une différence énorme. J'ai besoin de Suliman vivant.

Lester regarde ses mains, et fait tourner son alliance. Il ne veut pas révéler ses intentions.

— Nos agents sur le terrain nous ont avertis que les séparatistes l'avaient débusqué. On n'en savait pas plus. L'idée était d'envoyer nos meilleurs hommes en Algérie pour capturer Suliman vivant. Nous avons réussi à arrêter l'attaque, mais Suliman a profité de la confusion générale pour s'échapper. Et oui, un soldat américain est mort. Des informations hautement confidentielles sont devenues virales en quelques heures.

Lester semble plongé dans ses réflexions. Il plisse les yeux en hochant la tête.

— Je pense que Suliman n'opère pas seul. À mon avis, il est à la solde d'une plus grosse pointure. Et Toronto n'était qu'un entraînement, une sorte de mise en bouche.

— Et nous sommes le plat de résistance, murmure Lester.

— Exactement.

— Une cyberattaque, renchérit-il. À très grande échelle.

— Si grande que l'attentat de Toronto aura l'air d'un pétard mouillé.

— Bon sang !

— J'ai besoin de Suliman vivant. Il est sans doute le seul à pouvoir tout arrêter. Il peut identifier son employeur et ses complices. Mais personne ne doit être au courant. Je m'efforce de mener une action extrêmement difficile aux États-Unis : passer sous les radars.

L'expression de Lester trahit sa stupeur. Il comprend enfin les enjeux et s'enfonce dans le canapé, abattu par le poids de ces révélations.

— En somme, les auditions perturbent vos plans.

— Exactement.

— Alors pourquoi avoir accepté de témoigner ?

— Pour gagner du temps. Vous vouliez interroger tous les membres de mon équipe de sécurité en début de semaine. Je me suis proposé à leur place pour repousser l'échéance.

— Mais il vous faut plus de temps. Lundi, c'est trop tôt.

— C'est ça.

— Et vous souhaitez que j'explique à mon comité que nous devrions vous accorder un délai.

— Oui.

— Sans leur donner de raison. Je ne peux que leur dire que j'ai décidé de vous faire confiance.

— C'est vous le chef, Lester. C'est à vous de leur montrer la voie. Expliquez-leur qu'il est dans l'intérêt de notre pays de suspendre temporairement les auditions.

Il baisse la tête et se prépare à débiter le petit discours qu'il a probablement répété une dizaine de fois avant de venir ici.

— Monsieur le Président… Je comprends que ces auditions bouleversent vos plans. Mais vous avez vos responsabilités, et nous avons les nôtres. En l'occurrence, exercer un contrôle du pouvoir exécutif. J'ai été élu pour assumer ce rôle. Je ne peux pas retourner vers mon comité et lui annoncer que je me soustrais à mon devoir.

Rien n'aurait pu le faire changer d'avis. Lester suit scrupuleusement son plan. Le patriotisme n'entre pas en ligne de compte. Comme le dirait ma mère : « Si ce type a une pensée altruiste un jour, elle mourra de solitude. »

Pourtant, je n'ai pas abattu ma dernière carte.

— Si tout se passe bien, si on réussit à stopper l'attaque, vous aurez tous les honneurs. J'annoncerai au monde entier que Lester Rhodes a mis de côté ses convictions personnelles pour le bien de son pays. Vous serez un modèle de droiture à Washington. Vous entrerez dans l'Histoire.

Lester s'éclaircit la gorge.

— Mais si…

Il est incapable de terminer sa phrase.

— Si ça tourne mal ? Alors j'en assumerai l'entière responsabilité.

— Mais on me demandera des comptes ! On me reprochera d'avoir suspendu les auditions sans donner de raison valable à mes électeurs ! Vous ne pouvez pas me promettre que j'en ressortirai indemne…

— Lester, ça fait partie de votre boulot. Que cela vous plaise ou non. Vous avez raison. Je ne peux rien vous promettre. Je n'ai aucune certitude. Moi, le commandant en chef des armées, je vous confie que la sécurité de notre pays est menacée, et je vous demande votre aide. Allez-vous m'aider, oui ou non ?

Il ne lui faut pas longtemps pour se décider. Tête baissée, il répond :

— Monsieur le Président, j'aimerais vous aider, mais vous devez comprendre que nous avons une responsa…

— Bon Dieu, Lester, pensez à votre pays !

Je me suis levé si vite que je suis pris de vertige. Heureusement, ma colère l'emporte :

— Je perds mon temps, ma parole !

Lester rajuste sa cravate.

— Alors on se voit lundi ?

Comme si de rien n'était. A-t-il écouté un seul mot de mes explications ? À croire que tout ce qui lui importe à présent, c'est de retourner rapidement auprès de ses partisans pour leur raconter qu'il m'a brillamment tenu tête.

Je pousse un profond soupir.

— Vous pensez savoir ce que vous faites, Lester. Mais croyez-moi, vous êtes très loin du compte.

8

Je contemple la porte par laquelle Rhodes est sorti.
Je ne sais pas au juste ce que j'attendais de lui. Un
sursaut de patriotisme ? Le sens des responsabilités,
peut-être. Ou juste un peu de loyauté envers son président ?

Ne rêvons pas. La confiance n'existe plus. Dans
l'environnement actuel, la confiance ne paie plus.
Tout nous pousse à agir individuellement.

Rhodes va retourner dans son bastion mener une
bataille qu'il ne contrôle pas du tout, à cause d'un
comité qui réagit au moindre tweet. Certains jours, dans
mon propre camp, ce n'est guère mieux. L'implication
démocratique est désormais influencée par l'instanta-
néité de Twitter, Snapchat, Facebook, et les chaînes
d'information en continu. Les technologies modernes
nous renvoient à nos instincts primaires. Les médias
savent ce qui est vendeur : le conflit et la division.
Simple et efficace. Trop souvent, la colère et le ressentiment l'emportent sur la réflexion. Nos émotions
trompent notre vigilance. Un discours enflammé et
moralisateur, même sans fondements, aura plus d'im-

pact qu'une allocution réfléchie et argumentée. Cela me rappelle cette vieille blague politique : « Pourquoi prends-tu si vite les gens en grippe ? » « Pour gagner du temps. »

Que reste-t-il du journalisme factuel et objectif ? C'est difficile à définir de nos jours, alors que la frontière entre fiction et réalité, entre mensonge et vérité, est de plus en plus floue.

La démocratie ne peut survivre sans liberté de la presse, dont le rôle est justement de préserver cette frontière primordiale entre fiction et réalité, en vérifiant les faits. Le monde actuel fait pression sur les journalistes politiques, pour les inciter à exercer leur propre pouvoir et à, selon l'expression d'un chroniqueur, « trouver des déviances » chez les politiciens, même les plus honnêtes et les plus compétents.

Les universitaires appellent ce phénomène la « fausse équivalence ». Imaginons que vous souhaitez dénoncer la fraude d'un parti ou d'une personne, il vous faut trouver une faille dans le parti adverse et la monter en épingle pour ne pas être accusé de favoritisme. Et il y a de nombreux avantages à révéler deux « affaires » en même temps : un regain d'intérêt pour les JT du soir, des millions de tweets, et de quoi organiser plusieurs débats télévisés. Pendant que ces sujets sans intérêt monopolisent l'espace médiatique, les politiciens ne se préoccupent plus de ce qui compte vraiment pour les gens. Et même si certains tentent de recentrer les discussions sur les vrais sujets, ils sont rapidement éclipsés par le scandale du jour.

Ce fonctionnement a des conséquences dramatiques. Il entraîne de l'immobilisme, des frustrations, des polarisations, de mauvaises décisions, et des opportunités manquées. Et rien ne nous incite à combattre cette dérive. La plupart des élus se contentent de suivre le mouvement. Ils attisent le ressentiment et la colère des gens au lieu de tempérer la situation. Tout le monde sait combien ce système est pervers. Mais nous en retirons des gratifications immédiates et nous nous laissons porter, en supposant que notre Constitution, nos institutions et nos lois repousseront chaque nouvelle offensive sans porter de coup fatal à nos libertés et à nos modes de vie.

Je voulais devenir président pour mettre fin à ce cercle vicieux. J'espère que c'est encore possible. Pour le moment, je dois m'occuper du loup à notre porte.

JoAnn entre et annonce :

— Danny et Alex sont là.

JoAnn travaillait pour le gouverneur auquel j'ai succédé en Caroline du Nord. Quand je suis arrivé, elle a géré la transition avec une efficacité impressionnante. Tout le monde la craignait. On m'avait conseillé de ne pas l'engager parce qu'elle venait de « l'autre camp » – mais JoAnn m'a déclaré : « Monsieur le gouverneur, je viens de divorcer, j'ai deux enfants au collège et je suis fauchée. Je ne suis jamais en retard, jamais malade, je tape plus vite que mon ombre, et si vous vous conduisez comme un sale con, je serai la première à vous le dire. »

Depuis, elle ne m'a plus quitté. Son fils aîné vient d'entrer au département du Trésor.

— Bonjour, lance Danny Akers, mon conseiller juridique à la Maison Blanche.

Danny et moi nous avons grandi ensemble dans le comté de Wilkes, en Caroline du Nord. Nous étions voisins dans une ville d'à peine deux kilomètres carrés, coincée entre une autoroute et un unique panneau de signalisation. On a tout fait ensemble : nager, pêcher, chasser, jouer au ballon, au skateboard. On a appris à faire des nœuds de cravate, à démarrer une voiture, à lancer une balle de base-ball. On a suivi la même scolarité : l'école primaire, le collège, le lycée Northwest High et l'Université de Caroline du Nord – l'UNC. On s'est même enrôlés ensemble dans l'armée – chez les Rangers –, après notre diplôme de premier cycle. La seule aventure que nous n'avons pas vécue main dans la main, c'est la mission Tempête du Désert. Danny n'a pas été assigné à la Compagnie Bravo, et n'a jamais mis les pieds en Irak.

Après notre service, alors que je tentais, en vain, suite à mes blessures en Irak, de retrouver mon niveau au base-ball et de garder mon poste chez les Memphis Chicks, Danny commençait son droit à l'UNC. C'est lui qui s'est porté garant pour moi auprès de Rachel Carson, une étudiante de troisième année, quand à mon tour j'ai commencé mon droit.

— Monsieur le Président.

Alex Trimble, épaules carrées et coupe militaire, a presque SECRET SERVICE écrit sur le front. Plutôt taciturne, il est d'une honnêteté sans faille et dirige ma garde rapprochée avec la rigueur d'un général.

— Asseyez-vous, Danny.

Au lieu de retourner à mon bureau, je m'affale sur le canapé.

— Monsieur le Président, voici mon mémo sur le titre 18, section 3056, réplique Danny en me tendant le document. Vous voulez la version courte ou longue ? ajoute-t-il, même s'il connaît déjà la réponse.

En privé, on se tutoie, Danny et moi, mais en présence d'un tiers, mon « conseiller à la Maison Blanche » tient absolument à respecter le protocole et à me donner du « monsieur le Président ».

— Courte, s'il vous plaît.

Lire un texte truffé de jargon juridique, c'est bien la dernière chose dont j'ai envie. De plus, je n'ai aucun doute sur la justesse et la fiabilité de ce rapport. Quand j'étais procureur, j'aimais l'effervescence de la salle de tribunal. Danny, lui, a toujours été un intellectuel – il analysait toutes les décisions de la Cour suprême et pinaillait sur des points de détail rien que pour le plaisir. Quand j'ai été élu gouverneur de Caroline du Nord, il a quitté son cabinet d'avocat pour devenir mon conseiller. Puis le président de l'époque l'a nommé à la Cour d'appel des États-Unis pour le quatrième circuit. Danny a tout de suite été comme un poisson dans l'eau et aurait volontiers poursuivi sa carrière là-bas si, une fois élu président, je ne lui avais demandé de rejoindre mon équipe.

— Précisez-moi juste quelles sont mes obligations légales, dis-je pour couper court. Ensuite, je n'en ferai qu'à ma tête, comme d'habitude.

Danny me fait un clin d'œil.

— D'après les textes, vous ne pouvez pas renvoyer votre service de sécurité. Mais il existe un précédent de refus temporaire de protection avec pour motif le respect de la vie privée.

Alex Trimble m'observe, abasourdi. J'ai déjà abordé le sujet avec lui, pour qu'il ne tombe pas des nues, mais il espérait sans doute que Danny me ferait revenir à la raison.

— Monsieur le Président, intervient-il, avec tout le respect que je vous dois, vous n'êtes pas sérieux.

— On ne peut plus sérieux, Alex.

— Étant donné les circonstances, monsieur, vous ne…

— Ma décision est prise.

— Nous pouvons mettre en place un périmètre de sécurité élargi. Ou au moins préparer le terrain.

— Non.

Alex serre les bras de son fauteuil, les mâchoires crispées.

— J'ai besoin d'une minute avec mon conseiller, vous permettez.

— Monsieur le Président, je vous supplie de…

— Alex, j'ai besoin d'une minute en privé avec Danny.

Après un long soupir, Alex nous laisse seuls.

Danny attend que la porte soit refermée pour me lancer :

— Quelle mouche t'a piqué, mon gars ?

Il a pris un léger accent pour imiter l'une des expressions favorites de ma mère. Il les connaît toutes par cœur. Les parents de Danny étaient des gens bien, mais ils travaillaient dur et n'étaient pas souvent chez eux. Son père faisait beaucoup d'heures sup dans son entreprise de transport routier, et sa mère bossait dans l'équipe de nuit de l'usine locale. Mon père, qui était prof de math, s'est tué dans un accident de voiture quand j'avais quatre ans. On vivait grâce à sa petite pension et au maigre salaire de serveuse de ma mère dans un restaurant près de Miller Creek. Mais elle rentrait tous les après-midi à la maison, et aidait les Akers à s'occuper de Danny. Elle l'adorait. Danny était comme un second fils pour elle, et il passait autant de temps chez nous que chez lui.

D'habitude, quand Danny fait allusion à un souvenir d'enfance, ça me fait sourire. Pas cette fois. Je me triture les mains avec nervosité.

— OK, tu peux me dire ce qui se passe ? s'inquiète-t-il. Tu me files les jetons.

Bienvenue au club. Maintenant que je suis seul avec Danny, je sens que ma vigilance se relâche. Rachel et lui ont toujours été mes ports d'attache dans la tempête.

Les yeux dans le vague, je lâche :

— Tu te souviens quand on pêchait des truites à Garden Creek, ça paraît bien loin, hein ?

— Tant mieux. Ce n'est pas avec ce que tu attrapais que tu aurais pu survivre !

Cette fois encore, je ne ris pas.

— Tu es à ta place ici. Si tout nous explose à la figure, c'est toi que je veux savoir aux commandes.

Je laisse échapper un soupir et hoche la tête.

— Hé…

Danny se lève et s'assoit à côté de moi sur le canapé. Il me donne un petit coup de genou.

— Piloter le navire, ça ne veut pas dire être seul. Je suis là. J'ai toujours été là. Président ou pas, tu peux compter sur moi.

— Ouais… je sais bien.

— C'est à cause de cette histoire d'*impeachment* ? T'as pas à t'inquiéter pour ça. Tout va s'arranger. Lester Rhodes ? Ce type est un abruti. Il serait incapable de pisser dans un bocal, même avec le mode d'emploi.

Danny semble prêt à tout pour me dérider. Il reprend les meilleures répliques de Mama Lil ! Il cherche à raviver son souvenir, à invoquer sa force. Après la mort de mon père, ma mère m'a élevé à la dure. Elle me donnait une tape derrière la tête chaque fois que je faisais une faute de prononciation. J'avais intérêt à aller à l'université, grondait-elle, sinon elle me botterait le cul ! Un vrai sergent instructeur ! Elle partait travailler très tôt le matin et rentrait dans l'après-midi avec deux boîtes en polystyrène contenant nos dîners, à Danny et à moi. Je lui frottais les pieds pendant qu'elle vérifiait nos devoirs et nous posait des questions sur notre journée d'école. « On n'est pas assez riches pour se permettre d'être stupides », répétait-elle.

— Alors c'est l'autre problème, hein ? s'enquiert Danny. Le problème qui t'a fait annuler la moitié de tes rendez-vous des deux dernières semaines ? Ce qui explique pourquoi tu t'intéresses soudain autant à la loi martiale, à l'*habeas corpus* et à la régulation des prix ? C'est aussi à cause de ça que tu gardes le silence sur Suliman et l'Algérie pendant que Rhodes te taille un costard ?

— Tu as tout compris.

— D'accord.

Danny s'éclaircit la voix.

— C'est grave à quel point ? Sur une échelle de un à dix…

— Mille.

— Merde ! Et tu as l'intention de faire cavalier seul ? Il faut que je te le dise : c'est vraiment une très mauvaise idée.

Sans doute. Mais je n'en ai pas de meilleure.

— Tu as l'air d'avoir peur.

— Oui, je le reconnais.

Nous restons silencieux un long moment.

— Tu sais la dernière fois où je t'ai vu dans cet état ?

— Quand l'Ohio m'a donné la victoire ?

— Non.

— Quand j'ai appris que la Compagnie Bravo partait en Irak ?

— Non.

— Je donne ma langue au chat.

— Le jour où on est descendus du bus à Fort Benning et que le sergent Melton beuglait : « Où est le bataillon des bleus ? Où se planquent ces petits cons d'intellos ? » On n'était pas arrivés que le sergent voulait déjà nous étriper, parce qu'avec notre diplôme, on avait droit à une meilleure paie et à un plus haut grade.

Ce souvenir me fait sourire.

— Je m'en rappelle bien.

— Ouais. On n'est pas près d'oublier notre première séance de pompes, hein ? J'ai vu ta tête, quand on remontait l'allée du bus. Je devais faire la même gueule. Pété de trouille. Tu te souviens de ce que tu as fait ?

— J'ai fait dans mon froc, non ?

Danny se tourne vers moi.

— Tu ne t'en souviens pas, hein, Ranger ?

— Je jure que non.

— Tu m'es passé devant.

— Vraiment ?

— Oui, je t'assure. J'étais assis côté couloir, et toi près de la fenêtre. Et quand le sergent a crié, tu as joué des coudes pour me doubler, et tu as été le premier à lui faire face. Pas moi. Malgré ta trouille, ton premier instinct a été de me protéger.

— Euh…

Je ne me rappelais pas cette anecdote.

Danny me tapote le genou.

— Alors même si tu as peur, je ne veux pas d'un autre président pour défendre notre pays.

9

Tandis que le soleil caresse son visage et que sa sonate préférée résonne dans ses écouteurs, Bach se dit que visiter l'Esplanade nationale est une bonne manière de tuer le temps.

Le mémorial de Lincoln en impose avec ses colonnes grecques et sa statue de marbre perchée en haut d'un immense escalier. Absurde. Ce monument digne d'un dieu ne convient pas à un président connu et admiré pour son humilité. Contradiction typique de l'esprit américain. Leur nation a été bâtie sur des principes de liberté et de respect des droits individuels que leur gouvernement bafoue sans vergogne dans les autres pays.

C'est une simple observation. Bach n'a jamais été intéressée par la géopolitique. Et malgré l'ironie de la situation, ce mémorial reste grandiose, comme ce pays surprenant.

L'immense miroir d'eau scintille sous le soleil de fin de matinée. Le mémorial des vétérans de la guerre de Corée l'émeut particulièrement – un sentiment qui l'étonne.

Mais ce qui l'a vraiment impressionnée, c'est sa visite tôt ce matin du Ford's Theater, où le président Lincoln a été assassiné. L'attentat le plus audacieux de l'histoire des États-Unis.

Le ciel est si lumineux que les promeneurs plissent les yeux – ses larges lunettes de soleil ne sont donc pas suspectes. Elle se sert de son appareil photo pour prendre des gros plans de Lincoln, de Roosevelt et sa femme Eleanor, des inscriptions du mémorial. Une excellente couverture au cas où l'on demanderait à Isabella Mercado – le nom inscrit sur son passeport – à quoi elle occupe sa journée.

Dans ses écouteurs, c'est à présent les accents mélancoliques des chœurs et des violons de la *Passion selon saint Jean*, au moment de la dramatique confrontation entre Ponce Pilate, le Christ et le peuple.

Weg, weg mit dem, kreuzige ihn !

Emmenez-les ! Crucifiez-le !

Elle ferme les yeux, comme souvent lorsqu'elle s'abandonne à la musique. Elle s'imagine dans l'église Saint-Thomas à Leipzig en 1724, le jour où la *Passion selon saint Jean* a été jouée pour la première fois. Elle se demande ce que le compositeur a ressenti quand il a entendu son œuvre prendre vie, quand il a vu les fidèles submergés par l'émotion.

Elle est née au mauvais siècle.

Quand elle ouvre les yeux, elle voit une femme allaiter son bébé sur un banc. Un frisson la traverse des pieds à la tête. Elle enlève ses écouteurs et observe le sourire qui flotte sur le visage de la mère. C'est ce qu'on appelle « l'amour », elle le sait.

Bach se souvient de l'amour. Et aussi de sa mère. Ce sont plus des sensations que des images, même si elle a réussi à s'échapper avec deux photos de sa mère. Le souvenir de son frère est plus net. Son expression amère, et la haine dans son regard, la dernière fois qu'ils se sont vus. Aujourd'hui, il a une femme et deux filles. Elle pense qu'il est heureux. Peut-être qu'il connaît l'amour.

Elle glisse un autre bonbon au gingembre dans sa bouche et hèle un taxi.

— À l'angle de M Street Southwest et Capitol Street Southwest ! lance-t-elle.

Elle passe pour une touriste, tant mieux.

L'odeur de graillon et les mouvements saccadés de la voiture lui donnent la nausée. Elle remet son casque pour éviter de discuter avec le chauffeur africain volubile. Elle paie en liquide, descend, et inspire plusieurs bouffées d'air frais avant d'entrer dans le restaurant.

En réalité, c'est un pub où l'on sert toutes sortes d'animaux massacrés sur de grandes assiettes. Les clients sont invités à « goûter les nachos », des tortillas frites recouvertes de fromage, petits légumes, et des morceaux de bêtes mortes.

Elle ne mange pas de viande. Jamais elle ne tuerait un animal. Ils n'ont rien fait de mal.

Au bar, face à la fenêtre, elle se perche sur un tabouret et observe par la vitre les grosses voitures arrêtées au feu rouge. À côté, sur un immense panneau, défilent des publicités pour des magasins de vêtements, des crédits automobile, des marques de bière, des films et des chaînes de fast-food. Les trottoirs sont bondés. Le restaurant, en revanche, est pratiquement vide. Il est à peine 11 heures. Ce n'est pas encore le coup de feu. La carte ne propose rien qu'elle puisse avaler. Elle commande un soda et une soupe. Et prend son mal en patience.

Des nuages gris se sont accumulés dans le ciel. D'après le journal, il y a 30 % de chances qu'il pleuve. Donc, elle a 70 % de chances de terminer sa mission ce soir.

Un homme s'assoit à sa gauche. Elle surveille discrètement le comptoir. Elle attend de voir la grille de mots croisés.

Peu après, l'homme pose son journal sur le bar, à la bonne page, et inscrit dans les cases de la première ligne horizontale : C-O-N-F-I-R-M-É

Étudiant sa carte de l'Esplanade nationale, Bach note au stylo bille, dans l'espace blanc en haut de la page : MONTE-CHARGE ?

L'homme, qui fait mine de réfléchir à la définition suivante, tapote de son stylo le mot qu'il vient d'écrire.

Le serveur apporte son soda à Bach. Elle en boit une grande gorgée, savourant l'effet apaisant de la boisson sur son estomac. Puis elle griffonne : RENFORTS ?

Même réponse de son voisin.

Puis, dans une colonne verticale, il note : P-A-S-S-E-P-O-R-T ?

OK, inscrit-elle, avant d'ajouter : SI PLUIE RV À 21 H ?

Il répond : P-A-S-D-E-P-L-U-I-E-A-U-J

Malgré son impatience, elle garde le silence.

Il remplit une nouvelle ligne horizontale : O-U-I-R-V-2-1-H

L'homme se lève avant que le serveur ait pu prendre sa commande, et abandonne le journal sur le comptoir. Elle le fait glisser vers elle et l'ouvre, comme si elle s'intéressait à l'un des articles. La carte et le journal seront déchirés et les morceaux répartis dans différentes poubelles.

Elle a hâte de partir. Elle est sûre de pouvoir remplir sa mission. La seule chose qu'elle ne peut pas contrôler, c'est la météo.

Et si elle devait prier, une fois dans sa vie, elle prierait pour qu'il ne pleuve pas.

10

Il est 13 h 30 dans la salle de crise, un espace inso-
norisé et sans fenêtres, équipé de l'air conditionné.

— Montejo va déclarer la loi martiale au Honduras
demain, annonce Brendan Mohan, mon conseiller à la
Sécurité nationale. Il a déjà mis derrière les barreaux
la majorité de ses opposants politiques, et n'a pas l'intention de s'arrêter là. Vu la pénurie alimentaire, il va
sûrement instaurer le contrôle des prix pour éviter la
panique pendant quelques jours, le temps de prendre
les pleins pouvoirs. D'après nos infos, les Patriotas
ont rassemblé une armée de deux cent mille soldats à
Managua, au Nicaragua voisin, et ils s'apprêtent à donner l'assaut. Si Montejo ne fait pas machine arrière…

— Il ne le fera pas, intervient Kathy Brandt.

Mohan, un ancien général, n'apprécie guère qu'on
l'interrompe, mais il respecte la hiérarchie. Il hausse
ses larges épaules et se tourne vers elle.

— Je suis d'accord avec vous, madame la vice-
présidente, il ne reculera pas. Mais il ne réussira peut-
être pas à tenir les militaires. Et risque d'être renversé.

Auquel cas, selon nos prévisions, le Honduras basculera dans la guerre civile en moins d'un mois.

J'observe Erica Beatty, la directrice de la CIA, une femme aux yeux noirs et aux cheveux gris coupés court, qui a consacré toute sa vie à l'Agence. Elle a été recrutée par la CIA quand elle était étudiante, et a été envoyée en Allemagne de l'Ouest dans les années 1980. En 1987, elle a été enlevée par la Stasi. La police politique est-allemande a prétendu l'avoir arrêtée de son côté du Mur, en possession d'un faux passeport et de plans du quartier général de la RDA. Elle a été emprisonnée et interrogée pendant près d'un mois avant d'être libérée. D'après les rapports de la Stasi, rendus publics après la chute du Mur et la réunification de l'Allemagne, elle a été sauvagement torturée, mais n'a livré aucune information.

Son temps sur le terrain est terminé. Aujourd'hui, elle a pris du galon. Considérée comme une spécialiste de la Russie, cette femme discrète conseille l'état-major et dirige la division Eurasie centrale de la CIA, qui supervise les opérations de renseignements dans tous les anciens pays de l'Est. C'était aussi ma consultante sur la Russie pendant ma campagne. Elle ne s'exprime que lorsqu'on l'interroge, mais une fois lancée, elle peut vous en apprendre plus sur le président Dimitri Tchernokev que Tchernokev lui-même.

— Qu'en pensez-vous, Erica ?

— Montejo est manipulé par Tchernokev. Depuis qu'il est au pouvoir, le président russe cherche un moyen de s'infiltrer en Amérique centrale. C'est une opportunité en or. Montejo est en train de virer fasciste, ce qui donne de la crédibilité aux Patriotas – ils passent pour des combattants de la liberté, et non des marionnettes russes. Au final, Montejo joue exactement le rôle que Tchernokev attendait de lui. C'est un imbécile et un lâche.

— Mais c'est *notre* imbécile, fait remarquer Kathy.

Elle a raison. On ne peut pas laisser les Patriotas, ces pantins à la solde des Russes, envahir la région. On pourrait déclarer que c'est un coup d'État et couper toutes les aides américaines, mais en quoi cela servirait nos intérêts ? Le gouvernement hondurien se retournerait contre nous, et la Russie gagnerait du terrain en Amérique centrale.

— Avons-nous une solution satisfaisante ?

Personne n'en a.

— Alors passons à l'Arabie Saoudite. Mais c'est quoi ce bordel ?

Erica Beatty est en charge de ce dossier.

— Les Saoudiens ont arrêté des dizaines de personnes en représailles de ce qu'ils considèrent comme une tentative d'assassinat du roi Saad ibn Saoud. Ils ont apparemment retrouvé des armes et des explosifs. Personne n'a attenté à sa vie, mais les Saoudiens affirment qu'ils en étaient au « stade final » de l'attentat quand la police d'État, le Mabahith, a opéré ses raids et ses arrestations massives.

À seulement trente-cinq ans, Saad ibn Saoud est le fils cadet de l'ancien roi. Un an plus tôt, son père avait remanié son gouvernement et surpris tout le monde en désignant Saad prince héritier – son successeur direct. Certains membres de la famille royale ont mal digéré la nouvelle. Trois mois après cette annonce, son père est mort, et Saad est devenu le plus jeune roi d'Arabie Saoudite.

Depuis, la route a été semée d'embûches pour le jeune monarque. Il a décidé d'imposer son autorité en se servant du Mabahith, pour éliminer les dissidents. Quelques mois plus tôt, il en a fait exécuter une douzaine en une nuit. Cela ne m'a pas plu, mais je n'avais guère de marge de manœuvre. J'ai besoin de lui dans la région. Les Saoudiens sont nos alliés. Sans une Arabie Saoudite stable, notre influence dans cette partie du monde est compromise.

— Qui est responsable, Erica ? L'Iran ? Le Yémen ? À moins que ça ne vienne de l'intérieur ?

— Ils n'en savent rien, monsieur. Nous non plus. Les ONG affirment que cette histoire d'assassinat est un prétexte du roi pour se débarrasser de ses rivaux. Nous savons que plusieurs membres riches mais peu influents de la famille royale ont été éliminés au passage. Les prochains jours vont être très tendus.

— On a du monde sur place pour les aider ?

— On leur a proposé. Mais pour l'instant, ils ne nous ont pas sollicités. La situation est… délicate.

L'agitation est la seule constante du Moyen-Orient. Et au moment où je dois affronter la terrible menace qui pèse sur les États-Unis, j'aimerais éviter l'embrasement de cette région.

À 14 h 30, de retour dans le Bureau Ovale, je déclare au téléphone :

— Madame Kopecky, votre fils est un héros. Nous rendons hommage aux services qu'il a rendus à son pays. Et je prie pour vous et pour votre famille.

— Il aimait… il aimait son pays, président Duncan, répond sa mère d'une voix brisée. Il croyait à sa mission…

— Je suis sûr qu'il était…

— Pas du tout, me coupe-t-elle. Je n'ai jamais compris pourquoi il devait aller là-bas. Ces gens ne pourraient pas gérer tout seuls leur pays de merde ?

Au-dessus de moi, la lampe clignote. Qu'est-ce qui se passe avec l'électricité aujourd'hui ?

— Je comprends, madame Kopecky.

— Appelez-moi Margaret, comme tout le monde. Je peux vous appeler Jon ?

— Margaret…, dis-je à cette mère qui vient de perdre son fils de dix-neuf ans, vous pouvez m'appeler comme vous voulez.

— Je sais que vous avez envie de lâcher l'Irak, Jon, mais ça ne suffit pas ! Il faut vraiment quitter cet enfer !

À 15 h 10, je me trouve dans le Bureau Ovale avec Danny Akers et Jenny Brickman.

Carolyn entre et secoue discrètement la tête – toujours rien.

Difficile de se concentrer sur les affaires courantes. Mais je n'ai pas le choix. La terre ne s'arrête pas de tourner au moindre danger.

Carolyn prend place.

— J'ai le rapport de la Santé, déclare Danny.

Comme je n'étais pas d'humeur aujourd'hui à écouter le secrétaire à la Santé, et que je ne voulais pas perdre de temps sur des sujets moins urgents, j'ai demandé à Danny de me faire un résumé de la situation.

— On a un problème avec la couverture santé en Alabama, explique Danny. L'Alabama est l'un des États qui ont refusé l'extension de Medicaid prévue par l'Obamacare, vous vous rappelez ?

— Bien sûr.

Soudain, Carolyn se lève d'un bond et se rue vers la porte, que JoAnn vient d'ouvrir. Ma secrétaire lui tend une note.

Danny interrompt son exposé en voyant l'expression de mon visage.

Carolyn lit le message et me regarde.

— On a besoin de vous en salle de crise, monsieur.

Le moment que nous redoutons tous est peut-être arrivé...

11

Sept minutes plus tard, Carolyn et moi entrons dans la salle de crise.

Ce n'est pas ce que nous redoutions – l'attaque n'a pas commencé. Mon pouls ralentit. Nous ne sommes pas là pour nous amuser, mais la situation n'a pas viré au cauchemar. Pas encore.

Notre comité d'accueil est impressionnant : la vice-présidente Kathy Brandt ; mon conseiller à la Sécurité nationale, Brendan Mohan ; le chef d'état-major des armées, l'amiral Rodrigo Sanchez ; le secrétaire à la Défense, Dominick Dayton ; le secrétaire à la Sécurité intérieure, Sam Haber ; et la directrice de la CIA, Erica Beatty.

— On les a localisés dans une ville appelée Al-Bayda, déclare l'amiral Sanchez. Dans le centre du Yémen. Ce n'est pas un foyer d'activité militaire. La coalition menée par les Saoudiens se trouve à une centaine de kilomètres.

— Pourquoi ces deux hommes se rencontrent-ils ?

— Nous n'en savons rien, monsieur le Président, répond Erica Beatty. Mais Abu-Dheeq est le chef des opérations militaires d'Al-Shabaab, et Al-Fadhli le commandant de l'AQPA.

Elle hausse les sourcils. Les chefs de la cellule terroriste somalienne et d'Al-Qaïda dans la péninsule Arabique se rencontrent en personne.

— Qui d'autre se trouve avec eux ?

— Apparemment, Abu-Dheeq est venu en petit comité. Alors qu'Al-Fadhli a emmené toute sa famille. Comme d'habitude.

Bien sûr. Il emmène sa famille pour se protéger.

— Combien d'enfants ?

— Sept. Cinq garçons et deux filles, âgés de deux à seize ans. Et sa femme.

— Où se situent-ils exactement ? Pas géographiquement, mais en termes de risques pour la population ?

— Dans une école primaire. Il n'y a pas d'enfants en ce moment, ajoute vivement Erica. Ils ont huit heures d'avance sur nous. C'est le soir au Yémen.

— Vous voulez dire qu'il n'y a pas d'enfants en dehors des cinq garçons et deux filles d'Al-Fadhli ?

— Exact, monsieur.

Ce salaud se sert de ses gamins comme bouclier humain, nous mettant au défi de massacrer sa famille entière pour l'atteindre. Quel lâche !

— Sera-t-il séparé de sa famille à un moment donné ?

— Il est apparemment dans une autre partie de l'école, intervient Sanchez. L'entrevue a lieu dans l'un des bureaux. Les enfants dorment dans une grande salle, peut-être un gymnase ou une salle commune.

— Mais le missile anéantira toute l'école.

— C'est très probable, en effet, monsieur.

J'appuie sur un bouton du haut-parleur.

— Général Burke ? Un commentaire ?

Burke est le général quatre étoiles à la tête du commandement central des États-Unis. Il est en ligne depuis le Qatar.

— Monsieur le Président, je n'ai pas besoin de vous rappeler qu'il s'agit de deux cibles prioritaires. Les deux têtes pensantes d'organisations terroristes très dangereuses. Abu-Dheeq est le Douglas McArthur d'Al-Shabaab, un grand stratège. Et Al-Fadhli est le commandant en chef d'Al-Qaïda dans toute la péninsule Arabique. Ce serait pour nous une victoire significative, monsieur. Nous n'aurons sans doute plus jamais une opportunité pareille.

Une « victoire significative » – tout est relatif. Ces deux chefs de guerre seraient immédiatement remplacés. Et en tuant des innocents, nous risquons de créer plus de futurs terroristes que nous n'en éliminons aujourd'hui. Mais ce serait un coup dur pour leurs organisations, c'est certain. Et nous ne devons pas les laisser croire qu'ils sont en sécurité s'ils se cachent derrière leurs familles.

— Monsieur le Président, reprend Erica Beatty, nous ne savons pas combien de temps va durer cette entrevue. Elle peut se terminer d'une minute à l'autre. Il est clair que ces deux chefs militaires discutent d'un sujet très important, pour avoir pris le risque de se rencontrer en personne. À l'évidence, ils ne font pas confiance aux intermédiaires, ni aux échanges électroniques. Mais une chose est sûre, dans cinq minutes, ils ne seront plus là.

Autrement dit, c'est maintenant ou jamais.

— Rod ?

Je veux l'avis de l'amiral Sanchez, le chef d'état-major des armées.

— Je recommande l'attaque.

Je me tourne vers le secrétaire à la Défense.

— Dom ?

— Je suis d'accord.

— Brendan ?

— D'accord aussi.

— Kathy ?

La vice-présidente réfléchit un moment, puis soupire en replaçant une mèche derrière son oreille.

— C'est lui qui a décidé d'utiliser sa famille comme bouclier humain, pas nous. Je suis en faveur de l'intervention.

Je regarde la directrice de la CIA.

— Erica, avons-nous les prénoms des enfants ?

Elle me connaît, depuis le temps, et me tend une feuille de papier avec une liste de sept noms. Je la parcours, de Yasin, l'adolescent de seize ans, à Salma, la petite de deux ans.

— Salma, ça signifie « paix », dis-je à voix haute. Non ?

Erica s'éclaircit la gorge.

— Je crois, en effet, monsieur.

J'imagine une petite fille paisiblement endormie dans les bras de sa mère, qui ne sait rien de notre monde empli de haine. Salma serait devenue une jeune femme qui aurait pu changer l'humanité. Elle nous aurait peut-être permis de dépasser nos divergences et de trouver la voie de la réconciliation. Nous devons croire que cela arrivera un jour, non ?

— On pourrait attendre la fin du rendez-vous. Quand ils repartent, chacun de leur côté, on suit le convoi d'Abu-Dheeq et on l'élimine. Un leader terroriste en moins sur deux, c'est mieux que rien.

— Et Al-Fadhli ? interroge Sanchez.

— On le suit aussi, en espérant qu'il se séparera de sa famille à un moment donné. Et là, on frappe.

— Il ne fera pas l'erreur de s'écarter de ses enfants, monsieur. Il retournera dans une zone peuplée et disparaîtra dans la nature, comme toujours. Et on perdra sa trace.

— Al-Fadhli sort rarement de sa tanière, confirme Erica Beatty. C'est une opportunité unique.

— Unique. Tuer sept enfants... Unique, en effet.

Je me lève et je fais les cent pas. Le dos tourné à l'équipe, j'entends la voix de Kathy.

— Monsieur le Président, Al-Fadhli n'est pas un imbécile. Si nous éliminons Abu-Dheeq à quelques kilomètres du point de rendez-vous, il comprendra que nous les avons débusqués dans l'école primaire et que nous l'avons épargné. Il donnera alors la consigne à tous ses frères d'armes : gardez vos enfants près de vous, les Américains ne vous attaqueront pas !

— Ils ne font pas de quartier avec les nôtres, renchérit Erica Beatty.

Je suis indigné :

— Donc on est comme eux ? On ne vaut pas mieux ? Ils tuent nos enfants, alors on tue les leurs ?

Kathy lève la main.

— Non, monsieur, ce n'est pas ce que je voulais dire. Ils ciblent *délibérément* des innocents. Nous, on ne le fait qu'en dernier recours. Il s'agit d'une frappe de précision pour éliminer un terroriste. Pas de prendre pour cible des civils et des enfants.

Bien sûr, elle a raison. Mais les terroristes que nous combattons ne font pas de différence entre les offensives ciblées américaines et leurs propres attaques. Eux ne peuvent pas envoyer de missiles à l'aide de drones. Ils n'ont pas notre armée, ni notre puissance aérienne. Poser des bombes dans des lieux publics est leur version de la frappe militaire.

Sommes-nous différents ? Tuer des enfants innocents, n'est-ce pas franchir la ligne rouge ? Les dommages collatéraux sont une chose. Là, nous agissons en connaissance de cause.

Rod Sanchez consulte sa montre.

— L'entrevue va se terminer d'une minute à l'autre. Je doute qu'ils continuent longtemps à…

— Oui, vous avez déjà été très clair sur ce point, amiral.

Je baisse la tête et ferme les yeux pour m'isoler du reste de la pièce. Je suis entouré de gens extrêmement compétents, de professionnels parfaitement entraînés. Mais je dois prendre cette décision seul. Les Pères fondateurs avaient une bonne raison de nommer un civil à la tête des armées. Dans le cas présent, il n'est pas seulement question de stratégie militaire. Il s'agit aussi d'éthique, et des valeurs qui font de nous une grande nation.

Comment puis-je condamner sept enfants ?

Ce n'est pas toi. Toi, tu élimines deux terroristes dont le but est d'exterminer des innocents. Al-Fadhli signe l'arrêt de mort de ses propres enfants en se réfugiant derrière eux.

C'est vrai, mais ce ne sont que des paroles. Ce sera ma sentence. La vie ou la mort. Que dirai-je à mon Créateur le jour où je devrai répondre de mes actes ?

Ce ne sont pas de simples paroles. Si tu laisses passer cette opportunité, tu entérines une ruse ignoble.

Mais ce n'est pas ce qui compte. Ce qui compte, ce sont ces sept enfants. Est-ce digne des États-Unis d'Amérique ?

Pourquoi ces deux hommes se retrouvent-ils ? C'est la première fois. Ils planifient certainement une opération de grande envergure. Une opération qui fera sans nul doute plus de sept victimes innocentes. En les arrêtant, tu stoppes une attaque terroriste. Et tu sauves des vies.

Je rouvre les yeux. Je prends une profonde inspiration, espérant calmer les battements frénétiques de mon cœur. Je cherchais une justification.

Je prends un peu de temps pour murmurer une prière. Je prie pour ces enfants. Je prie pour qu'un président n'ait plus jamais à prendre une telle décision.

— Dieu nous pardonne. Vous avez le feu vert.

12

Je retourne dans le Bureau Ovale avec Carolyn tandis que l'horloge, d'une lenteur désespérante, ne marque pas encore 17 heures. Nous gardons le silence. Le vendredi, beaucoup d'hommes et de femmes attendent avec impatience la fin de leur semaine de travail, et le début d'un week-end de repos bien mérité en famille.

Depuis quatre jours, Carolyn et moi attendons nous aussi ce moment précis – le vendredi 11 mai à 17 heures, heure de Washington – en ignorant si ce sera le début ou la fin de quelque chose. Ou les deux.

Lundi dernier, peu après midi, j'ai reçu un appel sur mon téléphone personnel. Carolyn et moi mangions un sandwich à la dinde dans la cuisine. Nous étions déjà au courant que la menace était imminente. Mais nous ne mesurions pas encore son ampleur et ne savions pas comment l'arrêter. L'échec lamentable de la mission en Algérie avait fait le tour du monde. Suliman était en fuite. Et les membres de mon équipe de sécurité étaient assignés à comparaître le lendemain, mardi, devant la Commission spéciale.

Mais quand j'ai posé mon sandwich et que j'ai pris l'appel, la situation a radicalement changé. Pour la première fois depuis que j'étais au courant de la menace, j'avais un petit espoir. En même temps, j'étais plus terrifié que jamais.

Le vendredi 11 mai, à 17 heures.

Alors que le moment fatidique approche, je ne songe plus qu'aux sept enfants innocents qui gisent recouverts de cendres, dans une école du Yémen, par ma faute.

En cet instant, je me demande ce qui va arriver à notre pays, et si nous allons réussir à repousser le danger. Je bous d'impatience.

— Bon sang, où est-elle ?

— Il n'est pas tout à fait 17 heures, monsieur. Elle ne va pas tarder.

— Vous n'en savez rien, dis-je en faisant les cent pas. Personne ne le sait. Appelez la sécurité pour...

Au même moment, le téléphone sonne. Carolyn répond.

— Oui, Alex... Elle... très bien... elle est seule ? Oui... d'accord. Bien sûr, faites ce que vous avez à faire... Oui, mais dépêchez-vous.

Elle raccroche et me regarde sans rien dire.

— J'ai l'impression qu'elle est arrivée.

— Oui, monsieur. Ils sont en train de la fouiller.

Je contemple le ciel gris par la fenêtre. Il va sûrement pleuvoir.

— Qu'est-ce qu'elle va nous annoncer, Carrie ?

— J'aimerais bien le savoir, monsieur. Je resterai à l'écoute.

110

La condition était un face-à-face. Je serai donc seul dans le Bureau Ovale avec mon invitée. Mais Carolyn nous observera sur un écran depuis la *Roosevelt Room*.

Je continue à tourner en rond, l'estomac à l'envers.

— Bon sang, je n'ai pas été aussi nerveux depuis… En fait, je n'ai jamais été aussi nerveux de ma vie !

— Vous ne le montrez pas, monsieur.

Je hoche la tête.

— Vous non plus.

Montrer sa faiblesse n'est pas le genre de Carolyn. Cela me rassure, car en ce moment elle est la seule sur qui je peux compter.

La seule personne à être au courant de ce rendez-vous.

Carolyn quitte la pièce. Je me poste près de mon bureau et attends que JoAnn introduise la visiteuse.

Après ce qui me semble une éternité, les aiguilles de l'horloge tournant comme au ralenti, la porte s'ouvre.

— Monsieur le Président…, annonce JoAnn.

Je hoche la tête.

— Faites entrer.

13

La fille porte un tee-shirt PRINCETON gris à manches longues, un jean déchiré et des boots. Avec son corps efflanqué, son long cou et ses pommettes saillantes, elle ressemble à une gamine des rues. Sa coupe de cheveux est inimitable : le côté droit du crâne rasé, les cheveux longs du côté gauche.

Un croisement entre un mannequin Calvin Klein et une punkette trash.

Elle examine la pièce d'un regard très différent de ceux qui découvrent ce lieu pour la première fois. D'habitude, les visiteurs absorbent tous les détails, admirent les portraits, les bibelots, s'extasient devant le sceau présidentiel et mon bureau.

Pas elle. Ce que je lis dans ses yeux, derrière l'expression indéchiffrable de son visage, c'est du mépris. De la haine. Pour moi. Pour ma fonction, et tout ce qu'elle représente.

Tous ses sens sont en alerte – elle se demande à quel moment mes gardes du corps vont se jeter sur elle, la neutraliser et lui passer un sac sur la tête.

Elle correspond à la description physique qu'on m'en a faite et elle a donné le nom que j'attendais à l'entrée. C'est bien elle. Mais je dois en être absolument sûr.

— Quel est le nom de code ?

Elle hausse un sourcil. Pourtant, ma question ne doit pas la surprendre.

— Alors ?

— Dark Ages, lâche-t-elle comme si ces deux mots étaient empoisonnés.

Elle roule les R, ce qui révèle un fort accent d'Europe de l'Est.

— Où avez-vous entendu ces mots ?

Elle secoue la tête. Non, je n'aurai pas la réponse.

— Votre... Secret Service... il m'aime pas beaucoup.

— Vous avez refusé de passer par le détecteur de métaux.

— Je... toujours. À cause de... c'est quoi le mot ? Avec l'obus... un éc...

— Un éclat. Un éclat d'obus.

— Oui, répond-elle en désignant son front. Ils m'ont dit... deux centimètres à droite et... je ne serais pas là.

Elle glisse un pouce dans la ceinture de son jean. Une lueur de défi brille dans son regard. De méfiance aussi.

— Vous voulez savoir... ce que j'ai fait pour... mériter ça ?

J'imagine qu'il est question d'une frappe militaire ordonnée par un président américain – peut-être moi – dans un pays lointain. Mais je ne sais pratiquement

113

rien de cette fille. Même pas son vrai nom, ni d'où elle vient. Quelles sont ses motivations ? Ses objectifs ? Après avoir pris contact avec moi – indirectement – lundi dernier, elle a disparu de la circulation. Et malgré tous mes efforts pour en apprendre davantage sur elle, je n'ai rien découvert. Cette fille est une énigme.

Cependant, je suis presque certain qu'elle tient le destin du monde libre entre ses mains.

— J'allais à la messe... avec ma nièce... quand la bombe est tombée.

J'enfouis mes mains dans mes poches.

— Vous n'avez rien à craindre ici.

Son regard s'égare dans la pièce, ses prunelles cuivrées s'élargissent. Elle paraît encore plus jeune. Moins coriace qu'elle voudrait le faire croire. On dirait une gamine effrayée tout à coup.

J'espère qu'elle a peur. Moi, je n'en mène pas large, mais je n'ai pas plus l'intention de le montrer qu'elle.

Elle cligne des paupières et prend un air dédaigneux.

— Les promesses d'un président américain...

Plongeant la main dans la poche arrière de son jean, elle en sort une enveloppe froissée pliée en deux. Elle la lisse et la pose sur la table près du canapé.

— Mon partenaire ne sait pas ce que je sais. Seulement moi. Je n'ai rien écrit. Tout est là, ajoute-t-elle en pointant sa tempe.

Son secret. Elle ne l'a pas enregistré dans un fichier qu'on pourrait pirater, ni dans un e-mail qu'on pourrait intercepter. Il est caché dans le seul endroit que même notre technologie la plus sophistiquée ne peut pénétrer : son esprit.

— Et je ne sais pas ce que mon partenaire sait.

Bien sûr. Ils se sont dissociés. Chacun d'eux détient une partie du puzzle. Chacun d'eux est indispensable à la résolution de l'énigme.

— J'ai besoin de vous deux, j'ai compris. Votre message de lundi était très clair sur ce point.

— Et vous serez seul ce soir, ajoute-t-elle.

— Oui, votre message était explicite là-dessus aussi.

Elle hoche la tête, comme si nous étions tombés d'accord.

— Que savez-vous de Dark Ages ?

Elle baisse les yeux. Sur la table près du canapé, elle s'empare d'une photo de ma fille et moi. Nous venons de débarquer de Marine One et regagnons la Maison Blanche.

— Je me rappelle la première fois que j'ai vu un hélicoptère. J'étais petite. C'était à la télévision, pour l'ouverture d'un hôtel à Dubaï. Le Mari-Poseidon. Un hôtel très beau sur le golfe Persique. Il avait un héli… héli… port ?

— Un héliport, oui. Un terrain d'atterrissage sur le toit.

— Oui, voilà. Le prince héritier s'est posé sur le toit de cet hôtel. Et j'ai pensé que si les hommes pouvaient voler, ils pouvaient faire… n'importe quoi.

Je ne vois pas très bien pourquoi elle me raconte cette histoire d'hélicoptère à Dubaï. Peut-être pour évacuer sa nervosité.

Je m'approche d'elle. Elle repose la photo et se raidit.

— Si je ne ressors pas d'ici, vous ne verrez jamais mon partenaire. Et vous ne pourrez pas arrêter ce qui va arriver.

Je soulève l'enveloppe. Elle est si fine, si légère. Je distingue des couleurs à travers. La sécurité l'a examinée, a recherché toute trace de substance dangereuse.

La fille recule, toujours sur le qui-vive. Elle s'imagine sûrement que des agents gouvernementaux vont débouler d'un instant à l'autre pour l'emmener dans une salle d'interrogatoire du genre Guantánamo. Si je pensais que cela pouvait fonctionner, je n'hésiterais pas une seconde. Mais cette fille a tout prévu. Et elle a réussi un véritable tour de force.

Elle m'oblige à jouer son jeu.

— Que voulez-vous ? Pourquoi faites-vous ça ?

Pour la première fois, son expression inébranlable laisse place à un sourire, qui n'a pourtant rien de joyeux.

— Il n'y a que le président de ce pays pour poser cette question, réplique-t-elle en secouant la tête. (Puis son visage se ferme de nouveau.) Vous allez bientôt comprendre pourquoi, ajoute-t-elle en désignant l'enveloppe dans ma main. Ce soir.

— Donc, je dois vous faire confiance.

Cette réponse me vaut un haussement de sourcil interrogateur.

— Vous ne me croyez toujours pas ? ironise-t-elle.

— Vous êtes arrivée jusqu'ici, c'est vrai, mais je ne suis pas entièrement convaincu.

Elle me jette un regard de défi, comme si j'étais stupide de penser qu'elle bluffe.

— À vous de choisir.

116

Alors qu'elle se dirige vers la sortie, je m'écrie :

— Attendez !

Elle se fige. Tournée vers la porte, elle murmure :

— Si vous ne me laissez pas partir, vous ne verrez jamais mon partenaire. Si vous me suivez, vous ne verrez jam…

— Personne ne va vous arrêter. Ni vous suivre.

Elle reste immobile, la main sur la poignée de la porte. À quoi pense-t-elle ? Aucune idée.

— S'il arrive quelque chose à mon partenaire, votre pays brûlera.

Sur ces mots, elle ouvre la porte et s'en va.

Je me retrouve seul avec l'enveloppe dans la main. Il fallait la laisser partir. Je n'avais pas le choix. C'est sans doute notre seule chance.

En admettant qu'elle dise la vérité. Ce que je suis tenté de croire, mais j'ai encore des doutes. Cela dit, dans mon métier, je ne suis jamais sûr de rien à 100 % !

Je sors de l'enveloppe un papier rectangulaire, avec le lieu et l'heure du rendez-vous de ce soir. Et je réfléchis à ce qui vient de se passer. Peu de chose en somme. Elle ne m'a pratiquement rien révélé.

Mais elle avait deux objectifs. Un, me remettre cette enveloppe. Deux, voir si elle pouvait me faire confiance, si j'allais la laisser partir.

Je m'assois sur le canapé en réfléchissant à la pro-chaine étape.

On frappe à la porte et Carolyn entre.

— Je crois avoir réussi son test, dis-je.

— Il me semble. Et vous avez ceci, ajoute-t-elle en désignant l'enveloppe.

— Mais est-ce qu'elle a passé le mien ? Comment être sûr que tout ça est réel ?

— J'ai bien peur que ça ne le soit, monsieur.

— Comment ça ?

Au-dessus de nous, les lumières vacillent de nouveau. Un effet stroboscopique momentané. Carolyn lève les yeux en maugréant.

— Pourquoi la croyez-vous, Carrie ?

— Pour la raison qui m'a retardée... On vient de nous appeler de Dubaï. Un accident s'est produit.

Un accident à Dubaï.

— Avec un hélicoptère ?

Elle acquiesce.

— Un hélicoptère a explosé au moment où il se posait sur l'héliport de l'hôtel Mari-Poseidon.

Je plaque la main sur ma bouche.

— J'ai vérifié l'heure, monsieur. C'est arrivé *après* son entrée dans le Bureau Ovale. Elle n'avait donc aucun moyen de le savoir.

Je me renverse dans le canapé. La fille au tee-shirt Princeton a atteint son troisième objectif. Elle m'a prouvé qu'elle ne plaisantait pas.

— D'accord, dis-je. Je suis convaincu.

14

Dans mes quartiers privés, à l'étage, j'ouvre un tiroir de la commode où se trouve une photo de Rachel. Rien d'autre. J'ai de nombreuses photos de Rachel heureuse et pleine de vie, en train de rire ou de faire des grimaces. Ce cliché-là, je suis le seul à l'avoir vu. Il a été pris moins d'une semaine avant sa mort. Son visage est dévasté par les médicaments. Elle n'a presque plus de cheveux. Son corps est squelettique. Pour la plupart des gens, cette vision serait insoutenable. Rachel Carson Duncan succombant à une maladie atroce. Mais pour moi, c'est la Rachel la plus forte et la plus belle qui soit – avec ce regard souriant, paisible, et résolu.

Le combat était terminé. Ce n'était plus qu'une question de temps – de mois, plus sûrement de semaines. En réalité, ça n'a duré que six jours. Six jours parmi les plus précieux de mon existence. Durant cette parenthèse, c'était seulement elle et moi. Et notre amour. Nous avons parlé de nos peurs. De Lilly. De Dieu. Nous avons lu la Bible ensemble. Nous avons prié et ri et pleuré toutes les larmes de notre corps. Je n'avais jamais connu une intimité aussi brute, aussi cathartique. Et je ne pensais pas pouvoir me sentir en telle symbiose avec un autre être humain.

« Laisse-moi te prendre en photo », lui avais-je murmuré alors.

Malgré sa réticence, elle avait compris ce que je voulais : un souvenir de ce moment où je ne pouvais pas l'aimer davantage.

— Monsieur ? appelle Carolyn en grattant à la porte.

— Oui, je sais.

Je presse mes doigts sur mes lèvres, et dépose un baiser sur la photo de Rachel. Puis je referme le tiroir et me tourne vers ma collaboratrice.

— Allons-y.

Je suis habillé en civil, un sac sur l'épaule.

Alex Trimble m'adresse un regard désapprobateur. Il n'y a pas pire cauchemar pour le responsable de la sécurité du président. Il peut se consoler en se disant qu'il s'agit d'un ordre direct, et qu'il est obligé de me laisser partir.

— Pouvons-nous au moins établir un périmètre élargi ? Nous resterons totalement invisibles.

Je lui réponds par un sourire entendu. C'est non.

Alex est à mes côtés depuis qu'on m'a assigné un service de protection, pendant les primaires. Gouverneur, j'étais loin de faire la course en tête pour la nomination à la présidentielle. Mais après les premiers grands débats des primaires, ma cote de popularité est soudain montée en flèche et je suis devenu un candidat de premier plan, derrière notre chef de file, Kathy Brandt. Je ne sais pas comment le Secret Service répartit ses agents, mais je suppose que, n'étant pas le favori, on ne m'avait pas attribué leur meilleur élément. Alex me disait toujours alors : « Gouverneur, en ce qui me concerne, c'est *vous* le président. » Il était en outre d'une discipline et d'une honnêteté sans faille, et ses hommes le respectaient. Une fois élu, je lui ai dit que, puisque j'étais encore en vie, il faisait sûrement du bon boulot.

Il ne faut pas trop s'attacher à son garde du corps. Les deux parties savent qu'il est important de garder une certaine distance émotionnelle. Mais j'ai toujours su qu'Alex était un homme bien. Il a épousé son premier amour, Gwen, qu'il a rencontrée sur les bancs de la fac. Il lit la Bible quotidiennement et envoie de l'argent à sa mère tous les mois. Il est le premier à vous raconter qu'il n'était pas un as à l'école, mais un sacré bloqueur au football américain, si doué en vérité qu'il avait obtenu une bourse de l'État de l'Iowa pour étudier le droit pénal. Déjà, il rêvait d'intégrer le Secret Service, pour faire dans la vie ce qu'il maîtrisait si bien sur le terrain de football : protéger les arrières de ses coéquipiers.

Lorsque je lui ai proposé de prendre la tête de ma garde rapprochée à la Maison Blanche, il a conservé son expression impassible et sa posture bien droite, mais j'ai vu l'émotion passer dans son regard. « C'est un immense honneur, monsieur », m'a-t-il murmuré alors.

— On se servira de GPS, suggère-t-il à présent. Pour suivre vos déplacements…

— Désolé.

— Des points de contrôle, insiste-t-il désespérément. Dites-moi au moins où vous allez…

— Non, Alex.

Il ne comprend pas mon obstination. Il est persuadé de pouvoir suivre ma trace en toute discrétion. Ce dont je ne doute pas.

Alors pourquoi ne pas le laisser prendre la situation en main ?

C'est impossible, et je ne peux rien lui expliquer.

— Au moins, mettez un gilet pare-balles.

— Non. Trop visible. Même les modèles les plus récents sont trop épais.

Alex ne veut pas lâcher prise. Il meurt d'envie de me dire que je suis une sacrée tête de mule, mais ne se permettrait jamais une telle familiarité. Il passe mentalement en revue son argumentation et, ne trouvant aucune solution, baisse les épaules, vaincu.

— Soyez prudent, finit-il par lâcher.

Son inquiétude est palpable.

— Bien sûr.

Je regarde Danny et Carolyn, mes deux autres complices. Il est temps pour moi de partir. Seul. Depuis des années, je me déplace un peu partout dans le monde, mais je ne peux pas faire un pas sans surveillance. Le Secret Service me suit en permanence, et je suis toujours accompagné d'au moins un assistant. Même pendant mes vacances. Et tous mes déplacements sont rigoureusement consignés.

C'est une nécessité pour que le président des États-Unis puisse faire son travail et protéger son pays. Mes compatriotes sont libres de se déplacer à leur guise, même si les caméras de surveillance, les téléphones portables, les réseaux sociaux et le piratage réduisent de plus en plus leur espace privé. Pour moi, c'est une première, et je me sens un peu désorienté. Vulnérable.

Danny et Carolyn vont m'accompagner pour la dernière étape avant que je me dérobe aux exigences de ma fonction. Tous deux ont tenté de me dissuader. À présent, ils sont résignés à m'aider.

Quitter la Maison Blanche sans se faire remarquer n'est pas si simple. Nous descendons l'escalier de la résidence. À chaque pas, je me rapproche d'un destin incertain, et dont le contrôle m'échappe.

— Vous vous rappelez la première fois qu'on a emprunté cet escalier ?

C'était juste après les élections, et avant que je prête serment. Nous avions fait le tour des bureaux.

— Comme si c'était hier, répond Carolyn.

— Je ne l'oublierai jamais, renchérit Danny.

— Nous étions si pleins… d'espoir, j'imagine. Et si sûrs de pouvoir changer le monde.

— Vous peut-être, réplique Carolyn. Moi, j'étais morte de peur.

Moi aussi, j'avais la trouille. Nous savions de quel monde nous héritions. Et nous n'avions pas la prétention de résoudre tous les problèmes. Durant les journées vertigineuses qui ont précédé l'investiture, dès que je m'endormais, mon esprit passait de rêves grandioses à d'épouvantables cauchemars. Une nuit, je réalisais d'immenses progrès sur le plan de la sécurité nationale, je stabilisais l'économie et je réformais le système de santé et la justice pénale. La nuit suivante, j'accumulais les bourdes et plongeais la nation dans le chaos.

— Un pays plus sûr, plus grand, plus juste, déclare Danny.

C'est ce que je me répétais tous les matins, avant de réfléchir à notre action politique et à la composition de l'équipe qui allait me seconder pendant les quatre années à venir.

Enfin, nous atteignons le deuxième sous-sol. Un long corridor débouche sur un centre de commandes aux allures de bunker, où le vice-président Dick Cheney avait pris le contrôle des opérations à la suite des attentats du 11 Septembre. Le site comporte deux autres pièces avec des tables et des lits tout simples, qui servaient à tenir des réunions et à se reposer.

Nous franchissons les portes et empruntons un étroit tunnel qui relie le bâtiment au département du Trésor, à l'angle de la 15e et de Pennsylvania Avenue. Ce qui se trouve précisément sous la Maison Blanche fait l'objet de mythes qui remontent à la guerre de Sécession, quand l'armée de l'Union craignait une attaque de l'armée confédérée. L'objectif était d'évacuer le président Lincoln et de le cacher dans une chambre forte du département du Trésor. Mais la construction du tunnel n'a réellement débuté que sous la présidence de Franklin Delano Roosevelt, pendant la Seconde Guerre mondiale. Comme le bombardement aérien de la Maison Blanche était devenu une réelle possibilité, un passage souterrain avait été creusé, suivant un tracé sinueux, afin de minimiser l'impact d'une éventuelle explosion.

L'entrée du tunnel est équipée d'un système d'alarme. Heureusement, Carolyn a tout prévu. Le passage de trois mètres sur deux paraît exigu pour un homme de ma taille – plus d'un mètre quatre-vingts. Par chance, je ne suis pas claustrophobe. Pour quelqu'un qui ne peut pas faire un pas sans garde du corps, le tunnel désert a un effet étrangement libérateur.

Nous progressons dans le souterrain jusqu'à un petit parking réservé aux hauts fonctionnaires du Trésor et à leurs invités de marque. C'est là que m'attend la voiture avec laquelle je vais m'éclipser.

Carolyn me tend les clés, puis un téléphone portable, que je glisse dans ma poche gauche, avec l'enveloppe que la fille m'a donnée une demi-heure plus tôt.

— Les numéros sont préenregistrés, précise-t-elle. Toutes les personnes de la liste. Y compris Lilly.

Lilly. Quelque chose se brise en moi.

— Vous vous souvenez du code ? ajoute-t-elle.

— Bien sûr. Ne vous inquiétez pas.

De la poche arrière de mon jean, je sors une enveloppe portant le sceau présidentiel, qui contient une unique feuille de papier. Quand Danny la voit, il pâlit.

— Non, bredouille-t-il. Pas question que j'ouvre ça.

Carolyn me prend doucement l'enveloppe des mains.

— Ouvrez-la, si jamais…, lui dis-je.

Danny plaque la main sur son front et repousse ses cheveux en arrière.

— Bon sang, Jon…

C'est la première fois depuis ma prise de fonctions qu'il est si familier devant ma chef de cabinet.

— … tu vas vraiment faire ça ?

— Danny, s'il m'arrive quoi que ce soit…

— Hé, dis donc…

Submergé par l'émotion, il vacille, et pose les mains sur mes épaules.

— Elle est comme ma fille, murmure-t-il, tu le sais. J'aime cette gamine plus que tout.

Danny est divorcé et son fils prépare son doctorat. Mais quand Lilly est née, il patientait dans la salle des familles, et il se tenait devant l'autel le jour de son baptême. Il a pleuré à chacune de ses remises de diplôme. Il tenait l'autre main de Lilly à l'enterrement de Rachel. Avant, il était « oncle Danny ». Puis avec le temps, l'« oncle » a disparu. Il est comme un second père pour ma fille.

— Tu as toujours ta pièce porte-bonheur ? me demande-t-il.

— Quoi ? Tu me fais le coup de la pièce maintenant ? dis-je en palpant mes poches. Bien sûr que je l'ai. Je ne vais nulle part sans elle. Et toi ?

— J'avoue que je ne l'ai pas sur moi. Je suppose que je te dois un verre. Alors… (Sa voix est étranglée par l'émotion.) Tu as intérêt à revenir !

Je regarde Danny droit dans les yeux. Il est ma famille, pas par le sang, certes, mais de toutes les façons qui comptent.

— Reçu cinq sur cinq, mon frère.

Puis je me tourne vers Carolyn. Nous n'avons jamais été très intimes. En dehors des soirs où j'ai gagné les primaires et la présidentielle, nous ne nous sommes jamais étreints.

Cette fois, pourtant, elle me serre dans ses bras. Puis elle chuchote à mon oreille :

— J'ai parié sur vous, monsieur. Ils ne savent pas à qui ils ont affaire.

— C'est bien vrai ! Parce que vous êtes mon bras droit !

Je les regarde s'éloigner, secoués, mais déterminés. Les prochaines vingt-quatre heures ne seront pas faciles pour Carolyn, qui va devoir me servir de substitut à la Maison Blanche. Une situation inédite. À tel point que nous déciderons de la marche à suivre au fur et à mesure.

Une fois seul dans le tunnel, je me penche et prends appui sur mes genoux. Puis j'inspire profondément plusieurs fois pour chasser mon vertige.

— J'espère que tu sais ce que tu fais, dis-je pour moi-même.

Puis je me redresse et m'enfonce dans le passage.

15

Je traverse le parking souterrain tête baissée, les mains dans les poches, tâchant de me faire discret. À cette heure de la journée, je suis loin d'être seul. Ma présence ne paraît pas suspecte, malgré ma tenue décontractée – tous les hauts fonctionnaires du département du Trésor sont en costume, un badge épinglé à leur veste, leur mallette à la main. Il est facile de passer inaperçu au milieu de ces gens pressés de regagner leur voiture – ils s'intéressent bien plus à leurs plans pour le week-end qu'au type en jean et chemise qui croise leur route.

Cela n'a rien d'un jeu, pourtant j'éprouve un certain plaisir à sortir incognito. Voilà dix ans que je ne me suis pas retrouvé dans un espace public sans voir des dizaines de personnes se précipiter vers moi, sans sentir l'objectif d'un appareil photo pointé sur moi, sans devoir serrer des mains, prendre la pose, ou engager une discussion politique sérieuse.

Comme prévu, ma voiture est la quatrième à partir de la gauche. C'est une berline classique, un vieux modèle gris immatriculé en Virginie. Je pointe la télécommande vers le tableau de bord et presse le bouton d'ouverture automatique. Mais je garde le doigt appuyé trop longtemps, ce qui déclenche une série de bips aigus. Je manque de pratique, bien sûr. Je n'ai pas ouvert une voiture depuis une décennie !

Assis derrière le volant, j'ai l'impression d'avoir fait un bond dans le futur. Après avoir réglé mon siège, je mets le contact, j'enclenche la marche arrière, et je me retourne, un bras du côté passager, pour contrôler la manœuvre. Alors que je recule lentement, le véhicule émet un bip de plus en plus strident. Je freine brutalement et vois une femme passer derrière la voiture. Le bip s'arrête dès qu'elle s'est éloignée.

Une sorte de radar, de détecteur anticollision. Je reporte mon attention sur le tableau de bord, et remarque un écran de contrôle pour la caméra de recul. Je peux donc faire marche arrière tout en regardant l'écran devant moi ! Si cette fonctionnalité existait dix ans plus tôt, ma voiture n'en était pas équipée.

Je manœuvre dans le parking. Les allées sont étroites, et les virages très serrés. Il me faut plusieurs minutes pour retrouver la main. Mes accélérations et mes freinages sont trop brusques, mais au bout d'un moment, j'ai l'impression d'avoir de nouveau seize ans, au volant de ma Chevrolet déglinguée, sur le parking de ce vieux fou de Sam Kelsey, qui vendait des bagnoles d'occasion à mille deux cents dollars pièce.

J'observe devant moi la file des voitures qui attendent de sortir du garage. La barrière se lève automatiquement à chaque passage de véhicule. Inutile d'ouvrir la fenêtre et de se pencher pour faire passer une carte magnétique devant un lecteur optique. Tant mieux, car je n'aurais pas su quoi faire.

Je franchis la barrière à mon tour et grimpe lentement la rampe. À mesure que je me rapproche de la lumière du jour, je prie pour ne pas croiser de piétons. Puis je débouche dans la rue.

La circulation est dense en ce début de soirée. J'avance trop lentement à mon goût. Je suis impatient de retrouver ma liberté et de profiter de mon indépendance temporaire. Bloqué à une intersection, je contemple le ciel nuageux par le pare-brise en espérant qu'il ne pleuvra pas.

La radio. J'appuie sur un bouton pour l'allumer, sans résultat. Nouvelle tentative. Toujours rien. Enfin, je presse plusieurs touches au hasard, et le son explose dans l'habitacle. Deux hommes se querellent pour savoir si le président Jonathan Duncan a commis un crime passible de destitution. J'éteins précipitamment la radio, et me concentre sur ma conduite.

Je pense à la personne que je vais bientôt voir, et mon esprit m'emporte invariablement vers le passé...

16

Le professeur Waite déambule dans la classe, les mains derrière le dos.

— Et quel est l'objet de la contestation du juge Stevens… ? (Il revient à son bureau et parcourt sa liste de noms.)… Monsieur Duncan ? interroge-t-il en levant les yeux vers moi.

Merde. J'avais calé un morceau de tabac dans ma bouche pour me tenir éveillé après ma nuit blanche passée à terminer mon devoir. Et j'avais fait l'impasse sur l'étude de cas d'aujourd'hui. Une centaine d'étudiants assistait à ce cours, le risque qu'on me pose la question était donc très faible. C'était mon jour de malchance. J'allais être cuisiné alors que je n'avais rien préparé.

— Le juge Stevens… était en désaccord avec la majorité à propos de… de…

Je tournais fébrilement les pages, sentant mes joues s'enflammer.

— En effet, monsieur Duncan, le juge Stevens s'oppose à la *majorité* de ses pairs. C'est pourquoi cela s'appelle une *contestation*.

Des rires nerveux ont parcouru la salle.

— Oui, monsieur, il… il réfutait l'interprétation du quatrième amendement…

— Vous devez confondre avec le juge Brennan, monsieur Duncan. Le juge Stevens ne mentionne nullement le quatrième amendement.

— En effet, je confonds tout le… je veux dire…

— Je crois que vous avez raison, monsieur Duncan, vous confondez tout. Mademoiselle Carson, auriez-vous l'amabilité de nous sauver de la confusion de M. Duncan ?

— Le juge Stevens défend l'idée que la Cour suprême ne devrait pas intervenir dans les décisions de la cour fédérale…

Voilà, je venais d'être remis à ma place pour la première fois par le célèbre professeur Waite, seulement quatre semaines après mes débuts à l'UNC ! Et tandis que je me sermonnais intérieurement – *C'est la dernière fois que tu vas en cours sans avoir révisé, triple imbécile !* –, j'étais subjugué par la jeune femme qui s'exprimait au troisième rang. Elle poursuivait son discours avec une assurance tranquille :

— … la constitution fédérale est un plancher, pas un plafond, et tant que la décision s'appuie sur une législation appropriée et indépendante…

Je venais de prendre une grande claque.

— Qui est-ce ? ai-je chuchoté à Danny, assis à côté de moi.

Danny avait deux années d'avance sur moi – il était en troisième année – et connaissait presque tout le monde. Il m'a répondu à voix basse :

— C'est Rachel. Rachel Carson. Troisième année. C'est elle qui a été nommée rédactrice en chef du journal à ma place.

— Tu la connais ?

— Tu veux dire : est-ce qu'elle est célibataire ? Aucune idée. Mais tu lui as fait forte impression, c'est certain.

Mon cœur battait encore à tout rompre à la fin du cours. J'ai bondi de mon siège et suis sorti de la classe en trombe, espérant la rattraper dans le couloir, au milieu de la marée des étudiants.

Cheveux roux coupés court, veste en jean…

… Rachel Carson… Rachel Carson…

Là ! Je me suis faufilé dans la foule et l'ai rejointe juste au moment où elle s'écartait du groupe pour se diriger vers une porte.

— Bonjour, dis-je d'une voix tremblante.

Sérieusement, ma voix tremblait ?

Elle s'est retournée et m'a regardé de ses yeux vert émeraude, l'air étonné. Son visage était si délicat qu'il semblait avoir été dessiné au pinceau.

— Bonjour… ?

Elle se demandait qui j'étais.

— Euh… bonjour. (J'ai replacé mon sac sur mon épaule.) Je… euh… je voulais juste te remercier… tu sais… d'être venue à mon secours.

— Oh, pas de problème. Tu es en première année ?

— Je plaide coupable.

— Cela arrive aux meilleurs d'entre nous.

J'ai pris une inspiration.

— Alors… euh… qu'est-ce que tu fais… je veux dire… maintenant ?

C'était quoi, mon problème ? J'avais survécu à toutes les séances de musculation du sergent Melton. J'avais été battu, étranglé, noyé par les soldats irakiens. Et soudain, j'avais perdu ma langue ?

— Maintenant ? Eh bien, je…

Elle a désigné la porte d'un signe de tête. C'est là que j'ai remarqué le sigle des toilettes pour femmes.

— Oh ! Tu dois aller aux…

— Ouais…

— Bon, ne traîne pas alors.

— Ah non ?

Elle paraissait amusée.

— Ouais, tu sais, ce n'est pas bon de se retenir… Enfin, je veux dire… Si c'est pressé… hein ?

Bon sang, je racontais vraiment n'importe quoi !

— D'accord. Eh bien… ravie d'avoir fait ta connaissance.

Peu après, je l'ai entendue glousser à travers la porte des toilettes.

Une semaine après avoir rencontré Rachel Carson, je n'arrivais plus à me la sortir de la tête. La première année de fac était pourtant celle où l'on est censé se mettre au boulot et trouver sa place. Mais j'avais beau me concentrer sur les fondements de la plainte pour négligence ou l'effet miroir dans le droit contractuel, la fille au troisième rang de mon cours sur le système judiciaire fédéral me fascinait.

Danny avait mené sa petite enquête : elle était originaire d'une petite ville du Minnesota, avait fait son premier cycle à Harvard, et obtenu une bourse pour poursuivre ses études à l'UNC. Première de sa classe, elle était rédactrice en chef du journal de la fac, et un poste l'attendait dans une organisation à but non lucratif qui proposait une aide juridique aux plus démunis. C'était une fille douce, réservée, qui sortait peu, et passait son temps avec des étudiants de troisième cycle.

Merde, j'étais loin du troisième cycle.

Pourtant, j'ai fini par trouver le courage de l'aborder, un jour où elle était à la bibliothèque, assise à une grande table avec ses amies. Quand je l'ai vue, mon ventre s'est contracté. C'est une très mauvaise idée, me répétait une petite voix dans ma tête. Mais mes jambes semblaient convaincues du contraire, et soudain je me tenais à côté d'elle.

Quand elle m'a vu, elle a posé son stylo et m'a regardé.

J'aurais préféré me trouver seul avec elle, mais il était trop tard pour faire machine arrière.

Ne reste pas planté là comme un idiot, disait la petite voix, sinon quelqu'un va appeler la sécurité !

Alors j'ai sorti une feuille de papier de ma poche, je l'ai dépliée, et je me suis éclairci la gorge. À présent, toute la tablée m'observait. Je ne me suis pas démonté et j'ai commencé ma lecture :

Les deux premières fois que je me suis exprimé,
J'ai été lourd comme une enclume,
Une troisième fois ne semblait pas une bonne idée,
Alors j'ai pris ma plume.

J'ai jeté un coup d'œil à Rachel, qui avait un petit sourire en coin. Bon, elle n'est pas encore partie en courant, c'est bon signe, me suis-je dit. De plus, ses copines pouffaient.

Moi, Jon, je viens d'une petite ville proprette,
Je connais les bonnes manières et j'adore plaisanter,
C'est sûr, je ne suis pas un grand poète,
Mais je jure que je peux aussi raisonner.

Les derniers vers ont fait sourire mon auditoire.
— C'est vrai ! ai-je lancé à Rachel. Je suis capable de tenir une conversation sensée !
— Je n'en doute pas !
— Alors je peux continuer ?
— Bien sûr, a répondu Rachel.

Ce cher professeur Waite m'a grondé : Vous êtes ici pour étudier !
Alors j'apprends mon cours sur la discrimination et les quotas,
Mais bizarrement, je n'arrive pas à me concentrer...

Je baisse ma feuille et regarde Rachel avant de conclure :

À cause d'une fille aux yeux verts du Minnesota.

Rachel a rougi et n'a pu s'empêcher de sourire. Les autres filles à la table ont applaudi.
J'ai fait une petite révérence.

136

— Merci beaucoup, ai-je déclaré avec emphase. Je donne des représentations toute la semaine.

Rachel n'osait pas me regarder.

— Et vous avouerez que trouver une rime pour Minnesota…

— Oui, plutôt impressionnant.

— Très bien. Mesdames, si vous voulez bien m'excuser, je vais faire comme si tout cela n'était jamais arrivé, et me retirer avec ce qui me reste de fierté.

Je me suis éloigné avec lenteur, pour lui laisser le temps de me rattraper.

17

Je sors de ma rêverie et me gare sur l'emplacement qu'on m'a indiqué, à moins de cinq kilomètres de la Maison Blanche. Je coupe le moteur. Personne en vue.

Je sors de la voiture. L'arrière de l'immeuble ressemble à une aire de chargement, et une volée de marches donne accès à une imposante porte sans poignée.

Une voix grésille dans l'interphone :

— Qui est-ce ?

— Charles Kane.

Peu après, l'épais battant se déverrouille. Je le pousse et entre.

À l'intérieur, un immense hangar rempli de colis UPS et FedEx et des chariots chargés de caisses. Sur la droite, un monte-charge aux parois matelassées.

Je presse le bouton du dernier étage et les portes se referment sur moi. La cabine émet un soubresaut avant de s'élever dans un grincement métallique. De nouveau, un vertige me saisit. Je pose la main sur la paroi et attends que le malaise se dissipe, tout en songeant aux avertissements du Dr Lane.

Parvenu au dernier étage, je traverse prudemment un corridor aux murs jaune pâle. Les reproductions de Monet me guident vers la porte du penthouse.

Elle s'ouvre sans que j'aie besoin de sonner.

— Charles Kane, pour vous servir...

Amanda Braidwood se tient sur le seuil, et m'observe de la tête aux pieds. Elle porte un pull large sur un chemisier ajusté et un legging noir. Elle a les cheveux longs, à cause de son dernier film. Ce soir, elle les a coiffés en queue-de-cheval, avec quelques mèches libres.

— Eh bien, bonjour, « monsieur Kane ». Désolée pour le subterfuge, mais le concierge de l'entrée principale est un peu trop curieux.

L'année dernière, un magazine people avait mis Mandy dans sa liste des vingt plus belles femmes du monde. Un autre la désignait comme l'une des actrices les mieux payées d'Hollywood, moins d'un an après son deuxième oscar.

Mais, à la voir aujourd'hui, je ne songe qu'à sa colocataire à l'université, qui n'était autre que la femme de ma vie. Rachel et Mandy ont partagé une chambre pendant quatre ans à Harvard, et sont restées en contact par la suite – ce qui n'était pas si simple avec leurs carrières respectives, une star internationale et une avocate de Caroline du Nord. Le pseudo « Charles Kane » était une idée de Mandy. Il y a environ huit ans, dans le jardin de ma résidence de gouverneur, Rachel, Mandy et moi avons décidé, autour d'une bouteille de vin, que *Citizen Kane*, le chef-d'œuvre d'Orson Welles, était le plus grand film de tous les temps.

Elle secoue la tête et me sourit.

— Oh là là ! s'exclame-t-elle en m'embrassant. Ma parole, tu es barbu ! Allez, entre, ne reste pas là.

Son odeur m'enveloppe. Une odeur de femme. Rachel se parfumait peu, mais son gel douche et sa crème pour le corps sentaient la vanille. Je ne pourrai plus jamais respirer cette fragrance sans revoir l'épaule nue de Rachel, sans repenser à la douceur de sa peau.

Il n'y a pas de mode d'emploi pour se remettre de la mort d'un mari ou d'une femme. C'est encore plus vrai lorsque le survivant est le président, et que le monde s'écroule autour de lui, car il n'a pas de temps pour le deuil. Certaines décisions n'attendent pas. La tension et les menaces sont permanentes, et la moindre inattention peut avoir des conséquences catastrophiques. Alors que Rachel en était au stade terminal de sa maladie, il fallait surveiller de près la Corée du Nord, la Russie et la Chine. Les dirigeants de ces trois pays étaient prêts à profiter de la moindre faiblesse de la Maison Blanche. J'ai envisagé de me démettre temporairement de mes fonctions – j'avais même demandé à Danny de préparer les documents –, mais Rachel ne voulait pas en entendre parler. Elle refusait que sa maladie interrompe ma présidence. C'était très important pour elle, pour une raison que je n'ai jamais vraiment comprise.

Trois jours avant sa mort – nous étions retournés à Raleigh pour qu'elle passe ses dernières heures à la maison –, la Corée du Nord a testé un missile balistique à longue portée au large de ses côtes, et j'ai ordonné le déploiement d'un porte-avions en mer Jaune. Le jour de son enterrement, alors que je me recueillais devant sa tombe, donnant la main à ma fille, notre ambassade au Venezuela a été la cible d'un attentat-suicide. Peu après, je tenais une réunion dans ma cuisine, avec les généraux et les membres de mon équipe de sécurité, pour décider de la réponse appropriée.

À court terme, il est sans doute plus facile de surmonter la perte d'un être cher quand le monde réclame constamment votre attention. Au début, vous n'avez pas le temps de vous sentir seul et désespéré. Puis la réalité vous rattrape brutalement : vous avez perdu l'amour de votre vie, votre fille n'a plus sa mère, et une femme exceptionnelle n'a pas eu la chance de mener une longue vie heureuse. Heureusement, le travail vous accapare. Mais à certains moments, vous éprouvez une profonde solitude, même si vous êtes le président des États-Unis. Cette solitude, je ne l'avais jamais ressentie avant. Durant mes deux premières années, j'ai pris beaucoup de décisions difficiles, sans jamais être certain de faire le bon choix. Même si j'étais entouré de gens très compétents, c'était toujours à moi que revenait la décision finale. Pourtant, je ne m'étais jamais *senti* seul. Rachel était là, à mon côté. Elle me donnait son opinion avec sincérité, m'encourageait à faire de mon mieux, et me prenait dans ses bras quand c'était terminé.

Rachel me manque en permanence. Ce soir, ce qui me manque, c'est sa manière unique de me critiquer et de me soutenir au moment opportun, et de toujours me rappeler que, quoi qu'il arrive, tout finira par s'arranger.

Il n'y aura jamais une autre Rachel. Je le sais. Pourtant, parfois, j'aimerais être moins seul. Rachel avait insisté pour parler de ce qui se passerait après sa mort.

Elle disait en riant que je serais le célibataire le plus en vue de la planète. Peut-être bien. Mais, à présent, je me sens comme un imbécile qui risque de tout faire rater.

— Tu veux un verre ? propose Mandy.

— Non, merci. Nous n'avons pas beaucoup de temps.

— Honnêtement, je ne comprends pas pourquoi tu veux faire ça. Mais je suis prête. Viens.

Je referme la porte et la suis dans l'appartement.

18

— La sensation est très bizarre.

— Ne t'inquiète pas, chuchote Mandy. C'est la première fois, hein ?

— Oui, et la dernière, crois-moi.

— Et si tu arrêtais de te plaindre. Pour l'amour du ciel, Jon, tu as été torturé dans une prison de Bagdad, et tu ne supportes pas ça ?

— Tu le fais tous les jours ?

— Presque, oui. Maintenant, tiens-toi tranquille. Ça sera plus facile.

Facile pour elle, peut-être. Je m'efforce de rester immobile dans le fauteuil rose de Mandy. Elle redessine mes sourcils avec un crayon. À ma droite, sa trousse déborde de flacons, pinceaux, poudres, crèmes et fards de toutes les couleurs. On se croirait sur le plateau d'un film de vampires ou de zombies.

— Par pitié, ne me fais pas la tête de Groucho Marx !

— Non, non. Mais puisqu'on en parle…

Elle plonge la main dans sa trousse et en ressort un accessoire : les lunettes de Groucho Marx, avec sourcils broussailleux et moustache.

Je les lui prends des mains en murmurant :

— Ce sont les lunettes de Rachel.

Quand son état s'est aggravé, Rachel a eu peur de faire de la peine aux gens. Alors à chaque visite, nous avions mis en place un petit rituel pour alléger l'atmosphère. D'abord, je prévenais les visiteurs que Rachel « ne se sentait pas très bien aujourd'hui », et quand ils entraient dans sa chambre, ils la découvraient avec ce postiche. Parfois, c'était un nez de clown. Elle possédait aussi un masque de Richard Nixon, qui faisait rire tout le monde.

C'était ma Rachel. Toujours à s'inquiéter des autres avant de penser à elle.

— Bon, reprend Mandy avant que la tristesse ne nous submerge tous les deux, ne t'inquiète pas pour tes sourcils. Je les épaissis juste un peu. C'est fou comme on peut transformer un visage rien qu'en modifiant les yeux.

Elle se recule dans son siège et m'observe.

— Franchement, mon grand, cette barbe a déjà fait la moitié du boulot. Et rousse en plus ! On dirait un accessoire. Tu veux une perruque de la même couleur ?

— Hors de question.

Elle secoue la tête tout en m'étudiant comme un spécimen de laboratoire.

— Tes cheveux ne sont pas assez longs, marmonne-t-elle pour elle-même. On pourrait peut-être les peigner sur le côté…

Elle plonge les mains dans mes cheveux et les coiffe avec ses doigts.

— Au moins, ta coupe ne date pas du siècle dernier.

— Et si je portais une casquette de base-ball ?

— Bien sûr, ce serait plus simple. Tu en as apporté une ?

— Oui.

Je sors de mon sac ma casquette des Washington Nationals.

— C'était le bon vieux temps, hein ? Bon, très bien. Avec la barbe rousse et la casquette rouge, sans oublier les sourcils et… euh… tout est dans le regard, dit-elle en désignant son propre visage. Ton regard n'est plus le même, ajoute-t-elle avec un soupir.

— Comment ça ?

— Depuis Rachel. Quand elle nous a quittés, ton regard a changé. (Elle secoue la tête.) Désolée. On va te trouver une paire de lunettes. Tu en portes ?

— Juste pour lire, quand je suis fatigué.

— Ne bouge pas…

Elle disparaît dans son dressing et revient avec un coffret en velours. À l'intérieur, environ cinquante paires de lunettes rangées dans des compartiments.

— Bon sang, Mandy !

— Je les ai empruntées à Jamie. Quand on a fait la suite de *London*, l'année dernière. Le film sort à Noël.

— J'en ai entendu parler. Félicitations.

— Ouais, mais j'ai dit à Steven que c'était le dernier. Rodney a les mains horriblement baladeuses. Il a fallu que je le remette à sa place.

Elle me tend une paire de lunettes à monture marron que je pose sur mon nez.

— Hmm. Non. Tiens, essaie celle-ci.

Je chausse l'autre paire. Elle fait la moue.

— Non plus. Et celle-là ?

— Je ne cherche pas à remporter un concours de mode, tu sais.

Elle m'observe d'un air amusé.

— Il n'y a aucun risque, crois-moi. Tiens, pourquoi pas ça ?

Elle me tend des lunettes épaisses, couleur cuivrée cette fois. Lorsque je les mets, son regard s'illumine.

— Elles sont assorties à ta barbe !

Son commentaire me fait grimacer.

— Non, ce que je veux dire, c'est qu'elles changent complètement ton teint, Jon. Tu es châtain à la peau pâle. Les lunettes et la barbe te font passer pour un brun aux reflets roux.

Je me lève et m'approche du miroir.

— Tu as perdu du poids, constate-t-elle. Tu n'as jamais été très gros, mais là, tu parais vraiment mince.

— Je me trompe ou ce n'est pas un compliment ?

Je m'examine dans la glace. Je suis toujours moi-même, mais je comprends ce qu'elle veut dire à propos de ma couleur de cheveux. La casquette, les lunettes et la barbe. Je ne savais pas que des sourcils plus fournis pouvaient transformer à ce point un visage. Avec ce déguisement, et sans gardes du corps, personne ne me reconnaîtra.

— Tu sais, Jon, tu as le droit de continuer à vivre. Tu n'as que cinquante ans. Et puis, c'est ce qu'elle voulait. En fait, elle m'a fait prom…

Elle s'interrompt, les yeux humides.

Je n'en crois pas mes oreilles.

— Tu veux dire que Rachel et toi avez discuté de *ça* ?

Elle hoche la tête et pose la main sur sa poitrine, pour contenir son émotion.

— Voilà ce qu'elle m'a dit : « Ne laisse pas Jon passer le reste de sa vie seul sous prétexte d'une loyauté absurde. »

Je retiens mon souffle. *Sous prétexte d'une loyauté absurde.* Elle m'a adressé les mêmes mots un jour. Soudain, je perçois la présence de Rachel avec nous dans la pièce. J'ai l'impression de sentir son souffle sur mon visage, de la voir incliner la tête, comme chaque fois qu'elle voulait me confier une chose importante. Son parfum vanillé, la fossette de sa joue droite, les plis au coin de ses yeux…

Avant de me quitter, Rachel m'a pris la main une dernière fois et a trouvé la force de me murmurer : « Promets-moi que tu rencontreras quelqu'un d'autre, Jonathan. Promets-le-moi. »

— Je veux juste que tu saches que tout le monde trouve normal que tu te remettes en selle un jour ou l'autre, reprend doucement Mandy. Tu n'as pas besoin de te déguiser pour sortir avec une femme.

Il me faut un moment pour me remettre du choc. Et pour me rappeler que Mandy n'a aucune idée de ce qui est en train de se passer. Elle croit que j'ai rendez-vous avec une femme – un dîner, un verre ou une séance de cinéma – et que je ne veux pas que ma soirée s'étale dans toute la presse demain.

— Tu as bien un rendez-vous ? interroge-t-elle.

Ses sourcils parfaitement dessinés se froncent. Si ce n'est pas d'un rendez-vous galant, de quoi s'agit-il alors ? Qu'est-ce qui pourrait pousser un président à semer ses gardes du corps et à se déplacer incognito ?

Avant que l'imagination de Mandy ne s'aventure sur cette voie, je réponds :

— J'ai un rendez-vous, oui.

Elle attend des explications, et se renfrogne devant mon silence. Depuis la mort de Rachel, Mandy prend des gants avec moi. Aussi n'ose-t-elle pas me questionner.

Je m'éclaircis la gorge et consulte ma montre. Je n'ai pas une minute à perdre. Comme toujours. L'agenda du président est surchargé, mais il n'est jamais en retard. Car tout le monde patiente sans ciller. Cette fois, c'est différent.

— Je dois partir maintenant.

19

Après avoir récupéré ma voiture, je gagne le quartier de Capitol Hill et déniche un emplacement libre près de la 7ᵉ et North Carolina Avenue. Je me gare et laisse mes clés à l'employé du parking qui ne m'adresse même pas un regard.

Je me mêle aux promeneurs heureux de profiter d'une belle soirée de printemps dans ce quartier animé. Dans les restaurants et les bars, les rires et les conversations se mélangent à la musique qui se déverse des haut-parleurs.

Un homme aux vêtements crasseux est assis contre le mur d'une épicerie. Étendu près de lui, un berger allemand halète au-dessus d'un bol vide. Comme beaucoup de sans-abri, l'homme est couvert de plusieurs couches de vêtements. Il porte aussi des lunettes noires cassées. Une pancarte « VÉTÉRAN SDF ET AVEUGLE » est posée par terre. À côté de lui, une petite boîte en carton contient quelques billets de un dollar. Un radio-cassette diffuse une musique douce.

Je m'écarte de la foule des piétons et me penche vers lui. Je reconnais *Into the Mystic*, de Van Morrison.

Mon esprit s'envole aussitôt vers Savannah, dans un bar de River Street, à l'époque où je faisais mes classes. Le cerveau embrumé par l'alcool, les muscles endoloris par l'entraînement intense, une danse langoureuse à l'heure de la fermeture.

— Vous avez fait la guerre du Golfe, monsieur ?

Devant son allure, j'ai d'abord pensé à un vétéran du Vietnam, avant de me rappeler que les années de guerre vous font vieillir prématurément.

Sa tête pivote vers moi.

— Pour sûr. Mais je suis pas un monsieur. J'ai gagné ma pitance, mon ami. Sergent dans la Big Red One ! J'étais là-bas quand ils ont trouvé la planque de Saddam !

Sa fierté est tangible. Il est important de lui accorder ce moment. Je voudrais voir la lueur de ses yeux briller encore un peu. Écouter son histoire. Et lui apporter un sandwich. Hélas, je suis pressé par le temps.

— La 1ʳᵉ division d'infanterie, hein ? C'est vous, les gars, qui avez donné l'assaut en Irak, n'est-ce pas ?

— En première ligne, mec. On a laminé ces chochottes d'Irakiens ! Ils ont pas compris ce qui leur arrivait !

— Pas mal pour un régiment de la légère.

— La légère ? répète-t-il, surpris. Vous étiez dans l'armée ? Aéroporté ?

— Je suis un soldat, comme vous. J'ai passé deux ans dans le 75ᵉ.

Il se redresse et hausse un sourcil broussailleux.

— Rangers, hein ? Je parie que t'as pas rigolé tous les jours, mon gars. Raids et missions de reconnaissance, pas vrai ?

— C'était pas aussi dur que vous dans les gros régiments, dis-je pour ramener la conversation à lui. Il vous a fallu quoi ? Une semaine pour traverser la moitié du pays ?

— Ouais. Et puis, du jour au lendemain, on a débarrassé le plancher. J'ai toujours pensé que c'était une connerie.

— Hé ! Je mangerais bien un morceau, pas vous ?

— C'est une très bonne idée, répond-il.

Alors que je m'apprête à entrer dans la boulangerie, il ajoute :

— Ils font un sandwich à la dinde du tonnerre.

— À la dinde, d'accord.

À mon retour, je décide de ne pas m'attarder, mais je prends tout de même quelques renseignements.

— Comment vous appelez-vous, sergent ?

— Première classe Christopher Knight.

— Voilà pour vous, dis-je en lui donnant le sandwich.

Puis je pose par terre le bol que j'ai rempli d'eau. Le chien se jette dessus et le lape avec avidité.

— C'est un honneur de vous avoir rencontré, sergent Knight. Vous savez où dormir ce soir ?

— Il y a un foyer, deux rues plus loin. Je viens ici presque tous les matins. Les gens sont plus sympas.

— Je dois vous laisser, mais tenez, sergent.

Je sors la monnaie de ma poche et la glisse dans sa paume.

— Dieu vous protège, répond-il en me serrant chaleureusement la main.

Curieusement, ma gorge se serre. J'ai visité de nombreux hôpitaux et cliniques et j'ai fait de mon mieux pour réformer le département des Anciens Combattants, mais voilà l'envers du décor. Des vétérans à la rue, qui ne trouvent pas d'emploi, et sont incapables de se réinsérer dans la société.

Je poursuis mon chemin en notant dans mon portable son nom et l'adresse de l'épicerie, pour m'assurer qu'il sera pris en charge avant qu'il ne soit trop tard.

Malheureusement, ils sont des dizaines de milliers comme lui. Un sentiment familier m'envahit. Je suis conscient que ma capacité à aider les gens est à la fois immense et limitée, et j'ai appris à vivre avec ce paradoxe. Car vouloir à tout prix repousser les limites vous empêche d'avancer. Comme il est impossible de sauver tout le monde, il faut faire au mieux pour le plus grand nombre. Même les mauvais jours, il y a toujours une bonne action à accomplir.

Deux rues plus loin, dans l'ombre du soleil couchant, les passants s'arrêtent. Je me glisse dans la foule pour voir ce qui se passe.

Deux agents de la police essaient de plaquer au sol un jeune Afro-Américain en jean et tee-shirt blanc. Le gamin se débat pour se libérer de l'agent qui tente de le menotter. Les deux policiers sont armés de pistolets et de Taser, mais ne s'en servent pas. Du moins pas encore. Plusieurs personnes autour de moi filment la scène avec leur portable.

— À terre ! À terre ! hurlent les agents.

Le jeune homme trébuche, entraînant les policiers sur la chaussée. La circulation est bloquée par une voiture de police.

Instinctivement, j'avance d'un pas, puis me ravise. Qu'est-ce que je vais faire ? Annoncer que je suis le président des États-Unis et que je prends la situation en main ? Non. Impuissant, je me contente d'observer la scène.

Je ne connais pas la raison de cette arrestation musclée. Ce jeune homme a pu aussi bien voler un sac à main que commettre un crime grave. Ou alors il a simplement provoqué les policiers. J'espère que ces représentants de l'ordre ont répondu à un appel et opèrent selon les règles. La plupart font de leur mieux, je le sais. Mais il y a aussi de mauvais flics, comme il y a des incompétents dans toutes les professions. Certains policiers pensent bien agir, même si inconsciemment ils estiment qu'un Noir en jean et tee-shirt est plus dangereux qu'un Blanc habillé de la même façon.

J'observe la foule autour de moi – des gens de toutes origines et de toutes couleurs. Dix personnes peuvent assister à la même scène et en avoir autant d'interprétations différentes. Certains voient de braves policiers faire leur boulot, d'autres un garçon noir maltraité à cause de la couleur de sa peau. C'est l'un ou l'autre. Ou les deux à la fois. Mais la même question trotte dans tous les esprits : cette altercation va-t-elle se terminer sans coups de feu ?

Une seconde voiture de police arrive dans la rue au moment où les deux agents sont parvenus à plaquer l'individu au sol. Ils le menottent, puis le relèvent.

Je traverse la rue et reprends ma route. Il n'y a pas de remède miracle à ce genre de situation. Alors je m'efforce de suivre mes convictions – accepter mes limites, et m'employer à rendre le monde meilleur.

153

Un décret présidentiel, un projet de loi, un discours engagé, une conférence internationale – autant d'actions qui vont dans la bonne direction.

Cette bataille est aussi vieille que l'humanité – nous contre *eux*. De tout temps, les individus, les familles, les clans et les nations se demandent comment traiter « l'autre ». Aux États-Unis, le racisme est notre fléau le plus ancien. Mais il existe d'autres motifs de division – la religion, l'immigration, l'identité sexuelle. Parfois, ce rejet de la différence est une simple drogue pour alimenter le monstre en chacun de nous. Trop souvent, la peur et le mépris de « l'autre » nous font oublier ce que nous sommes capables d'accomplir tous ensemble. C'est ainsi depuis très longtemps, et cela ne changera peut-être jamais. Malgré tout, nous devons poursuivre nos efforts. Telle est la mission que nous ont transmise les Pères fondateurs : œuvrer à créer « une union plus parfaite », pour reprendre les termes de la Constitution des États-Unis.

Une bourrasque de vent balaie mes réflexions. Je lève les yeux vers le ciel menaçant.

Tout en progressant vers le bar au bout de la rue, je me prépare mentalement à la partie la plus pénible de la soirée.

20

Je prends une grande inspiration et pousse la porte du bar.

À l'intérieur, des bannières des équipes de base-ball – les Hoyas de Georgetown, les Redskins et les Nationals de Washington – et une télévision à chaque angle de la salle aux murs de brique. La musique forte se mêle au brouhaha des conversations animées de l'*happy hour*. Un mélange d'étudiants décontractés et de jeunes employés – en costume-cravate pour les hommes, pantalon et chemisier pour les femmes –, venus se détendre après le travail. Le patio est tout aussi bondé. Le sol est poisseux et une forte odeur de bière imprègne l'air. De nouveau, je pense à mes classes à Savannah, et à nos sorties dans les bars de River Street le week-end.

J'adresse un signe de tête aux agents du Secret Service. Ils ont été prévenus de ma venue, et de mon apparence. On leur a ordonné de ne pas me trahir. Un simple hochement de tête, et un léger raidissement de leur posture.

Au fond du bar, ma fille est assise à une table au milieu d'un groupe de personnes – des amis et des gens qui recherchent la présence de la Première Fille. Elle sirote un cocktail de fruits coloré tandis qu'une fille lui murmure quelque chose à l'oreille. Le commentaire la fait rire. Elle plaque sa main sur sa bouche, mais son attitude semble forcée. Elle veut juste se montrer polie.

Son regard parcourt la salle avant de revenir à moi. Les yeux de Lilly se plissent, puis son expression s'adoucit. Il lui a fallu un moment. Mon déguisement est donc assez réussi.

Je m'éloigne, passe devant les toilettes, et pénètre dans la réserve dont la porte est déverrouillée. Dedans, des étagères chargées de bouteilles, des fûts alignés contre un mur et des cartons remplis de serviettes en papier et de verres à cocktail.

Quand ma fille entre, l'émotion m'étreint. Je revois le bébé aux grands yeux, tendant les mains vers mon visage ; la fillette dressée sur la pointe des pieds pour me donner un baiser, la bouche barbouillée de confiture ; l'adolescente déterminée à vanter les mérites des politiques incitatives pour les énergies renouvelables lors d'un débat à l'université.

Mais, en cet instant, son sourire a disparu.

— Alors c'est vrai, murmure-t-elle.

— Oui.

— Elle est venue à la Maison Blanche ?

— Oui, mais je ne peux pas en dire plus.

— Où vas-tu ? Qu'est-ce que tu vas faire ? Où sont tes gardes du corps ? Et pourquoi ce déguis…

— Hé ! (Je la prends doucement par les épaules.) Tout va bien, Lil. Je vais les rencontrer.

— Nina et son partenaire ?

Je doute fortement que la fille au tee-shirt Princeton lui ait donné son véritable nom. Mais moins elle en sait, mieux c'est.

— Oui.

— Je ne l'ai plus revue depuis qu'elle m'a parlé, explique Lilly. Pas une seule fois. Elle a complètement disparu du paysage.

— Je ne crois pas qu'elle ait été vraiment inscrite à la Sorbonne, tu sais. À mon avis, elle est allée à Paris pour te voir. Pour faire passer le message.

— Mais pourquoi moi ?

Je ne réponds pas. Je préfère ne pas lui donner trop de détails. Mais Lilly est aussi perspicace que sa mère. Il ne lui faut pas longtemps pour comprendre.

— Elle savait que je te transmettrais le message directement, murmure-t-elle. Pas d'intermédiaires. Pas de filtres.

Exactement.

— Qu'est-ce qu'elle a voulu dire ? C'est quoi Dark Ages ?

— Lil…

Je l'attire vers moi.

— Tu ne me diras rien. Tu ne peux pas…

Elle comprend, et me pardonne.

— C'est sûrement important, reprend-elle. Suffisamment pour que tu me demandes de revenir de Paris. Et là tu… je ne sais pas ce que tu fais. (Elle jette un coup d'œil derrière elle.) Mais où est Alex ? Et tes gardes du corps ? Et je ne parle pas des deux gars que tu as envoyés pour moi.

Depuis qu'elle a obtenu son diplôme, Lilly refuse toute surveillance rapprochée – c'est son droit. Après ma conversation téléphonique de lundi dernier, j'ai cependant décidé que le Secret Service veillerait à sa protection. Et comme elle ne pouvait pas rentrer avant deux jours, à cause d'un examen, je me suis assuré de sa sécurité à Paris.

— Le Secret Service n'est pas loin.

Elle n'a pas besoin de savoir que je fais cavalier seul. Cela ne ferait qu'ajouter à son angoisse. Elle a perdu sa mère, il y a à peine un an. Inutile qu'elle envisage qu'il en soit de même pour son père. Lilly n'est plus une enfant, mais à vingt-trois ans, elle a encore tout à apprendre de la vie.

Ma poitrine se serre quand je pense aux conséquences de ma disparition pour elle. Pourtant je n'ai pas le choix. J'ai prêté serment de défendre ce pays, et je suis le seul à pouvoir accomplir cette mission.

Je lui prends la main.

— Écoute, je veux que tu passes les prochains jours à la Maison Blanche. Ta chambre est prête. Si tu as besoin de récupérer des affaires dans ton appartement, un agent ira les chercher.

— Je… je ne comprends pas, dit-elle d'une voix tremblante. Est-ce que tu es en danger, papa ?

Ce dernier mot me bouleverse. Lilly a cessé de m'appeler *papa* à l'adolescence, et n'a employé ce terme qu'une fois ou deux depuis, quand Rachel était mourante. Elle ne l'utilise que dans les moments où elle se sent particulièrement vulnérable, et terrifiée. J'ai tenu tête à des sergents instructeurs sadiques, à des interrogateurs irakiens cruels, à des parlementaires sans scrupules, à des journalistes acharnés,

158

pourtant ma fille est la seule à pouvoir me frapper en plein cœur.

Je me penche et pose mon front contre le sien.

— Moi ? Allons ! Je suis prudent, c'est tout. Je veux juste être certain que tu es en sécurité.

Ça ne lui suffit pas. Elle enroule ses bras autour de mon cou et me serre contre elle. Son corps est secoué de sanglots.

Bouleversé, je murmure :

— Je suis si fier de toi, Lil. Je te l'ai déjà dit ?

— Tu me le répètes tout le temps, bredouille-t-elle à mon oreille.

Je caresse les cheveux de ma grande fille, forte et indépendante. C'est une femme maintenant. Elle a la beauté, l'intelligence et l'esprit de sa mère, mais elle restera toujours la fillette dont le visage s'illumine quand elle me voit, qui éclate de rire quand je la bombarde de bisous, et est incapable de se rendormir après un cauchemar, sans papa pour lui tenir la main.

— Va avec les agents maintenant, d'accord ?

Elle s'écarte, essuie ses larmes, et inspire profondément. Puis elle lève les yeux vers moi, et se jette de nouveau à mon cou.

Je ferme les yeux et la serre tendrement. Ma grande fille a soudain dix ans. Une enfant qui a besoin de son papa, censé être un roc, et ne jamais la décevoir.

J'aimerais tant garder Lilly contre moi, sécher ses pleurs et apaiser ses craintes. Il y a plusieurs années déjà, j'ai compris que je ne pourrais pas la suivre partout pour la protéger. Et maintenant, je dois la laisser pour remplir mon devoir, alors que tout ce que je désire, en cet instant, c'est la serrer dans mes bras pour toujours.

Je prends son visage entre mes mains et contemple ses beaux yeux remplis d'espoir.

— Je t'aime plus que tout au monde. Et je te promets que je vais revenir.

21

Dès que Lilly a quitté le bar avec les agents du Secret Service, je demande un verre d'eau au barman et sors les pilules de ma poche. Les stéroïdes vont faire remonter mon niveau de plaquettes. Je déteste ces médicaments. Ils m'embrouillent les idées. Mais soit j'opère avec un esprit embrumé, soit je perds connaissance. Le choix est simple. Je n'en ai pas.

Je retourne à ma voiture. Les nuages sont à présent aussi noirs que les hématomes de mes jambes. Le temps est à l'orage.

En chemin, je téléphone au Dr Lane. Elle ne peut pas reconnaître ce numéro, pourtant elle prend l'appel.

— Docteur Lane ? Ici Jon Duncan.

— Monsieur le Président ? J'ai cherché à vous joindre tout l'après-midi !

— Je sais. Je n'ai pas eu une minute à moi.

— Votre taux a encore chuté : vous êtes en dessous de seize mille.

— D'accord, je double les stéroïdes, comme promis.

— Ça ne suffit pas. Vous devez immédiatement être pris en charge.

Je me fais presque renverser alors que je traverse la rue sans regarder. Le conducteur d'un SUV klaxonne furieusement, au cas où je n'aurais pas compris.

— Je ne suis pas encore à dix mille, docteur.

— C'est un seuil théorique. Personne ne réagit de la même façon. Vous pouvez faire une hémorragie interne en ce moment même.

— Mais c'est très peu probable. L'IRM d'hier était normale.

— Hier, oui. Mais aujourd'hui ?

Arrivé au parking, je tends mon ticket à l'employé, paie mon dû et récupère mes clés.

— Monsieur le Président, vous êtes entouré de gens très compétents. Je suis sûre qu'ils peuvent prendre le relais quelques heures, le temps du traitement. Je croyais que les présidents pouvaient se faire représenter.

En effet. La plupart du temps. Mais cette fois, c'est impossible. Et je ne peux pas lui expliquer pourquoi.

— Je comprends parfaitement, docteur. Mais je dois vous laisser. Gardez votre téléphone à portée de main.

Je raccroche, démarre la voiture et m'engage dans la circulation en songeant à cette fille. « Nina. »

Je pense aussi à mon rendez-vous de ce soir, aux menaces que je dois affronter, à ma faible marge de manœuvre.

À Dark Ages.

Parvenu à destination, je repère un homme avec une pancarte PARKING qui me fait signe d'avancer vers lui. Je prends un ticket et suis les indications d'un autre employé jusqu'à un emplacement libre. Je laisse

162

ma voiture et passe devant l'entrée d'un immeuble luxueux – le CAMDEM SOUTH CAPITOL. De l'autre côté de la rue, on entend les rugissements de la foule.

Je traverse le boulevard et croise un homme qui lance à la cantonade :

— Deux places ! Qui veut deux places ?

Je saisis l'enveloppe que « Nina » m'a donnée et en sors un ticket coloré pour le match de ce soir. Les Nationals de Washington contre les Mets de New York.

J'entre par la porte d'accès au champ gauche du Nationals Park, et dois passer, comme tous les spectateurs, par le détecteur de métaux. Quand la machine sonne, il faut ouvrir son sac. Je me place dans la file, mais je n'ai pas à attendre longtemps – le match a déjà commencé.

Mon siège se trouve dans la section 104, tout en haut des gradins. J'ai l'habitude des meilleures places, une tribune à ciel ouvert derrière l'abri des joueurs, au niveau de la troisième base. Mais j'aime bien les gradins. La vue n'est pas terrible, mais c'est plus réel.

Je regarde autour de moi, en pure perte. Je dois prendre mon mal en patience.

D'habitude, avant un match, je suis aussi excité qu'un gamin dans un magasin de bonbons. Je m'achète une Budweiser et un hot-dog. Ici, pas de bières locales. Rien de tel qu'une bonne Bud bien fraîche ! Et, franchement, il n'y a rien de meilleur qu'un hot-dog à la moutarde pendant un match de base-ball. Pas même les travers de porc au vinaigre de ma mère.

Tout cela me ramène à l'époque où je jouais à l'UNC, à mon rêve de passer professionnel quand les

Royals de Kansas City m'avaient recruté, et à mon année de championnat en ligue mineure avec les Memphis Chicks. Les interminables trajets en bus, les motels miteux, la glace sur mes coudes, les matchs devant quelques centaines de spectateurs, les Big Mac et le tabac à mâcher.

Pour moi, pas de bière ce soir. Mon estomac se tord déjà en attendant le complice de la fille au tee-shirt Princeton.

Mon téléphone vibre dans ma poche. L'écran indique C. BROCK. Carolyn m'a envoyé un simple chiffre : 9. Je tape Wellman et j'appuie sur envoi. Un langage codé pour savoir si tout va bien. Je l'espère, mais je ne suis sûr de rien. J'ai manqué le coup d'envoi. Et s'il était déjà reparti ?

Non, impossible. En attendant, je ne peux que regarder le match. Le premier batteur des Nationals, un gaucher, doit à l'évidence jouer un amorti, puisqu'il a des joueurs sur les première et deuxième bases, et un joueur de troisième base en attente. Le lanceur des Mets devrait effectuer un lancer haut dans l'angle droit de la zone de prise, mais n'y parvient pas. Heureusement pour lui, le batteur manque ses deux premiers amortis. Finalement, ce dernier change de tactique et frappe une chandelle vers le champ extérieur gauche, dans ma direction. Instinctivement, la foule se lève, mais la balle retombe trop vite, et le joueur des Mets la rattrape sans problème.

Quand les spectateurs reprennent leurs places, j'aperçois un jeune homme, resté debout, qui se dirige vers mon siège. Il porte une casquette des Nationals flambant neuve, mais n'a rien d'un fan de base-ball. C'est lui, le partenaire de Nina.

Cette fois, le coup d'envoi est donné.

22

La tueuse surnommée Bach s'enferme dans la minuscule salle de bains. Elle réprime un haut-le-cœur, se laisse tomber à genoux, et vomit dans la cuvette des toilettes.

Quand elle se relève, ses yeux la brûlent et son estomac se tord. Elle inspire profondément et s'assoit sur les talons. C'est impossible. Inacceptable.

Dès qu'elle se sent mieux, elle se lève, tire la chasse, et nettoie soigneusement la lunette avec une lingette javellisée. Puis elle jette la lingette dans la cuvette et la fait disparaître. Aucune trace. Pas d'ADN.

C'est la dernière fois qu'elle vomit ce soir. Point barre.

Elle s'examine dans le miroir terne au-dessus du lavabo. Cette fois, elle porte une perruque blonde coiffée en chignon et un uniforme bleu ciel. Pas idéal, mais ce n'est pas elle qui a choisi la tenue de l'équipe d'entretien du Camdem South Capitol.

À son retour dans la salle de maintenance, les trois hommes l'attendent, vêtus d'une chemise du même bleu clair et de pantalons noirs. L'un d'eux est si baraqué que les boutons de sa chemise menacent de sauter. Quand elle a rencontré ce gars, plus tôt dans la journée, il lui a tout de suite paru antipathique. D'abord, parce qu'il fait le malin ; or dans leur profession, il faut savoir adopter un profil bas. Ensuite, parce qu'il se sert sûrement trop de sa force, et pas assez de ses méninges. Sans parler de son sale caractère.

Les deux autres, passe encore. Athlétiques, sans être impressionnants. Avec des visages communs, qu'on oublie facilement.

— Ça va mieux ? interroge M. Muscles.

Ses acolytes ricanent puis s'arrêtent net en voyant l'expression de Bach.

— Mieux que toi dans dix secondes si tu me reposes la question.

Ne jamais énerver une femme dans son premier trimestre de grossesse, qui en plus souffre de nausées « matinales » à toute heure de la journée. Encore moins une tueuse professionnelle spécialiste des contrats à haut risque.

Elle se tourne vers le chef d'équipe, un type chauve avec un œil de verre.

Il lève les mains en guise d'excuse.

— Il plaisantait, il plaisantait…

Son anglais est correct, mais avec un fort accent – République tchèque, suppose-t-elle.

Elle tend la main et le chef lui donne une oreillette.

— Du nouveau ? demande-t-elle dans le micro.

La réponse lui parvient aussitôt.

— Il est arrivé. Notre équipe est prête.

— D'accord. On se met en position.

Sa mallette à la main et son sac en bandoulière, Bach emprunte le monte-charge. Pendant l'ascension, elle sort son imper noir et l'enfile. Puis elle enlève sa perruque et enfonce un bonnet sur sa tête. À présent, elle est tout en noir.

Au dernier étage, elle prend l'escalier qui donne accès au toit. Comme prévu, la porte n'est pas verrouillée. Le vent tourbillonne, mais cela ne sera pas un problème. Par chance, il ne pleut pas encore. Si ce stupide match avait été annulé, toute l'opération aurait capoté.

Maintenant, elle se prépare à ce que la pluie interrompe la rencontre sportive, obligeant les milliers de spectateurs à quitter le stade tous en même temps, sous une marée de parapluies. Une fois, elle avait assassiné un ambassadeur turc d'une balle dans le crâne, à travers la toile de son parapluie. Mais l'homme marchait dans une rue tranquille, avec une seule personne à son côté. La difficulté, ce soir, sera d'atteindre sa cible comme prévu, même si une foule de gens se déverse dans la rue.

Voilà pourquoi on a besoin de plusieurs équipes sur le terrain.

Elle déverrouille la serrure biométrique de sa mallette et assemble Anna Magdalena, son fusil semi-automatique. Puis elle fixe la lunette de visée et charge le magasin.

Ensuite, elle se met en position, à plat ventre sur le toit, dans l'obscurité grandissante. Dans vingt minutes, le soleil sera couché ; elle sera alors pratiquement invisible.

Elle règle la lunette de visée et trouve rapidement le portail d'accès au champ gauche.

Il ne lui reste qu'à patienter. L'attente peut durer trois minutes. Ou trois heures. Au moment fatidique, elle devra agir rapidement, avec une extrême précision. Cela fait partie de son boulot. Et elle n'a jamais manqué son coup.

Oh, comme elle aimerait écouter un concerto pour piano ! Mais chaque mission est différente, et pour celle-ci, elle compte sur ses hommes. Tout peut se passer n'importe quand. Aussi, au lieu du *Concerto n° 4* joué par Andrea Bacchetti au Teatro Olimpico di Vicenza, elle prête l'oreille au bruit de la circulation, aux applaudissements, aux refrains de l'orgue qui stimulent la foule, et aux informations données par son équipe sur place.

Elle respire calmement. Son cœur bat lentement. Elle a le doigt sur la détente. Inutile de s'impatienter. La cible finira par venir à elle, comme toujours.

Et elle ne la ratera pas.

23

L'inconnu passe devant moi sans un mot et s'assoit à ma gauche, comme si nous étions des étrangers que le hasard a placés l'un à côté de l'autre.

Nous sommes bel et bien des étrangers. Je ne sais rien de lui. L'inattendu est si fréquent dans mon travail que, chaque fois qu'il se produit, une équipe de conseillers m'aide à analyser la situation, à rassembler les données utiles, et à proposer une solution pour rétablir l'ordre. Cette fois, je me retrouve seul.

Le gars est peut-être juste un intermédiaire, venu me transmettre un message qui n'a pas de sens pour lui. Dans ce cas, lui faire subir un interrogatoire serait une perte de temps. Et j'aurais été très mal informé. Cela dit, je ne peux guère me fier à ma source – la fille prénommée Nina.

Ou bien, c'est un tueur. Toute cette mise en scène pour m'entraîner dans un lieu où je suis seul et vulnérable. Alors ma fille finirait orpheline. Et j'aurais déshonoré la fonction de président des États-Unis en acceptant naïvement un rendez-vous secret, sans protection.

Mais je devais saisir cette opportunité. À cause de ces deux mots – Dark Ages.

Le type se tourne et dévisage l'homme censé être le président Duncan. Avec ma barbe rousse, mes lunettes et ma casquette, je ne ressemble guère au commandant en chef des armées qu'il a pu voir dans les médias. Il m'adresse un petit signe de tête. Je suppose qu'il approuve mon apparence. Pas le déguisement en lui-même, mais le stratagème. Cela signifie que je joue le jeu. J'ai accepté son rendez-vous, ainsi que ses conditions. Ainsi, je reconnais son importance.

Ce n'est pas vraiment l'impression que je voulais donner, mais je n'avais pas le choix. Après tout, c'est peut-être l'individu le plus dangereux de la planète.

Je regarde autour de nous. La rangée de derrière est vide, comme celle de devant. Je murmure :

— Le nom de code ?

C'est un gamin. Comme Nina. Âgé d'une vingtaine d'années. Filiforme, comme elle. Sans doute lui aussi d'Europe de l'Est, mais avec le teint plus foncé. Probablement des origines méditerranéennes – du Moyen-Orient ou du Maghreb. Son visage est en partie masqué par une grosse barbe et des cheveux épais. Ses yeux s'enfoncent profondément dans leurs orbites et son nez est tordu, peut-être suite à une fracture.

Il porte un tee-shirt noir, un pantalon cargo foncé et des baskets. Pas de sac.

Et pas d'arme ; il n'aurait pas pu franchir la sécurité. Toutefois, de nombreux objets peuvent servir d'arme. On peut tuer quelqu'un avec une clé, un morceau de bois, et même avec un stylo, si on l'enfonce à un endroit très précis. Pendant mes classes, avant de

171

partir pour l'Irak, j'ai appris des tactiques de défense et le maniement d'armes totalement insolites. Un objet pointu planté dans la carotide, et je me viderais de mon sang avant l'arrivée des secours.

J'agrippe son bras maigre.

— Le nom de code ! *Tout de suite.*

Mon geste le surprend. Il baisse les yeux sur son bras, puis les relève vers moi.

Étonné, mais pas franchement impressionné.

Je garde une expression impassible, et continue à voix basse :

— Fiston, tu ne sais pas à qui tu as affaire. Tu es dans de sales draps, crois-moi.

Ses yeux se plissent, puis il se décide à répondre :

— Quel nom de code vous voulez ? Armageddon ? Holocauste nucléaire ?

Il a le même accent que sa partenaire, mais maîtrise mieux l'anglais. Je grommelle entre mes dents :

— C'est ta dernière chance. Tu ne vas pas aimer la suite.

Il détourne les yeux.

— Vous parlez comme si j'avais besoin de vous. Alors que c'est *vous* qui avez besoin de moi.

Ce dernier point est irréfutable ; ma présence ici le confirme. Mais l'inverse est tout aussi vrai ; je ne sais pas ce qu'il a à me dire. S'il ne s'agit que d'informations, ce gamin a un prix. Si ce sont des menaces, c'est qu'il veut de l'argent. Je possède moi aussi quelque chose qu'il convoite. Reste à découvrir de quoi il s'agit.

Je relâche son bras et me lève.

— Tu ne sortiras pas vivant de ce stade.

— Dark Ages, crache-t-il, comme s'il s'agissait d'une malédiction.

Sur le terrain, Rendon envoie une balle très haut dans les airs, que l'arrêt-court doit rattraper et renvoyer en pleine course pour éliminer le coureur.

Je me rassois et prends une grande inspiration.

— Quel est ton nom ?

— Vous pouvez m'appeler… Augie.

L'arrogance et le sarcasme ont disparu. C'est une petite victoire pour moi. Ses cartes sont probablement meilleures que les miennes, mais il s'agit d'un gamin, et je joue au poker pour gagner ma vie.

— Et moi, comment dois-je… vous appeler ? murmure-t-il.

— Monsieur le Président fera l'affaire.

Je passe le bras derrière son siège, comme si nous étions de vieux amis, ou des parents, et je chuchote :

— Voilà ce qui va se passer. Tu vas me dire comment tu connais ces mots. Et ce que tu es venu faire ici. Ensuite, je déciderai de la suite du programme. Si nous trouvons un terrain d'entente – si notre petite discussion me satisfait –, tu pourrais t'en tirer à bon compte, Augie.

Je lui laisse le temps de digérer mes paroles, de voir la lumière au bout du tunnel. Il en faut une dans toute négociation. Puis je reprends mon petit laïus :

— Mais si je ne suis pas satisfait, je ferai tout ce qui est en mon pouvoir pour protéger mon pays. Et s'il le faut, je m'en prendrai à toi, à ta petite copine, et à toutes les personnes à qui tu tiens. Rien ne m'arrêtera. Rien.

Une grimace déforme ses traits. Son visage exprime une haine profonde pour moi et ce que je représente. Mais je perçois aussi de la peur dans son regard. Jusqu'ici, il a réussi à me manipuler à distance et s'est même servi de sa partenaire pour contacter ma fille en France. Maintenant, il se trouve face au président des États-Unis en personne. Il a passé le point de non-retour.

Il se penche, les coudes sur les genoux, sans doute pour s'écarter de moi. Parfait. Mon discours l'a ébranlé.

— Vous voulez savoir comment j'ai découvert Dark Ages ? dit-il d'une voix moins assurée. Vous aimeriez sûrement aussi comprendre pourquoi l'électricité de la Maison Blanche est si... défaillante ?

Je ne réagis pas. Il prétend être responsable du clignotement des lumières à la Maison Blanche ? Un coup de bluff ? Je fouille ma mémoire : Nina se trouvait-elle encore dans le Bureau Ovale au moment de l'incident électrique ?

— C'est agaçant, j'imagine, reprend-il. Discuter de graves problèmes de sécurité intérieure et économiques dans le Bureau Ovale... quand les lumières se mettent à clignoter ! Comme dans un pays du tiers-monde ! (Il soupire.) Je parie que vos experts n'y comprennent rien !

Il a retrouvé toute son assurance.

— Tu as deux minutes, fiston. Si tu n'as rien à me dire, je suis sûr que tu parleras à mes hommes, qui sont loin d'être aussi patients que moi.

Il secoue la tête.

174

— Vous êtes venu seul, rétorque-t-il, sans grande conviction.

— Tu crois vraiment ?

La foule rugit au bruit d'une frappe formidable. Tout le monde se lève et applaudit, mais la balle dévie et sort du terrain. Augie n'a pas bougé. Les coudes toujours sur ses genoux, il garde les yeux fixés sur le siège vide devant lui.

Je lâche d'une voix monocorde :

— Une minute trente secondes.

Sur le terrain, un batteur est éliminé après avoir manqué trois balles jugées recevables par l'arbitre, et sa réaction agacée lui vaut les huées de la foule.

Je consulte ma montre.

— Une minute. Après, ta vie est terminée.

Augie se redresse et se tourne vers moi. Je l'ignore et continue de suivre le match. Au bout d'un moment, je finis par le regarder, pour écouter ce qu'il a à me dire. Son visage affiche une expression différente. Implacable. Glaciale.

Il tient un pistolet braqué sur moi.

— *Ma* vie est terminée, monsieur le Président ?

24

Je me concentre sur Augie, pas sur le pistolet.

Il le tient sur ses genoux, à l'abri des regards. Je comprends maintenant pourquoi les sièges autour de nous sont vides. Augie a acheté toutes les places pour nous donner un semblant d'intimité.

À la forme anguleuse de l'arme, je reconnais un Glock – un pistolet que je n'ai jamais utilisé –, un 9 mm, capable de vous trouer la peau à bout portant.

À une époque, j'aurais eu une chance de le désarmer sans craindre un coup fatal. Mais le temps des Rangers est bien loin. J'ai cinquante ans et je suis rouillé.

Ce n'est pas la première fois qu'on pointe une arme sur moi, loin de là. Quand j'étais prisonnier, un garde irakien posait tous les jours le canon de son pistolet sur mon crâne et pressait la détente.

Mais c'est la première fois depuis que je suis président.

Malgré mon cœur qui bat à tout rompre, je m'efforce de réfléchir. Si Augie avait eu l'intention de me tuer, il aurait déjà tiré. Il n'avait pas besoin d'attendre que je me tourne vers lui. En réalité, il voulait que je voie son arme. Il voulait reprendre l'avantage.

J'espère que mon analyse est juste. Il ne semble pas avoir l'expérience des armes à feu. Un geste nerveux de sa part, et j'écope d'une balle dans les côtes.

— Tu n'es pas venu pour rien. Alors baisse ce flingue et dis-moi ce que tu veux.

— Peut-être que je me sens plus en sécurité maintenant, réplique Augie avec une grimace.

Je me penche et baisse la voix :

— Cette arme te met en danger au contraire. Elle rend mes hommes nerveux. En ce moment même, ils se demandent s'ils doivent te tirer une balle dans le crâne.

Il cligne des paupières et jette des regards inquiets autour de lui. Qu'un tireur d'élite le tienne peut-être en joue le met clairement mal à l'aise.

— Tu ne peux pas les voir, Augie, mais crois-moi, *eux* te voient.

Ma stratégie est risquée. Faire peur à un type qui braque un pistolet sur vous n'est sans doute pas l'idée du siècle. Mais il doit baisser son arme et croire que ce n'est pas uniquement moi qu'il menace, mais une nation tout entière, dont les ressources et la puissance sont sans commune mesure.

— Personne ne veut te faire de mal, Augie. Seulement, si tu appuies sur la détente, tu es mort dans la seconde.

— Non, vous êtes venu…

Sa voix se brise.

— Quoi ? Seul ? Tu ne crois quand même pas ça ? Tu es trop malin pour le penser. Alors baisse ce flingue et dis-moi pourquoi je suis là. Sinon, je m'en vais.

Son poing tremble. Ses yeux se plissent de nouveau.

— Si vous partez, vous ne pourrez jamais l'arrêter.

— Et tu n'obtiendras pas ce que tu attends de moi.

Il réfléchit. Tout bien considéré, j'ai raison, il le sait, mais il veut que ce soit son idée, pas la mienne. Finalement, il hoche la tête et remonte son bas de pantalon pour glisser son pistolet dans son étui de cheville.

Je respire enfin normalement.

— Comment as-tu réussi à franchir le détecteur de métaux ?

Il remet son pantalon en place. Lui aussi paraît soulagé.

— Ce genre de machine rudimentaire ne fait que ce qu'on lui demande. Elle n'a pas de réflexion propre. Si on lui dit de ne rien voir, elle ne voit rien. Si on lui dit de fermer les yeux, elle ferme les yeux. Les machines ne demandent pas pourquoi.

Je repense au détecteur par lequel je suis passé. Ce n'était pas une machine à rayons X, comme dans les aéroports. Un simple portique, qui bipait en cas de détection de métal, avec un agent de sécurité à côté, prêt à intervenir.

Augie l'a déconnecté avant de passer à travers.

Il a piraté le système électrique de la Maison Blanche.

Il a provoqué le crash d'un hélicoptère à Dubaï.

Et il connaît Dark Ages.

— Eh bien, Augie, tu l'as, ton face-à-face. Alors je t'écoute. Que sais-tu sur Dark Ages ?

Il hausse un sourcil ; il sourit presque. Connaître ce nom de code est un exploit, et il en a conscience.

— Tu l'as piraté ? Ou…

À présent, Augie sourit largement.

— C'est ce « ou » qui vous inquiète. Vous n'arrivez même pas à le dire à haute voix.

Il n'a pas tort.

— Parce que si je ne l'ai pas piraté, ça ne peut signifier qu'une seule chose.

En effet, si Augie n'a pas découvert Dark Ages grâce à une manipulation informatique – ce qui est normalement impossible –, il l'a appris de la bouche d'une personne physique. Or la liste des gens ayant accès à Dark Ages est très restreinte.

— C'est pour cette raison que vous avez accepté de me rencontrer. Vous savez ce que ça signifie.

Je hoche la tête.

— Oui. Ça signifie qu'il y a un traître à la Maison Blanche.

25

L'orgue retentit, annonçant la fin de la manche. Les Nationals retournent sur leur banc sous les acclamations du public. Un homme se faufile devant nous pour gagner l'allée centrale. J'envie ce type dont le seul souci est d'aller aux toilettes ou d'acheter des *nachos* à la buvette.

Mon portable vibre. J'allais glisser ma main dans ma poche, quand je me rends compte que mon geste risque d'alarmer Augie.

— C'est juste mon téléphone, dis-je. Un message pour vérifier si tout va bien.

Il fronce les sourcils.

— De qui ?

— Ma chef de cabinet. Elle s'inquiète, c'est tout.

Méfiant, Augie se raidit. Cependant, je n'attends pas son approbation. Si je ne réponds pas à Carolyn, elle va s'imaginer le pire. Et les conséquences seront désastreuses. Elle ouvrira la lettre que je lui ai confiée.

Le SMS est de C. BROCK. De nouveau, un seul chiffre, le 4 cette fois. Je tape Stewart, et j'appuie sur envoi. Tout en rangeant mon téléphone, je lance :

— Alors ? Comment es-tu au courant pour Dark Ages ?

Le jeune homme secoue la tête. Ce ne sera pas aussi simple. Sa complice n'a pas voulu me donner cette information, et il ne se laissera pas amadouer non plus. C'est sa monnaie d'échange, peut-être même son *unique* monnaie d'échange. Malgré tout, j'insiste :

— Je dois savoir.

— Non, vous *voulez* savoir. Ce que vous *devez* savoir est nettement plus important.

Je vois mal ce qui pourrait être plus important que d'apprendre qu'un de mes proches est une taupe au service de l'ennemi.

— Alors je t'écoute.

— Votre pays ne survivra pas, marmonne-t-il.

— Qu'est-ce que ça signifie ? Pourquoi ?

Il hausse les épaules.

— Bah, quand on réfléchit, c'est inévitable. Vous pensiez vraiment pouvoir éternellement empêcher une explosion nucléaire aux États-Unis ? Vous n'avez pas lu *Un cantique pour Leibowitz* ?

Je secoue la tête et fouille le tréfonds de ma mémoire. Un vague souvenir d'un cours de lycée me revient.

— Ou *The Fourth Turning* ? Une réflexion fascinante sur la nature cyclique de l'histoire. L'humanité est si prévisible. Les gouvernements maltraitent les populations – la leur autant que les autres. Alors le peuple se révolte. Un simple principe d'action-réaction. L'histoire finit toujours par se répéter. (Il agite son index sous mon nez.) Mais aujourd'hui, la technologie permet à un individu *seul* de provoquer une destruction totale. Ça change la donne, n'est-ce pas ? Plus besoin d'un mouvement populaire ou d'une armée pour se mettre en marche. Rallier des milliers, voire des millions de personnes à votre cause est inutile. Il suffit d'une personne déterminée à tout détruire, et prête à mourir si nécessaire, une personne que rien ne pourra corrompre ni détourner de son objectif.

Au-dessus de nous, le ciel menace. Le tonnerre gronde, mais on ne voit pas d'éclairs. Et toujours pas de pluie. Les lumières du stade sont allumées, à présent qu'il fait nuit.

J'observe attentivement le garçon.

— Tu me donnes un cours d'histoire ? Ou tu veux me prévenir d'un danger imminent ?

Il cligne des yeux et déglutit.

— Imminent, oui, répond-il d'une voix lugubre.

— On a combien de temps ?

— Quelques heures.

Mon sang se glace.

— De quoi s'agit-il exactement ?

— Vous le savez parfaitement.

Bien sûr, je le sais. Mais je veux l'entendre de sa bouche. Je ne lui ferai aucun cadeau.

— Dis-le-moi.

— Le virus. Celui que vous avez vu un bref instant – il claque des doigts – avant qu'il ne disparaisse. La raison de votre appel à Suliman. Le virus que vous n'avez pas réussi à localiser et qui rend dingues tous vos experts. Il vous terrifie. Et vous ne pourrez jamais l'arrêter sans nous.

Je regarde autour de moi pour vérifier que personne ne nous écoute, puis je me penche vers Augie :

— Les Fils du Djihad sont derrière tout ça ? Suliman Cindoruk ?

— Oui. Vous aviez raison à ce sujet.

Je ravale la grosse boule qui s'est formée dans ma gorge.

— Qu'est-ce qu'il veut ?

Augie cligne de nouveau des paupières, l'air soudain confus.

— Comment ça ?

— Suliman, il veut quoi ?

— J'en sais rien.

— Tu ne… ?

Je me redresse sur mon siège. Quel est l'intérêt d'une telle mise en scène s'il n'a aucune exigence ? De l'argent ? La libération d'un prisonnier ? Une grâce présidentielle ? Un changement de politique étrangère ? Il me menace, et il ne sait pas ce qu'il veut ?

Son rôle est peut-être simplement de m'intimider. Un autre prendra ensuite le relais pour me faire part des revendications des FDD. C'est plausible, pourtant je n'y crois pas.

Soudain, tout s'éclaire. Cela a toujours été une éventualité, mais de tous les scénarios envisageables ce soir, je l'avais placé en bas de ma liste.

— Tu ne représentes pas Suliman Cindoruk.

Il hausse les épaules.

— Mes intérêts ne sont plus… en phase avec ceux de Suli, c'est vrai.

— Mais avant, tu faisais partie des Fils du Djihad ?

Son regard se durcit. Un éclair passe dans ses yeux.

— Ouais, mais c'est terminé.

Cette colère instinctive – son ressentiment envers les FDD et son leader, une lutte de pouvoir peut-être – est à retenir pour plus tard. Ça pourrait me servir.

Une puissante frappe de balle résonne. La foule en délire se lève. La musique retentit dans les haut-parleurs. Un joueur vient de réaliser un *home run*. Je suis à des années-lumière du match.

— Alors dis-moi ce que *toi*, tu veux.

Il secoue la tête.

— Pas encore.

Les premières gouttes de pluie atterrissent sur ma main. Elles arrachent des grognements aux specta-teurs, mais ne provoquent pas de mouvement de foule en direction des abris ou de la sortie.

— On s'en va ! déclare Augie.

— Maintenant ?

— Oui, maintenant.

Un frisson me parcourt. Il était évident que nous n'allions pas passer la nuit au stade. Ce n'est pas pru-dent de le suivre, mais rien dans toute cette aventure n'est prudent.

— D'accord, dis-je en me levant.

— Votre téléphone, gardez-le à la main.

Je le dévisage, étonné. Il se lève à son tour et hoche la tête.

— Vous comprendrez bientôt pourquoi.

26

Respirer. Viser. Presser la détente.

À plat ventre sur le toit, Bach observe l'entrée du stade de base-ball à travers sa lunette de visée. Le portail du champ gauche. Sa respiration et son pouls sont réguliers. Elle se remémore les paroles de Ranko, son premier instructeur, avec son cure-dent toujours à la bouche, sa chevelure rousse et hirsute – un épouvantail dont les cheveux ont pris feu, comme il se décrivait lui-même.

Ton arme est le prolongement de ton bras. Pense au fusil comme à une partie de toi. Vise avec ton corps, pas avec ton arme.

Reste parfaitement immobile.

Choisis un point précis dans la cible.

Presse fermement la détente. Ton index est indépendant du reste de ta main.

Non, non, ton geste est trop brusque. Tout le reste est immobile. Et tu ne respires pas. Respire !

Respirer. Viser. Presser la détente.

La première goutte de pluie tombe dans son cou. Cela risque de précipiter les événements.

Elle s'écarte de son viseur et prend ses jumelles pour observer ses hommes sur le terrain.

Équipe 1 au nord de la sortie. Trois hommes en train de rire et de plaisanter, comme un groupe d'amis qui s'est retrouvé dans la rue.

Équipe 2 au sud de la sortie. Même configuration.

Équipe 3 juste sous son perchoir, de l'autre côté de la rue, en face du stade. Donc hors de sa vue. Un autre trio prêt à intervenir si sa cible tente de s'échapper de ce côté.

Toutes les issues sont surveillées. Les trois groupes sont prêts à se jeter sur leur proie comme un boa constrictor.

— Il quitte son siège, annonce une voix dans son oreillette.

Son cœur fait un bond. L'adrénaline fuse dans ses veines quand les mots parviennent à son cerveau.

Respirer.

Garder son calme.

Cela ne se déroulera pas exactement comme prévu. Ce n'est jamais le cas. La compétitrice en elle préfère quand la situation dérape légèrement et qu'elle est obligée de s'adapter.

— Il se dirige vers la sortie, poursuit la voix.

— Équipes 1 et 2, en position, lance-t-elle. Équipe 3, restez en attente.

Les réponses ne se font pas attendre.

— Équipe 1 en position.

— Équipe 2 en position.

— Équipe 3 en attente.

Elle se remet en place.

Respirer.

Viser.

Et poser son doigt sur la détente, prête à tirer.

27

Augie et moi nous dirigeons vers la sortie, celle du champ gauche, par laquelle je suis entré. Suivant ses instructions, j'ai mon portable à la main. Une poignée de personnes ont quitté le stade dès les premières gouttes de pluie, mais la majorité des trente mille spectateurs sont restés assis, dans l'espoir que le match ne sera pas interrompu. Nous ne sommes pas nombreux à nous diriger vers la sortie. J'aurais préféré me noyer dans la foule, mais je n'ai pas le choix.

Le calme et l'assurance d'Augie se sont envolés. À mesure que nous approchons de la sortie, il est de plus en plus nerveux. Il ne cesse de jeter des regards autour de lui et de consulter son portable, sans doute pour regarder l'heure, ou sa messagerie.

Il passe le portail et s'arrête dans un renfoncement. Nous sommes encore à l'abri, dans l'enceinte du stade. Capitol Street se trouve devant nous. Quitter le stade n'est pas simple pour Augie. Il se sentait sûrement davantage en sécurité au milieu des spectateurs.

Je lève les yeux vers le ciel qui a viré au noir. Une goutte tombe sur ma joue.

Augie prend une profonde inspiration et hoche la tête.

— Maintenant !

Il s'élance sur le trottoir. Plusieurs personnes sortent en même temps que nous. À notre droite, vers le nord, un véhicule utilitaire est garé dans la rue. À côté, deux employés municipaux fument une cigarette sous un lampadaire.

Au sud, sur notre gauche, une voiture de la police locale est stationnée le long du trottoir, sans personne à l'intérieur. Juste derrière, à environ dix mètres de nous, il y a un van. Augie plisse les yeux pour identifier son conducteur. Je suis son regard. Il est difficile de distinguer les détails dans l'obscurité, mais cette silhouette filiforme, ces épaules frêles et ce visage anguleux… Pas de doute, c'est la fille. Nina.

Comme pour lui répondre, le van fait un appel de phare.

Augie baisse les yeux sur son téléphone, dont le clavier s'illumine quand ses doigts pianotent sur l'écran. Puis il s'arrête, lève les yeux, et attend.

Il reste immobile un moment. Tout semble suspendu.

Sûrement un signal, me dis-je. Il va se passer quelque chose.

C'est ma dernière pensée.

Avant le noir complet.

28

— Moi, Katherine Emerson Brandt... jure solennellement... que j'exécuterai loyalement la charge de présidente des États-Unis... et que, du mieux de mes capacités, je préserverai, protégerai et défendrai... la Constitution des États-Unis.

Kathy Brandt ajuste sa veste et s'adresse un petit signe dans le miroir de sa salle de bains.

Même s'ils sont nombreux à vouloir sa place, être vice-présidente n'est pas une sinécure. Combien de ces gens auraient supporté, alors que la nomination était à portée de main, d'être coiffés au poteau par un ancien héros de guerre au charme ravageur et au sens de l'humour aiguisé ?

Elle s'était juré pendant les primaires, le soir du Super Tuesday, quand le Texas et la Georgie étaient tombés dans l'escarcelle de Duncan, qu'elle ne ferait pas allégeance, qu'elle ne le soutiendrait pas, que jamais, Dieu lui en était témoin, elle n'accepterait de former un *ticket* avec lui.

Mais elle a cédé...

Et aujourd'hui, elle ne fait plus qu'un avec le président. S'il commet une erreur, c'est aussi son erreur à elle. Pis encore, elle devra contre-attaquer, justifier une décision qui n'aura pas été la sienne.

Et si elle ne le soutient pas, si elle se désolidarise et critique ouvertement ses choix, ce sera interprété comme une traîtrise. Ses opposants la briseront avec Duncan, et son camp la lâchera parce qu'elle n'aura pas fait corps avec son président.

Un pas de deux périlleux.

— Moi, Katherine Emerson Brandt... jure solennellement...

Une sonnerie l'interrompt. Par réflexe, elle tend la main vers son portable pro posé sur son vanity case, mais c'est l'autre appareil qui sonne.

Son téléphone personnel.

Elle se rend dans sa chambre à coucher et récupère le smartphone sur la table de nuit. En voyant le nom s'afficher à l'écran, un frisson la parcourt.

C'est parti ! se dit-elle, en prenant l'appel.

29

Le noir. Total.

Dans le stade, trente mille personnes hurlent à l'unisson quand les ténèbres s'abattent. Réverbères, éclairages des immeubles, feux de signalisation… il n'y a plus de courant nulle part. Le black-out ! Les phares des voitures sur Capitol Street percent la nuit comme des projecteurs sur une scène, et les écrans des smartphones sont autant de lucioles en suspension dans l'air.

— Utilisez votre téléphone ! lance Augie en me prenant le bras. Venez. Vite !

Nous courons vers le van de Nina, en brandissant nos téléphones devant nous.

Le plafonnier du véhicule s'allume quand la porte latérale électrique s'ouvre. Sous la lumière, j'aperçois les traits de la jeune fille, son visage émacié et anguleux, ses sourcils froncés d'inquiétude, ses mains accrochées au volant. Elle semble dire quelque chose, sans doute de nous dépêcher…

Soudain, sa vitre vole en éclats, et le côté gauche de son visage explose, projetant une gerbe de sang et de chairs sur le pare-brise.

Sa tête s'effondre sur la droite, mais son corps est retenu par la ceinture de sécurité, ses lèvres encore pincées au milieu d'un mot, et ses grands yeux figés sous le cratère sanguinolent qu'est devenu l'hémisphère gauche de son crâne. Une enfant terrorisée, innocente, qui en un instant foudroyant, irréversible, n'aura plus jamais peur. Un être meurtri enfin en paix...

Si ça tire, couche-toi et attends que ça passe !

— Noooonn ! crie Augie.

Augie !

Je l'attrape par les épaules, le force à se baisser et l'entraîne à l'abri derrière la voiture de police garée non loin du van. On se retrouve l'un sur l'autre. Autour de nous, le trottoir se constelle de petites explosions, l'air siffle de toutes parts. Les vitres de la voiture de patrouille sont pulvérisées, nous aspergeant de verre. Le mur du stade derrière nous crépite, crachant des débris de béton dans un nuage de poussière.

Les cris, les appels des passants, les crissements des pneus, les coups de klaxon affolés, tout ce chaos est assourdi par la pulsation de mon sang dans ma tête, par les coups frénétiques dans ma poitrine. La voiture vibre sous le tir de barrage.

Je maintiens Augie couché au sol et palpe le bas de son pantalon à la recherche du pistolet dans son étui de cheville. L'afflux d'adrénaline cogne sous mon crâne, une douleur sourde, toujours présente en phase de combat. Un réflexe de vétéran.

Le Glock est plus léger que le Beretta avec lequel j'ai été formé ; il a une meilleure adhérance, et est plus précis à ce qu'on m'a dit. Les armes, c'est comme les voitures – elles ont toutes les mêmes commandes, phares, démarreur, essuie-glaces, mais on a besoin de quelques secondes pour les trouver. Je perds donc de précieux instants avant d'être prêt à tirer.

Sur notre gauche, le plafonnier du van éclaire une portion de trottoir. Sortant de l'ombre, trois hommes courent dans notre direction. L'un d'eux, un grand musclé, est en pointe. Il a un pistolet dans les mains.

Je fais feu deux fois, en visant la masse du torse. Il chancelle et s'écroule. Je ne vois plus les deux autres. Ils ont dû se cacher. Où sont-ils ? Combien me reste-t-il de munitions ? Y a-t-il d'autres ennemis de l'autre côté ? Combien de balles dans ce chargeur – dix ? Où sont passés ces deux types ?

Je me retourne au moment où deux balles frappent le capot de la voiture. Je protège Augie de mon corps. Je regarde à droite, à gauche, scrute l'obscurité. Ça tire encore. Des éclats criblent le trottoir. Visiblement, le sniper cherche d'autres angles de tir mais ne parvient pas à nous atteindre.

Le tout, c'est de tenir la position.

Augie se redresse.

— Il faut se barrer ! Tout de suite !

— Non ! (Je le plaque à nouveau au sol.) Si on bouge, on est morts !

Augie se fige. Moi aussi. Nous restons dans notre enveloppe de ténèbres, dos à la voiture. La clameur enfle dans le stade, à cause de la coupure de courant. J'entends encore des coups de frein, des klaxons. Mais plus de coups de feu sur la voiture.

Ni sur le trottoir.

Ni contre le mur du stade en face de nous.

Le sniper a cessé de tirer. Ce n'est pas un hasard…

Je me retourne et vois un homme déboucher de derrière le van, côté rue, illuminé par le plafonnier. Il brandit une arme. Je presse la détente une fois, deux fois, trois fois, au moment où des éclairs jaillissent de son canon. Des balles ricochent sur la tôle. Une fusillade en règle, mais j'ai l'avantage, parce que je suis tapi dans le noir alors que lui est en pleine lumière.

Le cœur battant, je risque un nouveau coup d'œil vers la rue. Plus trace du tireur ni du troisième membre du groupe.

J'entends un nouveau coup de frein, tout près, et des voix. Des voix que je reconnais…

— Secret Service ! Secret Service !

Je baisse mon arme. Ils sont déjà autour de moi, leurs armes pointées dans toutes les directions. Quelqu'un passe un bras sous mon aisselle et me soulève. Je tente de les prévenir, « sniper ! », mais je ne suis pas sûr qu'un mot intelligible sorte de ma bouche. Ça crie de partout. « Go-go-go ! » Je suis emporté dans un véhicule garé à proximité, protégé par tous ces hommes prêts à se sacrifier pour moi.

Soudain, les lumières clignotent, bourdonnent, et tout se rallume d'un coup. Je suis aveuglé. L'électricité est revenue !

Je m'entends marmonner « Augie », et « ramenez-le », puis la portière se referme. Je me retrouve allongé sur une banquette. « Go-go-go ! » crie encore quelqu'un et le véhicule s'élance, rebondit en franchissant le terre-plein d'herbe au milieu de Capitol Street.

— Vous êtes blessé ? s'enquiert Alex affolé en me palpant partout.

— Non.

Mais il ne veut pas me croire. Il explore mon torse, mon ventre, me retourne pour inspecter mon dos, mon cou, ma tête, mes jambes.

— C'est bon ! Il n'a rien !

— Augie ? Le gamin…

— On le tient, monsieur le Président. Il est derrière nous, dans l'autre voiture.

— La fille qui a été tuée… récupérez-la aussi.

Alex soupire, tandis que l'adrénaline reflue, et jette un coup d'œil par la lunette arrière.

— La police va s'en occuper…

— Non, Alex. Il faut la récupérer… la police ne doit pas s'en approcher… Racontez-leur ce que vous voulez…

— Très bien, monsieur, répond-il en se penchant vers le chauffeur.

Je tente de reprendre mes esprits. Les points sont bien là, telles les étoiles d'une constellation, mais je n'arrive pas à les relier l'un à l'autre, à discerner le motif. Pas encore.

Mon téléphone vibre. Il est par terre, entre les sièges. Carolyn ! C'est certainement elle.

— Mon portable…, dis-je à Alex.

Il se baisse pour le récupérer et me le donne. Le numéro envoyé par Carolyn est le 11. Je suis trop secoué pour me souvenir du nom de mon professeur en onzième. Le CP ! Je me rappelle pourtant son visage. Une grande femme, avec un nez crochu…

Vite ! Il faut que ça me revienne ! Sinon…

Richards ? Non. Richardson ! Mme Richardson !

Le téléphone m'échappe des mains. Je tremble tellement que je suis incapable d'appuyer sur les touches. Je demande à Alex d'entrer le nom pour moi.

— Amenez-moi Augie. Je veux lui parler…

— On va tous à la Maison Blanche, monsieur le Président. On pourra alors…

— Non.

— Je vous demande pardon ?

— Non. Pas à la Maison Blanche. Surtout pas.

30

On ne fait aucune halte jusqu'à l'autoroute. Je demande alors à Alex de prendre la première sortie. La pluie martèle le pare-brise. Les essuie-glaces vont et viennent, au même rythme que les battements affolés de mon cœur.

Alex Trimble aboie ses ordres au téléphone, tout en gardant un œil sur moi, pour s'assurer que je ne suis pas en état de choc. Mais ce n'est pas ça. Bien sûr, quand je songe aux événements, l'adrénaline m'inonde mais reflue très vite – je suis dans un SUV blindé. En revanche, la colère, elle, monte comme une vague irrépressible.

Tant qu'il y a de la vie, il y a de l'espoir ! C'était mon mantra quand j'étais prisonnier de guerre, quand les jours et les nuits se confondaient dans ma cellule aveugle, quand ils plaquaient une serviette sur mon visage et qu'ils me plongeaient dans l'eau, quand ils laissaient les chiens m'attaquer, quand ils me bandaient les yeux ou posaient le canon d'une arme sur ma tempe en psalmodiant une prière.

Cette fois je suis vivant à part entière. Vivant ! Et une curieuse euphorie me gagne, emplit mon corps d'une nouvelle énergie. Tous mes sens sont aiguisés. Je perçois l'odeur du cuir des sièges, l'amertume de la bile dans ma bouche, la moiteur de ma sueur sur ma peau.

— Je ne peux pas vous en dire plus, explique Alex au téléphone avec un membre de la police locale.

Cela risquait d'être compliqué. Il y aurait beaucoup d'explications à fournir. Capitol Street doit ressembler à un champ de bataille. Des trottoirs constellés de trous, l'enceinte est du stade criblée de balles, une voiture de police transformée en passoire, pneus crevés, vitres explosées. Et des cadavres. Trois au moins – le grand costaud qui s'était rué sur moi, l'autre qui avait surgi à côté du van, et Nina…

J'attrape le bras d'Alex, épais comme une bûche. Il se tourne vers moi, termine aussitôt sa conversation au téléphone.

— Je vous rappelle.

— Combien ? Combien de morts ?

Je redoute le pire : que des innocents aient été pris dans la mitraille.

— Juste la fille dans le van.

— Et les hommes ? Il y en avait deux.

Il secoue la tête.

— Disparus, monsieur. On a dû les emmener. Un complice. C'était un commando bien organisé.

À l'évidence. Un sniper et une équipe de soutien au sol. Au moins une.

Et pourtant, je suis encore en vie.

— On vient d'enlever le corps. On leur a raconté qu'il s'agissait d'une opération du Secret Service pour contrefaçon de monnaie.

Trafic de faux billets… Bien tenté. Mais ce sera difficile de leur faire avaler ça. Une enquête sur des faussaires qui se termine en bain de sang devant un stade ?

Hélas, Alex n'a pas d'autres cartes en main.

— C'est toujours mieux que de dire que le président est allé voir un match de base-ball et qu'il s'est fait tirer dessus à la sortie.

— C'est ce que j'ai pensé, monsieur, répond Alex avec flegme.

Il croise mon regard. Fronce les sourcils. Une sorte de reproche : voilà ce qui arrive quand un président échappe à sa garde rapprochée.

— La coupure d'électricité nous aide bien, reprend-il. Tout comme le bruit dans le stade, qui a couvert les coups de feu. Et maintenant, il pleut à verse. En ce moment, trente ou quarante mille personnes se déversent dans la rue alors que les flics se demandent ce qui s'est passé. Et la pluie emporte tous les indices…

Il a raison. Ce chaos a été un don du ciel. Les médias vont rappliquer. Mais tout s'est passé dans l'obscurité, pour l'essentiel, et le Trésor va étouffer tout ça, en prétextant qu'il s'agit d'une enquête officielle de ses services. Est-ce que cela suffira ?

— Vous m'avez suivi, Alex, fais-je remarquer.

Il hausse les épaules.

— Ce n'est pas tout à fait exact, monsieur le Président. Quand la fille s'est présentée à la Maison Blanche, on l'a fouillée.

200

— Et vous avez scanné l'enveloppe...

— Normal.

Et il y avait dedans le billet pour le match au Nationals Park. Je n'avais pas songé à ce détail.

Alex soutient mon regard, prêt à supporter les reproches. Mais comment blâmer quelqu'un qui vient de vous sauver la vie ?

— Merci, Alex. Mais, à l'avenir, ne me désobéissez plus.

Nous quittons l'autoroute et nous arrêtons sur un immense parking. Il est désert à cette heure. Sous les trombes d'eau, je distingue à peine l'autre Suburban. En fait, je ne vois pas grand-chose.

— Amenez-moi Augie.

— Il est dangereux !

— Non.

Du moins pas au sens où l'entend Alex.

— Vous n'en savez rien. Sa mission était de vous faire sortir du stade pour...

— Alex, si j'avais été la cible, je serais mort. Augie aurait pu me tuer. Le sniper a abattu Nina en premier. Et, de toute évidence, Augie était le deuxième sur la liste. Pas moi.

— Monsieur le Président, mon travail est de supposer, toujours, que c'est vous la cible.

— Parfait. Mettez-lui des menottes si vous préférez. Et une camisole ! Mais amenez-le-moi !

— Il est déjà menotté. Et très... agité. (Alex marque un silence.) Monsieur, ce serait bien que j'aille dans l'autre voiture. Il faut que je m'occupe de ce qui se passe au stade. La police va exiger des explications.

Lui seul peut gérer la situation. Lui seul saura ce qu'il faut leur dire.

— Jacobson montera avec vous.

— Entendu. Maintenant, amenez-moi Augie !

Il passe un ordre dans sa radio accrochée à sa veste. Quelques instants plus tard, il ouvre la portière, non sans effort ; une bourrasque projette des trombes d'eau dans l'habitacle.

Les agents se réorganisent. Jacobson, l'adjoint d'Alex, monte à bord. Jacobson est plus petit qu'Alex, un corps sec et nerveux, toujours sur les charbons ardents. Il est trempé. Les gouttes ruissellent sur son coupe-vent quand il s'installe à côté de moi.

— Monsieur le Président, articule-t-il d'un ton monocorde.

Mais il y a une forme d'urgence dans sa voix, tandis qu'il regarde la portière ouverte, prêt à bondir.

Quelques instants plus tard, c'est ce qu'il fait. Il saute de son siège à l'arrivée d'un autre agent. La tête d'Augie apparaît dans l'ouverture, puis le reste de son corps. Jacobson le pousse violemment sur le siège en face de moi. Il est menotté. Ses cheveux dégoulinent sur son visage.

— Tu restes assis. Tu bouges pas ! aboie Jacobson. Compris ?

Augie s'agite, tire sur la ceinture de sécurité que Jacobson vient de boucler sur lui.

— Il a compris, dis-je.

Jacobson s'assoit à côté de moi et se plante sur le bord du siège.

Les yeux d'Augie, dissimulés par ses mèches humides, trouvent enfin les miens. Il a dû pleurer, bien que ce soit difficile à dire avec cette pluie. Mais ses paupières sont bouffies, rouges de colère.

— Vous l'avez tuée ! Vous !

— Augie… (Je tente de le calmer.) Ça n'a aucun sens. C'était votre plan, pas le mien.

Un rictus douloureux déforme son visage, des larmes coulent sur ses joues. Il sanglote, renifle. Bien sûr, ce pourrait être de la comédie. Pour un peu, il passerait pour un forcené se débattant dans sa camisole de force – il se tortille, tire sur ses liens, grogne, gémit, pousse des jurons –, sauf que sa douleur est réelle ; ce ne sont pas les manifestations d'un esprit égaré.

Je ne peux pas lui parler tant qu'il est dans cet état. Il n'entendrait rien. Laissons-le d'abord se calmer.

Le SUV redémarre. Nous retournons sur l'autoroute, vers notre destination. Et ce n'est pas la porte à côté.

Nous roulons un long moment pendant qu'Augie, menotté, marmonne des phrases incompréhensibles, alternant entre l'anglais et sa langue maternelle, le tout entrecoupé de sanglots.

Je profite de ce répit pour faire le point, pour tâcher d'analyser ce qui s'est passé. Les questions s'enchaînent : pourquoi suis-je en vie ? Pourquoi Nina a-t-elle été abattue en premier ? Qui a envoyé ces gens ?

Perdu dans mes réflexions, je mets un temps à m'apercevoir du silence qui m'environne. Je sursaute presque. Augie me regarde fixement. Il attend.

— Vous croyez vraiment que je vais vous aider après ce que vous avez fait ? déclare-t-il.

31

Bach sort par la porte arrière de l'immeuble, son imper boutonné jusqu'au menton, un sac en bandoulière, un parapluie pour cacher son visage, martelé par la pluie qui tombe à verse. Elle marche sur le trottoir tandis que résonnent les sirènes de police et que des cohortes de véhicule foncent sur Capitol Street en direction du stade.

Ranko, son premier mentor, l'épouvantail roux, le Serbe qui avait eu pitié d'elle après que ses hommes eurent tué son père, qui l'avait prise sous son aile (et pas seulement sous son aile), lui avait peut-être appris l'art du tir, mais rien sur les arcanes de l'évacuation. Un sniper serbe n'avait nul besoin de fuir. Il ne quittait jamais le mont Trebević, sur les hauteurs de Sarajevo, d'où il pouvait tirer sur les cibles militaires comme sur les habitants pendant que son armée étranglait la ville.

Non, elle avait dû apprendre ça toute seule, prévoir des solutions de repli, la furtivité quand elle cherchait de la nourriture dans les ruelles ou les poubelles du marché, éviter les mines, les nids d'aigle des tireurs, les embuscades, écouter le ciel d'où pouvait jaillir un tir de mortier et, la nuit, repérer les voix des soldats éméchés sortant des bars, parce qu'il n'était pas bon pour une jeune Bosniaque de les croiser dans la rue.

Parfois, alors qu'elle cherchait du pain, du riz ou du bois, elle parvenait à leur échapper. Parfois pas.

— On a deux colis en plus, annonce une voix dans son oreillette.

Deux colis. Autrement dit : « Deux blessés. »

— Vous pouvez les ramener à la maison ?

— On n'a pas le temps.

Donc, leur état est grave.

— Débrouillez-vous, répond-elle. On se retrouve là-bas.

Ils savent pourtant que l'évacuation, c'est leur seul espoir. Ils paniquent, perdent leurs moyens. Tout ça parce que ça a mal tourné. À cause de l'arrivée du Secret Service. Et de la coupure de courant. Une belle manœuvre tactique, il faut le reconnaître. Elle, elle était prête. Évidemment. Elle avait des lunettes de vision nocturne. Mais pas son équipe au sol.

Elle retire son oreillette et la glisse dans la poche de son imper.

Elle sort un autre écouteur qu'elle arrime à son oreille.

— Rien n'est perdu, annonce-t-elle. Ils sont partis au nord.

32

— C'étaient vos hommes…, bredouille Augie, le souffle court, les yeux rouges et bouffis.

Le chagrin le rend méconnaissable. Il ressemble à un petit garçon perdu. Ce qu'il est au fond.

— Ce ne sont pas mes équipes qui ont tué ton amie. (Je m'efforce de me montrer calme et rationnel.) Ceux qui ont fait ça nous ont tiré dessus aussi. Nous étions leurs cibles. C'est grâce à mes hommes que nous sommes sains et saufs.

Cela n'arrête pas ses larmes. J'ignore la nature de ses rapports avec Nina, mais son chagrin est profond.

Je suis désolé pour lui, mais je n'ai pas le temps de m'apitoyer sur son sort. J'ai trois cents millions de personnes à protéger. Utiliser son émotion à mon avantage, c'est tout ce qui m'importe.

Parce que ça pourrait s'aggraver rapidement. Si j'en crois ce que m'a dit Nina dans le Bureau Ovale, Augie et elle avaient des informations distinctes, des pièces différentes d'un puzzle. Et maintenant, Nina est morte. Si je perds aussi Augie – s'il se referme dans sa coquille –, je n'ai plus rien.

Le chauffeur, l'agent Davis, est silencieux, concentré sur sa conduite, à cause du mauvais temps. À côté de lui, l'agent Ontiveros prend la radio sur le tableau de bord et parle doucement dans le micro. Jacobson, assis près de moi, a le doigt posé sur son oreillette et écoute avec attention les nouvelles que lui donne Alex Trimble dans l'autre SUV.

— Monsieur le Président, annonce-t-il. On a récupéré le van de la fille. Sur les lieux, il n'y a plus ni corps ni véhicule. Juste un bout de trottoir criblé de petits trous et une voiture de patrouille déchiquetée. Et une bande de flics pas contents.

Je me penche vers Jacobson, pour que personne d'autre ne m'entende :

— Mettez les deux sous scellés. Que personne ne s'approche. On a les moyens de conserver un cadavre ?

Il hoche la tête.

— On va trouver, monsieur.

— Les deux doivent rester chez nous.

— Compris.

— Maintenant, les clés des menottes. Donnez-les-moi.

Jacobson se raidit.

— Vous êtes sûr ?

Je ne répète pas. Privilège du président. Je me contente de soutenir son regard.

Jacobson est un ancien des Forces spéciales, comme moi en un autre temps, mais les similitudes s'arrêtent là. Il déborde d'énergie. Le sens du devoir, la discipline sont chez lui une seconde nature. Il ne connaît pas d'autres voies. Le matin, dès le saut du lit, il se lance dans cent pompes et autant d'abdos. C'est un soldat qui attend sa guerre, un héros à la recherche de son acte d'héroïsme.

Il me tend les clés.

— Monsieur le Président… il serait préférable que je le fasse.

— Non.

Je montre la clé à Augie. Avec précaution. Comme si j'approchais ma main d'un animal blessé. Certes, nous avons traversé tous les deux une épreuve, une épreuve particulièrement traumatisante, mais ce gamin demeure un mystère pour moi. Il a été membre des Fils du Djihad, et il ne l'est plus. Voilà tout ce que je sais. Que veut-il, au juste ? Il n'est pas ici pour rien. Personne ne donne sans attendre en retour.

Je change de siège et m'installe à côté de lui. Il dégage une odeur de laine mouillée, de sueur âcre. Un mélange guère agréable. Je me penche pour le libérer de ses menottes.

— Augie, lui murmuré-je à l'oreille. Je sais que tu tenais à elle.

— Je l'aimais.

— Perdre un être cher, je sais ce que c'est. Mais quand ma femme est décédée, j'ai dû continuer à avancer. Pas même eu le temps de la pleurer. Et c'est ce qu'on va devoir faire, toi et moi. Il y aura bien d'autres moments pour le chagrin, mais plus tard. Nina et toi n'êtes pas venus me trouver pour rien. Il y a une raison. J'ignore laquelle, mais ce doit être important. Sinon vous n'auriez pas pris tous ces risques. Vous me faisiez confiance, alors… Il faut continuer.

— Oui, je vous faisais confiance, et maintenant elle est morte !

208

— Mais si tu ne m'aides pas, tu fais le jeu des autres. De ceux qui l'ont tuée.

J'entends sa respiration s'accélérer. Je retourne sur mon siège, la paire de menottes à la main.

Jacobson m'aide à boucler ma ceinture de sécurité. Rien n'échappe à ce gars !

Augie se frotte les poignets et me regarde. Il n'y a pas que de la haine dans ses yeux. De la curiosité aussi. Et de l'appréhension. Il sait que j'ai raison. Il sait que lui et moi avons frôlé la mort, que j'aurais pu le faire enfermer. Il aurait pu être interrogé, voire abattu – au lieu de ça, j'ai joué franc jeu avec lui.

— Où on va ? demande-t-il d'une voix atone.

— Un endroit où on sera en sécurité, dis-je alors qu'on passe le pont au-dessus du Potomac, pour rejoindre la Virginie.

— En sécurité..., répète Augie en détournant les yeux.

— C'est quoi ça ? lance Davis au volant. Sur la voie piétonne, à deux heures !

— Nom de...

Mais Ontiveros n'a pas le temps de finir sa phrase. Quelque chose heurte le pare-brise, l'obscurcissant d'un coup. Le SUV fait une embardée. On nous tire dessus ! Les balles crépitent contre notre flanc droit ! — Sors-nous d'ici ! crie Jacobson tandis qu'il tente d'attraper son arme malgré la secousse qui me plaque contre lui.

Notre véhicule part en zigzag sur la chaussée détrempée du pont, alors qu'on nous mitraille.

33

Bach incline son parapluie. Le vent la force à se plier en deux. Ce n'est pas très élégant.

Il pleuvait comme ça la première fois que les Serbes avaient débarqué.

Le martèlement des gouttes résonne encore à ses oreilles. Elle se rappelle l'obscurité de la maison – il n'y avait plus d'électricité depuis des mois dans le quartier. Et la chaleur du feu, dans la pièce à vivre, ça aussi elle s'en souvient. Et ce courant d'air glacé quand les soldats avaient ouvert la porte ; elle avait cru que c'était le vent. Puis il y avait eu les cris, les coups de feu, le bruit de vaisselle brisée, les protestations de son père quand ils l'avaient emmené. C'était la dernière fois qu'elle avait entendu le son de sa voix.

Bach arrive enfin à l'entrepôt, entre par la porte de derrière, pose son parapluie ouvert pour qu'il sèche sur le sol de ciment. Elle entend les hommes discuter dans la grande salle où ils s'occupent des blessés. Ils se crient dessus, se lancent des reproches dans une langue qu'elle ne connaît pas.

La panique, en revanche, elle la comprend dans tous les dialectes.

Elle marche en faisant claquer ses talons pour qu'ils l'entendent arriver. Elle n'a pas voulu les prévenir de sa visite, et encore moins leur laisser le temps de préparer une embuscade – les vieilles habitudes ont la vie dure ! En même temps, ce n'est jamais une bonne idée de prendre par surprise un groupe d'hommes armés.

Percevant des pas, les hommes tournent la tête vers elle, deux d'entre eux, par automatisme, portent la main à leurs armes, puis se détendent.

— On ne l'a pas eu, annonce le chef d'équipe, le chauve, toujours en uniforme du personnel d'entretien du Camden South Capitol.

Le groupe s'écarte pour la laisser approcher des deux blessés adossés contre des caisses. L'un des deux, c'est M. Muscles, celui qu'elle n'aime pas. Il a les yeux fermés, il grimace de douleur et gémit. Ils lui ont ôté sa chemise pour lui mettre un pansement sous l'épaule droite. La balle a dû le traverser. Une vraie charpie, mais visiblement pas d'os touché.

L'autre est lui aussi torse nu. Il respire avec difficulté. Le regard vague, le teint livide. L'un de ses copains presse un linge sur sa poitrine, du côté gauche.

— Il faut appeler les toubibs ! s'inquiète un autre.

Ce n'est pas elle qui a choisi cette équipe. On lui avait dit que ce serait de vraies pointures. Ceux qui l'avaient embauchée, et qui la payaient grassement, devaient se charger de trouver les meilleurs hommes pour cette partie de la mission. Ils n'allaient pas rechigner à la dépense.

Elle sort de sa poche son pistolet, le silencieux y est déjà vissé, et tire une balle dans la tempe du bodybuilder, puis une seconde dans l'autre blessé.

Désormais, elle n'a plus que sept hommes sur le terrain. Les sept meilleurs, évidemment.

Ceux-ci reculent, surpris par les deux détonations étouffées qui viennent d'abréger les souffrances de leurs partenaires. Aucun d'eux, note-t-elle, ne porte la main à son arme.

Elle les regarde tous, tour à tour, d'un air de dire : il y a un problème ? Ils ne doivent pas s'étonner. Celui blessé à la poitrine allait mourir de toute façon. M. Muscles, hormis un risque de septicémie, aurait pu s'en sortir ; mais il aurait été un boulet. C'est un jeu à somme nulle. Et la partie n'est pas terminée.

Elle cherche du regard le chef d'équipe.

— Débarrassez-vous des corps.

L'autre acquiesce.

— Vous savez où aller ?

Il acquiesce encore.

Elle s'approche de lui.

— Des questions ?

Il secoue la tête avec énergie. Aucune !

34

— On est attaqués ! On est attaqués !

Le SUV fait des embardées sur le pont, les coups de feu proviennent de la voie piétonne. On fait de l'aquaplaning ! Davis cherche désespérément à reprendre le contrôle du véhicule.

À l'arrière, nous sommes tous les trois projetés telles des billes de flipper, cramponnés à nos ceintures de sécurité. Jacobson et moi sommes ballottés d'un côté à l'autre de la cabine.

Une voiture nous percute par-derrière, expédiant notre Suburban en toupie au milieu de la circulation. Il y a un autre choc sur notre flanc droit, deux phares jaillissent, aveuglants, à quelques centimètres du visage de Jacobson. La puissance de l'impact vibre dans mes dents, mon cou, et je suis propulsé sur le côté gauche.

Tout tourbillonne, tout le monde crie, les balles pleuvent sur le blindage, à droite, à gauche, devant, derrière. On ne sait plus.

L'arrière du véhicule finit par s'encastrer dans le parapet et s'arrête, dans la mauvaise direction, face au trafic qui déboule du nord. Les éclairs des tirs viennent de notre gauche à présent. Les balles arrivent par rafales sur les vitres.

— Sors-nous d'ici ! crie encore Jacobson.

Premier commandement : trouver une issue et évacuer le président !

— Augie…

Je me tourne vers le jeune homme. Il est accroché à sa ceinture. Indemne, mais choqué.

Les pensées se bousculent dans ma tête. On pourrait presque voir la Maison Blanche du pont. Juste en face. À douze heures. Et les quartiers d'une unité du SWAT ne sont qu'à quelques centaines de mètres d'ici. Aussi inutile que si elle se trouvait dans une autre galaxie.

L'agent Davis pousse des jurons en se battant avec le levier de vitesses. Les tirs ne proviennent pas seulement de derrière les grilles de la voie piétonne, mais aussi de notre voiture de soutien. C'est Alex et ses hommes ; ils répliquent !

Comment sortir de là ? On est coincés ! Il faut tenter le tout pour le tout…

— Go-go-go ! lance Jacobson comme à l'entraînement.

Il est toujours sanglé, mais il a brandi son arme.

Davis enclenche la marche arrière. Les pneus patinent puis s'agrippent au bitume mouillé. À l'aide de la caméra arrière, il recule à toute vitesse. La scène de fusillade rapetisse sous nos yeux quand un véhicule massif, bien plus gros que nos Suburban, surgit.

Un camion ! Il nous fonce droit dessus deux fois plus vite que nous !

On accélère en marche arrière. Davis fait de son mieux, mais on n'est pas de taille face à un camion lancé à toute allure. Je me raidis, me préparant à l'impact au moment où la calandre du poids lourd nous bouche la vue.

Soudain, Davis bascule sa main droite sur la gauche et tire un grand coup, faisant faire à notre SUV un brusque cent quatre-vingts degrés. Sous la force centrifuge, je me retrouve plaqué contre Jacobson tandis que notre véhicule présente son flanc au camion. Emporté dans son élan, notre Suburban poursuit son demi-tour. Aurons-nous le temps de nous mettre à l'abri sur l'autre voie ?

Non ! L'impact me coupe le souffle. J'ai des étoiles plein les yeux, l'onde de choc traverse tout mon corps. La calandre du poids lourd percute l'avant, côté passager, écrasant Ontiveros contre Davis comme une poupée de chiffon. L'arrière du Suburban glisse dans un grincement d'acier et se retrouve de travers, presque parallèle au camion, tandis que notre avant reste coincé dans la calandre. L'humidité du dehors envahit l'habitacle. Le châssis grogne, se tord, résiste.

Je ne sais pas comment, mais Jacobson parvient à descendre sa vitre et tire en rafale avec son MP5 sur la cabine du camion au-dessus de nous. Le vent chaud et la pluie s'engouffrent par sa fenêtre, nous fouettent le visage. Les deux véhicules, accrochés l'un à l'autre, finissent par s'immobiliser. Jacobson n'arrête pas de lâcher des salves pendant que notre véhicule de soutien approche. Eux aussi, ils tirent sur le poids lourd.

Il faut sauver le gamin !

Je déboucle ma ceinture.

— Augie !

— Ne bougez pas, monsieur ! crie Jacobson alors que des flammes jaillissent du capot.

Blême de terreur, Augie déboucle à son tour sa ceinture de sécurité. J'ouvre la portière du côté gauche et tire le jeune homme par le poignet.

— Baisse-toi !

Sous la pluie battante, je l'entraîne vers l'arrière du SUV, en restant à couvert, puis nous piquons un sprint vers le véhicule d'Alex. Je veille à rester dans l'angle mort de la cabine du poids lourd au cas où ses occupants auraient survécu aux coups de feu de Jacobson.

— Montez dans la voiture, monsieur le Président ! lance Alex.

Alex et deux de ses hommes sont sortis du Suburban et mitraillent le camion pour me couvrir.

Augie et moi courons vers leur véhicule. Derrière, il y a eu un carambolage, les voitures sont encastrées les unes dans les autres. Je hurle sous les trombes d'eau :

— À l'arrière !

Je m'installe au volant, passe la marche avant et écrase l'accélérateur.

L'arrière est endommagé, mais le SUV reste pilotable. Sortir d'ici ! Vite ! Je n'aime pas laisser mes hommes derrière moi. Cela va à l'encontre de tout ce que j'ai appris à l'armée. Mais je n'ai pas d'armes, je ne suis donc d'aucune aide. Et je dois protéger la pièce maîtresse du puzzle : Augie.

Une explosion retentit derrière nous alors qu'on quitte le pont pour entrer en Virginie. Les questions se bousculent... et pas une seule réponse.

Mais tant qu'il y a de la vie... n'est-ce pas ?

35

Mes mains tremblent sur le volant, mon cœur tambourine dans ma poitrine, j'ai du mal à voir où je roule à cause du pare-brise criblé de balles. Il pleut toujours des cordes ; les essuie-glaces sont totalement inefficaces.

J'ai le visage ruisselant, j'ai l'impression de cuire, mais je ne peux pas régler la température. Je n'ose pas quitter la route des yeux, ni même ralentir et encore moins m'arrêter. Je scrute le rétroviseur, au cas où on me suit. L'arrière du Suburban est bien endommagé, le pneu frotte quelque part, contre le métal – un sifflement difficile à ignorer. Je ne vais pas pouvoir continuer longtemps.

— Augie… *Augie !*

La colère dans ma voix me surprend moi-même.

Mon mystérieux compagnon, à l'arrière, se redresse sur son siège, mais ne répond pas. Il a l'air choqué. Le regard vague, la bouche entrouverte. Il grimace au moindre cahot ou faisceau de lumière.

— Des gens meurent en ce moment ! Parle ! Maintenant !

Je ne sais même pas si je peux lui faire confiance. Depuis notre rencontre, après ses références à l'Armageddon au stade, on a passé notre temps à se faire tirer dessus. Est-il un allié ou un ennemi, un héros ou un agent double ?

Reste toutefois une certitude : Augie est une pièce importante. Et il dérange quelqu'un. Sinon, rien de tout cela ne serait arrivé. Plus ils essaient de nous arrêter, plus cela confirme son rôle essentiel sur l'échiquier.

— Augie ! Ressaisis-toi ! On doit agir.

Mon téléphone sonne. Je plonge ma main droite dans ma poche, essayant de prendre l'appel avant qu'il ne soit renvoyé sur le répondeur.

— Monsieur le Président ! Vous allez bien ? lance Carolyn Brock, visiblement soulagée. C'était vous sur le pont ?

Elle est déjà au courant, bien sûr. La Maison Blanche a été prévenue dans la minute. Elle se trouve à moins de deux kilomètres de là ! Toute la sécurité a pensé à un attentat terroriste, à une attaque sur la capitale.

— Placez la Maison Blanche en confinement, Carrie, dis-je alors que je poursuis ma route sous le halo coloré des lampadaires. Comme pour le…

— C'est déjà fait, monsieur.

— Avec toutes les mesures de sécurité !

— La vice-présidente a déjà été conduite au centre opérationnel d'urgence.

Je lâche un soupir. Quelle chance d'avoir un roc comme Carolyn dans la tempête. Elle anticipe toutes mes décisions, et souvent en mieux.

En quelques mots, je lui explique la situation. Je m'attache à l'essentiel, et m'efforce d'afficher calme et sérénité. Oui, les événements sur le pont et au stade, j'y étais.

— Le Secret Service est avec vous ?

— Non. Il y a juste Augie et moi.

— Il s'appelle Augie ? Et la fille ?

— Morte.

— Morte ?

— Devant le stade. Quelqu'un l'a abattue. Augie et moi, on a pu s'en sortir. Il faut que je me mette à l'abri, Carrie. Je me rends à la Maison Bleue. Je suis désolé, mais je n'ai pas d'autre choix.

— Bien sûr. Je comprends.

— Et je dois parler à Greenfield.

— Vous avez son numéro. Mais, je peux l'appeler pour vous, si vous préférez.

J'avais oublié que Carolyn avait mis tout mon répertoire dans ce téléphone.

— Merci, Carrie. Inutile. On se reparle très vite.

Je raccroche.

— Monsieur le Président !

C'est la voix d'Alex qui résonne dans la radio. Je pose mon téléphone sur le siège passager et récupère l'appareil sur le tableau de bord. J'appuie sur le bouton pour lui répondre.

— Je vais bien, Alex. Je suis toujours sur l'autoroute. Je vous écoute.

Je lâche le bouton.

— Ils sont neutralisés, monsieur le Président. Quatre morts sur la voie piétonne. Le camion a explosé. On ignore combien d'occupants étaient à bord, mais aucun n'a survécu ; c'est certain.

— Un camion piégé ?

— Non, monsieur. Ce n'était pas un attentat suicide. Sinon, on y serait tous passés. Nos balles ont perforé le réservoir. C'est ça qui a provoqué l'explosion. Il n'y avait pas d'explosifs à bord. Et on n'a aucune victime civile.

C'est déjà une indication. Ce n'était pas des fanatiques. Donc ni Daech, ni Al-Qaïda, ou l'un de leurs tentacules. Juste des mercenaires.

Je prends une grande inspiration et pose la question que je redoute tant :

— Et chez nous, des pertes ?

Je fais une courte prière silencieuse.

— Davis et Ontiveros y sont restés.

Je frappe du poing le tableau de bord. Le véhicule fait un écart, mais je le redresse aussitôt. Un signe. Je ne peux me laisser aller, même une seconde. J'ai des obligations. Si j'oublie ça, mes hommes seront morts pour rien.

— Je suis désolé, Alex, dis-je dans la radio. Vraiment.

— Oui, monsieur le Président, répond-il avec une distance toute professionnelle. C'est le grand bazar ici. Les pompiers. Les flics de Washington et aussi ceux d'Arlington. Tous cherchent à comprendre ce qui s'est passé et qui doit prendre en charge les opérations.

C'était prévisible. L'explosion s'est produite sur le pont entre le district de Columbia et la Virginie, un vrai cauchemar juridique ! Ce doit effectivement être une belle pagaille.

— Annoncez-leur que c'est vous qui gérez. Qu'il s'agit d'une « enquête fédérale ». Et que des renforts arrivent.

— Entendu, monsieur le Président. Pour l'instant, restez sur l'autoroute. On a votre position GPS. Des véhicules de soutien vont vous rejoindre dans quelques minutes. Et ne sortez pas de la voiture, s'il vous plaît. C'est notre moyen de transport le plus sûr pour vous ramener à la Maison Blanche.

— Je ne rentre pas à Pennsylvania Avenue, Alex. Et je ne veux pas de convoi. Un véhicule de soutien. Un seul.

— Monsieur… après ce qui vient de se passer, une évidence s'impose. Ils ont des moyens de renseignements, la technologie, des hommes et des armes. Ils savaient où vous seriez.

— Pure supposition. Ils ont peut-être simplement monté des embuscades à divers endroits. Une autre équipe devait aussi nous attendre sur le chemin de la Maison Blanche, ou au sud, si on avait décidé de partir par là. L'attaque du pont, c'est juste un pari réussi.

— Oui, monsieur, vous avez raison. On n'en sait rien.

— Un seul véhicule de soutien, Alex. C'est un ordre.

Je raccroche et récupère mon portable sur le siège passager. Je trouve LIZ FBI dans le répertoire et lance l'appel.

— Bonjour, monsieur le Président, répond Elizabeth Greenfield. Vous êtes au courant de l'explosion sur le pont ?

— Liz, depuis combien de temps êtes-vous directrice du FBI ?

— Dix jours, monsieur.

— Eh bien, l'échauffement est terminé, madame la directrice. On entre dans le dur.

36

— C'est la maison suivante, annonce Jacobson dans la radio.

Comme si je ne connaissais pas l'endroit !

Je me gare le long du trottoir, soulagé d'avoir pu aller aussi loin. Ces véhicules préparés par le Secret Service sont de véritables cuirassés sur roues, cependant le choc à l'arrière m'inquiétait.

Le SUV de soutien où se trouve Jacobson s'arrête derrière moi. Il m'a rejoint sur l'autoroute et m'a guidé avec le GPS. Je suis venu ici de nombreuses fois, mais je n'ai jamais fait attention à l'itinéraire. Il y a tant de chemins possibles.

Je tire sur le frein à main et coupe le moteur. C'est alors que je me mets à trembler. Je m'y attendais. La réaction post-traumatique classique après l'afflux d'adrénaline. Jusqu'à cet instant, je devais rester aux commandes, nous tirer de là, mettre Augie à l'abri. Mon travail est loin d'être terminé. Le plus difficile nous attend, mais je peux m'accorder un moment de répit, prendre quelques inspirations. J'ai frôlé la mort. Mon esprit a besoin d'un peu de temps pour l'assimiler et le classer comme un simple souvenir, pour évacuer la colère et la peur qui bouillonnent en moi.

Me parlant à moi-même, je m'encourage :

— Respire ! Reprends-toi ! Personne ne peut t'aider. C'est à toi de le faire.

C'est une décision comme une autre. Je peux arrêter ces tremblements. J'en ai la force.

Jacobson approche au petit trot et m'ouvre la portière. Je n'ai pas besoin d'aide pour descendre de voiture, mais il ne peut s'empêcher de me prendre le bras… Hormis quelques égratignures et traces noires sur le visage, il semble indemne.

Une fois debout, je me sens vaciller. Le Dr Lane me gronderait si elle me voyait !

— Ça va, Jacobson ? dis-je.

— Moi ? Oui, monsieur, je vais bien. Et vous ?

— Très bien. Vous m'avez sauvé la vie.

— C'est Davis qui vous a sauvé, monsieur.

C'est vrai. Sa marche arrière sur les chapeaux de roues, son demi-tour à toute allure ont été son sacrifice. Sa façon de nous éviter, à nous autres à l'arrière, de prendre le choc de plein fouet était une manœuvre brillante. La preuve d'un agent bien entraîné. Et Jacobson n'est pas resté les bras ballants non plus. Il s'est mis à tirer aussitôt sur le camion, avant même qu'on soit immobilisés. Sans ce tir de barrage, Augie et moi n'aurions pas pu nous en sortir.

La nation ne remerciera jamais assez le dévouement du Secret Service. Ces hommes méritent toute notre gratitude. Tous les jours, ils assurent ma sécurité, au péril de leur vie. Aucune personne saine de corps et d'esprit ne ferait ce qu'ils font : se jeter sous les balles au lieu de se protéger. De temps en temps, d'accord, ils font un truc idiot avec l'argent public, et tout le monde leur tombe dessus. Mais quatre-vingt-dix-neuf pour cent du temps, leur travail est irréprochable, et personne ne les félicite.

— Davis avait une femme et un petit garçon, je crois ?

Si j'avais su que le Secret Service allait me suivre ce soir, je leur aurais rappelé mes instructions – comme chaque fois que je me rends dans un endroit dangereux, le Pakistan, le Bangladesh, l'Afghanistan, et qu'assurer ma sécurité est problématique. Personne dans mon escorte ne doit être père de jeunes enfants !

— Ce sont les risques du métier, répond Jacobson. Allez dire ça à sa femme et à son fils !

— Et Ontiveros ? Il était marié ?

— Monsieur…

Il secoue la tête. Il a raison. On s'en souciera plus tard. Je veillerai à ce qu'on n'oublie pas la famille de Davis, ni celle d'Ontiveros, le cas échéant. Je m'en fais le serment. Mais je ne peux m'en occuper ce soir.

« Pleure tes morts après la bataille, disait le sergent Melton. Mais quand tu es au combat, combats ! »

Augie sort du Suburban en chancelant lui aussi, et pose son pied au milieu d'une flaque d'eau. Il a cessé de pleuvoir. Dans l'air, flotte une odeur d'humus et d'herbe fraîche, comme si dame Nature nous livrait un message dans l'obscurité de ce quartier résidentiel : *Vous êtes arrivés de l'autre côté, prêts à un nouveau départ.* J'espère que c'est vrai, même si je ne suis guère convaincu.

Augie me regarde avec des yeux de chien battu. Il se retrouve en terre étrangère. Seul. Il ne lui reste plus rien sinon son smartphone.

La maison, qui se dresse devant nous, est un agencement de stuc et de briques dans la pure tradition victorienne, avec une pelouse impeccable, une allée qui mène à un grand garage et un réverbère qui éclaire le chemin jusqu'au perron – seule lumière visible à 22 heures. C'est la couleur du crépi qui lui vaut son surnom : « La Maison Bleue ».

Augie et Jacobson me suivent dans l'allée.

La porte d'entrée s'ouvre avant que je ne monte les marches. Le mari de Carolyn Brock nous attendait.

37

Greg Morton, le mari de Carolyn Brock, porte une chemise Oxford, un jean et des sandales. Il nous fait signe d'entrer.

— Désolé de vous déranger, Morty, dis-je.

— Aucun problème.

Morty et Carolyn ont fêté leur quinzième anniversaire de mariage cette année. Mais parce qu'elle est ma chef de cabinet, la célébration s'est limitée à un long week-end sur Martha's Vineyard. Morty a cinquante-deux ans. Ancien ténor du barreau, il s'est retiré après avoir fait un infarctus en pleine audience au comté de Cuyahoga, devant tous les jurés. James, son petit dernier, avait à peine un an à l'époque. Il voulait le voir grandir, et avait de l'argent à ne plus savoir qu'en faire. C'était le moment de profiter de la vie. Désormais, il réalise des documentaires et reste à la maison avec ses deux enfants.

Il nous examine un long moment, moi et mon escorte improbable. Ma mise a effectivement de quoi surprendre : une barbe de trois jours, des vêtements totalement trempés, des cheveux dégoulinants de pluie. Et Augie, qui n'était déjà pas bien fringant avant les événements. Au moins, Jacobson a un peu d'allure.

— De toute évidence, il vous est arrivé des mésaventures ! conclut Morty de sa voix de baryton qui a charmé tant de jurés au fil de sa carrière. Mais motus et bouche cousue !

Nous entrons. Perchés dans l'escalier qui donne dans l'entrée, deux gamins nous observent. James, six ans, en pyjama Batman, les cheveux ébouriffés, et Jennifer, dix ans, le portrait craché de sa mère. Ils m'ont déjà vu, mais rarement dans cet état. Je ressemble à un chat de gouttière qui vient de fouiller les poubelles.

— Si j'avais la moindre autorité sur ces deux affreux, lance Morty, ils devraient déjà être au lit !

— Vous avez une barbe rousse, déclare la petite en fronçant le nez. Vous ne ressemblez pas à un président.

— Grant avait la barbe. Et Coolidge était roux.

— Qui ça ? s'enquiert James.

— Ce sont d'anciens présidents, idiot, lui répond la fillette. Mais c'était il y a très longtemps. Comme quand maman et papa étaient petits. Tu imagines…

— Dis donc, quel âge tu me donnes ? s'offusque Morty.

— Tu as cinquante-deux ans, réplique sa fille. Pour nous, c'est beaucoup.

— D'accord. Un point pour toi. (Morty se tourne vers moi.) Carrie m'a demandé de vous conduire au sous-sol, monsieur le Président. Cela vous convient ?

— Parfait.

— Vous connaissez le chemin. Je vais vous chercher des serviettes. Les enfants, vous filez au lit, d'accord ?

— Oh non…, lâchent-ils en chœur.

— Et on arrête de chouiner. Au lit !

Carolyn avait transformé son sous-sol en bureau hi-tech, avec lignes et connexions sécurisées, pour pouvoir travailler tard le soir chez elle.

Jacobson passe en premier, et inspecte les lieux avant de me faire signe : RAS.

Augie et moi descendons à notre tour. L'agencement du sous-sol est confortable, comme on peut s'y attendre avec Carolyn. Il y a un espace détente sous l'escalier avec fauteuils poire Sacco, bureau, canapé et télévision murale. Plus loin, une cave à vin, une salle de projection avec de vrais fauteuils de cinéma, une salle de bains, une chambre à coucher. Et tout au fond du couloir, le bureau de Carolyn. En forme de fer à cheval, il est équipé d'une batterie d'ordinateurs, d'un grand panneau d'affichage en liège, d'armoires de rangement, et d'une autre TV au mur.

— Et voilà ! annonce Morty en nous tendant à chacun une serviette. Quand vous serez prêt à parler à Carrie, il vous suffira d'appuyer là-dessus.

Il désigne une souris à côté de l'un des ordinateurs.

— Vous auriez un endroit pour notre jeune ami ? dis-je en désignant Augie.

Je ne l'ai pas présenté. Et Morty n'a pas cherché à savoir. Il connaît le protocole.

— Il y a le canapé sous l'escalier, répond Morty.

— Parfait. (Je me tourne vers Jacobson.) Accompagnez-le.

Les deux hommes quittent la pièce. Morty me salue.

— Carry m'a prévenu que vous voudriez peut-être vous changer ?

— Excellente idée.

Mon sac, avec mes vêtements pour samedi, est resté dans la voiture garée à côté du stade.

— Je m'en occupe. Maintenant, je vous laisse. Je vais prier pour vous.

Je le regarde d'un air interrogateur. Ces derniers mots sont un peu forts. Ce n'était certes pas très ortho-doxe de débarquer ainsi chez lui, incognito qui plus est, mais Morty est un gars intelligent. Et jamais Caro-lyn ne lui confierait des informations classées secret défense.

Il se penche vers moi.

— Je connais Carrie depuis dix-huit ans. On a tra-versé bien des épreuves : son revers aux élections, quand elle a fait sa fausse couche, quand j'ai failli y rester après mon infarctus, quand on a perdu Jenny dans un centre commercial pendant deux heures à Alexandria. Je l'ai vue dos au mur, acculée, je l'ai vue inquiète, angoissée... Mais, jamais avant ce soir, je ne l'ai vue aussi terrifiée.

Je ne réponds pas. Impossible de lui dire quoi que ce soit. Et il le sait.

— Quoi qu'il se passe, j'ai foi en vous deux. Vous allez vous en sortir.

Je lui serre la main.

— J'y compte bien. Priez pour nous !

38

Je referme la porte du bureau de Carolyn, m'isole entre ses quatre murs doublés et m'installe à sa table de travail. Je prends la souris. Aussitôt l'écran sort de sa veille, et l'image se scinde en deux.

— Bonjour, monsieur le Président, dit Carolyn dans ses quartiers de la Maison Blanche.

— Bonjour, monsieur le Président…

C'est Elizabeth Greenfield, sur la partie droite de l'écran. Liz est la directrice du FBI depuis que son prédécesseur a succombé après une rupture d'anévrisme dix jours plus tôt. Je l'ai nommée aussitôt de façon permanente, et non simple suppléante. Elle est la plus compétente pour ce poste. Ancien agent de terrain, procureure fédérale, chef de la section criminelle au département de la Justice, elle est respectée de tous, impartiale et droite comme un « i ».

Son talon d'Achille – qui pour moi n'en est pas un –, c'est que, dix ans auparavant, elle a soutenu les opposants à la guerre en Irak. Par conséquent, certains vautours, au Sénat, laissent entendre qu'elle manque de patriotisme – des gens qui ont visiblement oublié que le pacifisme est la plus noble façon de prouver qu'on aime son pays.

D'autres prétendent aussi que je l'ai nommée à la tête du FBI parce qu'elle est afro-américaine. Parce que je voulais être le premier président à prendre une telle décision.

— Faites-moi un topo sur l'attaque du pont et celle au stade.

— On a très peu d'infos pour les événements au Nationals Park. Il est trop tôt, évidemment. En plus, le black-out empêche d'exploiter les images de télé-surveillance, et la pluie a détruit toutes les empreintes. Aucune trace des deux hommes blessés ou tués aux abords du stade. Il va nous falloir des jours pour espé-rer retrouver des indices. Les probabilités sont minces.

— Et le sniper ?

— La voiture de patrouille a été récupérée par le Secret Service, mais on a les impacts de balles sur le trottoir et les murs du stade. On peut donc en déduire un angle de tir. Le sniper semble s'être posté sur le toit d'un immeuble d'habitation de l'autre côté de la rue : le Camden South Capitol. Il n'y avait plus personne là-haut, bien sûr. Mais le plus embêtant, c'est qu'on n'a rien retrouvé du tout. Le sniper a bien nettoyé les lieux. Évidemment, la pluie n'a rien arrangé.

— Je comprends.

— Monsieur le Président, si cet immeuble leur a servi de camp de base, on va pouvoir en apprendre beaucoup sur eux. Il y a forcément eu des repérages. Peut-être des uniformes volés. Sans compter les images des caméras de surveillance interne. On lancera nos logiciels de reconnaissance faciale. Mais vous allez me dire qu'on n'a pas le temps.

— Pas trop, en effet.

— On met les bouchées doubles, monsieur le Président. Toutefois, je ne peux vous promettre qu'on aura des réponses dans les heures à venir.

— Faites pour le mieux. Et la fille ?

— Nina ? Le Secret Service vient d'examiner le corps et le van. On aura ses empreintes digitales et son ADN dans quelques minutes. On va les entrer dans le fichier. On fera aussi des recherches sur le véhicule.

— Parfait.

— Et pour l'attaque du pont ? intervient Carolyn.

— On y travaille, répond Liz. L'incendie est maîtrisé. On a récupéré les quatre morts sur la voie piétonne et on a lancé une recherche. Pour ceux qui étaient dans le camion, vu leur état, ça va être plus compliqué. Même si nous réussissons à les identifier, ceux qui ont embauché ces gars ne vont pas être faciles à retrouver. Il y aura des écrans de fumée, des intermédiaires. On y parviendra au final, mais pas en…

— Pas en quelques heures, dis-je. Bien sûr. Mais ça vaut le coup d'essayer. Et je compte sur votre discrétion.

— Je n'en informe pas Sam Haber ? C'est ça ?

Liz est nouvelle dans le métier. Elle ne se considère pas encore comme un membre à part entière de mon équipe assurant la sécurité nationale, donc l'égale de Haber, le secrétaire du département à la Sécurité intérieure.

— Sam peut être au courant que vous enquêtez sur ces gens. Il s'en doute, de toute façon. Mais n'en dites pas plus. Ne communiquez vos données qu'à moi et à Carolyn. Et s'il vous pose des questions – lui ou qui que ce soit d'autre –, répondez : « On est toujours dans l'attente des résultats. » Compris ?

— Monsieur le Président, je peux vous parler franchement ?

— Bien sûr, Liz. Je l'exige même.

Rien n'est plus précieux à mes yeux qu'un collaborateur qui ose me contredire, me démontre que j'ai tort, me force à étayer mes décisions. Être entouré de flatteurs et autres lèche-bottes ouvre la voie à l'échec.

— Pourquoi ne devons-nous pas collaborer ? On est plus efficace en se serrant les coudes. C'est ce que le 11 Septembre nous a enseigné.

J'observe la réaction de Carolyn sur l'autre moitié d'écran. Elle hausse les épaules. Oui, elle est d'accord pour que je mette Liz dans la confidence.

— Le nom de code est « Dark Ages », Liz. Seules huit personnes, en plus de moi, le connaissent. Il ne figure nulle part. Sur mon ordre. Et il n'est jamais prononcé hors de notre cercle. Encore sur mon ordre.

— Je comprends, monsieur.

— Même mon unité spéciale, les techniciens qui tâchent de localiser et neutraliser le virus, même eux ne connaissent pas Dark Ages. Vu ?

— Oui. Nous sommes donc huit, plus vous-même.

— Et l'un de ces huit l'a communiqué aux Fils du Djihad.

Silence. Visiblement, c'est un choc.

— Et ce n'est que la partie émergée de l'iceberg. Leur collaboration doit certainement aller bien au-delà.

— Je vois.

— Il y a quelques jours – lundi pour être exact –, quelqu'un a murmuré ces mots à l'oreille de ma fille, à Paris, pour qu'elle me passe le mot. Et ce quelqu'un était Nina, celle qui a été abattue par le sniper.

— Mon Dieu…

— Elle a approché ma fille et lui a demandé de me transmettre un message : elle devait me dire « Dark Ages », que le temps pressait, et que Nina me rencontrerait vendredi soir.

À l'écran, Liz relève le menton en assimilant ces informations.

— Monsieur le Président. Je fais partie des huit. Pourquoi ne suis-je pas dans le lot des suspects ?

Bonne question.

— Parce qu'il y a dix jours, avant que je ne vous nomme à ce poste, vous ne faisiez pas partie de ce cercle d'initiés. J'ignore ce qui se trame, je ne sais pas qui est la taupe chez nous, mais il a fallu du temps pour mettre tout ça en place. Ça n'a pas pu se produire en un jour.

— C'est le rétro-planning qui me disculpe !

— On peut dire ça comme ça. Donc, Liz, si on vous retire, ainsi que Carolyn et moi, il nous en reste six. Six personnes qui peuvent être notre nouveau Benedict Arnold.

— Cela dit ces six personnes ont des épouses, des amis, qui auraient pu divulguer l'information ? Ce serait alors un non-respect des règles de confidentialité, mais pas de la véritable traîtrise…

— J'y ai pensé. Mais les fuites dépassent la simple divulgation d'un nom de code. Cette personne fait partie intégrante du complot. Aucune épouse ou ami

236

n'aurait les moyens d'accéder à ces infos classées Secret Défense. C'est forcément un membre éminent de notre administration.

— Un sur six.

— Exactement. C'est précisément la raison pour laquelle vous êtes la seule du groupe en qui je peux avoir confiance.

39

À la fin de mon appel avec la directrice du FBI, Carolyn m'annonce que mon interlocuteur suivant est en ligne.

Après quelques parasites sur l'écran, apparaît à l'image un homme chauve, à la mine austère, avec un cou de taureau et une barbe soignée. Les poches sous ses yeux trahissent non pas son âge, mais la semaine éprouvante qu'il vient de passer.

— Monsieur le Président…

Son anglais est parfait, son accent quasiment imperceptible.

— David, ravi de pouvoir vous parler.

— Comment allez-vous, monsieur le Président ? Et, au vu des derniers événements, ce n'est pas une simple formule de politesse !

C'est vrai.

— La fille est morte, David. Vous êtes au courant ?

— C'est ce qu'on a supposé.

— Le garçon est avec moi. Il s'appelle Augie.

— Augie ? C'est ce qu'il vous a dit ?

— Oui. Mais est-ce la vérité ?… Vous avez pu l'avoir en gros plan ?

Après avoir reçu le billet pour le match, j'ai appelé David pour le prévenir que je serais assis sur les gradins du champ gauche. Cela n'a pas dû être facile, mais ses hommes ont réussi à avoir des billets et se sont positionnés pour pouvoir faire des photos d'Augie et lancer une reconnaissance faciale.

— On a des clichés exploitables, même avec sa casquette. D'après nous, il s'agit d'Augusta Koslenko. Né en 1996 à Sloviansk, dans la région de Donetsk en Ukraine.

— Donetsk ? Intéressant.

— C'est ce qu'on s'est dit, aussi. Sa mère est lituanienne. Son père ukrainien ; un ouvrier dans une usine de machines-outils. Membre d'aucun parti. Pas d'activisme connu.

— Et sur Augie précisément ?

— Il a quitté l'Ukraine quand il était au collège. C'est un surdoué en mathématiques. Il a obtenu une bourse pour étudier en Anatolie orientale. C'est là – selon toute vraisemblance – qu'il a rencontré Suliman Cindoruk. Avant ça, il n'a jamais fait parler de lui. Rien sur le moindre engagement politique.

— Mais c'est un élément clé. Il a fait partie des Fils du Djihad.

— Oui, Président. Et je ne suis pas certain qu'il faille employer le passé.

Moi non plus, pour tout dire. Je ne suis sûr de rien concernant Augie. J'ignore ce qu'il cherche et ce qu'il veut. Aujourd'hui, je sais qu'il m'a donné son vrai nom, mais s'il est aussi futé qu'on le pense, il savait qu'on finirait par connaître son identité. Et s'il est toujours fidèle aux FDD, il m'a révélé volontairement son nom, pour que je puisse vérifier ses dires et endormir nos soupçons. Je ne suis donc pas plus avancé.

— Il prétend avoir coupé les ponts avec les FDD, David.

— C'est ce qu'il raconte. Comme vous l'imaginez, il y a toujours la possibilité qu'il en fasse encore partie. Qu'il soit leur drone…

Je hausse les épaules.

— Bien sûr… mais tout ça pour quoi ? À quelles fins ? Il aurait pu me tuer au stade.

— Exact.

— Et quelqu'un souhaite manifestement sa mort.

— Exact aussi. Ou alors c'est un leurre, Président.

— David, si c'est un subterfuge, il est sacrément bien monté ! Je ne sais pas ce que vos gens ont vu lors de l'attaque au Nationals Park, mais vous n'étiez pas sur le pont. Ça ne faisait pas semblant ! On aurait pu tous les deux y passer, vraiment, l'un comme l'autre !

— J'en suis persuadé, Président. Je préconise simplement de rester ouvert à toutes possibilités. Selon mon expérience, ces gens sont de brillants stratèges. On ne peut se reposer sur nos lauriers. Nous devons tout remettre à plat, constamment, et réfléchir.

Voilà une bonne piqûre de rappel !

— Qu'est-ce qui se dit de leur côté ?

David reste un moment silencieux avant de répondre, choisissant ses mots avec soin.

— Que l'Amérique est à genoux. Ça parle beaucoup de fin du monde. De l'Apocalypse ! Le cliché classique des djihadistes... le jour du Grand Satan et blablabla, mais...

— Mais quoi ?

— Jamais, jusqu'à présent, ils n'ont donné de date précise. Et à les entendre, c'est pour demain. Samedi.

Je retiens ma respiration. Demain ? Dans moins de deux heures !

— Qui tire les ficelles ?

— On ne peut rien affirmer, Président. Suliman Cindoruk opère dans l'ombre. On écoute un tas de gens. Les *Usual Suspects*, comme vous dites... Daech, la Corée du Nord. La Chine. Mon pays... même votre pays. Ils vont crier au complot, dire que c'est une invention pour justifier une intervention militaire...

— Un pronostic ?

Je pense cependant déjà connaître sa réponse. Des fuites qui tombent à pic, des communications clandestines interceptées par les écoutes... tout ça est prévu, programmé. Du contre-espionnage dans toute sa splendeur et sa perversité. C'est signé.

David Gouralnick, directeur de l'Institut pour les renseignements et les affaires spéciales, autrement dit le Mossad, pousse un long soupir. Comme pour renforcer le suspense, l'image à l'écran décroche un instant avant de réapparaître.

— Pour nous, Président, c'est un coup de la Russie.

40

Je coupe la communication avec le directeur du Mossad et me prépare à parler à Augie. Il y aurait tant d'approches possibles, mais je n'ai pas le temps de faire dans la finesse.

Pour samedi, a précisé David. Autrement dit, maintenant !

Je me lève du fauteuil et me tourne vers la porte. Mais je suis pris de vertige, comme si on jouait à la toupie avec mon oreille interne. Je m'agrippe au bureau pour garder mon équilibre. Où sont mes pilules !

Malheureusement, elles sont restées dans la voiture garée sur le parking du stade.

J'appelle Carolyn.

— Carrie ! Il me faut des stéroïdes ! Je n'en ai plus à la Maison Blanche, et j'ai laissé mon flacon au Nationals Park ! Appelez le Dr Lane ! Peut-être qu'il lui reste…

— Je m'en occupe, monsieur le Président.

— Parfait.

Je raccroche, sors du bureau et rejoins à pas lents l'espace détente aménagé sous l'escalier. Augie est vautré sur le canapé, comme n'importe quel ado, et regarde la télévision.

Mais ce n'est pas un ado lambda.

Il a mis CNN. On y parle de la tentative d'assassinat du roi Saad ibn Saoud d'Arabie Saoudite et des émeutes au Honduras.

— Augie…, lève-toi.

Il m'obéit, se tourne vers moi.

— Qui nous a attaqués ?

Il repousse une mèche rebelle et hausse les épaules.

— Je n'en sais rien.

— Tu peux mieux faire. Commençons par le début. Qui t'a envoyé ? Tu prétends ne plus avoir de contacts avec Suliman Cindoruk, ni avec les Fils du Djihad ?

— C'est la vérité.

— Alors qui t'envoie ?

— Personne. On est venus de nous-mêmes.

— Pourquoi ?

— C'est évident, non ?

Je l'attrape par le col de son tee-shirt.

— Augie, un tas de gens sont morts ce soir. Entre autres, quelqu'un auquel tu tenais, et deux de mes agents auxquels, moi aussi, je tenais, et qui laissent des familles derrière eux. Alors je veux une réponse…

— On est venus arrêter ça ! lance-t-il en se dégageant.

— Arrêter quoi ? Dark Ages ? Mais pourquoi ?

Il secoue la tête avec un ricanement.

— Votre question sous-entend : qu'est-ce que je réclame ? qu'est-ce que je demande en échange ?

— Oui. C'est exactement ça. Tu ne voulais pas me parler avant. Maintenant, c'est le moment. Qu'est-ce qu'un gamin de Donetsk attend des États-Unis ?

Augie a un mouvement de recul. De la surprise ? Non. Ce n'est pas ça.

— Ça ne vous a pas pris longtemps !

— Tu es dans quel camp ? Pro-Russie ou pro-Ukraine ? À Donetsk, vous êtes à cinquante-cinquante aux dernières nouvelles.

— Ah oui ? Et quand est-ce que vous avez fait les comptes ? (Son visage s'empourpre de colère.) Quand ça servait vos intérêts, évidemment ! Et ça... (Il tend le doigt vers moi.) Ça, c'est ce qui fait la différence entre nous. Je n'attends rien de vous. Je veux juste ne pas voir une nation de trois cents millions d'habitants détruite. Cela devrait suffire comme motivation.

Ce serait aussi simple que ça ? Augie et sa copine tentaient de faire une bonne action ? De nos jours, ce n'est pas ce qui vient en premier à l'esprit.

Et je ne suis pas entièrement convaincu. Je ne sais que penser.

— Mais tu as créé Dark Ages.

Il secoue la tête.

— Suli, Nina et moi. Tous les trois. Mais c'était Nina, le véritable auteur. Sans elle, jamais on n'aurait pu le concevoir. Je l'ai aidée à le coder, en particulier pour son implémentation.

— Nina ? C'est son vrai nom ?

— Absolument.

— Donc, ils ont créé le virus. Et toi, tu l'as inoculé.

— En gros, oui.

— Et tu peux le bloquer ?

Il hausse les épaules.

— Je n'en sais rien.

— Quoi ? (Je le saisis par les épaules et le secoue.) Mais tu as dit que tu pouvais !

— Oui, c'est ce que j'ai dit… (Les larmes affleurent dans ses yeux.) Mais à ce moment-là, Nina était encore vivante.

Je le lâche et, de frustration, donne un coup de poing dans le mur. Un pas en avant, deux en arrière. Comme toujours !

Je prends une longue inspiration. Augie a raison. Nina était le cerveau. C'est pour cela que le sniper l'a abattue en premier. D'un point de vue tactique, il aurait fallu tuer Augie en premier, parce qu'il était une cible mobile, puis s'occuper ensuite de Nina, assise dans le van. Mais, visiblement, éliminer Nina était la priorité absolue.

— Je vais faire mon possible.

— D'accord. Qui nous a attaqués ? (C'est la deuxième fois que je lui pose la question.) Tu peux au moins me dire ça.

— Monsieur le Président… les Fils du Djihad ne sont pas une démocratie. Ce genre d'information, Suli ne nous les communique pas. Je sais juste deux choses : la première, c'est que Suli est au courant que Nina et moi, on a lâché l'affaire, et il nous a retrouvés. Ça paraît évident.

— Effectivement !

— La seconde, c'est que les ordinateurs sont la spécialité de Suli. Et il est sacrément bon. Il peut faire de gros dégâts, d'accord. Mais il n'a pas une armée de mercenaires à sa disposition.

Je pose ma main sur le mur pour me soutenir.

— Et donc…

— Donc, il travaille avec quelqu'un d'autre. Un État, une nation qui veut mettre les États-Unis à terre.

— Et qui est parvenu à soudoyer quelqu'un dans mon cercle rapproché.

41

— Très bien, Augie. Question suivante : Que veut Suliman ? Il doit bien attendre quelque chose. Lui, et son équipe. C'est quoi ?

Augie penche la tête de côté.

— C'est une drôle de question.

— Comment ça ? Pourquoi sinon nous aurait-il dévoilé l'existence de son virus ? Il y a deux semaines, il apparaît dans nos systèmes du Pentagone. Puis disparaît aussi vite qu'il est venu. Et ça, tu es au courant ; tu m'en as parlé au stade. Un coup, il est là, et paf ! (Je fais claquer mes doigts.) Il n'est plus là !

— Un petit coucou.

— Exactement. Mes experts emploient le même terme. « Un petit coucou. » Sans avertissement, sans déclencher la moindre alerte dans notre système de sécurité. Tout à coup, le virus poppe partout dans nos systèmes de défense, puis se volatilise sans laisser de trace. Voilà ce qui a donné l'alerte. On l'a baptisé Dark Ages, et on a constitué aussitôt une unité spéciale pour s'occuper du problème. Nos meilleurs spécialistes travaillent dessus vingt-quatre heures sur vingt-quatre, pour le traquer, le retrouver et le neutraliser. Mais ils n'y parviennent pas.

— Et ça vous fiche les jetons.

— Évidemment !

— Parce qu'il est susceptible de revenir à tout moment et ne plus partir. Et vous ignorez les dommages qu'il peut causer à vos systèmes.

— Pour tout ça, oui. Toutefois cette petite visite n'est pas un hasard. Si quelqu'un veut prendre le contrôle de nos infrastructures, il le fait. Un point c'est tout. À quoi bon nous alarmer avant et nous mettre sur nos gardes ? Quand on prévient quelqu'un d'un danger, c'est qu'on attend quelque chose en retour, une rançon par exemple.

— Un ransomware… Je comprends votre raisonnement. Une menace sans rien réclamer, ça ne tient pas debout.

— Voilà.

— Et c'est pour ça que vous avez passé cet appel à Suli. Pour lui demander ce qu'il voulait.

— Exact. Il cherchait à attirer mon attention. Alors je l'ai averti que c'était fait. Je souhaitais connaître ses exigences sans avoir à le lui demander, sans laisser entendre que les États-Unis étaient prêts à céder au chantage.

— Mais il n'a rien lâché.

— Non. Il a fait le timide. Comme s'il était pris de court, qu'il ne savait pas quoi dire. Bien sûr, il a balancé des commentaires déplaisants sur mon pays, ce genre de choses, mais n'a exprimé aucune demande. Il n'a même pas parlé de la visite surprise de son virus. Je me suis donc contenté de le menacer.

248

Je l'ai prévenu que si son virus portait atteinte à mon pays, je le traquerais où qu'il soit, je lancerais toute ma force de frappe contre lui.

— Ça a dû être une conversation plutôt... étrange.

— Ce n'est rien de le dire ! Mes spécialistes étaient certains que ça venait des FDD ; un pop-up comme ça n'arrive pas tout seul. C'était forcément volontaire. Alors où est la demande de rançon ? Pourquoi se donner tout ce mal si c'est pour ne rien demander en échange ?

Augie hoche la tête, l'air pensif.

— Et c'est à ce moment-là que Nina est entrée en scène. Vous avez cru qu'elle venait vous annoncer le prix à payer.

— Tout à fait. Toi ou Nina. Alors ? (J'ouvre les bras, je suis en train de perdre patience.) Où est cette demande de rançon ? Combien ?

Augie pousse un long soupir.

— Il n'y a pas de rançon. Il n'y en aura pas.

— Je ne comprends pas. Pourquoi alors avoir envoyé cet avertissement ?

— Monsieur le Président, les Fils du Djihad n'ont pas envoyé cet avertissement. Ni ceux qui les financent.

Je le regarde fixement, perdu. Et d'un coup, je comprends.

— C'est toi qui as fait ça ?

— Nina et moi, oui. Pour vous prévenir. Pour que vous puissiez lancer vos protocoles de mitigation. Comme ça, au moment où on vous contacterait, vous nous prendriez au sérieux. Suliman n'était pas au courant. Vous annoncer l'imminence de l'attaque, c'est bien la dernière chose qu'il souhaite !

Je réfléchis à tout ça. Augie et Nina nous ont envoyé l'alerte il y a deux semaines. Et, un peu plus d'une semaine plus tard, Nina est allée trouver Lilly à Paris pour lui murmurer les mots magiques.

Ils sont venus pour me prévenir. Pour m'aider.

C'est une bonne nouvelle.

La mauvaise ? Suliman Cindoruk, donc, et la puissance qui est derrière lui, ne voulaient pas qu'on soit au courant de ce qu'ils trament.

Ils ne comptent rien demander. Ils ne chercheront pas à faire pression sur notre politique étrangère. Ne réclameront pas la libération de prisonniers. Ni d'argent.

Aucun marchandage n'est au programme.

Ils vont juste lancer le virus.

Et nous détruire.

42

— Combien de temps avons-nous ? Avant que le virus n'attaque ?

— Samedi, aux États-Unis, me répond Augie. C'est tout ce que je sais.

Exactement ce que m'a dit le directeur du Mossad.

— Alors, il n'y a pas une minute à perdre. (Je lui prends le bras.) On y va !

— Où ça ?

— Je te le dirai quand on…

Je me suis retourné trop vite. La pièce se met à tanguer, je perds l'équilibre. Une douleur me traverse les côtes. L'accoudoir en bois du canapé… je suis tombé dessus. Le plafond clignote au-dessus de moi, tournoie…

Je bouge mes jambes, tente de me relever, mais quelque chose ne va pas, ma jambe ripe, le sol n'est pas là où il devrait être. Tout est de travers…

— Monsieur le Président !

C'est Jacobson. Il passe un bras sous moi, me rattrape, juste avant que mon visage ne heurte le sol. Je plonge la main dans ma poche et murmure :

— Le Dr Lane.

La pièce continue de tourner.

— Appelez Carolyn… (Je lui tends mon smart-phone. Ma main oscille dans l'air. Jacobson attrape enfin l'appareil.) Elle sait… quoi faire.

— Madame Brock ! lance Jacobson dans le télé-phone.

J'entends des instructions, des ordres, des silences. Tout ça paraît si loin. De faibles échos. Et ce n'est pas la voix habituelle de Jacobson, d'ordinaire inflexible, en mode combat.

Pas maintenant. Non !

— Il va s'en sortir, pas vrai ?

— … dans combien de temps ?

Samedi, aux États-Unis. C'est si proche.

Un champignon qui déchire le ciel. Une onde de choc brûlant tout sur son passage. Où est notre guide ? Où est notre président ?

— Non… pas maintenant…

— Dites-lui de faire vite !

Nous ne pouvons riposter, monsieur le Président !

Ils ont neutralisé nos systèmes !

Nous sommes perdus !

Monsieur le Président, aidez-nous !

— Asseyez-vous, monsieur. Les secours arrivent.

Je ne suis pas prêt. C'est trop tôt.

Non, Rachel. Je ne suis pas prêt à te rejoindre, pas encore.

Samedi, aux États-Unis.

Le silence. Le sifflement ténu de l'espace, du néant…

— Nom de Dieu, où est ce médecin ?

Puis une lumière. Une lumière au bout du tunnel.

SAMEDI, AUX ÉTATS-UNIS

43

Katherine Brandt, la vice-présidente, se réveille en sursaut. Elle était en plein rêve. Elle entend à nouveau le bruit, on frappe à la porte de sa chambre.

Le battant s'entrouvre. Les coups se font plus appuyés. Le visage de Peter Evian, son chef de cabinet, apparaît.

— Désolé de vous déranger, madame la vice-présidente…

Pendant un instant, elle ne sait plus où elle est. Elle finit par reprendre ses esprits ; elle est au sous-sol, elle dort seule – seule, c'est vite dit puisqu'il y a une armée d'agents de l'autre côté de sa porte. Elle récupère son téléphone sur la table de nuit. 1 h 03.

— Pas de problème, Peter. Entrez.

Elle affiche une calme assurance. Être toujours prête. Elle se répète ce mantra tous les jours. Parce que tout peut arriver, à n'importe quel moment. Une balle. Une rupture d'anévrisme. Le cœur qui lâche. Telle est la vie d'une vice-présidente…

Elle s'assoit dans le lit. Peter, en costume cravate, comme d'habitude, s'avance dans la pièce et lui tend le téléphone qu'il a dans la main, ouvert sur une page web. Un article de journal. Un titre :

LE PRÉSIDENT A DISPARU !

Selon des sources autorisées au 1600 Pennsylvania Avenue, le président n'est pas à la Maison Blanche, dit l'article. Et plus important, personne ne sait où il est !

Les spéculations vont bon train, allant du plausible à l'improbable, jusqu'au plus farfelu : il a fait une rechute due à sa maladie du sang, et c'est sérieux. Il a quitté la ville pour préparer son audience devant la Commission d'enquête. Il se terre avec son cercle d'intimes pour rédiger son discours de démission. Il s'est sauvé avec l'argent que lui a donné Suliman Cindoruk et s'est enfui à l'étranger pour échapper à la justice américaine.

Le président et la vice-présidente sont en sécurité, avait annoncé le communiqué officiel la veille au soir, après l'explosion sur le pont et la fusillade au stade. Rien d'autre. C'était sans doute plus raisonnable. Déclarer qu'ils étaient sains et saufs, et à l'abri, sans préciser le lieu. Personne n'en demandait plus.

Mais cet article prétendait que personne à la Maison Blanche ne savait où se trouvait le président.

Pas même elle !

— Appelez-moi Carolyn Brock !

La vice-présidente constate que Carolyn Brock porte le même tailleur que la veille. Et comme si cet indice ne suffisait pas, elle a les yeux rouges.

De toute évidence, la chef de cabinet n'est pas rentrée chez elle et n'a pas dormi de la nuit.

Elles sont chacune à un bout de la longue table de la salle du centre opérationnel sous la Maison Blanche. Katherine Brandt aurait préféré que la rencontre se déroule dans son bureau de l'aile ouest, mais on lui a demandé de s'installer dans le bunker la veille au soir. C'est ce qu'exige le protocole pour assurer la continuité de la gouvernance, et il n'y a aucune raison de ruer dans les brancards maintenant.

— Où est Alex Trimble ? demande-t-elle.

— Il n'est pas disponible, madame la vice-présidente.

Katherine Brandt plisse les yeux. Ses assistants ne connaissent que trop bien cette mimique, sa façon silencieuse mais implacable de montrer son mécontentement.

— « Pas disponible » ? Juste ça ?

— Oui, madame.

Elle sent qu'elle va s'énerver. Techniquement, elle est la numéro deux dans la chaîne du pouvoir. Tout le monde lui montre allégeance, du moins en public. Et elle doit bien le reconnaître, même si Jon Duncan lui a soufflé la victoire, la privant de la fonction qui lui revenait de droit, même si elle a dû ravaler sa fierté et accepter la place de second, le président a tenu parole : il la consulte, lui demande son avis, l'associe à toutes les grandes décisions concernant le pays.

Il n'empêche que c'est Carolyn qui a le véritable pouvoir dans cette pièce.

— Où est le président ? insiste-t-elle.

Carolyn ouvre les mains. Une fin de non-recevoir, exprimée en langage diplomatique ! Katherine Brandt ne peut s'empêcher d'admirer la chef de cabinet de Duncan, qui tient les membres du Congrès d'une main de fer, fait tourner la Maison Blanche et marcher droit l'équipe de l'aile ouest, pour que le président ait les coudées franches. Tout cela impose le respect. Quand Carolyn siégeait elle-même au Congrès, avant qu'elle ne fasse ce commentaire malheureux enregistré à son insu, beaucoup de gens la voyaient devenir la nouvelle présidente de la Chambre des représentants, voire la prochaine candidate à la présidentielle. Elle possédait un réel talent d'oratrice, connaissait ses dossiers, était efficace, vive d'esprit. Elle était une militante solide, séduisante, mais pas trop ; juste ce qu'il fallait – cette fameuse corde raide sur laquelle les femmes politiques doivent évoluer. Carolyn n'avait sans doute pas de rivale.

— Je vous ai demandé où est le président, Carolyn.

— Je ne peux pas vous le dire, madame la vice-présidente.

— Vous ne pouvez pas ? ou vous ne voulez pas ? réplique-t-elle avec un mouvement de main agacé. Vous ne souhaitez pas m'en dire plus. Mais vous savez où il est, n'est-ce pas ?

— Oui. Je sais où il est, madame.

— Et il… il va bien ? Il est en sécurité, au moins ? Carolyn penche la tête sur le côté.

— Il est avec le Secret Service, c'est tout ce que je…

— Bon sang, Carolyn ! Vous ne pouvez pas me donner une réponse claire ?

Les deux femmes se regardent fixement. Carolyn Brock n'est pas du genre à se laisser impressionner. Et sa loyauté envers le président est sans faille. Elle serait prête à se faire tuer pour lui.

— Je ne suis pas autorisée à vous révéler où il est, répond-elle.

— C'est un ordre direct du président ? Il vous a interdit de me le dire ?

— Cela ne vous concerne pas spécifiquement, bien sûr.

— Mais je fais partie du lot.

— Je regrette, je ne peux vous donner cette information, madame la vice-présidente.

Katherine Brandt abat ses mains sur la table et se lève. Elle marque un silence.

— Depuis quand le président a-t-il besoin de se cacher ?

Carolyn se lève aussi et les deux femmes se fusillent de nouveau du regard. Katherine Brandt se doute que Carolyn ne lâchera rien. Et c'est bien ce qui se passe. La plupart des gens céderaient sous la pression, mais pas Carolyn Brock. Elle soutiendra son regard toute la nuit s'il le faut.

— Ce sera tout, madame la vice-présidente ?

Une distance toute professionnelle dans sa voix, ce qui a le don d'irriter encore plus Katherine Brandt.

— Pourquoi sommes-nous confinés au sous-sol ?

— À cause des événements d'hier soir. Simple précaution.

— Non. Les événements sont dus à une opération conjointe du FBI et du Secret Service. Une enquête concernant une affaire de fausse monnaie. C'est du moins ce qui a été annoncé.

La chef de cabinet ne dit rien. Elle reste immobile comme une statue. Mais Katherine Brandt n'est pas dupe. Cette histoire de faussaires lui a toujours paru suspecte.

— Ce genre d'événement peut justifier un bref confinement, quelques minutes, une heure, le temps de tirer ça au clair. Mais ça a duré toute la nuit. Et je suis censée rester encore ici ?

— Oui, madame. Pour le moment.

La vice-présidente s'approche de Carolyn et s'arrête à quelques centimètres d'elle.

— Alors cessez de me dire que cela a un rapport avec ce qui s'est passé hier en ville. Je veux

260

connaître la véritable raison. Pourquoi la Maison Blanche est-elle placée en confinement ? Pourquoi avoir lancé le protocole de continuité du gouvernement ? Pourquoi le président craint-il pour sa vie, à cet instant précis ?

Hormis un battement de cils, Carolyn reste stoïque.

— Madame, c'est une demande expresse du président, placer la Maison Blanche en confinement. Je n'ai pas à discuter ses ordres, ni à lui demander d'explications. Ce n'est pas mon rôle, ni celui de…

Elle détourne les yeux et se mord les lèvres.

— Ni le mien… c'est bien ce que vous alliez dire ?

Carolyn soutient son regard.

— Oui, madame. C'est exactement ça.

La vice-présidente hoche lentement la tête.

— C'est à cause d'une éventuelle procédure d'*impeachment* ? demande-t-elle sans trop y croire.

— Non, madame.

— Une question de sécurité nationale ?

Carolyn ne répond pas. Elle met un point d'honneur à ne pas bouger.

— C'est à propos de Dark Ages ?

La chef de cabinet tressaille très légèrement.

— Carolyn, je ne suis certes pas la présidente des États-Unis…

Pas encore.

— … mais je suis la numéro deux. Je n'ai pas d'ordre à recevoir de vous. De mon côté, je n'ai reçu aucune instruction de confinement émanant de Jon. Il sait comment me joindre. Je suis dans l'annuaire.

Il peut me passer un coup de fil quand il veut pour m'expliquer la situation !

Sur ce, elle tourne les talons et se dirige vers la porte.

— Où allez-vous ? lance Carolyn.

Sa voix est forte et claire. Adieu les formes et le protocole.

— À votre avis ? J'ai une journée chargée. Dont une interview dans *Meet The Press*. Et je suis sûre que ce sera leur première question : *Où est le président ?*

Et plus important, sa priorité numéro un en réalité : l'entretien qu'elle a organisé, après avoir reçu, la veille, l'appel téléphonique chez elle. Une rencontre qui risque d'être la plus décisive de sa vie !

— Vous n'allez nulle part.

La vice-présidente s'arrête net sur le seuil. Et se retourne vers la chef de cabinet. Personne ne lui a jamais parlé sur ce ton depuis son élection... et depuis bien plus longtemps encore.

— Je vous demande pardon ?

— Vous avez très bien entendu. Le président exige que vous restiez dans le bunker jusqu'à nouvel ordre.

— Et moi, vous m'avez entendue ? Vous n'êtes qu'une servante du pouvoir. Je ne reçois des ordres que de la bouche même du président. Tant que je n'aurai pas de nouvelles de lui, je serai dans mon bureau de l'aile ouest.

Katherine Brandt sort de la pièce. Peter Evian, son propre chef de cabinet, l'attend dans le couloir. Il lève les yeux de son téléphone.

— Que se passe-t-il ? demande-t-il en emboîtant le pas à la vice-présidente. Un problème ?

— Je quitte le navire ! Voilà ce qui se passe ! Pas question de couler avec lui !

45

Le calme avant la tempête !

Même si ce moment de détente n'est pas pour lui mais pour son équipe, ses geeks. Douze heures à faire la nouba. À avoir des filles qui d'ordinaire ne leur auraient pas accordé un regard, des expertes qui les ont initiés à des délices encore inconnus. Douze heures à boire du champagne réservé généralement à l'élite, à se gaver à un buffet royal : caviar, petits-fours, homards, filet mignon...

Ils dorment à présent. Tous. Le dernier a rendu les armes il y a une heure. Pas un ne sera levé avant midi. Aucune importance. Ils ne sont plus d'aucune utilité aujourd'hui.

Ils ont fait leur part du travail.

Suliman Cindoruk s'est installé sur la terrasse du penthouse, une cigarette entre les doigts, avec, devant lui, ses téléphones, ses ordinateurs, et une tasse de café. Il prend un morceau de croissant en regardant le jour se lever.

Savoure ce matin paisible. Parce que quand le soleil se lèvera sur la Sprée, demain à cette heure, la paix ne sera plus.

Il repousse son petit déjeuner. Il n'a pas faim. Son estomac le brûle trop. Le feu de l'inquiétude.

Il saisit son ordinateur et parcourt les gros titres des médias.

Premier article : La tentative d'assassinat du roi Saad ibn Saoud d'Arabie Saoudite, et les dizaines d'arrestations qui se sont ensuivies. Les raisons politiques de cette tentative d'assassinat (selon les agences de presse et les commentateurs « bien informés » des chaînes de télévision) : la volonté du roi de réformer le pays pour installer la démocratie, sa défense du droit des femmes, son opposition inflexible à l'Iran. Et l'implication de l'Arabie Saoudite dans le conflit au Yémen.

Article numéro deux : Les événements à Washington la veille. Les explosions sur le pont, la fusillade devant le stade, le confinement du pouvoir exécutif à la Maison Blanche. Selon les autorités fédérales, il ne s'agirait pas d'une attaque terroriste mais d'une opération conjointe du FBI et du département du Trésor dans une affaire de fausse monnaie.

Pour l'instant, les médias semblent y croire. Mais ce n'est que le début.

Et la panne d'électricité dans le quartier du stade de base-ball, juste avant la fusillade… Une coïncidence ? Absolument, soutient la Maison Blanche. Simple concours de circonstances. Un stade plein, et tout un quartier plongé dans le noir, juste au moment où deux agents fédéraux et des faussaires se tirent dessus sur

Capitol Street, comme dans le grand final de *Règle-ment de comptes à OK Corral.*

Le président Duncan doit savoir que cette explica-tion ne tiendra pas. Mais c'est le cadet de ses soucis. Il joue la montre. C'est tout ce qui compte.

Sauf qu'il ne sait pas combien de temps il lui reste.

L'un de ses téléphones vibre. L'intraçable. Le SMS a fait le tour de la planète avant d'arriver jusqu'à lui, un labyrinthe de proxies anonymes, de serveurs répar-tis dans une dizaine de pays. Si quelqu'un essaie de pister ce message, il n'arrivera nulle part. Il se perdra quelque part entre Sydney, Nairobi, et Montevideo.

Planning toujours OK ? Confirmez. dit le texto.

Il esquisse un sourire. Comme s'ils maîtrisaient quoi que ce soit !

Il répond : Confirmez mort Alpha.

« Alpha » pour Nina.

Aucun des articles relatant les événements au stade et sur le pont entre la capitale et la Virginie ne parle d'une femme morte.

Il appuie sur la touche « Envoi » et attend que son SMS fasse le tour de la Terre.

Son ventre se serre. L'éperon de la trahison. Celle de Nina. Nina qu'il a perdue, aussi. Peut-être a-t-il lui-même sous-estimé ses sentiments pour elle. À quel point elle comptait. Son esprit rebelle. Son corps agile, si impétueux. Son appétit de connaissance, sa curio-sité vorace, dans le cyberespace comme dans un lit. Des heures, des jours, des semaines à collaborer, à se défier, à s'enrichir l'un l'autre, à proposer et réfuter idées, hypothèses, jugements, enlacés devant un écran d'ordinateur. Des heures, des jours et des semaines à

266

refaire le monde avec un verre de vin à la main, ou nus entre les draps.

Mais elle s'était lassée de lui. Ça, il pourrait s'en remettre. Il n'avait jamais eu l'intention de rester avec la même femme toute sa vie. Mais pourquoi s'amouracher de cet Augie ? Ce geek boutonneux ?

Stop ! Il se frotte les yeux. Inutile de ruminer.

La réponse arrive :

Alpha DCD, selon nos sources.

Ce n'est pas une véritable confirmation. Mais ils lui avaient assuré que l'équipe envoyée aux États-Unis était des pros. Il n'avait d'autre choix que de les croire.

Suli répond : Si Alpha DCD, planning O.K.

La réponse tombe presque aussitôt. Leurs messages ont dû se croiser.

Mais Beta en vie et aux mains de l'ennemi.

« Beta », pour Augie. Alors, il s'en est sorti. Il est détenu par les Américains.

Il ne peut s'empêcher de sourire.

Un autre message arrive, peu après le précédent. Ils sont nerveux.

Confirmez planning, malgré ça.

Il répond aussitôt. Planning OK.

Ils croient connaître le programme pour le lancement du virus.

Faux !

Et Suli n'en sait pas plus.

Désormais, tout dépend d'Augie.

Même s'il ne le sait pas encore.

— Il faut le réveiller.

— Laissons-le tranquille.

— Ordre de ma femme…

Loin au-dessus de moi, il y a la surface… et les rayons du soleil qui ondulent.

Il faut que je nage, que je remonte. Je bats des jambes, des bras.

Je prends une goulée d'air. La lumière me brûle…

Je cligne des yeux, plusieurs fois. Je grimace de douleur, mais je finis par m'acclimater à la clarté.

Je distingue Augie, toujours assis sur le canapé. Il a des menottes aux poignets et aux chevilles. Un regard sombre. L'air sinistre.

J'ai l'impression de flotter, dans une bulle hors du temps. Je regarde ses paupières plissées sous la concentration, ses lèvres qui bougent lentement.

Qui es-tu, Augusta Koslenko ? Est-ce que je peux te faire confiance ?

Je n'ai pas le choix. C'est toi ou rien.

Il tourne son poignet, presque imperceptiblement. Il ne regarde pas ses menottes, mais sa montre.

Sa montre !

— Quelle heure est-il ? Quel jour sommes-nous ?

Je veux me redresser, mais une violente douleur dans mon cou et mon dos m'en empêche. J'ai une perfusion dans le bras.

— Il est réveillé !

C'est la voix de Morty, le mari de Carolyn.

— Monsieur le Président, c'est le Dr Lane. (Je sens sa main qui se pose sur mon épaule. Son visage entre dans mon champ de vision.) On a lancé une transfusion de plaquettes. Vous allez mieux. Il est 3 h 45 du matin. On est samedi. Vous avez été inconscient durant un peu plus de quatre heures.

— On doit...

Je tente à nouveau de me relever. Il y a quelque chose sous mon dos. Un coussin.

Le Dr Lane m'appuie sur l'épaule pour que je me rallonge.

— Doucement. Vous savez où vous êtes ?

Je tente de m'éclaircir les idées. Je suis un peu confus, mais je sais très bien où je me trouve, et quel est l'enjeu.

— Il faut que j'y aille, docteur. Le temps presse. Enlevez-moi cette perf'.

— Du calme. Détendez-vous.

— Retirez-moi ce tuyau, ou je le fais moi-même. (Je vois Morty, avec son téléphone à l'oreille.) C'est Carrie ?

— Ça suffit ! s'écrie le Dr Lane avec fermeté. Oubliez le téléphone. Et écoutez-moi une minute.

Je lâche un soupir.

— Une minute. Pas plus.

269

— Votre chef de cabinet dit que vous ne pouvez rester ici, que vous devez aller ailleurs. Impérativement. Je ne peux pas vous en empêcher, d'accord. En revanche, je peux venir avec vous.

— Non. Hors de question.

Elle serre les mâchoires un bref instant.

— C'est aussi ce qu'a répondu votre chef de cabinet. Dans ce cas, cette perfusion, vous partez avec ! Vous finissez la poche. Votre agent, l'agent…

— … Jacobson, précise ce dernier derrière son épaule.

— Jacobson, voilà. Il a eu une formation de secouriste chez les Navy SEALs. Il pourra vous retirer le cathéter quand ce sera terminé.

— Parfait.

Je tente une nouvelle fois de me redresser. J'ai l'impression d'avoir été roué de coups.

Elle me rallonge.

— Ma minute n'est pas terminée. (Elle se penche vers moi.) Vous devriez rester allongé pendant les prochaines vingt-quatre heures. Je sais que vous ne m'écouterez pas. Mais, je vous en conjure, limitez au maximum vos efforts. Restez assis. Si vous devez vous déplacer, ne courez pas. Marchez. Lentement, si possible.

— C'est compris. (Je tends ma main droite en direction de Morty.) Passez-moi Carolyn, s'il vous plaît.

— Tout de suite.

Morty pose son téléphone dans ma paume. Je le porte à mon oreille.

— Carrie. C'est pour aujourd'hui. Prévenez toute l'équipe. On passe au Niveau Deux.

C'est tout ce qu'il me suffit de dire pour que tout le monde sache ce qu'il a à faire. Dans des situations de crise « normales », j'aurais utilisé l'échelle DEF-CON, en vigueur depuis 1959, pour préciser le degré d'état d'alerte dans lequel nos forces armées, comme nos divers services, doivent se placer. Mais cette fois, nous sommes face à un danger inimaginable dans les années 1950. Rien à voir avec une menace d'attaque nucléaire. Les moyens à mettre en œuvre sont bien différents. Carrie sait exactement ce qu'implique le Niveau Deux, d'autant que nous étions déjà au Niveau Un depuis deux semaines.

À l'autre bout du fil, c'est le silence. J'entends juste la respiration de Carrie.

— Monsieur le Président, finit-elle par articuler. Je crois que ça a déjà commencé...

Je l'écoute.

Les deux minutes... les plus longues... et les plus terribles de ma vie.

Je m'écrie :

— Alex, on oublie la voiture ! On prend Marine One !

47

Jacobson conduit. Alex est assis à côté de moi à l'arrière ; la poche de plaquettes sanguines est suspendue entre nous. Augie est installé devant moi.

L'ordinateur sur mes genoux, je regarde une vidéo défiler. L'image satellite d'un quartier de Los Angeles, une zone industrielle. On distingue un grand complexe, hérissé de cheminées. Une usine.

Le secteur est plongé dans l'obscurité. Dans le coin de l'écran, une horloge indique 2 h 07. La prise de vue remonte à environ deux heures.

Soudain, une explosion. Des flammes jaillissent du toit et des fenêtres. Le flanc est du bâtiment cède sous la boule de feu et s'écroule. Et tout le quartier disparaît dans un halo orange.

J'appuie sur pause, clique sur l'icône de messagerie.

La fenêtre s'ouvre et scinde l'écran en trois. Au milieu, j'ai Carolyn, à la Maison Blanche. À droite Elizabeth Greenfield, la directrice du FBI. À gauche, Sam Haber, le secrétaire à la Sécurité intérieure.

J'ai branché mes écouteurs. Je ne veux pas qu'Augie entende.

— C'est bon, j'ai vu. (Ma voix est rauque. Je sens monter la nausée due au traitement.) Faites-moi un topo.

— Monsieur le Président, commence Sam Haber. L'explosion date de deux heures. Elle a été gigantesque, comme vous avez pu le voir. Les pompiers luttent encore contre l'incendie.

— C'est quoi cette usine ?

— Une entreprise qui travaille pour la Défense. L'un de nos plus gros fournisseurs. Ils ont des sites de production un peu partout dans le comté de Los Angeles.

— Et qu'est-ce que cette usine a de spécial ?

— Ils fabriquent des avions de reconnaissance.

Je ne vois pas le rapport. Une société sous contrat avec l'armée. Des avions ?

— Il y a des victimes ?

— Quelques dizaines. Pas des centaines. C'était le milieu de la nuit. Il n'y avait donc que les vigiles. Il est trop tôt pour avoir un chiffre exact.

— Les causes ?

J'essaie de limiter au maximum mes questions.

— Une explosion de gaz. C'est tout ce que l'on sait pour le moment. Parfois il peut s'agir d'un simple accident. Des explosions, ça arrive.

Je jette un regard en coin à Augie. Le gamin m'observe. Il cligne des paupières et détourne la tête.

— Mais si on m'en parle, c'est qu'il y a une raison.

— Oui, monsieur le Président. La société a appelé la Défense. Leurs techniciens disent que le réglage des pompes et des valves de sécurité a été modifié. Autrement dit, un sabotage. La pression est montée jusqu'au

273

point de rupture des joints et soudures. Mais cela n'a pas été fait manuellement, par quelqu'un. Ces sites sont plus protégés que Fort Knox.

— Cela a donc été réalisé à distance ?

— Oui, monsieur. C'est ce qu'ils pensent. Mais on ne peut pas encore l'affirmer.

Malheureusement, c'est l'évidence… Je jette un nouveau coup d'œil vers Augie. Il regarde sa montre et n'a pas vu que je l'observe.

— Des suspects ?

— Rien de précis. On a mis l'ICS-CERT sur le coup.

Sam Haber fait référence à son service spécialisé dans la cybersécurité des systèmes de contrôle industriel.

— Mais on a des pistes. Les Chinois ont tenté de pirater notre réseau de distribution de gaz en 2011 et 2012. Ils ont peut-être réussi cette fois à pénétrer nos systèmes. S'ils ont hacké les codes d'accès d'un utilisateur, ils peuvent faire ce qu'ils veulent.

Les Chinois ? C'est une éventualité.

— Une question s'impose. Est-ce que ça peut être…

Je surveille Augie. Il regarde le paysage par la fenêtre.

Carolyn termine ma phrase :

— … Dark Ages ?

Elle a compris que je ne peux pas parler devant Augie. Une fois encore, elle lit dans mes pensées.

Je ne pose pas cette question par hasard. Je veux entendre la réponse du secrétaire à la Sécurité intérieure. Sam fait partie des huit qui connaissent l'existence de Dark Ages. La fuite ne vient pas de Carolyn.

Ni de Liz Greenfield, pour des questions de dates. Je les ai rayées de la liste des suspects.

Mais Sam Haber reste en lice, avec les cinq autres.

Sam pousse un soupir en secouant la tête, comme s'il se sentait mal.

— Pour tout dire, monsieur le Président, Mme Brock vient de m'annoncer qu'on a toutes les raisons de croire que c'est aujourd'hui le jour « J ».

— Exact.

— Elle ne m'a pas précisé d'où venait cette information.

— Exact.

Je me répète sciemment. Une façon de lui signifier : non, Sam, on ne vous révélera pas nos sources.

Il attend une seconde, le temps de comprendre qu'il n'obtiendra aucune information. Il hoche la tête sans faire de commentaire.

— Certes, monsieur le Président, je reconnais que le timing est troublant. Mais, à mes yeux, ça ne colle pas. Dark Ages est un logiciel malveillant, un virus qu'on a identifié.

Pas vraiment « identifié ». C'est Augie et Nina qui nous l'ont montré. Mais Sam l'ignore. Il ne connaît même pas l'existence d'Augie.

À moins que ?

— Mais ça... cela ressemble à du *spear phishing* classique, du phishing ciblé, insiste-t-il. Ils trouvent un cadre de la société, l'incitent à ouvrir une pièce jointe dans un e-mail ou à cliquer sur un lien, ce qui permet d'installer un logiciel espion avec lequel le hacker va pouvoir récupérer les codes d'accès et toutes sortes d'informations sensibles. Une fois les données récoltées, on peut faire bien des choses, y compris ce qui s'est passé cette nuit.

— Mais qu'est-ce qui vous dit que ce n'est pas la méthode employée pour Dark Ages ? intervient Carolyn. On ignore comment le virus est arrivé dans notre réseau.

— C'est vrai. On ne peut totalement exclure cette possibilité. C'est si récent. Deux heures... Mais on cherche. On trouvera une réponse bientôt.

Bientôt, ce sera peut-être trop tard...

— Monsieur le Président, insiste Sam, on a alerté toutes les sociétés de distribution de gaz concernant la sécurité informatique du réseau. L'ICS-CERT travaille avec eux sur des contre-mesures. On a bon espoir d'empêcher une autre catastrophe de ce type.

— Monsieur...

C'est Alex qui me donne un coup de coude. Nous sommes arrivés à l'héliport. Le magnifique hélicoptère vert et blanc est éclairé uniquement par les feux du terrain.

— Sam, il faut que je vous laisse. Tenez informées Carolyn et Liz de l'avancée de l'enquête. Personne d'autre. C'est bien clair ?

— Oui, monsieur le Président. Au revoir.

L'image de Sam Haber disparaît. À l'écran, il ne reste plus que deux fenêtres.

Je me tourne vers Alex.

— Faites monter Augie dans Marine One. J'arrive tout de suite.

Je patiente, le temps qu'Alex et Augie sortent du véhicule, puis je reporte mon attention sur Liz et Carolyn.

— Pourquoi faire sauter une chaîne de montage d'une société sous contrat avec la Défense ? Ça n'a aucun sens.

48

— Je n'en sais rien, répond Augie quand je lui pose la même question.

Installés à bord de Marine One, nous sommes assis l'un en face de l'autre dans de confortables sièges couleur crème, tandis que l'appareil s'élève dans les airs.

— Je ne suis pas au courant. Je n'ai rien à voir là-dedans.

— Pirater un gazoduc ? Ou une entreprise travaillant pour l'armée ? Tu n'as jamais fait ça ?

— Monsieur le Président, si on parle au sens large, oui, bien sûr. Ça nous est arrivé. Vous faites allusion à du phishing ciblé ?

— Exact.

— Alors, oui, on l'a fait souvent. Au début, c'était la spécialité des Chinois. Ils ont déjà tenté de hacker votre réseau de gaz, non ?

Même raisonnement que Sam Haber.

— Tout le monde sait ce qu'ont fait les Chinois, poursuit Augie. Mais sur ce coup, on n'y est pour rien. Ou plutôt, *je* n'y suis pour rien.

— Est-ce que Suliman Cindoruk serait capable de pirater nos conduites sans ton aide ?

— Évidemment ! Il a toute une équipe. Même si j'étais le meilleur, ce genre d'infiltration n'a rien de compliqué. Mettre un virus dans un e-mail et croiser les doigts pour que le poisson morde à l'hameçon... Un jeu d'enfant !

Avec le cyberterrorisme, c'est le retour du Far West ! Une nouvelle frontière effrayante. N'importe qui, de son canapé et en caleçon, peut attaquer une nation.

J'insiste :

— Tu n'étais pas au courant ?

— Non.

Je me laisse aller au fond de mon siège.

— Jamais entendu parler d'une cible à Los Angeles ?

— Rien de rien. Et je ne vois pas à quoi ça nous aurait servi de faire sauter une usine d'avions.

Certes. Une de plus ou de moins... Il y a forcément autre chose.

— D'accord, Augie. D'accord.

Je me frotte les yeux. Cette transfusion de plaquettes m'épuise. Je lutte contre la fatigue et l'agacement. Être ainsi dans le brouillard, c'est exaspérant !

— Alors parle ! Raconte-moi tout. Comment tu t'es infiltré dans nos systèmes ? Quels dégâts ça va faire ?

C'est enfin le moment. Depuis notre rencontre au stade, avec la fusillade, l'attaque sur le pont, on n'a pas eu une seconde de répit.

— Une chose est sûre : notre modus operandi n'a pas été d'envoyer des e-mails en espérant que quelqu'un ouvre la pièce jointe. C'était bien moins primaire. Et oui, votre nom de code – Dark Ages –, c'est exactement ce qui va arriver. L'âge des ténèbres.

49

Je me force à avaler un café, en espérant que cela
chassera les effets des médicaments. Il faut que je
tienne, que je ne lâche rien. La prochaine étape sera
décisive. La plus risquée de toutes.

L'aube pointe, les nuages s'embrasent d'un orange
magnifique. D'ordinaire, j'apprécierais le spectacle ;
dame Nature est toute-puissante, et nous sommes insi-
gnifiants dans ce monde dont nous avons hérité. Ce
ciel m'évoque la boule de feu, à Los Angeles, vue
d'un satellite, et le soleil levant me rappelle que le
temps file.

— Ils nous attendent, annonce Alex, me transmet-
tant les informations qu'il reçoit dans son casque. La
salle des communications est sécurisée. La *war room*
est sécurisée. La propriété a été fouillée. RAS. Les
barrières et les caméras sont en place.

On atterrit en douceur sur un carré d'herbe aménagé dans la forêt, à la pointe ouest de la Virginie.
Nous sommes dans la propriété d'un ami, un financier
qui, de son propre aveu, ne connaît rien aux « machins
informatiques » mais qui a le nez pour repérer les pro-

jets prometteurs. Il a ainsi investi des millions dans une start-up et a gagné des milliards. Nous sommes dans son refuge, l'endroit où il vient pêcher ou chasser l'élan quand il n'est ni à Manhattan ni dans la Silicon Valley. Tout autour, à des kilomètres à la ronde, des sapins et des prairies, le paradis pour la pêche, la chasse et la randonnée. Lilly et moi y avons passé quelques week-ends après la mort de Rachel. Nous prenions le soleil sur le ponton, faisions de longues promenades, en tâchant de trouver un remède à notre chagrin.

— Nous sommes les premiers, Alex ?

— Oui, monsieur.

Parfait. J'ai besoin de quelques minutes, le temps de mettre mes idées au clair. Je n'ai plus droit à l'erreur.

Ces prochaines heures, le destin de l'humanité risque de basculer.

Au sud, il y a la forêt, avec juste un chemin pour atteindre le ponton. Des arbres à perte de vue. Au nord, le chalet, en pin blanc, construit il y a plus de dix ans. Avec le temps, les rondins sont devenus d'un orange profond, presque de la même couleur que ce ciel d'aurore.

L'atout principal de cet endroit, du point de vue d'Alex, c'est son accès difficile. On ne peut pénétrer dans le domaine par les flancs ouest ou sud, car ils sont protégés par une barrière électrique haute de dix mètres, bardée de détecteurs et de caméras. Un grand lac s'étend du côté est, et nos agents du Secret Service occupent le ponton. Pour accéder à la propriété en voiture, il faut s'engager sur une petite route de gravillons sans le moindre panneau, puis emprunter une allée forestière qui sera bien évidemment gardée.

J'ai expressément demandé à ce que le dispositif de sécurité soit léger, parce que ce lieu ne doit pas attirer l'attention. Ce qui va se passer ici doit rester strictement confidentiel. Et le Secret Service a tendance à en faire trop sur le terrain. C'est même le but recherché. Bref, on a trouvé un compromis entre sécurité et discrétion.

Je descends la légère pente sur mes jambes flageolantes, ma perfusion à la main. L'herbe est trop haute pour un fauteuil roulant. L'air ici est si différent, si frais, si pur, et plein des senteurs des fleurs sauvages. C'est si agréable que je pourrais presque oublier que le monde est peut-être au bord d'un cataclysme.

Sur un côté de la pelouse, une tente a été dressée, toute noire. Hormis cette teinte austère et la grande toile qui la recouvre de chaque côté, ça aurait pu être un barnum monté pour une garden-party. Cette tente n'est pas là pour accueillir un buffet bien sûr, mais des conversations privées, soit en tête à tête, soit avec des gens venus des quatre coins du monde, dans une confidentialité totale. Un cocon à l'abri des systèmes d'écoute et des oreilles indiscrètes.

Et aujourd'hui ces conversations vont être nombreuses, et de la plus haute importance.

Les agents ont ouvert le chalet. À l'intérieur, c'est le style cabane au Canada : des trophées de chasse aux murs, des tableaux dans des cadres de bois, un canoë ancien transformé en bibliothèque…

Un homme et une femme se tiennent au garde-à-vous à l'entrée. Ils remarquent ma perfusion mais ne font aucun commentaire. L'homme, c'est Devin Wittmer, quarante-trois ans. Il ressemble à un professeur d'université – pantalon de toile, veste en laine, chemise ouverte, sans cravate. Ses cheveux longs sont coincés derrière les oreilles, une barbe poivre et sel couvre son visage anguleux. Malgré cette tenue décontractée, il a des cernes, stigmates de ces deux semaines éprouvantes.

La femme, c'est Casey Alvarez. Trente-sept ans. Elle est un peu plus grande que Devin, et sa tenue plus stricte : cheveux bruns, tirés en queue-de-cheval, lunettes carrées à monture rouge, chemisier et pantalon noir.

Devin et Casey sont les codirecteurs de l'unité spéciale que j'ai installée ici, il y a quinze jours, après l'apparition de Dark Ages sur les écrans du Pentagone. J'ai spécifié à mes équipes que je voulais les meilleurs, quel que soit le prix, quel que soit leur passé.

Nous avons rassemblé trente personnes, les cerveaux les plus brillants, spécialistes de la cybersécurité. Quelques-uns nous ont été prêtés, après des accords de confidentialité très stricts, et viennent du secteur privé : de grands éditeurs de logiciels, des géants des télécommunications, des cabinets experts en sécurité informatique, des sociétés sous contrat avec la Défense. Il y a aussi deux anciens hackers, dont l'un purge une peine de treize ans dans un pénitencier fédéral. Les autres viennent de nos agences – la Sécurité intérieure, la CIA, le FBI, la NSA.

La moitié de nos effectifs opère du Pentagone et s'emploie à limiter l'impact de cette attaque imminente sur nos systèmes. Les « protocoles de mitigation » dont parlait Augie.

Mais pour l'heure, c'est le travail de l'autre moitié qui m'intéresse, les progrès de cette équipe que dirigent Devin et Casey. Leur mission : éradiquer ce virus. Ils s'en sont révélés incapables après deux semaines d'efforts.

— Bonjour, monsieur le Président, lance Devin Wittmer.

Il vient de la NSA. Après Berkeley, il a conçu des logiciels de sécurité informatique pour des clients privés, tels qu'Apple, avant que l'agence ne le débauche. Il a mis au point les outils et protocoles fédéraux en matière de cybersécurité pour que les industries et l'administration soient moins vulnérables aux cyberattaques. Quand le site de la caisse d'assurance maladie en France a été piraté par un logiciel d'extorsion, on a envoyé Devin, qui est parvenu à le localiser et à l'éliminer. Personne aux États-Unis, m'a-t-on assuré, n'a son talent pour détecter les failles et pour les éliminer.

— Monsieur le Président…, me salue à son tour Casey Alvarez.

Casey est la fille d'immigrants mexicains qui se sont installés en Arizona et ont créé une chaîne d'épicerie dans tout le sud-ouest du pays. Casey, n'ayant aucun intérêt pour le commerce, s'est rapidement tournée vers l'informatique et le droit. Alors qu'elle poursuivait ses études à l'Université de Pennsylvanie, elle a postulé pour entrer au département de la Justice, mais sa candidature a été refusée. Casey a alors sauté sur son ordinateur et a réussi un exploit que les autorités fédérales comme locales n'avaient pas atteint : pirater un site de pédopornographie pour identifier ses clients. Elle leur a apporté les coupables sur un plateau. Le département de la Justice a pu lancer des poursuites et démanteler l'un des plus grands réseaux pédophiles du pays. Et l'a embauchée sur-le-champ ! Elle y est restée jusqu'à être recrutée par la CIA. Dernièrement, elle a été envoyée au Moyen-Orient, où elle a intercepté, décodé, et neutralisé des communications entre groupes terroristes.

Tout le monde s'accorde à le dire : Alvarez et Wittmer sont nos deux meilleurs. Et ils sont sur le point de rencontrer quelqu'un qui, jusqu'à présent, les a tenus en échec.

Je vois le respect dans leur regard quand je présente Augie. Les Fils du Djihad, c'est la crème du cyberterrorisme, de vraies stars dans le milieu. Mais je sens aussi chez eux l'esprit de revanche et de compétition... ce qui est une bonne chose.

— Devin et Casey vont t'accompagner au sous-sol, dis-je à Augie. Dans leur *war room*. Ils sont en contact avec le reste de l'équipe au Pentagone.

— Suis-moi, annonce Casey.

Je me sens soulagé. Au moins, ils sont réunis. Après tout ce qu'on a traversé, c'est déjà une petite victoire.

Je peux maintenant me concentrer sur le reste. Dès qu'ils sont partis, je me tourne vers Jacobson :

— Enlevez-moi cette perf.

— Mais toute la poche n'est pas encore passée.

Je lui lance un regard noir.

— Vous connaissez la suite du programme ?

— Oui, monsieur. Absolument.

286

— Parfait. Alors, je ne veux pas avoir ce tube accroché à mon bras. Ôtez-moi ça !

— Tout de suite, monsieur le Président.

Il se met au travail. Il récupère une paire de gants en caoutchouc et quelques instruments dans la trousse de soins. Je l'entends se parler à lui-même, comme un enfant récitant sa leçon : « Fermer le presse-tube, stabiliser le cathéter, tirer le sparadrap autour du site d'insertion, retirer le... »

— Aïe !

— Toutes mes excuses, monsieur... Parfait, il n'y a pas de signe d'infection. (Il pose une gaze sur la veine.) Appuyez fort, s'il vous plaît.

Quelques instants plus tard, j'ai un pansement et suis prêt à l'action. Je me rends dans ma chambre. Direction la salle de bains. Je sors un rasoir électrique et fais disparaître ma barbe rousse. Je termine le travail avec un rasoir mécanique. Puis je prends une douche. Je profite du moment. Le jet d'eau chaude sur ma peau est bien agréable, même si ma position est inconfortable, avec mon bras gauche tendu à l'extérieur de la cabine pour ne pas mouiller le sparadrap. Je dois tout faire d'une seule main ! J'avais bien besoin d'une douche. Et de me raser. Je me sens mieux, plus présentable. Et l'apparence est cruciale, du moins pour un jour encore.

J'enfile les vêtements propres que le mari de Carolyn m'a donnés. Je garde mon jean et mes chaussures, mais il m'a prêté une chemise, un slip et des chaussettes de rechange. Je finis tout juste de me coiffer lorsque je reçois un message de LIZ FBI. Elle veut me parler.

J'appelle Alex, qui déboule aussitôt dans la chambre.

— Qu'est-ce qu'ils fichent ? dis-je.

— Ils sont en route.

— Tout va bien ? Après les événements d'hier, ils pourraient…

— D'après mes informations, monsieur, tout va bien. Ils arrivent bientôt.

— Vérifiez encore, Alex !

J'en profite pour appeler ma directrice du FBI.

— Oui, Liz. Qu'est-ce qui se passe ?

— Monsieur le Président, il y a du nouveau pour Los Angeles. Ils ne visaient pas l'entreprise sous contrat avec la Défense.

50

Je me rends au sous-sol, dans une pièce où le propriétaire du chalet a eu la gentillesse d'installer, avec l'aide de la CIA, une porte insonorisée et des lignes sécurisées, à mon intention. Cette salle des communications est au bout du couloir, à l'opposé de la *war room* improvisée, où Augie, Devin et Casey tiennent un conciliabule.

Je m'enferme, branche Internet et me connecte au trio Carolyn Brock, Liz Greenfield, et Sam Haber.

— Un topo, Sam. Vite. Je n'ai pas beaucoup de temps.

— Monsieur, dans le même secteur que l'usine il y a un laboratoire pharmaceutique. Un laboratoire sous contrat avec l'État de Californie et les CDC.

— Les CDC ? Nos centres de contrôle et de prévention des maladies ?

— Oui, monsieur. Et les CDC ont mis sur pied un réseau d'alerte. Un ensemble d'environ deux cents laboratoires dans tout le pays destiné à répondre aux attaques chimiques ou biologiques.

Un frisson glacé me parcourt.

— Et ce labo à côté de l'usine était la pièce maîtresse de la protection du grand Los Angeles, précise Sam.

Je ferme les yeux.

— Et il a été réduit en cendres, c'est ça ?

— Oui, monsieur le Président.

Je me frotte les tempes.

— On est dans la merde.

— Absolument, monsieur.

— Et quel est le rôle de ce labo ? Enfin, quel *était* son rôle ?

— Identifier l'agent pathogène. Puis trouver l'antidote. La partie diagnostic, c'était l'élément crucial. Comprendre ce à quoi les citoyens ont été exposés. Comment les soigner si on ne connaît pas l'ennemi ?

Un grand silence s'installe.

— Une attaque biologique se prépare sur Los Angeles ?

— C'est une éventualité que nous envisageons sérieusement. On est en contact avec les autorités locales.

— Entendu, Sam. J'imagine qu'on a un protocole pour réaffecter ce travail de recherche ailleurs dans le pays ?

— Bien sûr. On s'en occupe en ce moment même. On mobilise d'autres labos dans plusieurs villes de la côte Ouest.

Réponse évidente. Les terroristes espéraient quoi ? Était-ce encore une fausse attaque ? Une diversion ? Ils font semblant de s'intéresser à LA et une fois qu'on a déplacé toutes nos forces, ils frapperont Seattle ou San Francisco ?

Je lève mes mains de frustration.

— On joue au chat et à la souris !

— C'est toujours comme ça, répond Sam. On se protège contre un ennemi invisible. On essaie de voir derrière l'écran de fumée. De prédire ce qui va arriver. On croise les doigts pour que cela n'arrive pas, mais en même temps on doit se préparer à cette éventualité.

— Et c'est censé me rassurer ?

— On fait le maximum, monsieur le Président. Tout le monde est sur le pont.

Je passe ma main dans mes cheveux.

— Très bien, continuez. Et tenez-moi au courant.

— Oui, monsieur.

Sam se déconnecte. Ne restent sur l'écran que les fenêtres de Carolyn et de Liz.

— D'autres bonnes nouvelles ? Un ouragan sur la côte Est ? Des tornades ? Une marée noire ? Un volcan vient d'entrer en éruption ?

— Oui, monsieur, répond Liz. Encore une chose. C'est au sujet de l'explosion.

— Du nouveau ?

Elle incline la tête.

— Disons plutôt quelque chose de bizarre.

Liz me raconte.

La situation ne peut pas être pire !

Dix minutes plus tard, j'ouvre la lourde porte et quitte la pièce. Alex s'approche et me fait un signe de tête.

— Ils viennent de franchir le périmètre de sécurité. La Première ministre israélienne est arrivée.

51

La délégation de la Première ministre Noya Baram arrive, suivant le dispositif prévu : une voiture en éclaireur, puis deux SUV blindés – un transporte les gardes et l'autre la chef du gouvernement.

Noya descend du véhicule. Elle est en veste, pantalon et porte des lunettes de soleil. Elle lève les yeux vers le ciel, comme pour s'assurer qu'il est encore là. Il y a des jours comme ça.

Noya a soixante-quatre ans, avec des cheveux gris qui lui descendent aux épaules et des yeux noirs qui peuvent se faire aussi enjôleurs que glaçants. C'est l'une des personnes les plus téméraires et audacieuses que je connaisse.

Elle m'a téléphoné le soir de mon élection pour me féliciter et m'a demandé si elle pouvait m'appeler « Jonny » – ce que personne n'avait jamais fait. Pris de court, et encore tout à l'euphorie de la victoire, j'ai répondu : « Oui, bien sûr ! » Depuis, ce surnom m'est resté.

— Jonny, lance-t-elle en ôtant ses lunettes pour me faire la bise. (Elle prend mes mains dans les siennes et me regarde avec un sourire apitoyé.) Vous, vous avez besoin d'un coup de main !

— Tout juste.

— Vous savez qu'Israël sera toujours à vos côtés.

— Je le sais. Et ma gratitude est sans limite, Noya.

— David vous a été utile ?

— Très utile.

Je me suis tourné vers Noya quand j'ai découvert qu'il y avait une taupe dans mon équipe. Comme je ne savais pas à qui je pouvais me fier, j'ai été obligé de sous-traiter au Mossad quelques missions, et de m'adresser directement à David Gouralnick, son directeur.

Noya et moi avons des désaccords sur la solution à deux États et les colonies en Cisjordanie, mais pour les affaires qui nous occupent aujourd'hui, nous avons les mêmes positions. Des États-Unis forts et stables, c'est la garantie d'un État d'Israël fort et stable. Les Israéliens ont donc toutes les raisons de nous aider.

Et ils comptent dans leurs rangs les meilleurs experts en cybersécurité. En défense, personne ne les égale. Deux de leurs spécialistes sont arrivés avec Noya et iront rejoindre Augie et mon équipe.

— Je suis la première ?

— Oui, Noya. Vous êtes la première. Et j'aimerais bien vous dire un mot en privé avant que les autres ne débarquent. Je vous ferais bien visiter mais le temps presse et…

— Visiter quoi ? Ce chalet ? Vous croyez que je n'en ai jamais vu ?

Elle remarque évidemment la tente noire.

Nous empruntons l'allée qui mène au lac, sinuant au milieu des bois tapissés de fleurs jaunes et violettes. Alex nous suit à distance, en communication radio.

Je lui donne les dernières nouvelles. C'est assez rapide car elle sait déjà quasiment tout.

— Autant que nous puissions en juger, dit-elle, ça ne ressemble pas à une attaque biologique.

— Je suis de votre avis. Mais l'idée, c'est peut-être de réduire à néant nos moyens de défense avant de lancer un agent pathogène. Le plan serait alors de détruire nos infrastructures et les bâtiments sensibles.

— Certes…

— L'explosion du gazoduc pourrait être, en ce sens, assez révélatrice.

— Ah oui ?

— C'est un virus – un logiciel malveillant – qui a causé la rupture de la conduite. On me l'a confirmé, il y a quelques minutes. Le virus a laissé monter la pression jusqu'à l'explosion.

— OK. Et alors ?

Je stoppe net et me tourne vers elle.

— Noya, en 1982, on a fait la même chose aux Russes.

— Vous avez saboté leurs conduites de gaz ?

— Ma directrice du FBI vient de me l'apprendre. Reagan savait que les Soviétiques tentaient de nous voler un logiciel industriel absolument crucial. Il a décidé de les laisser le subtiliser. Mais avant, ils l'ont piégé. Quand les Soviétiques l'ont utilisé, le programme a déclenché une gigantesque explosion sur un gazoduc en Sibérie. D'après nos images satellite, cela a été spectaculaire.

Elle laisse échapper un rire malgré la situation dramatique.

— Sacré Reagan ! Je ne connaissais pas cette histoire. Mais ça lui ressemble bien ! (Puis elle me regarde d'un drôle d'air.) Tout ça, c'est de l'histoire ancienne, non ?

— Oui et non. On a appris que beaucoup de gens ont été châtiés pour cette erreur. C'était une véritable humiliation pour le Kremlin. Il y a eu pléthore de condamnations, dont des peines de prison à vie pour certains. On ne connaît pas tous les détails. Mais l'un des agents du KGB a totalement disparu, un certain Viktor Tchernokev.

Noya cesse de sourire.

— Le père du président russe ?

— Exactement.

Elle hoche la tête, pensive.

— Je savais que son père était un ancien du KGB. Mais j'ignorais comment il était mort. Et encore plus pourquoi.

Elle se mord la lèvre – une habitude quand elle réfléchit intensément.

— Vous y voyez une relation de cause à effet, Jonny ? C'est ça, ce que vous…

— Monsieur le Président ! lance Alex derrière nous. Pardon de vous interrompre, madame la Première ministre.

Je me tourne vers mon agent.

— Qu'est-ce qui se passe ?

— Le chancelier allemand vient d'arriver.

52

Juergen Richter, le chancelier allemand, descend du véhicule. Avec son costume rayé trois pièces, on croirait un membre de la famille royale britannique. Il est un peu fort mais son mètre quatre-vingt-dix compense.

Son visage hiératique s'éclaire quand il aperçoit Noya Baram. Il lui tire une grande révérence. Dans un rire, elle lui signifie de se redresser. Puis ils s'embrassent. Comme il la dépasse d'une bonne tête, il doit se baisser pour lui faire la bise.

Il me salue chaleureusement et pose sur mon épaule sa grosse main d'ancien joueur de basket. Il faisait partie de l'équipe d'Allemagne aux JO de 1992.

— Décidément, c'est toujours dans des situations difficiles que nous nous retrouvons.

La dernière fois que je l'ai vu, c'était aux funérailles de Rachel.

— Comment va votre épouse, monsieur le Chancelier ?

Je sais qu'elle a un cancer et qu'elle se fait soigner aux États-Unis.

— C'est une force de la nature. Merci de votre sollicitude. Elle n'a jamais perdu un combat. En tout cas jamais avec moi !

Il lance un clin d'œil à Noya en quête d'un sourire, qu'elle lui adresse. Juergen a un naturel jovial et essaie d'avoir de l'humour sur tout. Son exubérance lui a valu quelques désagréments lors d'interviews et conférences de presse, mais il est connu pour ses traits d'esprit et les électeurs semblent apprécier.

— Merci d'être venu, dis-je.

— À quoi serviraient les amis sinon ?

Certes. Mais si je l'ai invité, c'est d'abord pour le convaincre que le problème dépasse le cadre strict de nos frontières. Cela concerne son pays et tous ceux de l'OTAN.

Je fais une rapide visite des lieux en sa compagnie, mais mon téléphone vibre. Je m'éloigne du groupe pour répondre. Trois minutes plus tard, je suis de nouveau au sous-sol, pour me connecter sur la ligne Internet sécurisée.

Encore une fois, j'ai les trois mêmes interlocuteurs. Carolyn et Liz en qui j'ai une confiance aveugle, et Sam Haber, de la Sécurité intérieure, pour lequel ma confiance est plus mesurée.

Sam était un officier recruteur de la CIA il y a trente ans. Il est rentré au Minnesota et s'est fait élire au Congrès. Il a brigué le fauteuil de gouverneur, a perdu, et s'est débrouillé pour finalement décrocher une place de directeur adjoint à l'Agence. C'est mon prédécesseur qui l'a nommé à la tête de la Sécurité intérieure. Sam voulait la direction de la CIA, mais je lui ai préféré Erica Beatty et lui ai demandé de rester à son poste. J'ai été agréablement surpris de le voir accepter sans rechigner. On pensait tous que cette fonction était juste un tremplin pour lui, un job temporaire. Mais il est là depuis plus de deux ans, et il ne s'en est jamais plaint.

Sam a les yeux plissés, le front fripé sous son éternelle coupe en brosse. Il paraît toujours en colère et sur la brèche. Ce qui n'est pas une mauvaise chose pour le responsable d'un département aussi sensible.

— Où ça s'est produit ?

— Dans une petite ville à la limite de LA. C'est la plus grande usine de traitement des eaux de Californie. Elle alimente les comtés de Los Angeles et d'Orange.

— C'est quoi le problème au juste ?

— Depuis l'explosion qui a détruit le laboratoire, on est en contact permanent avec les autorités locales pour surveiller les infrastructures sensibles – gaz, électricité, chemin de fer. Et, en premier lieu, le réseau d'eau.

Évidemment. L'alimentation en eau potable serait une cible de choix pour une attaque biologique. Il suffit d'introduire dans les conduits un agent pathogène, et la maladie s'étend partout comme un feu de broussailles.

— Avec la compagnie des eaux de Californie du Sud et l'agence pour la protection de l'environnement, on a inspecté d'urgence le réseau. Et on a découvert une brèche.

— Quel genre de brèche ? Soyez concret.

— Ils se sont introduits dans les ordinateurs, monsieur le Président. Et sont parvenus à dérégler les opérations de traitements. Mais aussi à neutraliser les alarmes qui auraient dû s'activer en cas de défaillance du processus d'assainissement.

— Donc de l'eau polluée a été déclarée propre à la consommation, et les systèmes de sécurité…

— … n'ont rien détecté du tout. Voilà. La bonne nouvelle, c'est qu'on s'en est aperçu très vite. Dans l'heure qui a suivi l'intrusion. L'eau non traitée est encore dans nos réservoirs.

— Aucune eau frelatée n'a quitté l'usine de retraitement ?

— Non, monsieur le Président. Rien n'est passé dans le réseau.

— L'eau en question contient des bactéries dangereuses, des substances pathogènes ? Quelque chose comme ça ?

— Nous n'en savons encore rien. La société, censée pratiquer ce genre d'analyse d'urgence…

— C'est le labo qui vient de brûler ?

— Oui, monsieur le Président.

— Sam, je veux toute votre attention. (Je me penche vers l'écran.) Pouvez-vous m'assurer, à cent pour cent, qu'aucune goutte d'eau contaminée n'a été distribuée à nos concitoyens du comté d'Orange et de Los Angeles ?

— À cent pour cent. C'est la seule installation qui a été touchée. Et nous avons pu déterminer précisément quand l'attaque s'est produite, quand les systèmes de traitements et d'analyses ont été sabotés. Techniquement, il est impossible que l'eau ait eu le temps de sortir de la station.

Je pousse un soupir.

— Très bien. Ça, c'est la bonne nouvelle. Mais il y en a forcément une mauvaise. Je vous écoute.

— La mauvaise, c'est que nos informaticiens n'ont jamais vu une attaque de ce type. Ils sont incapables de relancer les opérations de traitement. Impossible, donc, de distribuer de l'eau potable.

— Impossible ?

— Exactement, monsieur le Président. Par sécurité, l'usine a été fermée.

— On a forcément d'autres sites ?

— Certes, mais on ne peut pas compenser la perte de débit. Pas avant un bon bout de temps. Et je ne suis pas certain que le piratage s'arrête là. Et s'ils attaquent une autre station alimentant LA ? On surveille tout ça de près, bien sûr. On coupera la moindre installation affectée pour éviter que de l'eau contaminée n'atteigne le réseau.

— Mais vous devrez encore fermer l'usine, c'est ça ?

— Oui, monsieur. On risque d'avoir une multitude de stations arrêtées simultanément.

— Qu'est-ce que vous me dites, Sam ? Que tout Los Angeles va se retrouver à court d'eau ?

— Oui. C'est le danger.

— Combien de personnes ? En comptant les deux comtés ?

— Quatorze millions.

— Mon Dieu !

Horrifié, je plaque ma main sur ma bouche.

— Ce n'est pas une simple pénurie de douche ou d'eau pour arroser les pelouses, reprend Sam. Il s'agit d'eau potable ! C'est ça, le vrai problème. Les hôpitaux, les blocs opératoires, les services d'urgence vont être touchés.

— Ce sera le même genre de crise sanitaire qu'à Flint dans le Michigan ?

— Oui, monsieur, mais avec cent quarante fois plus de victimes.

53

— Mais ce n'est pas encore le cas, intervient Carolyn. Pas encore.

— Non. Mais bientôt, répond Sam Haber. Le comté de Los Angeles à lui seul est plus peuplé que la plupart de nos États, et c'est le plus gros fournisseur d'eau potable. On a un gros problème. Ce n'est pas Flint, d'accord. Pas encore. Mais c'est déjà l'alerte rouge.

— Lancez un plan d'urgence sanitaire.

— C'est fait, monsieur le Président, répond Sam.

— On peut déclarer l'état de désastre majeur.

— Le communiqué est prêt, bien sûr.

— Mais, à l'évidence, vous avez une autre option, Sam...

— Oui, monsieur le Président. Régler le problème. Je m'attendais à cette réponse.

— Monsieur, comme vous le savez, on ne manque pas de ressources en matière de cybersécurité. On a chez nous de vrais magiciens. Mais apparemment ceux-là ne viendront pas à Los Angeles. D'après mes équipes, ils n'ont jamais eu affaire à un virus de cette espèce. Ils sont dépassés.

— Oui, il vous faut des experts.

— Exactement, monsieur le Président. J'ai besoin de votre unité spéciale.

— Devin Wittmer et Casey Alvarez sont avec moi, Sam.

Il marque un silence. Je ne lui en dirai pas plus. Je sais que l'attaque est pour aujourd'hui, mais je ne lui ai pas donné ma source. C'est inhabituel. Et je lui révèle ce qu'il supputait déjà : nos meilleurs experts sont à mes côtés, dans un lieu tenu secret. Tout cela le déconcerte. Il est le secrétaire du département de la Sécurité intérieure. C'est le premier que je devrais tenir informé.

— Monsieur, si je ne peux avoir ni Alvarez ni Wittmer, au moins envoyez-moi une partie de votre équipe.

Je me frotte le visage, en pleine réflexion.

— Il s'agit de Dark Ages, insiste Sam. Ça ne peut pas être une coïncidence. Et ce n'est que le début. Personne ne sait jusqu'où ça va aller. Toutes nos installations d'assainissement vont y passer. Ils vont ouvrir tous nos barrages. J'ai besoin de vos gens à LA. On a eu beaucoup de chance aujourd'hui, mais ça ne va pas durer.

D'un bond, je me lève. Cette pièce m'oppresse. Je marche de long en large. Ça me fait du bien. Tenir mon organisme en éveil, d'abord et avant tout. Alimenter le corps et le cerveau.

L'explosion de gaz… Le laboratoire détruit… La contamination de l'eau…

Ce serait ça ? Non… impossible ?

— Vous croyez vraiment à un coup de chance ? dis-je.

— Comment ça ? Le fait qu'on ait découvert le bogue à l'usine de traitement ? De la chance, oui. Je ne vois pas comment on pourrait appeler ça autrement. Il aurait pu se passer des jours avant qu'on ne s'en rende compte. Il s'agit d'un piratage particulièrement ingénieux.

— Mais c'est à cause de la destruction du laboratoire spécialisé dans la prévention du bioterrorisme qu'on a inspecté les systèmes de cette usine d'assainissement, non ?

— C'est exact, monsieur. C'était la première mesure de sécurité à prendre.

— C'est justement là où je veux en venir.

— Je ne vous suis pas, monsieur.

— Sam, si vous étiez le terroriste, dans quel ordre vous feriez les choses ? Saboter le réseau d'alimentation en eau, ou réduire en poussière le laboratoire ? Quoi en premier ?

— Eh bien, je ne…

— Moi, je vais vous dire ce que je ferais à leur place. D'abord je contaminerais l'eau. Il se passerait forcément un certain temps avant qu'on ne le remarque. Ça prendrait des heures, voire plusieurs jours. Et ensuite, je ferais sauter le labo. Si je détruis en premier le labo, des installations dont la mission est de parer à une attaque biologique…

— Je dévoile mon jeu ! termine Carolyn. Et à ce moment-là, la première décision du gouvernement fédéral sera d'inspecter le réseau d'approvisionnement en eau.

— Et c'est exactement ce qu'on a fait.

— Ils nous ont montré leur plan ? marmonne Sam d'un air pensif.

— Oui. C'était délibéré. Ils nous ont donné un indice. Ils voulaient que l'on inspecte nos installations. Qu'on découvre leur intrusion dans notre système d'assainissement.

— Mais pourquoi ? Je ne comprends pas, insiste Sam.

— Peut-être que leur but n'est pas d'empoisonner le réseau. Juste de nous le faire croire. Ce qu'ils veulent, c'est qu'on envoie nos spécialistes en cybersécurité à LA, à l'autre bout du pays, pour qu'on soit totalement démunis quand le virus va passer à l'action.

Je me frotte à nouveau la tête. Que cherchent-ils ?

— Cette supposition est un pari très risqué, s'entête Sam Haber.

— Liz, vous en pensez quoi ?

Elle paraît surprise.

— Vous voulez savoir ce que, moi, je ferais ?

— Oui, Liz. Vous sortez des meilleures universités. Que feriez-vous à ma place ?

— Los Angeles est une mégalopole. Je ne prendrais pas ce risque. J'enverrais une équipe là-bas pour réparer le système.

Je hoche la tête.

— Carolyn ?

— Monsieur, je comprends votre raisonnement, mais je suis quand même de l'avis de Sam et de Liz.

Si jamais ce n'est pas un leurre, et qu'on apprenne qu'on n'a pas envoyé...

— Non ! Pas de politique aujourd'hui ! Peu importe ce qu'on pourra dire ou non. C'est sans filet ! Au moindre faux pas, c'est la chute de toute façon. Il n'y a aucune voie sûre. Aujourd'hui, ça passe ou ça casse.

— Envoyez quand même une équipe là-bas, insiste Carolyn. Peut-être pas Devin ni Casey, mais des gars du groupe Pentagone.

— Mon équipe est un tout, réponds-je. On ne peut pas couper en deux une bicyclette. Ils partent tous ou personne. Alors ?

Il y a un long silence.

— Envoyez-les à LA, répond finalement Sam.

— Pareil, renchérit Carolyn.

— Je suis d'accord avec eux, conclut Liz.

Trois personnes brillantes qui toutes choisissent la même option. Qu'est-ce qui motive ce choix ? La raison ou la peur ?

Ils ont raison. C'est la logique même : envoie-les là-bas.

Mais mes tripes disent le contraire.

Monsieur le Président, votre décision ?

— L'unité spéciale reste avec moi jusqu'à nouvel ordre. Los Angeles est un piège.

54

Samedi matin. 6 h 52. La limousine est garée sur la 13ᵉ Street Northwest.

La vice-présidente Katherine Brandt est assise à l'arrière, le ventre noué, mais pas à cause de la faim.

Sa couverture est parfaite. Tous les samedis matin à 7 heures, son mari et elle viennent déjeuner au Blake's Café, au coin de la 13ᵉ et de G Street. Une table les y attend, et à force on connaît sa commande : omelette de blancs d'œufs avec feta et tomates, et galettes de pommes de terre bien dorées.

Elle a toutes les raisons de se trouver ici. Personne ne se posera de questions.

Par chance, son mari n'est pas en ville. Parti à un tournoi de golf. Ou à la pêche. Elle ne sait plus trop. C'était plus facile quand ils habitaient le Massachusetts, qu'elle siégeait au Sénat et était absente toute la semaine. Vivre à Washington est une rude épreuve pour eux deux. Elle l'aime, ils passent de bons moments, mais il n'a aucun goût pour la politique, déteste la capitale, et n'a rien à faire de ses journées depuis qu'il a vendu sa société. Être ensemble vingt-quatre heures sur vingt-quatre a tendu leur relation. Ces absences sont les bienvenues.

Être le « Premier monsieur » du pays… comment va-t-il vivre ça ?

On va le savoir bientôt. Tout dépend comment se passe la prochaine demi-heure.

C'est Peter Evian, son chef de cabinet, qui joue à côté d'elle la doublure de son mari. Il lui montre l'heure sur son téléphone : 6 h 56.

Elle lui fait un signe de tête.

— Madame la vice-présidente, dit-il tout haut pour que les agents à l'avant l'entendent. Puisque nous avons quelques minutes d'avance, j'aimerais passer un appel personnel, si cela ne vous dérange pas.

— Pas du tout, Pete. Allez-y.

— Je reviens tout de suite.

— Prenez votre temps.

Et pour parfaire l'illusion, Peter va réellement appeler sa mère, pour prendre des nouvelles comme un bon fils.

Peter descend de voiture et s'éloigne sur le trottoir au moment où un groupe de trois joggeurs débouche de G Street.

Les coureurs ralentissent en apercevant le cortège de voitures de la vice-présidente. L'homme en tête, le plus vieux, et visiblement le moins en forme, regarde la limousine et leur dit quelque chose. Ils viennent parler aux agents du Secret Service en faction.

— Madame la vice-présidente, annonce le chauffeur, le doigt sur son oreillette. Le président de la Chambre est dehors. Avec ce groupe de joggeurs.

— Lester Rhodes ? Vous plaisantez ? lance-t-elle en essayant de ne pas surjouer la surprise.

— Il voudrait vous dire bonjour.

— J'ai d'autres à chats à fouetter ! réplique-t-elle.

L'agent reste de marbre. Il se tourne vers elle.

— Vous voulez que je lui dise de...

— Non, non, ce serait un peu discourtois. Un chat de plus ou de moins... Faites-le entrer.

— Bien, madame.

Et il transmet la réponse.

— Mieux vaut nous laisser, Jay. Je ne voudrais pas que vous ou Eric vous fassiez griffer !

Cette fois, l'agent lâche un petit rire.

— Entendu, madame.

On n'est jamais trop prudent. Les agents du Secret Service peuvent être appelés à témoigner. Comme ceux de la police du Capitole qui assurent la protection du président de la Chambre. Tous raconteront la même histoire sous serment, si on en arrive à cette extrémité. Juste une coïncidence. Rhodes faisait son jogging avec ses gardes du corps alors que la vice-présidente attendait l'ouverture de son café préféré.

Les deux agents à l'avant descendent de la limousine. Une odeur de sueur emplit l'habitacle quand Lester Rhodes s'installe à côté de Katherine.

— Bonjour, madame la vice-présidente !

La portière se referme derrière lui. Ils sont désormais seuls dans la voiture.

Rhodes n'est pas à son avantage en tenue de jogging. Il a de la bedaine, et son short est bien trop court. Personne ne lui a fait la remarque ? Il porte une casquette – bleue avec le sigle US Capitol Police en rouge. Au moins, ça cache sa mèche ridicule.

Il soulève la visière et s'essuie le front. Cet idiot porte un bandeau !

Non, ce n'est pas un idiot. C'est le fin stratège qui a fait main basse sur la Chambre des représentants. Il connaît chacun de ses membres mieux qu'eux-mêmes, un prédateur à sang froid, qui se souvient de tout le monde, et de tout – du moindre manque de respect, de la moindre pique –, et qui ne joue ses coups qu'après mûres réflexions.

Il se tourne vers elle, ses yeux bleu acier à peine visibles.

— Kathy.

— Lester. Soyez bref.

— J'ai le vote de la Chambre. Je les ai dans la poche. C'est assez concis ?

Au fil des années, Katherine Brandt a appris l'art du silence. Cela permet de gagner du temps et de paraître plus réfléchie.

— Ne prenez pas cet air détaché, Kathy. Si vous vous en fichiez, on ne serait pas dans cette voiture !

Elle lui laisse marquer ce point.

— Et le Sénat ?

Il hausse les épaules.

— C'est vous la présidente du Sénat. Pas moi.

Elle lâche un petit rire.

310

— Mais c'est votre parti qui le tient.

— Vous avez douze voix de votre côté. Du mien, je vous garantis mes cinquante-cinq voix pour voter la sentence.

La vice-présidente se tourne pour le regarder en face.

— Pourquoi faites-vous ça, monsieur le président de la Chambre ?

— Excellente question ! (Il se laisse aller au fond de la banquette, bien à son aise.) L'*impeachment* ne m'est d'aucune utilité. Il me suffit de laisser Duncan s'agiter, se débattre au milieu de la tempête. La bête est blessée. Il est déjà mort. Il ne sera jamais réélu. Je le tiens pour les deux années à venir. Pourquoi donc me lancerais-je dans cette procédure de destitution ? Pour que le Sénat l'humilie publiquement et offre à nos électeurs un nouveau visage, à savoir le vôtre ? Effectivement, pourquoi ?

Elle y a déjà réfléchi. Rhodes préfère avoir un président blessé que destitué.

— Parce que vous serez un héros au sein de votre parti. Celui qui aura eu sa peau !

— Possible. (Il semble aimer cette idée.) Mais il y a plus important à mes yeux.

— Plus important qu'être président de la Chambre à vie ?

Rhodes prend une bouteille d'eau, avale une longue gorgée, puis émet un claquement de langue satisfait. Oui, il y a une chose plus importante encore.

— Je suis tout ouïe, dit-elle en ouvrant les mains.

Un sourire éclaire son visage puis s'efface.

— Une chose que le président Duncan n'acceptera jamais, mais que la présidente Brandt, dans sa grande sagesse, pourrait approuver...

55

— Une place va se libérer à la Cour suprême, annonce Rhodes.

— Oh…

Elle n'était pas au courant. On ne sait jamais à quoi s'attendre avec les juges de cette instance. La plupart restent à leur poste bien au-delà de quatre-vingts ans.

— Qui donc ? demande-t-elle.

Il se tourne vers elle et la dévisage avec ses petits yeux plissés, imperturbables.

Il se demande s'il doit me le dire ou non, pense-t-elle. Il évalue les répercussions.

— Whitman… son médecin lui a annoncé de très mauvaises nouvelles la semaine dernière.

— Le juge Whitman est…

— Oui, j'en ai bien peur. Il ne tiendra pas jusqu'au bout du mandat présidentiel. On lui demande déjà de lâcher son siège.

— C'est bien triste.

— N'est-ce pas ? (Il a un sourire en coin.) Et vous savez ce qui n'est pas arrivé depuis très longtemps ? Il n'y a plus eu à la Cour suprême de juge originaire du Midwest, pas un seul depuis John Paul Stevens. Personne provenant d'une cour fédérale comme… par exemple, celle du septième circuit. Pourtant, c'est le cœur même de notre pays.

La cour d'appel du septième circuit… l'instance qui couvre les juridictions de l'Illinois, du Wisconsin…

… et de l'Indiana, la région natale de Rhodes.

Évidemment !

— À qui pensez-vous pour le siège, Lester ?

— L'ancienne procureure générale de l'Indiana. Sage et pondérée. Respectée par ses pairs. Elle a eu le soutien quasi unanime du Sénat il y a quatre ans pour sa nomination à la cour d'appel, y compris le vôtre. Elle est talentueuse et jeune. Quarante-trois ans. C'est bon pour la pérennité de notre justice ! Elle pourra rester en poste au moins trente ans. Elle vient de mon camp, mais votera dans le sens de votre parti au besoin.

La vice-présidente en est bouche bée. Elle se penche vers Rhodes.

— Lester… vous voulez que je nomme votre fille à la Cour suprême ?

Que sait-elle sur la fille de Lester ? Mariée, un ou deux enfants. Harvard. Puis du droit. Elle a travaillé à Washington, est rentrée dans l'Indiana et a postulé pour le fauteuil de procureur général, en se présentant comme un clone, en plus modéré, de la figure paternelle. Tout le monde pensait que la prochaine étape serait l'élection au poste de gouverneur de l'État, mais la machine s'est détraquée et elle a demandé la cour d'appel fédérale.

Et oui, Katherine Brandt, encore sénatrice à l'époque, avait voté pour sa nomination. On racontait qu'elle n'avait rien à voir avec son père, qu'elle pouvait pencher de l'autre côté, malgré son adhésion au parti paternel. Une personne intelligente, ouverte d'esprit.

Rhodes déclame les gros titres des journaux :

— Impartialité et consensus ! Une ère nouvelle après la mainmise de l'administration Duncan sur le pays ! Elle sera élue haut la main. J'ai les sénateurs avec moi et de votre côté, ils seront ravis. C'est un choix d'avenir, Kathy, dans le sens du progrès, ce que vous prônez.

Cela se tenait...

— Vous commencerez votre présidence par un coup d'éclat. Si vous jouez bien, ça peut vous assurer votre place pour les dix ans à venir.

Katherine Brandt regarde par la fenêtre. Elle se souvient de cette émotion quand elle y croyait, quand elle était favorite dans les sondages, qu'elle se voyait déjà dans le Bureau Ovale...

— Sinon, vous ne serez jamais présidente. Je garderai Duncan en poste, il se fera laminer aux élections et vous tomberez définitivement aux oubliettes.

Il a sans doute raison pour les prochaines élections. Quant aux oubliettes, il exagère un peu. Mais c'est vrai que la remontée serait difficile, l'image de vice-présidente ayant perdu quatre ans plus tôt lui collerait à la peau.

— Et ça vous convient ? demande-t-elle, si je suis présidente pendant deux trimestres et demi ?

Lester Rhodes se penche vers la portière, saisit la poignée.

— Peu m'importe qui est président pour cette fin de mandat.

Elle secoue la tête, perplexe, mais pas réellement surprise.

— Il vous faut ces douze votes au Sénat, précise-t-il en levant l'index.

— Et j'imagine que vous avez aussi une stratégie pour ça.

Rhodes se tourne vers elle.

— Oui, madame la vice-présidente. J'en ai une.

56

Dans la cuisine qui offre, au-delà de la pelouse, une jolie vue sur la forêt, les membres de mon mini-sommet avalent un déjeuner sur le pouce – bagels, fruits et café. J'en profite pour leur donner les dernières infos. J'ai eu des nouvelles de Los Angeles où la Sécurité intérieure collabore avec les autorités locales pour garantir l'approvisionnement en eau potable. Il y a toujours un plan de secours en cas de panne d'une usine de retraitement. À court terme, donc, il n'y aura pas de pénurie et, avec un peu de chance, les équipes auront réparé à temps l'avarie. Je ne leur ai pas envoyé mon unité spéciale, mais nous avons affecté là-bas le reste de nos effectifs.

Je commets peut-être une erreur. LA n'est peut-être pas un appât, mais le Ground Zero de l'attaque. Si c'est le cas, les conséquences vont être dramatiques. Sans autre information, je ne veux pas me séparer de mon équipe, qui travaille en ce moment au sous-sol, avec Augie et les experts en cybersécurité venus d'Israël et d'Allemagne.

Le chancelier Juergen Richter est assis avec son conseiller, un jeune homme blond nommé Dieter Kohl, chef du BND, le service allemand de renseignement. La Première ministre est venue avec son chef de cabinet, un vieil homme râblé, ancien général de Tsahal.

Pour assurer la confidentialité de cette rencontre, nous avons limité le nombre des participants. Un dirigeant, un collaborateur, et leurs génies de l'informatique par délégation. La situation est bien différente qu'en 1942, quand Roosevelt et Churchill s'étaient rencontrés secrètement dans le sud de la Floride pour tenir des conseils de guerre. Ils avaient dîné au Cap's Place, un célèbre restaurant de la côte, et avaient même envoyé des lettres de félicitations au propriétaire, des témoignages conservés comme des reliques par l'établissement toujours renommé pour ses fruits de mer, sa tarte au citron vert et son ambiance très années 1940.

Aujourd'hui, avec une presse sans foi ni loi, avec Internet et les réseaux sociaux, la planète entière a les yeux braqués sur ses dirigeants – nuit et jour. Et il est extrêmement difficile de se déplacer incognito. Notre seul atout dans cette partie de cache-cache, c'est la sécurité. Du fait de la menace terroriste, nous parvenons à garder secrets les détails de nos trajets.

Noya Baram assiste à une conférence demain à Manhattan et son service de presse a laissé entendre qu'elle rendrait visite à des proches aux États-Unis. Comme elle a une fille qui habite Boston, un frère à Chicago, et un petit-fils en première année à Columbia, son alibi est plausible. Va-t-il tenir, c'est une autre histoire.

318

Quant au chancelier allemand, il s'est servi du cancer de sa femme comme couverture, et a avancé la date d'une visite déjà programmée à l'hôpital Sloan Kettering. Ils sont arrivés aux États-Unis hier, vendredi, et passent officiellement le week-end à New York chez des amis.

— Excusez-moi, dis-je au groupe quand mon téléphone sonne. (Je me dirige vers le salon.) Je dois prendre cet appel. Ça n'arrête pas aujourd'hui...

J'aurais bien aimé avoir, moi aussi, quelqu'un pour m'aider, mais j'ai besoin de Carolyn à la Maison Blanche. Et c'est la seule en qui j'ai toute confiance.

Je me rends sur la terrasse dominant les bois. Le Secret Service assure la sécurité, mais il y a un petit détachement d'agents israéliens et allemands qui patrouille aussi.

— Monsieur le Président. (C'est Liz Greenfield.) La fille... Nina. On a analysé ses empreintes. Elle s'appelle Nina Shinkuba. On n'a pas grand-chose sur elle, sinon qu'elle est née il y a vingt-six ans en Abkhazie.

— Une province séparatiste de Géorgie. Une zone de conflit.

Les Russes soutiennent les revendications autonomistes des Abkhazes. Ce qui a déclenché, en 2008, la guerre entre la Russie et la Géorgie, du moins officiellement.

— Oui, monsieur. Le gouvernement géorgien suspecte Nina Shinkuba d'avoir posé une bombe dans une gare dans une zone frontalière en 2008. Il y a eu des échauffourées des deux côtés de la frontière avant que la guerre n'éclate entre l'Abkhazie et la Géorgie.

Qui a dégénéré en conflit entre la Russie et la Géorgie.

— Nina est séparatiste ?

— Apparemment. En tout cas, pour la Géorgie, c'est une terroriste.

— Cela la range donc plutôt dans le camp des anti-Occidentaux. Mais est-ce une pro-Russe pour autant ?

— Les Russes soutenaient l'Abkhazie. Ils étaient du même côté dans cette guerre. Ce serait une conclusion logique.

Logique mais pas automatique.

— Que fait-on ? On demande aux Géorgiens des infos sur elle ?

— Pas pour l'instant. Je veux d'abord m'entretenir avec quelqu'un.

— Pour moi, c'était juste Nina, me répond Augie.

Nous sommes dans le salon du chalet. Il se frotte les yeux, tout pâle, exténué par la tension qui règne dans la *war room* au sous-sol.

— Pas de nom de famille ? Ça ne t'a pas paru bizarre ? Tu tombes amoureux d'une fille et tu ne sais même pas comment elle s'appelle ?

Il lâche un soupir.

— Elle essayait de fuir son passé. J'ignorais les détails. Et je m'en foutais.

Je l'observe, mais il garde le silence. Pour lui, l'explication s'arrête là.

— C'était une séparatiste abkhaze. Elle travaillait pour les Russes.

— Si vous le dites. Elle ne m'en a jamais parlé. Comme vous le savez, les Fils du Djihad ont attaqué les institutions occidentales. On s'oppose à l'influence de l'Occident dans les Balkans. Évidemment, ça arrange bien les Russes. Mais ça ne veut pas dire qu'on travaille pour eux. D'après ce que j'en sais, par le passé, Suliman a accepté l'argent des Russes, mais aujourd'hui il n'a plus besoin d'eux financièrement.

— Il vend ses services au plus offrant ?

— Il fait ce qu'il veut. Et pas toujours pour l'argent. Il n'a de comptes à rendre à personne.

Nos services de renseignement en sont arrivés à la même conclusion.

— C'est comme ça que Nina a été blessée. Des éclats dans la tête. Elle dit qu'une roquette a frappé une église juste à côté d'elle. Tirée par les Géorgiens. Elle doit être pro-Russe.

Augie détourne la tête, et regarde au loin, les yeux humides.

— Cela a une importance ? murmure-t-il.

— Oui. C'est important de savoir si elle travaillait ou non pour les Russes. Si je sais qui tire les ficelles, je peux affiner ma stratégie.

Augie hoche la tête.

— Menaces, dissuasions… si on ne peut pas arrêter ce virus, tout ça restera sans effet.

Mais le virus n'a pas encore frappé. Et nous sommes toujours la nation la plus puissante du monde.

Il est d'ailleurs peut-être temps de le rappeler à la Russie !

Augie retourne au sous-sol. Je sors mon téléphone et contacte Carolyn.

— Carrie. Les chefs d'état-major sont dans la salle de crise ?

— Oui, monsieur le Président.

— Je serai en ligne dans deux minutes.

58

— Monsieur le Président, je ne doute pas de l'implication de la Russie dans cette affaire, déclare le chancelier Richter, toujours aussi formel, en rajustant ses boutons de manchettes. Comme vous le savez, l'Allemagne a connu plusieurs agressions de ce type ces dernières années. Le Bundestag, le siège de la CDU. Et on en subit encore les conséquences.

Il fait allusion aux cyberattaques des ordinateurs du Bundestag, la chambre basse du parlement allemand, grâce auxquelles les pirates auraient collecté des e-mails et des informations sensibles avant que les Allemands ne s'en aperçoivent et bloquent le virus. Et les fuites continuent sur la toile, tel un goutte-à-goutte empoisonné.

Et le quartier général de la CDU, l'Union chrétienne-démocrate d'Allemagne – le parti du chancelier Richter –, a lui aussi été attaqué. On a volé de nombreux documents, contenant, pour certains, des échanges sur des stratégies politiques, réunions de coordination de campagne, et autres sujets confidentiels.

Ces deux piratages ont été attribués à un groupe de cyberterroristes appelé APT28, ou encore « Fancy Bear », affilié au GRU, le renseignement militaire russe.

— Depuis l'affaire du Bundestag et de la CDU, on a dénombré plus de soixante-dix cyberattaques, précise Dieter Kohl. Des campagnes de phishing au sein d'instances fédérales comme locales, et dans divers partis politiques, tous hostiles au Kremlin. Tout le monde a été touché – institutions, industries, syndicats, *think tanks*. Toutes attribuées à Fancy Bear.

— La majeure partie des données qu'ils ont ainsi ex… (Le chancelier se tourne vers Kohl pour avoir la traduction du mot en anglais.)… exfiltrées, oui c'est ça, n'ont pas encore fuité. On s'attend à ce que ça sorte lors de la prochaine élection. Tout ça pour vous dire, monsieur le Président, que l'Allemagne n'a aucun doute. C'est un coup des Russes !

— Mais la situation est différente, intervient la Première ministre Noya Baram. Le virus que vous avez détecté dans le serveur du Pentagone n'a laissé aucune trace, n'est-ce pas ?

— Exact. Rien. Aucune arborescence. Pas de fil d'Ariane. Il est apparu, puis a disparu.

— Et la différence ne s'arrête pas là, poursuit-elle. Votre souci, ce n'est pas le siphonage de données. C'est la pérennité de vos infrastructures.

— Les deux nous préoccupent. Mais vous avez raison, Noya. Je m'inquiète davantage pour l'intégrité de nos systèmes. L'endroit où le virus est apparu, juste avant de se volatiliser, ce n'est pas n'importe où. C'est dans la partie opérationnelle. Ils ne volent pas des e-mails. Ils sabotent nos réseaux.

— À ce qu'on m'a dit, reprend le chancelier, les seuls capables d'une telle prouesse, ce sont les Fils du Djihad. Nos équipes… (Il lance un regard vers Kohl, son chef du renseignement, qui hoche la tête.)… soutiennent que ce sont les meilleurs. Les meilleurs au monde. On pourrait croire qu'on arriverait à trouver de notre côté des experts avec les mêmes compétences. Mais non. C'est la triste vérité. Il y a peu de pointures, vraiment très peu, en cyberterrorisme, et encore moins en contre-cyberterrorisme ! On a constitué une force spécialement dédiée à contrer les cyberattaques, mais on a aussi beaucoup de trous dans les équipes. On a une dizaine de gens, pas plus, réellement capables de rivaliser avec les plus chevronnés.

— C'est comme partout, dis-je. Que ce soit le sport, la recherche… il y aura toujours des gens au-dessus du lot, plus doués que les autres. Israël en a pas mal dans ses rangs. Israël a la meilleure cyber-défense.

Je lance une œillade à Noya qui accepte le compliment sans ciller. C'est une grande fierté pour les Israéliens.

— Si Israël a la meilleure défense, lâche Richter, la Russie a la meilleure attaque.

— Mais on a un champion : Augie.

Le chancelier hoche la tête, guère convaincu. Noya nous regarde tour à tour, Richter et moi.

— Vous pensez vraiment qu'on peut faire confiance à cet Augusta Koslenko ?

— Noya, je n'ai pas d'autre choix. Nos équipes ne parviennent pas à neutraliser ce truc. Pas même à le débusquer. (Je cesse de faire les cent pas et m'assois.) C'est Augie qui nous en a parlé. Sans lui, on ne se douterait de rien.

— C'est ce qu'il dit.

— Certes. Je ne sais pas qui est derrière – les FDD, la Russie, peu importe… Bien sûr que ça peut être un piège, bien sûr qu'ils ont pu m'envoyer Augie. Le gamin a peut-être un autre objectif. J'attends toujours. Une exigence, une demande d'argent. Mais rien ne vient. Et je vous rappelle qu'ils ont tenté de le tuer. À deux reprises. C'est bien une menace pour eux. Je ne vois pas d'autres explications. Il reste un atout pour nous. Mes meilleurs hommes sont avec lui – pas seulement les miens, mais vos experts, Noya, et ceux de Juergen, on surveille tous ses faits et gestes, tout est filmé, enregistré, consigné et analysé. Une caméra est constamment braquée sur lui. (Je lève les bras en signe d'impuissance.) Si quelqu'un a une autre idée, je suis preneur. En attendant, c'est notre meilleure chance d'éviter le…

Je m'interromps. Impossible de leur dire…

— D'éviter quoi ? insiste Richter. On a une petite idée du danger. On envisage déjà le pire. Tous les scénarios possibles. Qu'est-ce que le gamin sait ? Dites-le !

C'est la raison pour laquelle j'ai demandé au chancelier d'être présent. Il ne lâche rien.

Je me tourne vers Alex, en faction dans un coin du salon.

— Allez chercher Augie. Je préfère qu'il vous en parle lui-même.

59

Augie se tient devant les deux chefs de gouvernement présents dans le salon, fatigué, les traits tirés,
portant les vêtements trop grands qu'on lui a trou-
vés après sa douche. Il paraît encore choqué par les
événements des douze dernières heures. En revanche,
il ne semble guère impressionné par les gens devant
lui. Des hommes et des femmes de pouvoir, qui ont
accompli de grandes choses. Mais ici, le professeur,
c'est lui.

— C'est la grande ironie de notre ère moderne,
commence-t-il. La technologie a rendu l'humanité
plus puissante et en même temps plus fragile. Plus on
a de pouvoir, plus on est faible. Vous pensez, à juste
titre, être au summum de votre puissance, que jamais
le champ des possibles n'a été aussi étendu. Pourtant,
vous ne pouvez pas être plus vulnérables. Et la cause
du mal est élémentaire : la confiance ! Notre société a
une foi aveugle en la technologie. L'IdO, ça vous dit
quelque chose ? « L'Internet des Objets ».

— Plus ou moins, réponds-je. La connectivité des
appareils.

— En gros, oui. Mais il ne s'agit pas seulement des ordinateurs portables ou des smartphones. Tout objet qui a un bouton on/off – machines à laver, cafetières, enregistreurs numériques, caméras, thermostats, composants électroniques, moteurs d'avions, la liste des « objets », grands et petits, est quasi infinie. Il y a deux ans, on comptait quinze milliards d'objets connectés à Internet. Aujourd'hui, on parle de cinquante milliards ! Voire de cent milliards selon certaines sources. Le citoyen lambda ne peut allumer sa télévision sans tomber sur une pub pour le dernier objet connecté qui vous vante tout ce que l'appareil peut faire, une prouesse inimaginable il y a vingt ans. Il peut commander des fleurs pour vous, vous montrer qui approche de chez vous pendant votre absence, vous annoncer les travaux sur la route, vous indiquer en temps réel l'itinéraire le plus rapide.

— Et toute cette connectivité nous rend plus sensibles aux logiciels malveillants ou espions, interviens-je. On le sait tous. Mais pour le moment, notre souci n'est pas de savoir si Siri va pouvoir nous dire ou non quel temps il fait à Buenos Aires, ou si une nation étrangère nous espionne à travers mon grille-pain.

Augie marche de long en large, comme s'il se trouvait devant un auditoire de mille personnes.

— Bien sûr ! Excusez-moi. Le point essentiel, c'est que pratiquement tous nos systèmes automatiques, toutes nos interactions dans le monde moderne, reposent sur Internet. Prenons un exemple parlant : nous dépendons du réseau électrique.

— Bien entendu.

— Et sans électricité, ce serait le chaos. Pourquoi ?

Il nous regarde tour à tour, attendant une réponse. Je me lance :

— Parce que rien ne peut remplacer l'électricité.

— Exact. Nous sommes totalement dépendants parce que nous n'avons pas de substitut.

— Et c'est la même chose pour Internet, ajoute Noya, davantage pour elle-même.

Augie lui adresse une petite révérence.

— Absolument, madame la Première ministre. Tout un tas de fonctions qui étaient effectuées autrefois sans Internet ne peuvent être accomplies aujourd'hui sans passer par le Web. Il n'y a pas de retour en arrière possible. C'est trop tard. Et vous avez raison : le monde ne va pas s'écrouler si on ne peut demander à notre téléphone quelle est la capitale de l'Indonésie. Le monde ne va pas s'effondrer si notre four à micro-ondes ne veut plus réchauffer nos burritos ou si notre magnétoscope numérique ne peut pas enregistrer nos émissions préférées.

Augie marche, tête baissée, mains dans les poches, comme un professeur dans un amphithéâtre.

— Mais si tout s'arrêtait ? reprend-il.

Le silence dans la pièce est palpable. Le chancelier Richter, qui portait sa tasse de café à ses lèvres, suspend son geste. Noya semble avoir cessé de respirer.

Dark Ages...

— Mais Internet n'est pas aussi fragile, intervient Dieter Kohl qui, sans égaler Augie en la matière, est

330

un expert comparé à nous autres. Un serveur peut être attaqué, cela peut ralentir le flux de données, voire le bloquer, mais un autre serveur prendra le relais. L'acheminement des datas est un processus dynamique.

— Mais si tous les chemins deviennent impraticables ?

Kohl réfléchit un moment, sourcils froncés, comme s'il cherchait un contre-argument. Finalement, il ferme les yeux et secoue la tête.

— Comment serait-ce possible ?

— Avec du temps. De la patience. Et un peu d'adresse, répond Augie. Si le virus n'est pas détecté quand il infiltre le système. S'il reste longtemps dormant.

— Comment êtes-vous entrés dans les serveurs ? Par phishing ?

Augie fait une grimace.

— Parfois. Très rarement. On a surtout attaqué les routages. DDoS, corruption des tables BGP…

— Augie !

— Pardon, monsieur le Président. Vous m'avez demandé d'être clair. Une attaque DDoS – *Distributed Denial of Service* –, c'est une attaque par déni de service distribué. À savoir, une attaque multi-sources rendant impossible l'accès à un service. On floode les serveurs qui convertissent les URL que vous entrez dans notre navigateur en adresses IP nécessaires au routage…

— Augie !

Il sourit en guise d'excuse.

— D'accord. Prenons un exemple. Vous tapez dans la fenêtre de recherche www.cnn.com, mais le réseau convertit ça en une série de chiffres, un numéro d'identification pour l'acheminement. Flooder les serveurs, c'est les submerger de fausses demandes de synchronisation jusqu'à saturation, si bien que le réseau tout entier plante. En octobre 2016, une attaque DDoS a bloqué de nombreux serveurs, et de gros sites Internet ont été inaccessibles toute une journée. Twitter, PlayStation, CNN, Spotify, Verizon, Comcast ont été affectés, sans parler des milliers de sites de vente en ligne.

» Et il y a aussi la corruption des tables BGP, un protocole de routage externe, le *Border Gateway Protocol*. Des fournisseurs d'accès à Internet, tels que AT&T par exemple, vont naturellement promouvoir l'accès à leurs clients *via* ces tables de routage. Si une société lambda utilise AT&T comme fournisseur d'accès, alors AT&T va dire : « Si vous voulez accéder au site de cette société, passez par nous ! » Supposons que vous soyez en Chine, et que votre FAI est VelaTel, et que vous désiriez vous connecter au site de cette société lambda. Vous allez devoir passer de VelaTel en Chine à NTT au Japon et enfin arriver sur AT&T aux États-Unis. Les tables BGP vous indiqueront le chemin. Bien sûr, l'utilisateur ne fait qu'entrer le nom du site et clique sur le lien. Mais ce qui nous paraît quasi instantané est en fait une série de sauts de puce à travers les divers fournisseurs d'accès de la planète, et les tables BGP, c'est la carte routière !

» Le problème, c'est que ces tables BGP ne fonctionnent qu'avec la confiance. On se souvient, il y a quelques années, que VelaTel, qui s'appelait à l'époque ChinaTel, a révélé qu'ils étaient le dernier saut dans le trafic avant le Pentagone, et que, pendant un certain laps de temps, une bonne partie des datas destinées au Pentagone transitaient par la Chine ! Avis aux amateurs !

Aujourd'hui, je mesure la fragilité du système, mais à l'époque je n'en savais rien. J'étais juste le gouverneur de la Caroline du Nord. Temps bénis, comme on dit.

— Un hacker un peu débrouillard, poursuit Augie, peut infiltrer les tables BGP via le top vingt des fournisseurs d'accès de la planète, modifier les adresses et le routage, et ainsi perturber le trafic des données. Cela a les mêmes effets qu'une attaque DDoS. Cela coupera les services Internet à quiconque passera par ce fournisseur d'accès.

— Mais quel rapport avec ce virus ? s'enquiert Noya. Le but d'une attaque DDoS est de bloquer un fournisseur d'accès à Internet.

— Exact.

— Et brouiller les tables de routage a en gros le même effet, renchéris-je.

— Encore exact. Comme vous l'imaginez, c'est très sérieux. Un FAI ne peut se permettre d'interrompre l'accès à Internet à ses clients. C'est la raison même de son existence. Ils doivent régler le problème sans tarder ou alors ils sont bons pour mettre la clé sous la porte.

— Évidemment, répond Noya.

— Comme je le disais, notre tactique a été de corrompre l'acheminement des datas. Les tables BGP et les attaques DDoS ont été nos plateformes pour envahir les serveurs.

Noya relève le menton. D'un coup, elle mesure toute l'étendue du problème. Augie a dû m'expliquer ça à plusieurs reprises avant que je n'entrevoie l'ampleur de la catastrophe.

— Donc, pendant que les FAI se focalisaient sur cette urgence, vous leur avez inoculé votre virus.

— C'est un peu schématisé, mais, oui, c'est ça. (Augie ne peut s'empêcher de gonfler la poitrine de fierté.) Et parce que le virus est dormant – parce qu'il est caché et inactif –, personne ne l'a remarqué.

— Depuis combien de temps il est là ? demande Dieter Kohl.

— Ça va faire trois ans, répond Augie.

— Trois ans ? Tant que ça ?

— Dans certaines zones, oui.

— Et combien de serveurs sont contaminés ?

Augie prend une grande inspiration, comme un enfant se préparant à avouer une grosse bêtise à ses parents.

— Le virus est programmé pour infecter tous les nœuds – tous les appareils qui sont connectés à Internet par le fournisseur d'accès attaqué.

— Et combien… (Kohl s'interrompt, de peur de découvrir le monstre caché dans le placard.) … ont été touchés ?

— Combien ? répète Augie en haussant les épaules. Tous !

Tout le monde grimace. Richter, incapable de rester en place, se lève et va s'adosser contre le mur, les bras croisés. Noya murmure quelques mots à l'oreille de son général. Tous ces gens si puissants… soudain si démunis.

— Si vous avez contaminé tous les FAI du pays, reprend Dieter Kohl, et que eux, à leur tour, ont transmis le virus à leurs clients, et donc à tous leurs contacts, à tous leurs appareils, cela signifie que…

Il ne finit pas sa phrase et se laisse aller au fond de son siège.

— Oui, nous avons corrompu tous les objets connectés à Internet aux États-Unis.

La Première ministre et le chancelier me dévisagent, livides. L'attaque dont nous faisons l'objet pourrait bien s'étendre à eux.

C'est pour cela que je voulais qu'Augie leur précise tout ça.

— Juste les États-Unis ? insiste le chancelier. Mais Internet est international.

— Oui, réplique Augie. On n'a visé que les FAI ici. Bien sûr cela pourrait essaimer un peu partout. Les données voyagent beaucoup. On ne peut rien garantir. Mais la propagation devrait rester limitée. L'objectif, c'était l'Amérique. Pour la mettre à genoux.

Cela va au-delà de nos pires craintes. Quand le virus nous a fait un coucou, c'était sur le serveur du Pentagone. On pensait qu'une cible militaire était visée. Ou le gouvernement. Mais Augie assure que ça va bien plus loin, bien au-delà du cadre des institutions fédérales. Toutes les industries vont être impactées ;

comme la vie quotidienne de tous nos concitoyens, jusqu'à la moindre facette de leur existence.

— Ce que vous êtes en train de nous dire…, articule Richter, c'est que vous allez couper Internet dans tout le pays ?

Le jeune homme se tourne vers moi.

— Oui, réponds-je. Et ce n'est que le début du cauchemar. Augie, explique-leur la suite.

60

— Le virus est ce qu'on appelle un « wiper »,
déclare Augie. Comme son nom l'indique, l'attaque
d'un tel virus efface tout. Il ne reste plus rien dans les
appareils connectés. Autant se servir de votre ordinateur comme paillasson. Il ne sera pas plus utile. Les
routeurs et modems, juste bons à jouer les presse-
papiers. Les serveurs ne seront plus que des coques
de noix vides. Plus de service Internet. D'accord. Mais
plus aucun appareil utilisable non plus.

Dark Ages...

Augie pioche une pomme dans la corbeille et jongle
avec.

— La plupart des virus et des programmes malveillants sont conçus pour voler des données. Comme
un cambrioleur entrant par une fenêtre et fouillant la
maison sur la pointe des pieds. Ils veulent entrer sans
être vus. Et quand ils se font repérer, c'est trop tard.

» Un wiper ne cherche pas la discrétion. Un virus de
ce type espère que vous entendiez l'effraction. Il n'a
aucune raison de se cacher. Parce qu'il veut quelque
chose. Au propre comme au figuré, il prend en otage

le contenu de vos appareils. Payez la rançon ou dites adieu à tous vos fichiers. Au final, les auteurs n'ont aucune envie de tout effacer. Leur objectif, c'est de vous soutirer de l'argent.

Il ouvre les mains.

— Il se trouve que notre virus effaceur est du genre furtif et silencieux. On est entrés sans bruit, on a procédé à une infiltration à grande échelle. Et on ne réclame pas de rançon. On veut juste effacer toutes vos données.

— Et les sauvegardes ne sont d'aucun secours, poursuit Dieter Kohl, parce que vous les avez infectées aussi.

— Bien sûr. Le virus a migré avec elles.

— C'est une bombe à retardement, dis-je. Ils se sont cachés dans nos appareils et attendent le signal pour entrer en action.

— Voilà.

— Et c'est aujourd'hui le jour « J ».

Nous nous regardons tous. Moi, j'ai eu deux heures pour digérer ça. Augie m'a tout raconté dans Marine One. Mais j'ai certainement fait la même tête qu'eux.

— Vous mesurez les conséquences, reprend Augie. Il y a cinquante ans, on avait des machines à écrire et du papier carbone pour les copies. Aujourd'hui, on n'a plus que des ordinateurs. Il y a dix ou quinze ans, on n'était pas aussi tributaire de la connectivité pour mener nos affaires. Mais de nos jours… Il n'y a plus d'autre chemin possible. Si on nous retire Internet, il n'y a pas de solution de rechange.

La pièce est silencieuse. Augie baisse la tête. Par respect ? Par contrition ? Il est en partie responsable de ce qui arrive.

— Vous pouvez être plus précis ? demande Noya en se frottant les tempes.

Augie se remet à faire les cent pas.

— Les exemples sont nombreux. Commençons par de petites choses. Les ascenseurs ne fonctionnent plus. Comme les caisses des supermarchés. Les trains et les bus. Impossible de lire les cartes d'abonnement électroniques. Les télévisions HS. Les téléphones. La radio. Les feux de circulation. Les lecteurs de cartes de crédit. Les systèmes d'alarme. Les ordinateurs… plus de logiciels, plus de fichiers, plus rien. Tout a été supprimé ! Juste un clavier inerte et un écran noir.

» Le réseau d'électricité aussi sera sévèrement perturbé. Donc les réfrigérateurs. Et dans certains cas, le chauffage. Et l'eau, bien sûr. Vous avez déjà vu les effets dévastateurs sur une seule station d'assainissement. L'eau potable deviendra une denrée rare aux États-Unis.

» S'ensuivront des problèmes sanitaires à grande échelle. Qui va s'occuper des malades. Les hôpitaux ? En auront-ils seulement les moyens ? Aujourd'hui, les opérations chirurgicales sont pour la plupart assistées par ordinateur. Comment avoir accès aux antécédents médicaux ?

» Et qui va accepter de les prendre en charge ? Qui a une couverture médicale ? Qu'est-ce qui le prouve ? Une carte dans un portefeuille ? Ils ne pourront rien vérifier sur le fichier central. Et les assurances ? Qui va accepter de rembourser ? Même si l'assuré parvient à contacter son assurance, ils ne sauront dire qui est affilié chez eux et qui ne l'est pas. Est-ce qu'il y a des traces sur papier ? Des contrats signés à la main ? Bien sûr que non ! Tout est numérisé. Or les ordinateurs seront des tiroirs vides. Tout sera effacé. Vous croyez que les hôpitaux aux États-Unis vont soigner les gens gratuitement ?

» Évidemment, plus aucun site Internet ne sera opérationnel. Plus de e-commerce. Tous les centres de dispatching à l'arrêt. Et je ne parle pas du versement des salaires !

» Les avions resteront cloués au sol. La plupart des trains seront aussi à l'arrêt. Les voitures, celles fabriquées après 2010, seront immobilisées.

» Les archives judiciaires, médico-sociales, criminelles ? Impossible d'identifier délinquants et repris de justice. Plus de coordination entre les autorités locales et fédérales. Plus de fichier national.

» Et vos données bancaires ? Vous croyiez avoir dix mille dollars sur votre compte ? Cinquante mille dollars d'économie sur un compte épargne ? Et toucher une pension tous les mois pour payer votre loyer ? (Augie secoue la tête.) Mais non. Les fichiers informatiques auront disparu, et leur sauvegarde aussi. Vous croyez que les banques ont, en réserve, autant d'argent en liquide ? Une liasse de billets étiquetée à votre nom, enfermée dans un coffre ? Bien sûr que non. Tout est dématérialisé.

— Mon Dieu, marmonne Richter en s'essuyant le front avec son mouchoir.

— Les banques, reprend Augie, se sachant en première ligne, ont cherché à délocaliser leurs dossiers.

Mais trop tard. On les avait déjà infiltrés. Tous leurs réseaux internes seront aussi contaminés.

» Et pensez aux marchés financiers. Il n'y a plus de corbeille comme dans l'ancien temps. Tout est électronique. La Bourse ne pourra plus assurer la moindre transaction.

» Et les administrations ! L'État vit sur les recettes. La collecte de fonds ! Taxes diverses, impôts directs et indirects. Tout ça disparaîtra. Où le gouvernement va-t-il trouver de l'argent pour fonctionner, si tant est qu'il existe encore ?

» Le flux des devises va se réduire d'un coup aux échanges de la main à la main, et en liquide. Et ces billets, d'où viendraient-ils ? Il sera impossible d'aller retirer de l'argent à son agence ou au distributeur, parce qu'il n'y aura plus trace de vos avoirs.

» Toute l'économie du pays va s'arrêter. Des secteurs entiers de l'industrie qui dépendent d'Internet seront condamnés. Les autres durement touchés. Le chômage va monter en flèche, le crédit s'effondrer. Une gigantesque dépression ! En comparaison, la crise de 1929 paraîtra anecdotique.

» Ça va être la panique. La panique générale. Tout le monde va se ruer dans les banques. Dévaliser les magasins. Il va y avoir des émeutes. Des meurtres. Des épidémies. L'ordre et la paix civils ne seront plus qu'un lointain souvenir.

» Et je ne parle pas des conséquences sur vos forces militaires et votre sécurité nationale. Plus de traque possible des terroristes, plus de surveillance. L'Air Force clouée au sol ! Le tir et le guidage des missiles ? Aux oubliettes ! Radar, sonar, tous les moyens de télécommunication, HS !

» Jamais les États-Unis n'auront été aussi vulnérables. Votre défense sera comme au XIXe siècle, contre des ennemis qui auront conservé la technologie moderne.

Des ennemis tels que la Russie. La Chine, la Corée du Nord...

Dieter Kohl lève la main pour interrompre ce laïus.

— Je suis d'accord. Si Internet tombe en panne, ce sera une gigantesque catastrophe. Mais le problème pourra être réparé. Ce n'est pas comme si les États-Unis allaient être amputés définitivement.

Augie hoche lentement la tête.

— Vous avez raison. Internet sera, à la fin, rétabli. Il faudra sans doute des mois pour réparer le réseau, des fournisseurs d'accès aux appareils domestiques, parce que chaque système, chaque chaînon, aura été saboté. Mais pendant ce laps de temps, le pays sera sans défense face à une attaque, militaire ou terroriste. Des pans entiers de l'économie seront en ruine. Les gens malades ne pourront plus accéder à leurs traitements ou être pris en charge. Sociétés, banques, hôpitaux, services de l'État, et toute la population – jusqu'au moindre contribuable – devront racheter toutes leurs machines parce que les anciennes seront bonnes à mettre à la casse.

» Combien de temps le pays peut-il tenir sans eau potable ? Sans électricité ? Sans systèmes de réfrigération ? Sans moyens médicaux ? Bien sûr, les États-Unis vont s'atteler à restaurer ces services cruciaux. Mais, encore une fois, combien de temps faudra-t-il ?

Il s'agit d'une nation de trois cents millions d'habitants. Une semaine ? Sûrement pas. En tout cas, pas pour tout le pays. Deux semaines ? Non. Plusieurs mois ! Le nombre de morts, durant ce laps de temps, va être hallucinant.

» Et, quand Internet sera revenu, vous imaginez les dégâts ? Tout ce qui sera irréparable ? Les citoyens auront perdu leurs économies, leurs investissements. Toutes les traces comptables, disparues. Ils seront sans le sou, hormis les quelques billets qu'ils avaient dans leur portefeuille au moment où le virus a attaqué. Et ce sera le même scénario catastrophe avec les pensions, les retraites, les aides sociales, les remboursements des frais de santé. Toutes les données seront perdues. Et quand bien même certains parviendraient à récupérer quelques bribes d'informations, sans archives électroniques, elles seront incomplètes, et personne ne pourra en certifier l'authenticité. Cela prendra des années. Des années ! Je vous pose la question : combien de temps un individu peut-il vivre sans argent ?

» Et sans argent, quel secteur de l'économie peut être viable ? Plus un magasin ouvert nulle part – de vos boutiques de luxe de la Cinquième Avenue, de Magnificent Miles et de Rodeo Drive, jusqu'aux supérettes de village. Comment le commerce survivra-t-il sans client ? Et je ne parle pas de toutes les entreprises qui dépendent d'Internet. Il ne restera rien de l'économie américaine. Plus rien.

— Seigneur…, marmonne le chancelier. C'est un cauchemar.

— Oui, un cauchemar qui dépasse l'entendement, reprend Augie. Les États-Unis d'Amérique deviendront le plus grand pays du tiers-monde.

61

Augie se tait. Mes deux invités, la Première ministre israélienne et le chancelier allemand, sont sous le choc. Richter tombe la veste, s'éponge le front. Noya se sert un grand verre d'eau.

— Pourquoi…, bredouille mon ami allemand en se frottant le menton. Pourquoi la Russie ferait-elle une chose pareille ?

Rien ne prouve que ce soit la Russie.

— C'est évident, non ? lâche Noya après avoir bu une gorgée.

— Je ne suis pas aussi catégorique, insiste Richter. Il y a une composante militaire à ne pas oublier. Même si la puissance des États-Unis est fragilisée, si leurs installations sont en ruine, est-ce que ça fait d'eux une cible pour une attaque ? Ce n'est pas si sûr. La Russie attaquant de front l'Amérique ? D'accord… (Il lève la main pour empêcher Noya d'argumenter.)… les États-Unis seront momentanément vulnérables, mais ils se relèveront et retrouveront leur force de frappe. Et puis, il y a l'article 5…

Conformément à cet article du traité de l'Atlantique-Nord, attaquer une nation de l'OTAN revient à attaquer tous ses autres membres. Ce serait alors déclencher une guerre mondiale.

En théorie, du moins. Le principe n'a jamais été testé. Si la Russie mettait à terre notre système de défense et décidait d'utiliser l'arme atomique contre nous, est-ce que les autres puissances nucléaires de l'OTAN – le Royaume-Uni, ou la France par exemple – lanceraient leurs missiles ? Ce serait le test ultime pour notre alliance. Ces nations seraient assurément touchées par une frappe nucléaire.

Il est donc crucial que Richter s'aperçoive que la guerre est à sa porte, qu'il ne peut laisser la Russie, ou je ne sais quel ennemi, s'en tirer.

— Mais quel est le plus gros problème de la Russie ? demande Noya. La plus grande menace à ses yeux ?

— L'OTAN, concède le chancelier.

— Tout juste ! L'expansion de l'OTAN à ses frontières les inquiète au plus haut point. Et pour les Russes – ne le prenez pas mal, mon cher Juergen – l'OTAN, c'est l'Amérique. D'abord et avant tout l'Amérique, et ensuite seulement ses alliés.

— Ça n'explique toujours pas ce qu'ils auraient à y gagner ! dis-je en me levant de mon siège. Je vois l'intérêt pour eux de nous laminer, de nous blesser, de nous affaiblir. Mais nous détruire totalement ?

— Jonny, insiste Noya. Pendant la guerre froide, vous, les Américains, étiez persuadés que les Soviétiques voulaient vous réduire en poussière. Et ils vous le rendaient bien. La situation a évolué ces vingt ou trente dernières années, je vous le concède. L'URSS s'est effondrée. L'armée russe n'est plus que l'ombre d'elle-même. L'OTAN s'est installée le long de ses frontières. Mais est-ce que ça a changé les choses ? Les Russes se sentent toujours aussi menacés. Et finalement, voilà que l'opportunité se présente... Vous pensez vraiment qu'ils ne vont pas la saisir ? Vous êtes prêt à vous tromper ? À courir ce risque ? (Elle me regarde en penchant la tête et lâche un soupir.) Vous n'avez pas le choix. Vous devez vous préparer à recevoir une pluie de missiles.

Une vision inconcevable. Ou presque. Mais mon travail est d'envisager le pire, même si j'espère le meilleur. Personne ne peut savoir ce que le président Tchernokev a en tête. L'homme est un fin stratège, il prépare ses coups sur le long terme. Mais il peut se montrer opportuniste au besoin, et s'engouffrer dans la brèche.

Le chancelier Richter consulte sa montre.

— Il manque toujours une délégation, annonce-t-il. Ils devraient être là, non ?

— Ils ont peut-être été retardés, dis-je.

Alex Trimble entre alors dans la pièce, à point nommé.

— Monsieur le Président, ils sont arrivés. Les Russes sont ici.

62

Le convoi de SUV noirs entre dans l'allée. Des agents de la sécurité russe descendent du premier véhicule, s'entretiennent avec Jacobson et d'autres membres du Secret Service.

Je me tiens prêt à les accueillir, préoccupé.

C'est ainsi que commencent les guerres.

J'ai invité le président Tchernokev à mon mini-sommet, en même temps que les dirigeants d'Israël et l'Allemagne. À ce moment-là, j'ignorais leur implication – d'ailleurs, je n'en sais toujours rien – mais la Russie a les meilleurs cyberterroristes du monde et, s'ils ne sont pas derrière cette attaque, ils peuvent nous aider, parce qu'ils ont autant à craindre que nous. Si les États-Unis sont une cible, les autres nations le sont aussi. Y compris la Russie.

Et s'ils sont mêlés à cette affaire, c'est une bonne chose de les avoir ici. Comme disait Michael Corleone dans le *Parrain* : « Sois proche de tes amis et encore plus proche de tes ennemis. » Sage précaution.

Mais c'était aussi un test. Si la Russie est derrière Dark Ages, je doute que le président Tchernokev vienne s'asseoir à ma table pendant que le virus se réveille et sème le chaos. Il aurait envoyé quelqu'un à sa place, pour sauver les apparences.

Les agents russes ouvrent la portière du deuxième SUV.

Un émissaire en sort : C'est Ivan Volkov, le Premier ministre.

Le second de Tchernokev, un ancien de l'armée Rouge. Alias « le boucher de Crimée » pour certains.

L'officier est suspecté de crimes de guerre en Tchétchénie, en Crimée, et ensuite en Ukraine – entre autres atrocités : viols et meurtres de masse, torture de prisonniers, utilisation d'armes chimiques contre la population.

Petit et costaud, bâti comme une barrique, il a le crâne rasé avec une bande sombre de cheveux au sommet de son crâne, une sorte de crête iroquoise. À presque soixante ans, il est en pleine forme. Un ancien boxeur qui passe son temps en salle de musculation, avec un front creusé de rides et un nez écrasé qui a été cassé plus d'une fois sur le ring.

— Monsieur le Premier ministre, dis-je en lui tendant la main.

— Monsieur le Président.

Son expression est impénétrable ; ses yeux noirs fouillent les miens. Il me serre la main d'une poigne de fer. Il porte un costume noir, une cravate bleu nuit en haut, et rouge, en bas – deux des couleurs du drapeau russe.

— C'est avec déception que je constate que le président Tchernokev n'a pu se déplacer en personne.

Déception est un euphémisme.

— Ça lui était impossible, monsieur le Président. Il est souffrant depuis plusieurs jours. Rien de sérieux, mais il n'est pas en état de voyager. Je puis cependant vous assurer que je parle en son nom. Le président m'a chargé de vous transmettre sa déception. Il est plus que déçu, en réalité. Inquiet serait le mot juste. Une grande inquiétude eu égard aux dernières provocations de votre pays.

Je lui montre la tente noire derrière le chalet. Il acquiesce et nous commençons à marcher.

— Parfait pour une discussion en privé.

La tente n'a ni porte, ni fermeture à glissière, juste un lourd dais recouvrant l'entrée. Je soulève un pan et me glisse à l'intérieur. Le Premier ministre Volkov me suit.

La toile occulte toute la lumière. Le seul éclairage provient de lampes à pétrole disposées dans les coins. Une petite table et des chaises ont été installées, comme pour un pique-nique. Mais je ne m'en approche pas. Pour cette conversation, en tête à tête, avec un homme responsable du massacre de civils innocents et l'émissaire d'un pays qui est peut-être responsable de cette attaque terrifiante contre mes concitoyens, je préfère rester debout.

— Le président Tchernokev est très troublé par vos provocations militaires de ces dernières trente-six heures.

Son fort accent russe rend ces paroles encore plus acerbes.

— De simples missions d'entraînement, lui réponds-je.

Il esquisse un sourire torve.

— Ah oui ? Comme en 2014 ?

En 2014, la Russie a envahi l'Ukraine. Les États-Unis ont alors envoyé deux bombardiers B-2 au-dessus de l'Europe. « Simples manœuvres », mais le message était clair.

— Oui. Rien d'autre.

— Mais à plus grande échelle. Je fais allusion aux mouvements de vos porte-avions et sous-marins nucléaires en mer Baltique. Sans compter vos exercices aériens au-dessus de l'Allemagne. Et votre participation aux manœuvres en Lettonie et en Pologne.

Deux anciennes nations du pacte de Varsovie, désormais membres de l'OTAN. La Lettonie a une frontière commune avec la Russie, et la Pologne est toute proche, sur la frontière ouest de la Biélorussie.

— Et je ne parle pas de vos simulations d'attaques nucléaires.

— La Russie a récemment fait la même chose.

— Mais pas à cinquante kilomètres de vos frontières !

Je vois ses mâchoires se crisper. Il y a du défi dans ses mots, mais aussi de la peur.

La peur. Bien réelle. Ni lui ni moi ne voulons la guerre. Ce serait du perdant-perdant. Comme toujours, la question est : jusqu'où sommes-nous prêts à aller ? C'est pour cela que nous prenons autant de précautions avant de tracer nos lignes rouges. Si elles sont franchies et que nous ne réagissons pas, nous perdons toute crédibilité. Si nous bougeons, alors c'est la guerre, et cela, personne ne le souhaite.

— Monsieur le Premier ministre, vous savez pourquoi je vous ai invité. Le virus.

Il bat des paupières, ses sourcils se froncent. Comme s'il était surpris. Mais c'est une feinte. Bien sûr qu'il sait.

— On a découvert son existence il y a deux semaines. Et notre première préoccupation, à ce moment-là, a été la vulnérabilité de nos moyens militaires. Si le virus pouvait saper notre système, nous étions exposés aux attaques. Alors, oui, monsieur le Premier ministre, on a réagi. Selon deux priorités. La première : rétablir nos dispositifs de protection. On a dû tout recommencer à zéro. Appelez ça comme vous voulez, réinventer la roue, le moteur à explosion. Nous avons reconstruit nos systèmes opérationnels, déconnecté toutes nos machines susceptibles d'être infectées par le virus. Nouveaux serveurs, nouveaux ordinateurs. La grande lessive !

» On a commencé par les fondamentaux : nos systèmes de défense stratégique, notre flotte nucléaire, en nous assurant que tout était exempt de la moindre contamination. Et puis nous avons nettoyé le reste. Aujourd'hui, je suis heureux de vous annoncer, monsieur le Premier ministre, que nous avons réussi à cent pour cent cette première phase. Il nous a fallu deux semaines, chaque seconde de ces deux semaines ! Nous avons rebâti toutes nos infrastructures militaires sur le continent américain. Comme c'est nous qui les avons conçues, ça n'a finalement pas été aussi compliqué que ça, contrairement à ce que vous pourriez penser.

Volkov reste de marbre. Il n'a pas plus confiance en moi, que moi en lui. On ne communique jamais sur ce genre d'opérations. Pour des raisons évidentes.

Bien sûr, ça peut être du bluff. Il n'a aucun moyen de vérifier mes dires.

Abordons maintenant un sujet qui, lui, est irréfutable :

— L'autre action que nous avons menée, simultanément, a été d'isoler de notre réseau national nos moyens militaires délocalisés. Une sorte de rétro-ingénierie. En bref, tous les systèmes de notre arsenal en Europe ne dépendent plus de nos bases opérationnelles au pays. Ils sont désormais dotés de nouveaux logiciels, neufs, et totalement autonomes. C'était notre priorité numéro un, au cas où nos infrastructures aux États-Unis tombent en panne, et si tous nos ordinateurs sont HS.

Une ombre passe dans les yeux de Volkov. Il la chasse d'un battement de paupières, puis reporte son attention sur moi.

— Nous voulions nous assurer, monsieur le Premier ministre, que, même si quelqu'un détruit toutes nos installations militaires sur notre territoire, nous pouvions compter sur nos ressources en Europe, et que nous avions les moyens de mener des représailles sur la nation qui nous a envoyé ce virus. Ou sur la nation qui aurait l'idée saugrenue de vouloir profiter de notre faiblesse passagère.

» Ces manœuvres sur la zone Europe étaient donc indispensables. Et la bonne nouvelle, c'est que le succès a été total. Comme vous le savez sans doute déjà.

Je vois ses joues s'empourprer. Oui, il le sait. Les Russes, évidemment, nous ont espionnés. Cependant il ne l'avouera jamais.

La vérité ? On a eu si peu de temps. On est loin du compte. Nos généraux savent à quel point ces nouveaux systèmes indépendants sont fragiles, et tellement rudimentaires comparés aux anciens. Mais ils l'assurent : ils sont opérationnels. Les ordres seront transmis. Les missiles seront lancés. Et les cibles atteintes.

— Nous n'avons plus de crainte. Si le virus parvient à saper nos systèmes sur le territoire, notre force militaire reste intacte, dans son intégralité – conventionnelle, aérienne et nucléaire –, grâce à nos bases de l'OTAN. Si quelqu'un ou une nation compte profiter de cette crise que nous traversons pour attaquer les États-Unis, ou l'un ou l'autre de nos alliés, nous sommes en mesure, et en droit, de répondre à cette agression en usant de toute notre puissance.

» La Russie n'était donc pas spécifiquement visée par ces manœuvres militaires. Il se trouve que nos alliés de l'OTAN sont à votre porte. C'est comme ça. Nous sommes à votre porte.

Les sourcils de Volkov se froncent brièvement quand j'insiste sur ce point. L'expansion du bloc de l'OTAN aux frontières de la Russie, comme l'a souligné Noya, est une vraie source d'inquiétude pour le Kremlin.

— Mais si la fédération de Russie n'a rien à voir avec ce virus, comme nous l'a certifié le président Tchernokev, si votre pays ne cherche pas à tirer avantage de notre faiblesse, alors vous n'avez rien à craindre. (Je lève la main.) Absolument rien.

Il hoche lentement la tête. Son aigreur s'est estompée.

— Je tiendrai ce même discours à tout le monde. Nous retrouverons les coupables. Et si le virus se réveille, ce sera considéré comme une déclaration de guerre.

Volkov dodeline encore de la tête. Sa pomme d'Adam monte et descend dans sa gorge.

— On ne frappera pas les premiers, monsieur le Premier ministre. J'en fais le serment. Mais si on nous attaque, nous répliquerons.

Je pose ma main sur l'épaule du Russe.

— Vous voulez bien passer ce message au président Tchernokev ? Et lui dire que je lui souhaite un prompt rétablissement ?

Je me penche vers lui.

— Ensuite, on verra si vous pouvez nous aider à combattre ce virus.

63

Je suis avec Noya Baram sur le ponton. Le soleil de la mi-journée se reflète sur les eaux du lac. La sérénité et la beauté des lieux contrastent avec la tension dans mon ventre, avec cette ombre menaçante qui plane autour de nous. Jamais, depuis la crise des missiles à Cuba où s'étaient opposés Kennedy et Khrouchtchev, nous n'avons été aussi proches d'une guerre mondiale.

Aujourd'hui, à mon tour, j'ai tracé une ligne rouge. Ils savent que notre force de frappe est intacte, avec ou sans virus. Le message est clair : si c'est eux qui ont implanté ce virus et qu'il passe à l'action, les États-Unis considéreront qu'il s'agit d'un acte de guerre, et notre réponse sera à la mesure de l'agression.

L'un de mes agents du Secret Service se tient près du quai, avec ses homologues allemands et israéliens. À cinquante mètres du rivage, trois hommes sont dans un canot à moteur. Deux d'entre eux ont des cannes à pêche, mais ils ne taquinent ni le blackbass, ni le poisson chat. Les trois faux pêcheurs sont des membres du Secret Service, les trois sans jeunes enfants, à ma demande expresse. Leur bateau est en fait un « Charlie », une embarcation militaire utilisée par la Sécurité intérieure et les garde-côtes. Celui-là appartenait à la base navale de la baie de Guantánamo, avant que le Secret Service ne le récupère. À le voir de loin, on dirait un simple bateau de pêche. Personne ne peut se douter que sa coque est blindée et que sous les bâches, de part et d'autre de la cabine, se cachent des fusils-mitrailleurs, et qu'en proue il y a carrément une mitrailleuse lourde.

Ils sont postés sur la petite retenue d'eau qui alimente le grand réservoir, à proximité du goulet menant à notre anse privée.

Je regarde la tente noire en haut du chemin.

— Volkov n'arrête pas d'y entrer. Il accourt comme un boy-scout espérant une médaille !

Depuis les trois dernières heures, Moscou ne cesse d'appeler Volkov. Chaque fois il doit aller se réfugier dans la tente pour prendre la communication.

— Ça signifie qu'il vous croit, commente Noya.

— Sur notre capacité à contre-attaquer ? Sans doute. C'était l'objet de ces manœuvres. Mais pensent-ils qu'on soit prêt à le faire ? Là est toute la question.

Par réflexe, je tâte mon portefeuille dans ma poche. C'est là que je garde les codes de l'arme atomique.

Noya se tourne vers moi et me regarde avec intensité.

— Vous le feriez ?

C'est la question à un million de dollars.

— Et vous, Noya ?

— Imaginez que le virus se déclenche, Jonny, lâche-t-elle dans un gémissement. L'économie qui s'effondre, la panique générale, la folie furieuse... Et par-dessus le marché, vous envoyez des troupes en Russie ? Vous lancez des missiles sur Moscou ?

— Ils répondraient en conséquence.

— C'est certain. Non seulement vous auriez à faire face à des problèmes sans précédent sur votre territoire, mais des millions d'Américains se trouveraient exposés aux radiations... Vous croyez qu'une nation peut survivre à ça ?

Je frotte mes mains sur mes genoux – une habitude que j'avais sur le monticule, prêt au lancer, et que je me demandais quel type de balle envoyer.

— Ça, c'est côté face. Côté pile, la question est : ne pas réagir est-il envisageable ? Quel avenir pour les États-Unis, s'il n'y a pas de représailles ?

Je prends un caillou et le jette dans l'eau. J'avais un bon lancer autrefois, j'aurais pu faire carrière dans le base-ball. Si je ne m'étais pas abîmé l'épaule après un crash d'hélicoptère en Irak.

— Il y aura des représailles. Mais il est hors de question que je ne réponde pas.

— Auquel cas, je suppose que vos chefs d'état-major préfèrent une attaque conventionnelle.

Évidemment ! Une guerre nucléaire, c'est perdant-perdant. On ne lance un missile qu'en dernier recours, parce que le camp d'en face a lancé le sien. C'est pour cette raison que personne n'appuie sur le bouton. Voilà l'utilité de la force de dissuasion !

— Une invasion terrestre de la Russie, alors ? reprend-elle. Même si vos alliés de l'OTAN y participent, cela risque d'être long et sanglant.

— Mais, à la fin, on gagnera. Reste à savoir quelle sera la réaction de Tchernokev. Le recours à l'arme nucléaire, sans doute. S'il a le dos au mur et qu'il risque de tout perdre. Ce sera sa dernière carte. Il préférera sauver sa peau quitte à sacrifier son peuple.

— On en revient donc à la case départ : l'holocauste nucléaire.

— Exact. On perd des milliers d'hommes et de femmes sur le champ de bataille russe et après il envoie ses bombes.

Noya reste silencieuse. Tout est dit.

— C'est bon ! lancé-je en levant les mains en signe de reddition. Ni l'un ni l'autre ne sont envisageables. La seule voie, le seul chemin, c'est d'éradiquer ce virus et ne pas avoir à prendre de décision.

— Vous avez fait votre maximum, Jonny. Vous avez donné à la Russie toutes les raisons de vous aider.

Je me frotte le visage, comme pour évacuer le stress.

— C'est le but de mes menaces. (Je désigne la tente au bout du chemin.) Volkov est encore là-dedans, en ligne avec le Kremlin. J'espère qu'ils m'ont pris au sérieux.

— À supposer que ce soit un coup de la Russie, me rappelle-t-elle. On n'en sait rien. Comment la Chine a-t-elle réagi aux manœuvres militaires nippones ?

On a fait la même chose au Japon qu'en Europe. Des exercices aériens, des simulations de lancements de missiles.

— Pékin n'est pas content. Mon secrétaire à la Défense leur tient le même discours. Il leur a dit qu'on testait une nouvelle technologie, un système indépendant de nos centres de commandes continentaux. Il n'a pas parlé du virus, mais si la Chine est derrière, ils ont compris le message.

— Ils doivent aussi s'inquiéter de la réaction de Pyongyang.

Certes, on risque d'en entendre des vertes et des pas mûres de la part du dictateur nord-coréen.

Noya me saisit le bras.

— Si ça peut vous rassurer, je n'aurais pas agi différemment. Vous avez consolidé vos capacités militaires, vous avez montré votre puissance, à l'intention du reste du monde, vous avez envoyé un ultimatum à Volkov et vous avez rassemblé les meilleurs cyberspécialistes de la planète pour détruire ce virus. Je ne vois pas ce que vous pourriez faire de plus.

— Merci pour votre soutien. Ça me va droit au cœur, dis-je en remontant vers le chalet.

— Alors accrochez-vous à votre plan.

Nous nous approchons de la tente où des gardes russes sont en faction. Ils s'écartent pour laisser sortir le Premier ministre qui rajuste sa cravate et salue ses hommes au passage.

— S'il part maintenant, murmuré-je à l'oreille de Noya, on aura la réponse à notre question.

— Il trouvera une excuse. Il prétendra qu'il s'en va en signe de protestation contre nos manœuvres militaires à leur frontière.

Elle a raison. Peu importe la raison officielle. Si les Russes partent, malgré mes menaces, cela prouvera qu'ils sont derrière cette affaire.

Volkov se tourne vers nous.

— Monsieur le Président, madame la Première ministre...

Voyant Noya pour la première fois, il s'incline et lui serre la main, comme le veut le protocole.

Puis il me regarde. Je ne dis rien. J'attends qu'il place son pion.

— Le président Tchernokev vous assure de son total soutien dans votre combat contre ce terrible virus et est prêt à vous aider pour l'empêcher de faire des dégâts. (Il désigne la tente.) Vous voulez bien me suivre ?

64

Opération Beta.

Voilà. Son dernier travail. Sa dernière mission. Et c'en sera terminé. Elle sera riche et libre, et pourra élever sa fille loin de tout ça. Son enfant, encore dans son ventre, connaîtra l'amour et la joie. La guerre, la violence... ce ne sera que dans les livres, ou aux informations télévisées.

Elle consulte sa montre. C'est presque l'heure.

Elle plisse les yeux devant le soleil de l'après-midi. Ses nausées du matin la tenaillent encore, accentuées par le roulis du bateau sur le lac, mais l'adrénaline la booste. Les haut-le-cœur, ce sera pour plus tard.

Elle observe les membres de son équipe. Ces gars sont ridicules avec leur bob de pêcheurs et leurs cannes. Ils gardent leurs distances depuis qu'elle a tué deux d'entre eux. Tant mieux. Leur rôle est terminé pour cette mission, sinon pour lui assurer un moyen de transport.

Elle pourrait peut-être réviser son jugement sur les hommes en général. Les études montrent que les enfants ayant deux parents sont plus heureux, en meilleure santé, et mieux adaptés à la société. Peut-être devrait-elle se marier ? Ça paraît difficile ! Elle n'a jamais eu besoin d'un homme. Jamais.

Le sexe ? Le sexe a toujours eu un prix, un prix à payer. Celui payé par sa mère pour que les soldats serbes qui venaient de tuer son père la laissent chez elle avec ses deux enfants – officiellement parce qu'elle était chrétienne, et pas musulmane comme son mari, mais surtout parce qu'elle était belle et, pour sauver sa progéniture, disposée à assouvir les besoins des hommes pour la nuit. Pour Bach, le sexe était aussi le prix à payer, pour le pain, pour le riz qu'elle volait sur le marché, pour les soirs où elle ne parvenait pas à échapper aux patrouilles serbes. Le sexe, c'était le prix à payer pour être proche de Ranko, le soldat qui lui a appris l'art du tir longue distance.

Et bien sûr, c'était le prix pour avoir un enfant à elle. L'homme qui l'avait fécondée, Geoffrey, était un type bien. Elle l'avait choisi minutieusement pour son patrimoine génétique. Un cerveau : il était radiologue, diplômé de Yale. Des dons en musique : il jouait du violoncelle. Sportif : membre de l'équipe universitaire de rugby. Agréable à regarder et bien bâti. Pas d'antécédents de cancers dans sa famille ni de maladie mentale. Ses parents, octogénaires, étaient encore en vie. Elle couchait avec lui pas plus de trois fois par semaine pour optimiser les chances de fécondation. Elle était restée jusqu'à avoir la preuve qu'elle était enceinte puis avait disparu sans un mot d'explication. Il n'avait jamais su son véritable nom.

— C'est l'heure, annonce l'un de ses coéquipiers en tapotant sa montre.

Bach harnache ses bouteilles. Sangle son sac étanche. Passe Anna Magdalena sur son épaule, protégée dans son caisson.

Elle enfile son masque, l'ajuste, et salue son équipe, en leur lançant à chacun un regard appuyé. Allaient-ils l'emmener, à son retour, au point d'extraction comme prévu ? Ou l'éliminer sitôt l'opération terminée, quand elle ne leur sera plus utile ?

La seconde hypothèse est sans doute la plus probable. Mais elle s'occupera de ce détail plus tard.

Elle se laisse tomber en arrière, dans l'eau du lac.

65

Dans la salle des communications, je parle avec Erica Beatty, ma directrice de la CIA. Danny la surnomme « la vieille chouette », moins en référence à son âge et ses années de service qu'à son visage insondable, à ses cernes qui lui font de gros yeux ronds et à sa faculté de tout voir et de tout entendre. « Je sais qu'elle a dû en voir durant sa carrière, dit-il souvent, et Dieu sait qu'ils lui en ont fait baver en Allemagne de l'Est quand elle était prisonnière, mais c'est plus fort que moi, elle me fiche la frousse. »

Et, oui, elle est mon espionne. Ma spécialiste Russie.

Elle est aussi sur la liste des six suspects qui auraient pu parler de Dark Ages.

— Alors, Erica, qu'est-ce qu'il va faire ?

Elle hoche la tête, réfléchissant à ce que je viens de lui raconter.

— Cela ne ressemble pas à Tchernokev. Ce n'est pas son style. Il est impitoyable, mais pas stupide. Il pourrait être tenté de causer du tort à notre pays, mais le risque est trop grand. Si la Russie est impliquée, il sait qu'il y aura des représailles, au centuple. Je ne le vois pas faire ça.

— Ça ne répond pas à ma question. S'il est à l'origine de la propagation de ce virus, et qu'il constate que nous avons récupéré notre puissance militaire, quelle va être sa réaction ?

— Il va laisser tomber. C'est trop risqué pour lui. Même si on est affaibli, on peut toujours frapper. Mais, encore une fois, monsieur le Président, je ne vois pas ici la signature des Russes.

Mon téléphone sonne. C. BROCK.

— Il faut que je vous laisse, Erica.

— Vous êtes à côté de l'ordi ? demande Carolyn dès que je prends l'appel.

Quelques instants plus tard, l'écran se divise en deux, d'un côté Carolyn Brock à la Maison Blanche, et de l'autre, un arrêt sur image sur Tony Winters, le présentateur de *Meet The Press*, le cheveu impeccable, le nœud de cravate parfait, les mains levées, la bouche tendue, figée en pleine phrase.

— Ils ont fini de tourner il y a une demi-heure, explique Carolyn. Ils commencent à passer des extraits dès maintenant en teasing. L'émission complète sera diffusée demain matin.

J'acquiesce. La vidéo commence.

Winters termine sa phrase :

« ... sources depuis cette nuit disent que le président a disparu. Même ses assistants ne savent pas où il est. Alors je vous le demande, madame la vice-présidente, le président a-t-il réellement disparu ? »

Katherine Brandt hoche la tête, la mine grave, s'attendant visiblement à cette question. J'aurais préféré

un sourire en coin, du genre : « Question ridicule ! »
Elle lève une main et l'abat sur la table comme une
hache.

« Monsieur Winters, le président travaille jour et
nuit au service de nos concitoyens, pour leur apporter
travail, sécurité et pour alléger la pression fiscale sur
les classes moyennes. »

« Mais a-t-il oui ou non disparu ? »

« Monsieur Winters… »

« Madame la vice-présidente, savez-vous où se
trouve le président ? »

Elle esquisse un sourire. Enfin !

« Je ne connais pas dans le détail l'agenda du président des États-Unis. Mais je suppose qu'il est avec
ses équipes et les agents du Secret Service. »

« Il semblerait que même ses assistants ignorent où
il est. »

« Je refuse de commenter des supputations »,
répond-elle en levant les mains.

« Certains avancent que le président a quitté Washington pour préparer son témoignage devant la Commission d'enquête qui l'attend la semaine prochaine.
D'autres laissent entendre que c'est à cause de sa
maladie, qu'il a fait une rechute et qu'il est hospita-
lisé. »

La vice-présidente secoue la tête.

— C'est là ! lance Carolyn. Écoutez ça :

« Monsieur Winters, lâche Katherine Brandt, je suis
certaine que ses opposants aimeraient apprendre que le
président a craqué sous la pression, qu'il est parti se
cacher, ou qu'il a fui la capitale, paniqué. Un tableau
sinistre, n'est-ce pas ? Mais je ne leur donnerai pas

cette joie. Que je sache ou non où se trouve le président à cet instant précis, je suis sûre qu'il est en pleine possession de ses moyens et aux commandes du pays. C'est tout ce que j'ai à dire sur le sujet. »

La vidéo s'arrête là. Je me laisse aller au fond de mon siège.

Carolyn est furieuse.

— Un tableau sinistre ? Nom de Dieu, c'est exactement ce qu'elle décrit ! Craquer sous la pression… Se cacher… fuir, paniqué.

— C'est pour ça que vous m'avez appelé ?

— Cet extrait va tourner en boucle toute la journée ! Tout le monde va le reprendre. Les journaux de dimanche vont faire leur une là-dessus.

— Aucune importance.

— Personne chez nous n'a parlé de pression, de fuite, de…

— Carrie.

— C'était prémédité, monsieur le Président. Ce n'est pas une débutante. Elle savait qu'on allait lui poser la question. Elle a préparé son coup et…

— Carrie ! J'ai compris. Elle l'a fait exprès. Elle m'a planté un couteau dans le dos. Pour prendre ses distances avec moi. Je m'en contrefous ! Vous m'entendez !

— Mais nous devons réagir.

— Pour l'instant, j'ai un problème autrement plus urgent à résoudre. C'est tout notre pays qui peut s'écrouler. (Je consulte ma montre – un peu plus de 14 heures.) Dans en gros dix heures on ne sera plus samedi. À tout moment entre maintenant et minuit, la bombe peut exploser. Même si j'apprécie votre loyauté, et votre courroux, ne nous trompons pas de priorité. Compris ?

Carolyn baisse les yeux.

— Je vous présente mes excuses, monsieur le Président. Je n'aurais pas dû la laisser quitter le centre opérationnel. Mais elle a refusé de m'obéir. Je pouvais difficilement demander au Secret Service de la retenir.

Je pousse un long soupir, pour me calmer.

— C'est elle la responsable, pas vous.

Hormis le stratagème purement politicien, la trahison de Kathy Brandt est-elle révélatrice d'autre chose ? Elle fait, après tout, partie de ma liste des six suspects.

Si j'étais mort hier soir, elle serait aujourd'hui la présidente.

— Carrie, ramenez-la et ne la lâchez plus. Dites-lui que je veux qu'elle reste dans le centre opérationnel. Et que je vais l'appeler.

Bach s'installe sur le jet ski sous-marin, attrape les poignées, un peu comme un enfant se coucherait sur une planche pour apprendre à nager, sauf que la planche en question est propulsée par deux turbines.

Elle appuie sur le bouton vert à gauche et pointe l'engin vers le bas, le faisant plonger dans les profondeurs du lac puis le stabilise une dizaine de mètres sous la surface. Elle augmente les gaz pour atteindre la vitesse de dix kilomètres heure à travers les eaux troubles. Elle a une grande distance à parcourir. Elle se trouve à la pointe est.

— Bateau droit devant, lui indique une voix dans ses écouteurs. Cap au sud. Virez à gauche. Gauche serrée.

Elle aperçoit l'embarcation à la surface, mais son équipe logistique l'a repérée avant, grâce au radar qu'ils ont à bord.

Elle appuie à gauche, poursuivant sa route dans les eaux vertes, parmi les herbes et les poissons. Le GPS sur son tableau de bord lui indique sa destination par un point vert clignotant, et la distance qui s'égrène.

1 800 mètres.

1 500 mètres.

— Un type qui fait du ski nautique arrive sur votre droite ! Attention.

Elle distingue le bateau au-dessus d'elle, son hélice qui laboure la surface, suivie par la trace des skis.

Elle ne s'arrête pas. Elle est bien en dessous. Elle pousse l'accélérateur, les croise et les laisse derrière elle.

Un jour, il faudra qu'elle s'offre un de ces engins…

1 100 mètres.

Elle ralentit son propulseur. La profondeur du lac atteint par endroits cinquante mètres, mais près du rivage, le fond remonte rapidement. Et elle n'a aucune envie de s'écraser dessus !

— Stop ! Une sentinelle !

Elle coupe les moteurs. Elle est à neuf cents mètres du bord. Sans bouger, elle se laisse dériver sous l'eau, s'enfonce doucement. Une sentinelle – un garde américain sans doute, ou allemand, ou israélien – faisant sa ronde près de la berge…

Ils ne sont pas très nombreux dans les bois. Il faudrait des centaines de personnes pour sécuriser un tel secteur, or leurs effectifs sont plus que limités.

La veille, bien sûr, les agents ont quadrillé toute la propriété, en ont inspecté chaque centimètre carré avant l'arrivée du président.

Aujourd'hui, ils ne peuvent se permettre de fouiller la forêt. Le gros de la sécurité doit rester aux abords du chalet, avec quelques patrouilles autour du ponton.

— C'est bon. La voie est libre, lui annonce-t-on dans les écouteurs.

Elle attend encore une minute par précaution, puis reprend son chemin. Arrivée à trois cents mètres du rivage, elle coupe les moteurs, profite des derniers mètres de glisse de ce drôle de petit engin, et remonte à la surface. Elle ne se redresse pas, se fait discrète, malgré son harnachement sur le dos – bouteilles, sac étanche et fusil –, et aborde enfin la langue de sable sur la grève.

Elle retire son détendeur et aspire l'air frais. Elle regarde autour d'elle. Personne. Elle est au fond de l'anse, quasiment invisible du ponton.

Elle grimpe sur la terre ferme, cherche un endroit où cacher son propulseur et son matériel de plongée. Le temps presse. Elle se débarrasse de sa combinaison, enfile une tenue de combat propre et sèche. Elle s'essuie les cheveux avec une serviette et s'assure qu'il ne reste plus une trace d'humidité sur son visage avant d'appliquer ses peintures de camouflage.

Elle sort Anna Magdalena de son caisson, l'assemble et la passe en bandoulière. Vérifie son arme de poing.

Elle est prête à agir. En solo, comme elle l'a toujours fait.

67

Les bois offrent un excellent couvert. Les arbres, très hauts et denses, bloquent la lumière du soleil, ce qui réduit la visibilité. Et ce pour deux raisons : la pénombre en soi, mais aussi à cause des rayons intermittents qui percent la canopée et créent des reflets trompeurs. Il est difficile d'y repérer quoi que ce soit.

Elle est de nouveau sur le mont Trebević, en fuite, quand elle avait fait ce qu'elle avait à faire, quand elle avait changé la donne pour Ranko, le sniper, l'épouvantail roux qui, par compassion, ou juste pour le sexe, lui avait appris à bien tirer.

Baisse ton bras, avait dit Ranko, une fois installés dans la boîte de nuit bombardée qui leur servait de poste de tir sur les hauteurs de Sarajevo. *Je ne te comprends pas ! Un jour, tu touches une canette à cent mètres, et aujourd'hui, tu commets des erreurs de débutant ! Je vais te montrer encore une fois !* Il lui prend son fusil, le pose sur son pied. *Voilà comment il faut le tenir ! Regarde !* Cela avait été ses derniers mots avant qu'elle ne lui enfonce un couteau de cuisine dans la gorge.

Elle lui avait pris son fusil et, désormais tireuse aguerrie, elle avait, par la fenêtre de la discothèque, abattu les camarades de Ranko, ces soldats serbes qui avaient frappé à mort son père et gravé au couteau une croix sur sa poitrine, tout ça parce qu'il était musulman. Tac-tac-tac… il s'agissait de tirer vite, de les abattre un à un avant qu'ils n'aient le temps de réagir. Puis lâcher l'arme, et s'enfuir.

Elle s'était ensuite cachée dans les montagnes pendant une semaine, affamée, assoiffée, frigorifiée, changeant tout le temps de repaire, trop terrifiée pour rester au même endroit. Tout le monde cherchait la fille qui avait tué six soldats serbes, le premier à bout portant, les cinq autres, à plus de cent mètres de distance !

Aujourd'hui, avec son sac et son fusil à l'épaule, elle progresse lentement. À chaque pas, elle vérifie ses appuis. Sur sa droite, quelque chose bouge. Par réflexe, elle porte la main à son pistolet. Un petit animal, un lapin ou un écureuil. Déjà disparu ! Elle attend un peu, le temps que l'adrénaline reflue.

— Deux kilomètres droit devant, lui indique la voix dans ses écouteurs.

Elle reprend sa marche silencieuse. Son instinct la presse d'arriver vite au but, mais la raison lui intime la prudence. Elle ne connaît pas ces bois. Elle n'a fait aucun repérage. La lumière est traître. Il y a des souches, des racines et Dieu sait quoi encore.

Avancer, un pas après l'autre.

S'arrêter. Écouter.

Puis encore un pas…

Soudain un mouvement.

Là ! Juste derrière un arbre.

L'animal est de la taille d'un grand chien. Pas plus. Une fourrure poivre et sel, de grandes oreilles dressées, un long museau, des yeux noirs, brillants, rivés sur elle.

Il n'y a pas de loups dans cette région. Un coyote alors ? Peut-être ?

Un coyote en travers de son chemin !

Puis un autre apparaît, de la même corpulence.

Puis un troisième. Celui-là un peu plus menu et plus foncé, un peu à l'écart. Il se déplace sur le côté gauche. Un lambeau de chair pend entre ses canines.

Un quatrième surgit à sa droite.

Une formation. De défense ou d'attaque ?

Plutôt la dernière option.

Huit yeux d'onyx la scrutent.

Elle tente un pas en avant. Des grognements se font aussitôt entendre ; les babines du mâle alpha se retroussent, dévoilant ses crocs. Les autres, motivés par le chef de meute, se joignent au concert.

Pourtant, les coyotes sont censés avoir peur des hommes, non ?

La nourriture ! Ils doivent avoir tué une bête et défendent leur pitance. Peut-être ont-ils trouvé une grosse carcasse de cerf ? Ils la considèrent comme une rivale.

À moins qu'elle ne soit le repas ?

Elle repousse la question. Le temps lui est compté. L'un des deux doit s'écarter du chemin. Et ce ne sera pas elle.

Elle sort son SIG Sauer, déjà équipé de son silencieux.

Le mâle alpha baisse la tête, grogne plus fort, claque des mâchoires et s'avance.

Elle lève son pistolet, vise l'espace entre les deux oreilles. Puis fait feu. Juste un tchac ! étouffé.

L'animal glapit, soubresaute, et s'enfuit. Avec un bout d'oreille en moins. Les autres suivent le mouvement.

S'ils avaient attaqué en même temps, cela aurait été plus problématique. Elle aurait dû tous les abattre. Cela aurait gâché ses précieuses munitions et adieu la discrétion !

Il est toujours plus facile de s'en prendre au chef.

S'il y a une leçon à retenir de l'histoire humaine et animale, dans toutes les sociétés, des plus primitives aux plus évoluées, c'est que toutes, sans exception, ont besoin d'un leader.

Supprimez-le, et le reste de la meute s'enfuit la queue entre les jambes.

68

— Ce serait mieux si cela venait de vous, dis-je au chancelier Richter alors que nous nous entretenons en privé dans le salon du chalet. Les autres chefs d'État de l'Union européenne attendent la réaction de l'Allemagne. Comme toujours.

— Certes.

Le chancelier repose sa tasse, cherche du regard une place où s'asseoir, un endroit pour réfléchir. C'est toujours une bonne idée de flatter l'ego d'un chancelier allemand, un pilier de l'UE et, objectivement, son membre le plus influent.

Bien sûr, si le virus attaque, et qu'il faille déclarer la guerre, j'appellerai personnellement tout le monde pour leur tenir le même discours – la France, le Royaume-Uni, l'Espagne, l'Italie, et toutes les autres nations de l'OTAN.

S'il faut invoquer l'article 5 du traité et partir en guerre contre la Russie, ou je ne sais quel pays coupable, je préférerais que cette demande émane d'un membre de l'UE. L'idéal, évidemment, comme après le 11 Septembre, ce serait une déclaration commune de l'OTAN, une décision souveraine et unanime de tous ses membres, et non à la demande d'une super-puissance aux abois.

Richter ne répond pas tout de suite. Je m'attendais à ce silence. Cependant, c'est la première fois que je vois le chancelier à court de mots.

Dans un coin, la télévision diffuse en boucle ses bulletins alarmants : les difficultés d'approvisionnement en eau potable à Los Angeles, conséquence d'une possible attaque terroriste ; la Corée du Nord qui promet un autre essai de missile balistique en représailles à nos manœuvres militaires au Japon ; les émeutes au Honduras et la démission de la moitié du gouvernement ; les derniers développements de l'enquête après la tentative d'assassinat du roi d'Arabie Saoudite... Mais le gros titre, évidemment, c'est la convocation du président des États-Unis devant la Commission parlementaire qui devra établir, suite aux propos de sa vice-présidente, s'il a « craqué sous pression » ou « fui la capitale, paniqué ».

Mon téléphone vibre. LIZ FBI. Un moment de répit bienvenu pour le chancelier allemand.

— Veuillez m'excuser, dis-je en me dirigeant vers la cuisine.

Je mets mes écouteurs et contemple la vue ; la tente noire sur la pelouse et, derrière, la forêt impénétrable.

— Allez-y, Liz, je vous écoute.

— L'équipe que le Secret Service a abattue sur le pont... on les a identifiés.

— Et ?

— Ils appartiennent à un groupe nommé « les Ratnici ». Littéralement « les guerriers ». Ce sont des mercenaires. Ils viennent des quatre coins du monde et on les retrouve sur tous les théâtres d'opération. Les narcotrafiquants en Colombie ont fait appel à leurs services. Ils ont combattu auprès des rebelles au Soudan jusqu'à ce que le gouvernement les rachète et qu'ils retournent leur veste. Ils ont aussi aidé la Tunisie dans sa lutte contre Daech.

— C'est ce qu'on craignait. Un groupe anonyme. Sans attache.

— Mais Ratnici ne travaille pas pour rien. Ce sont des soldats, pas des idéalistes. Quelqu'un les paye. Et pour une mission de cette envergure, je n'ose imaginer la somme qu'ils réclament.

— Il y a donc une piste. Celle de l'argent ?

— On est dessus, monsieur le Président. C'est notre priorité.

— Foncez. Le temps presse, dis-je alors que la porte s'ouvre derrière moi.

C'est Devin Wittmer et Casey Alvarez. Ils sortent de la *war room*, accompagnés d'une forte odeur de cigarette. Je sais qu'ils ne fument pas, mais les Européens dans cette salle n'ont pas la même hygiène de vie.

Devin a tombé la veste, il est en bras de chemise. Il a les traits tirés.

Mais il sourit.

La queue-de-cheval de Casey a perdu beaucoup de sa rigueur. Elle a ôté ses lunettes, se frotte les yeux, mais elle aussi a un sourire en coin.

Une bouffée d'espoir m'envahit, malgré moi.

— Monsieur le Président, déclare Devin. Le virus, on l'a trouvé !

69

Avancer, un pas après l'autre. S'arrêter. Écouter.

Une technique éprouvée quand elle cherchait de la nourriture sur les marchés de Sarajevo. Quand elle s'était cachée dans la montagne, tandis que les soldats serbes traquaient la petite Bosniaque qui avait tué six des leurs.

Une technique éprouvée quand, une semaine plus tard, elle avait enfin trouvé le courage de quitter la montagne pour se faufiler jusque chez elle.

La maison avait totalement brûlé. Ses deux niveaux réduits à un tas de gravats et de cendres.

À proximité, le corps nu de sa mère, attaché à un arbre, la gorge tranchée.

Deux kilomètres. D'ordinaire, en courant, Bach mettrait douze minutes, même avec ce paquetage sur le dos, et vingt en marchant. Mais cette fois, il lui faut près de quarante minutes pour progresser lentement, prudemment.

En chemin, de petits animaux bondissent devant elle, et quelques chevreuils se figent avant de détaler. Plus de coyotes, ou ce qui y ressemble. Peut-être qu'ils se sont passé le mot : ne pas chercher noise à la fille armée.

Elle est restée du côté est du périmètre, cap au nord, sans s'éloigner de la rive du lac. Peu de chances que les patrouilles arrivent par là, elles débouleraient plutôt du nord, du sud ou de l'ouest.

Bach arrive devant l'arbre le plus majestueux de la forêt. Soixante pieds de haut et deux de diamètre, lui a-t-on dit, soit environ vingt mètres au sommet pour un tronc de soixante centimètres.

Ça va se passer là. C'est ici qu'elle va le tuer.

Un arbre touffu, avec de grosses branches, facile à escalader. Mais, du sol, pas la moindre prise. L'équipement d'escalade – baudrier et crampons – aurait été trop lourd à transporter.

De son sac, elle sort une simple corde avec un nœud coulant. Elle la lance par-dessus la branche la plus basse située à quatre bons mètres. La troisième tentative est la bonne. Elle donne du mou et, le nœud en main, elle y passe l'autre extrémité.

Elle remet son sac à dos, passe son fusil à l'épaule et saisit la corde. Elle doit faire vite car c'est un sacré poids pour la branche.

Moins nauséeuse, mais épuisée, elle rêve d'étirer ses jambes, de fermer les yeux et de dormir. Son équipe a eu raison de la laisser y aller en solo. Ils voulaient se déployer à dix ou douze dans les bois. Mais c'était trop risqué. Impossible de savoir à quelle fréquence les patrouilles sillonnent la forêt. C'était déjà assez compliqué d'arriver seule jusqu'à l'arbre. Multiplié par douze, ça augmentait d'autant les risques de se faire repérer. Une simple erreur, le moindre bruit ou geste maladroit, et toute l'opération était fichue.

Une dernière fois, elle regarde autour d'elle. Rien. Pas un bruit.

La corde coincée entre les pieds, elle se hisse, une main après l'autre, les bras contractés. Elle va atteindre la branche quand elle perçoit du bruit au loin.

Des voix d'hommes.

Un éclat de rire. Puis une discussion animée, atténuée par la distance. Doit-elle descendre et sortir son arme ? Mais la corde resterait là, pendue à la branche. Les voix et les rires se rapprochent.

Elle libère ses pieds de la corde et prend appui contre le tronc pour s'immobiliser, car la branche commence à ployer. Si elle réussit à ne pas bouger, ils ne la verront pas. Le mouvement attire l'œil, bien plus que les sons ou les couleurs. Si la branche casse, le bruit sera sans équivoque.

Elle se fige, mais ce n'est pas facile de rester suspendue dans les airs, les bras en tension et de la sueur plein les yeux. Elle les voit maintenant à travers les arbres, à l'ouest : deux types armés de semi-automatiques. Sa main droite lâche la corde et se porte vers la crosse de son arme de poing. Elle ne peut pas rester là à se balancer sans fin. La branche ne tiendra pas. Et, tôt ou tard, le bras va lui aussi lâcher.

Elle parvient à dégainer son pistolet.

Même s'ils ne marchent pas droit sur elle, mais plutôt en direction du sud-est, leurs silhouettes se dessinent nettement. Si elle les voit, eux aussi peuvent la voir. Elle doit les supprimer avant qu'ils n'aient le temps de tirer ou d'attraper leur radio.

Ensuite, elle avisera.

70

Je regarde ma montre : presque 15 heures. Le virus peut se déclencher à tout moment, en tout cas dans moins de neuf heures.

Mon équipe l'a détecté.

— C'est… formidable, non ? dis-je à Devin et Casey. Vous l'avez trouvé !

— En effet, monsieur, c'est le mot, approuve Casey en ajustant ses lunettes. C'est grâce à Augie. On n'aurait jamais réussi sans lui. On a essayé pendant deux semaines. On a tout tenté. Même les recherches manuelles, on a personnalisé les…

— Mais vous l'avez trouvé.

— Oui. C'est la première étape.

— Et la deuxième ?

— Le neutraliser. Et ça ne se résume pas à appuyer sur la touche « Supprimer ». C'est un peu comme une bombe. Si on s'y prend mal, le mécanisme se déclenche.

— D'accord. Et… ?

— Nous tentons de recréer le virus sur les autres ordinateurs, explique Devin.

— Augie en est capable ?

— Augie était le hacker, monsieur. Et Nina a codé le virus. Mais ce sont les Russes qui nous ont vraiment aidés.

Je jette un coup d'œil autour de moi et demande à voix basse :

— Ils vous aident vraiment ou ils font juste semblant ? Ils seraient capables de vous mettre sur une fausse piste.

— On a été très vigilants, répond Casey, et on n'a pas l'impression qu'ils nous mènent en bateau. Ils nous ont révélé des détails sur leurs activités que nous ignorions totalement. Il semblerait que les ordres soient de tout faire pour nous aider.

C'était mon but, mais comment ne pas douter.

— Ce ne sont pas eux qui ont codé le virus, ajoute-t-elle. D'après Augie, Nina l'a créé il y a trois ans. Et il est plus complexe que tout ce qu'on connaît. C'est assez impressionnant.

— Quand tout sera terminé, on lui décernera à titre posthume le prix de la meilleure cyberterroriste de tous les temps ! Expliquez-moi la suite… Vous allez reproduire le virus pour comprendre comment le neutraliser ? Genre… une simulation ?

— Oui, monsieur.

— Et vous avez tout le matériel nécessaire ?

— Nous avons assez d'ordinateurs ici, monsieur. Et le reste de l'unité spéciale en a des milliers d'autres au Pentagone.

J'en ai fait acheminer ici une centaine. Et cinq cents supplémentaires sont gardés par des Marines sur un aérodrome, à moins de cinq kilomètres.

— Et pour l'eau, le café, la nourriture… vous avez tout ce qu'il vous faut ? (Ces experts ne doivent absolument pas flancher physiquement.) Et les cigarettes ? dis-je en agitant la main comme si je chassais de la fumée.

— Oui, ça va. Les Russes et les Allemands fument comme des sapeurs.

— L'air est complètement vicié en bas, grimace Devin. Au moins, ils ont accepté d'aller cloper dans la buanderie où on peut ouvrir la fenêtre.

— Dans la buanderie ?

— Oui…

— Le Secret Service a verrouillé toutes les fenêtres, dis-je en réalisant que cela n'empêche pas de les ouvrir de l'intérieur.

Je fonce dans les escaliers, Devin et Casey derrière moi.

— Monsieur le Président ? Un problème ? lance Alex en m'emboîtant lui aussi le pas.

Une fois au sous-sol, je file vers la *war room*. J'entends un sifflement dans mes oreilles, et du même coup les mises en garde de mon médecin.

La pièce est remplie d'ordinateurs portables, sur les bureaux et empilés dans les coins. Il y a aussi un grand tableau blanc. À part la caméra de sécurité dans l'angle, cela ressemble à une salle de classe ordinaire. Six personnes – deux Russes, deux Allemands et deux Israéliens – discutent en pianotant sur leurs claviers.

Pas trace d'Augie.

— Alex, dis-je, allez voir dans la buanderie.

Il s'exécute et, de loin, je l'entends demander :

— Pourquoi cette fenêtre est-elle ouverte ?

Il ne lui faut que quelques minutes pour fouiller le sous-sol, y compris la salle des communications. Je sais ce qu'il va m'annoncer.

— Il a disparu, monsieur le Président. Augie a disparu.

71

Les deux types de la patrouille de sécurité – cheveux coupés en brosse et mâchoire carrée – sont des costauds. Ce qu'ils se racontent en allemand doit être drôle. Mais leurs rires cesseront si l'un d'eux se tourne vers la gauche.

La tête à quelques centimètres de la branche, tenant la corde à une main, Bach sent ses forces flancher. Elle cligne des yeux pour évacuer la sueur, son bras se met à trembler pour de bon. Elle entend un léger craquement : la branche commence à lâcher.

Malgré son sac et ses vêtements motif camouflage, son visage et son cou maquillés en vert pour se fondre dans la végétation, si cette branche casse, tout est terminé. Si elle tire, ça doit être radical. Deux coups rapides. Et après ? Elle pourrait voler leurs radios, mais il ne faudrait pas longtemps avant que les autres s'aperçoivent que deux sentinelles manquent à l'appel. Elle n'aurait alors d'autre choix que d'abandonner.

Abandonner. Elle n'a jamais renoncé à un job, ni échoué. Là, elle pourrait. Avec des représailles de la part de ses commanditaires. Ce n'est pas le problème, elle ne les craint pas. Deux fois déjà, après des missions réussies, ses employeurs ont essayé de la supprimer, pour mieux verrouiller l'opération. Elle est toujours là, contrairement aux types envoyés à ses trousses.

Le problème maintenant, c'est Delilah – elle donnera à sa fille le prénom de sa mère. Delilah ne grandira pas avec ce fardeau. Elle ne saura pas ce que sa maman a fait. Elle ne vivra pas dans la peur. Elle ne connaîtra pas la terreur absolue, celle qui s'insinue en vous, qui ne vous quitte jamais, qui imprègne toute votre existence.

L'espace d'un instant, les hommes disparaissent derrière l'arbre. Une fois de l'autre côté, elle sera à découvert, à moins d'une dizaine de mètres. Si l'un d'eux jette un coup d'œil vers sa gauche, plein est, ils ne pourront pas la rater.

Ils réapparaissent de l'autre côté. Et s'arrêtent. Le plus proche a un grain de beauté sur la joue et une oreille déformée, comme s'il avait reçu des coups pendant des années. Il boit de l'eau à la bouteille, sa pomme d'Adam proéminente monte et descend sur son cou mal rasé. L'autre, plus petit, se tient dans l'ombre, braquant le faisceau de sa torche sur les arbres et les fourrés.

Ne regardez pas à gauche.

Ce qui, fatalement, va arriver. Le temps presse. Elle ne va pas tenir beaucoup plus longtemps.

La branche craque de nouveau, plus fort.

Le type baisse sa bouteille d'eau, lève les yeux et tourne la tête à gauche, vers elle… Bach a déjà pointé son SIG entre les deux yeux…

Soudain, leurs radios grésillent en allemand. Apparemment, quelque chose ne tourne pas rond. Les deux hommes échangent quelques mots puis, faisant demi-tour, se mettent à courir vers le nord en direction du chalet.

Que se passe-t-il ? Elle l'ignore et s'en fiche.

À bout de forces, Bach glisse le SIG entre ses dents et attrape la branche au plus près du tronc. Dans un gémissement, trop bruyant mais désormais sans conséquence, elle rassemble le peu d'énergie qui lui reste et se hisse en s'écorchant le visage. Les pieds contre l'arbre, elle réussit à passer sa jambe gauche par-dessus la branche.

Ce n'est pas la figure la plus élégante de sa carrière, mais elle se retrouve enfin à califourchon ; elle a failli y perdre sac à dos et fusil. Elle souffle et essuie la sueur sur son front. Adieu le maquillage camouflage ! Elle s'accorde une minute. Elle compte à voix haute jusqu'à soixante, le temps de ranger le SIG dans son étui, d'oublier la douleur et de reprendre son souffle.

Elle défait le nœud et remonte la corde qu'elle enroule autour de son cou, car impossible d'accéder à son sac à dos. Pas question de rester une minute de plus sur cette branche, même si elle est maintenant assise sur la partie la plus solide.

Elle se stabilise contre le tronc, puis commence à grimper. Une fois en haut, elle se dégotera un perchoir sûr, une position idéale pour accomplir sa mission sans être repérée.

72

— Cowboy a disparu. Je répète : Cowboy a disparu. Fouillez le bois. Équipe Alpha, vous restez à la maison.

Alex Trimble éteint sa radio et me regarde.

— Monsieur le Président, je suis désolé. C'est de ma faute.

Ce dispositif de sécurité allégé, c'était mon idée. Pour garder le secret de cette réunion. Et pour empêcher une intrusion dans le chalet. Pas une évasion.

— Retrouvez-le, Alex.

Vers l'escalier, je croise Devin et Casey, livides, comme s'ils avaient fait quelque chose de mal. Ils cherchent leurs mots.

— Réglez le problème, déclaré-je en indiquant la *war room*. Trouvez un moyen d'anéantir ce virus. C'est tout ce qui compte. Allez !

Alex et moi grimpons les marches et, une fois dans la cuisine, nous observons par la fenêtre le grand jardin et, au-delà, la forêt à perte de vue. Alex dirige les opérations par radio, mais il restera à côté de moi. Les agents du Secret Service se précipitent dans les bois à la recherche d'Augie, pendant que la force Alpha reste en arrière pour sécuriser le périmètre.

Je me demande comment Augie a pu atteindre la forêt sans se faire repérer. S'il s'y trouve, notre petite équipe aura beaucoup de mal à le débusquer.

Pourquoi s'est-il enfui ?

— Alex, dis-je, sur le point de lui faire part de ces réflexions, on devrait...

Mais je suis interrompu par un bruit dans les bois, identifiable même de l'intérieur du chalet.

Le crépitement d'une arme automatique.

73

— Monsieur le Président !

J'ignore Alex, dévale les marches et cours vers le bois. Le sol est accidenté. Je dois me frayer un chemin entre les arbres.

— Monsieur le Président, s'il vous plaît !

Je poursuis ma course. Des hommes crient au loin.

— Laissez-moi au moins passer devant, me supplie Alex.

Je le laisse me doubler. Son arme dégainée, il tourne la tête à droite, à gauche.

Lorsque nous atteignons la clairière, Augie est assis par terre, adossé à un arbre, les bras croisés sur sa poitrine. Au-dessus de lui, le tronc est criblé de balles. Deux agents russes armés de pistolets mitrailleurs se font passer un savon par Jacobson, un doigt accusateur pointé en l'air.

En nous apercevant, Jacobson s'interrompt et nous fait signe de nous arrêter.

— Tout est OK, tout le monde va bien.

Jacobson lance un dernier regard noir aux Russes.

— Nos amis de la Fédération de Russie l'ont vu les premiers et ils ont ouvert le feu, explique-t-il. Ils affirment que c'était des tirs de sommation.

— Des tirs de sommation ? Vraiment ?

Je m'approche des Russes et leur indique le chalet.

— Retournez là-bas ! Dégagez !

Jacobson leur glisse un ou deux mots en russe. Ils acquiescent, imperturbables, puis s'en vont.

— Dieu merci, je n'étais pas loin. Je leur ai donné l'ordre de cesser le feu.

— Vous pensiez que les Russes voulaient le tuer ?

Jacobson réfléchit un instant à la question.

— La Garde nationale russe est l'élite de leurs forces. S'ils avaient voulu l'avoir, il serait mort.

Le président Tchernokev a récemment créé cette nouvelle unité, qui lui est directement rattachée. La crème de la crème, paraît-il.

— Vous en êtes certain ?

— Non, monsieur.

Je passe entre les hommes du Secret Service, et m'accroupis à côté d'Augie.

— Bon Dieu, Augie, qu'est-ce qui t'a pris ?

Ses lèvres tremblent, sa poitrine se soulève, son souffle est court, ses yeux écarquillés.

— Ils…, ils ont essayé de me tuer.

Au-dessus de lui, à environ un mètre cinquante, le tronc est truffé d'impacts de balles. Pas vraiment ce qu'on pourrait qualifier de « tirs de sommation ». Mais tout dépend de l'endroit où il se trouvait.

— Augie, pourquoi tu t'es enfui ?

Il secoue la tête, les yeux dans le vague.

— Je ne... je ne peux rien y faire. Je ne veux pas être là quand... quand...

— Tu as peur ? C'est ça ?

Augie, penaud et tremblant, acquiesce.

C'était donc ça ? La peur, le remords et un sentiment d'impuissance ?

Ou alors, quelque chose m'aurait échappé ?

— Debout ! dis-je en le relevant de force. Ce n'est pas le moment d'avoir la trouille. Toi et moi, on va avoir une petite discussion.

74

Bach atteint enfin son poste de tir, à la cime du pin blanc, les bras et le dos endoloris par son gros sac et le fusil. Dans ses écouteurs, un Wilhelm Friedemann Herzog enjoué interprète le *Concerto pour violon en mi majeur*, enregistré trois ans plus tôt à Budapest.

Elle a une vue dégagée sur le chalet et le jardin côté sud du périmètre.

Près du tronc, les branches sont assez grosses pour supporter son poids. Une fois à califourchon, elle saisit Anna Magdalena et l'arme.

Elle aperçoit des hommes armés qui patrouillent.

Une tente noire.

Quatre hommes gravissent précipitamment les marches du perron...

Fébrile, elle règle sa mire. Elle n'a pas le temps de se bricoler une plateforme pour installer le fusil sur son trépied et se mettre en position. Elle épaule et vise. Pas idéal. Elle ne pourra tirer qu'une fois avant de se faire repérer. Elle n'a pas droit à l'erreur...

Elle scrute chaque membre du groupe à mesure qu'ils passent la porte du chalet.

Un homme massif aux cheveux noirs, avec une oreillette.

Un autre, plus petit aux cheveux clairs, également équipé d'une oreillette.

Le président, qui se fraie un chemin entre eux et disparaît dans le chalet.

Suivi d'un jeune homme frêle, aux cheveux noirs en bataille…

Est-ce lui ?

Est-ce bien lui ?

Oui.

Une seconde pour décider.

Tenter le coup ?

75

J'entraîne Augie dans le chalet. Alex et Jacobson nous suivent et referment la porte.

Je conduis Augie au salon et le pousse sur le canapé.

— Apportez-lui de l'eau.

Augie s'assoit, l'air toujours hagard.

— Ce n'est pas…, murmure-t-il. Ce n'est pas ce qu'elle aurait voulu. Elle n'aurait jamais… souhaité ça.

Alex revient avec un verre d'eau.

— Donnez-moi ça, dis-je.

Je m'avance vers Augie et lui balance le verre d'eau à la figure. Il laisse échapper un cri de surprise, puis se redresse.

— Tu as intérêt à être réglo avec moi ! Parce qu'on compte vraiment sur toi.

— Je… je…

Il lève les yeux et me regarde, effrayé par ce qui vient de se passer et par mon ton.

— Alex, je veux voir ce qui se passe dans la *war room*.

— Oui, monsieur.

Alex sort son smartphone, clique dessus et me le tend. Les images de la caméra de sécurité montrent Casey au téléphone, Devin devant un ordinateur, et les autres petits génies de l'informatique travaillant sur leurs portables devant le tableau blanc.

— Regarde, Augie. Est-ce qu'ils laissent tomber, eux ? Non. Ils ont tous la trouille, mais ils ne baissent pas les bras. Bon Dieu, tu as localisé le virus. Tu as réussi là où nos meilleurs experts ont échoué pendant deux semaines.

Il ferme les yeux et hoche la tête.

— Je suis désolé.

Je lui balance un coup dans les pieds pour le secouer.

— Regarde-moi, Augie. Regarde-moi !

Il s'exécute.

— Parle-moi de Nina. Tu dis que ce n'est pas ce qu'elle aurait souhaité. Qu'est-ce que ça signifie ? Elle ne désirait pas anéantir l'Amérique ?

— Nina en avait marre de fuir, lâche-t-il. Elle répétait que ça faisait trop longtemps.

— Elle fuyait le gouvernement géorgien ?

— Oui. Les services de renseignement la traquaient. Ils ont presque réussi à la tuer en Ouzbékistan.

— D'accord… elle en avait marre d'être en cavale. Mais qu'est-ce qu'elle voulait ? Vivre ici ?

Mon téléphone vibre. C'est Liz Greenfield. Je ne décroche pas et le remets dans ma poche.

— Elle aurait aimé rentrer chez elle.

— En Géorgie ? Où elle est recherchée pour crimes de guerre ?

— Elle espérait que vous pourriez… l'aider.

400

— Elle voulait que j'intervienne ? Que je demande à la Géorgie de l'amnistier ? Comme une faveur accordée aux États-Unis ?

— Vu les circonstances, on pouvait s'attendre à ce que la Géorgie accepte. Surtout de la part d'un allié qui a besoin des États-Unis car il partage une frontière avec la Russie.

Effectivement. Si j'avais insisté, si j'avais expliqué la situation… on aurait pu parvenir à un accord.

— Je veux être certain d'avoir bien compris. Nina a aidé Suliman Cindoruk à créer ce virus.

— Oui.

— Mais elle n'a jamais voulu détruire l'Amérique ?

Silence. Augie finit par reprendre :

— Il faut comprendre Suliman. La manière dont il opère. Nina a conçu un virus incroyable. Un *wiper* furtif et dévastateur. Moi, j'étais à l'autre bout de la chaîne, comme on dit.

— Tu étais le hacker ?

— Oui. Ma mission consistait à infecter un maximum de réseaux américains. Mais nos tâches étaient indépendantes.

Je commence à saisir.

— Elle a créé un virus redoutable, mais ne savait pas exactement à quelles fins il serait utilisé. Et tu t'es chargé de le propager dans nos serveurs en ignorant ce que tu faisais.

— C'est ça, approuve-t-il, plus calme. Ce n'est pas qu'on soit innocents. Nina savait que son virus était destructeur. Mais elle ne mesurait pas l'ampleur de sa propagation à travers les États-Unis et les centaines de millions de vies détruites. Et je… (Il baisse les yeux.)

401

Suli m'a dit que j'étais en train de répandre une forme sophistiquée de logiciel espion. Qu'il allait le vendre au plus offrant pour financer d'autres actions. Quand on a compris ce qu'on avait fait, on n'a pas pu rester les bras croisés.

— Nina est venue en Amérique pour stopper le virus. En échange de mon aide pour obtenir son amnistie.

— On espérait que vous alliez accepter. Mais sans en être sûrs. Les Fils du Djihad sont responsables de la mort de nombreux Américains. Et les États-Unis ne sont pas vraiment nos alliés. C'est pour ça qu'elle a insisté pour vous rencontrer d'abord. Seule.

— Pour savoir si j'accepterais.

— Et si vous la laisseriez quitter la Maison Blanche. Sans l'arrêter, la torturer ou autre chose.

Plausible. Sur le moment, je l'ai vécu un peu comme un test.

— J'étais contre l'idée qu'elle aille seule à la Maison Blanche. Je n'ai pas pu l'en dissuader. Quand on s'est retrouvés aux États-Unis, elle avait son plan en tête.

— Attends, dis-je en posant une main sur son bras. « Quand on s'est retrouvés aux États-Unis » ? Comment ça ? Vous n'êtes pas restés tout le temps ensemble ?

— Oh non, répond-il. Le jour où on vous a envoyé ce petit coucou sur votre serveur au Pentagone...

Le samedi 28 avril. Impossible d'oublier la date. J'étais à Bruxelles, la première étape de mon périple européen. J'ai pris la communication dans la suite présidentielle. Jamais mon secrétaire à la Défense ne m'avait paru aussi ébranlé.

— C'était le jour où Nina et moi avons quitté Suliman en Algérie. Après, on s'est séparés. Ça paraissait plus sûr. Elle est arrivée aux États-Unis en passant par le Canada. Et moi par le Mexique. On devait se retrouver mercredi dans le Maryland.

— Mercredi… mercredi dernier ? Il y a trois jours ?

— Oui. Mercredi à midi, devant la statue d'Edgar Allan Poe, à l'Université de Baltimore. Pas loin de Washington, mais pas trop près non plus. C'était facile de passer inaperçu au milieu des gens de notre âge, et le lieu de rendez-vous était simple à trouver.

— Et c'est durant ce rendez-vous que Nina t'a dévoilé son plan.

— Oui. Elle allait venir à la Maison Blanche vendredi soir, seule, pour tester votre réaction. Avant notre rendez-vous au stade de base-ball. Un autre test, pour voir si vous viendriez et pour savoir si on pouvait vous faire confiance. Quand je vous ai vu arriver en personne, j'ai su que vous aviez passé le test avec Nina.

— Et ensuite j'ai passé le tien.

— Oui. Quand j'ai braqué une arme sur le président des États-Unis et que je n'ai pas été abattu ou interpellé immédiatement – j'ai su que vous nous preniez au sérieux et qu'on allait travailler ensemble.

— C'est à ce moment-là que tu as contacté Nina ?

— Je lui ai envoyé un texto. Elle attendait mon signal pour garer son van près du stade.

On y était presque…

Augie laisse échapper un petit rire :

— Tout semblait bien se dérouler. On aurait été tous ensemble. J'aurais localisé le virus, vous auriez contacté le gouvernement géorgien, et elle aurait neutralisé le virus.

Au lieu de ça, *c'est Nina qui a été neutralisée.*

— Je vais me remettre au travail, monsieur le Président, assure-t-il en se levant. Je suis désolé pour ma soudaine…

Je le repousse dans le canapé.

— C'est pas tout, Augie. Je veux savoir qui est la source de Nina. Qui est le traître à la Maison Blanche.

76

Je suis toujours penché au-dessus d'Augie, dont l'expression est toujours aussi sombre.

— Tu as dit que lorsque tu as retrouvé Nina à Baltimore il y a trois jours, elle avait un plan.

Il acquiesce.

— Pourquoi ? Que s'est-il passé entre le moment où vous vous êtes séparés en Algérie et celui où vous vous êtes retrouvés ? Qu'est-ce qu'elle a fait ? Elle était où ?

— Je ne sais pas.

— Ça ne colle pas, Augie.

— Comment ça ?

Je m'approche encore et nos nez se touchent presque :

— J'ai du mal à y croire. Vous vous aimiez, vous aviez forcément envie de vous voir.

— Mais on devait rester séparés. Pour notre sécurité. Elle ne devait pas savoir comment localiser le virus, et moi comment le neutraliser. Comme ça, on gardait tous les deux de la valeur à vos yeux.

— Et la taupe, Nina t'a dit qui c'était ?

— J'ai déjà répondu mille fois à cette question…

— Et je te la repose (Je l'attrape par les épaules.) Des centaines de millions de vies sont…

— Elle m'a rien dit ! lâche-t-il d'une voix aiguë. Seulement de me souvenir des mots « Dark Ages ». Je lui ai demandé d'où elle sortait ça. Elle m'a répondu que ça n'avait aucune importance et qu'il valait mieux que je ne le sache pas, que c'était plus sûr pour nous deux.

Je le fixe, avec insistance.

— Je me suis douté qu'elle était en contact avec quelqu'un d'important à Washington. Bien sûr. Je ne suis pas bête. Et ça m'a rassuré. Car on avait une chance d'y arriver. J'avais confiance en elle. C'était la personne la plus intelligente que j'aie jamais…

Il bafouille, incapable de finir sa phrase.

Mon téléphone bourdonne de nouveau. LIZ FBI, toujours. Impossible de l'ignorer.

Je pose une main sur l'épaule d'Augie.

— Tu veux honorer sa mémoire ? Alors arrête ce virus. Allez !

Il inspire un bon coup et se lève.

— D'accord.

Une fois Augie sorti, je réponds :

— Oui, Liz.

— Monsieur le Président. Les téléphones de Nina…

— Oui. Vous m'avez dit qu'elle en avait deux ?

— Oui, monsieur. Nous en avons retrouvé un sur elle et l'autre à l'arrière, sous le plancher.

— D'accord…

— Nous n'avons pas encore fait parler celui du van. L'autre, si. Il y a un message de l'étranger particulièrement intéressant. Il nous a fallu du temps pour le localiser car il a transité par trois continents et...

— Allez droit au but, Liz.

— On pense l'avoir retrouvé, monsieur. On croit savoir où se cache Suliman Cindoruk.

Je retiens mon souffle.

Une seconde chance, après l'Algérie.

— Monsieur le Président ?

— Je le veux vivant.

77

La vice-présidente Katherine Brandt est assise, silencieuse. Les yeux baissés, elle semble réfléchir à la situation. Même sur l'écran de l'ordinateur, qui parfois décroche et se fige, elle a le look plateau télé, avec son élégant tailleur rouge, son chemisier blanc et son maquillage datant de son passage à *Meet The Press*.

— C'est presque…, dit-elle en levant les yeux vers moi.

— Inimaginable. En effet. Et bien pire que prévu. Le domaine militaire est sécurisé. Mais dans les autres administrations fédérales et le secteur privé, les dégâts vont être sans précédent.

— Los Angeles… est donc un leurre.

— J'imagine. C'est un plan intelligent. Pour qu'on envoie nos experts résoudre ce problème d'eau à l'autre bout du pays. Et quand le virus va se réveiller, on se retrouvera coupés d'eux – pas de connexions Internet, pas de lignes téléphoniques, ni d'avions ou de trains en circulation. Nos spécialistes seront coincés sur la côte Ouest, à des milliers de kilomètres d'ici.

— J'ai beau être la vice-présidente, je n'apprends que maintenant la menace qui plane sur notre pays, ainsi que toutes les mesures que vous prenez. Parce que vous n'avez pas confiance en moi. Je fais partie des six personnes que vous soupçonnez.

Son image n'est pas assez nette pour juger de sa réaction. Pas agréable d'apprendre que votre boss, le commandant en chef, pense que vous pourriez être un traître.

— Monsieur le Président, vous croyez vraiment que je serais capable de faire une chose pareille ?

— Kathy, je n'aurais jamais imaginé que l'un de vous en serait capable. Ni vous, ni Sam, ni Brendan, ni Rod, ni Dominick, ni Erica. Et pourtant, c'est l'un de vous.

Je n'ai oublié personne. Sam Haber de la Sécurité intérieure. Brendan Mohan, conseiller à la Sécurité nationale. Rodrigo Sanchez, chef d'état-major des armées. Dominick Dayton, secrétaire à la Défense. Et la directrice de la CIA, Erica Beatty. Plus la vice-présidente. Ma liste des six, tous suspects.

Katherine Brandt reste silencieuse, perdue dans ses pensées.

Alex entre et me tend une note de Devin. Une note alarmante.

Lorsque je me retourne vers Kathy, elle semble sur le point de me dire quelque chose. Et je crois savoir quoi.

— Monsieur le Président, si je n'ai pas votre confiance, je ne vois qu'une chose à faire : vous présenter ma démission.

Dès qu'il me voit entrer dans la *war room,* Devin tapote l'épaule de Casey. Tous deux laissent les autres pianoter sur leurs claviers, un casque sur les oreilles, pour venir me parler. Des portables hors d'usage sont empilés contre le mur. Sur le tableau blanc, divers noms de virus, mots et codes : Petya, Nyetna, Shamoon, Algo de Schneier, et DOD.

La pièce sent le tabac, le café et la transpiration. Si j'avais été d'humeur taquine, j'aurais proposé d'ouvrir la fenêtre.

D'un geste, Casey désigne les ordinateurs portables alignés contre le mur, empilés si haut qu'ils atteignent presque le plafond :

— Tous morts. On tente tout. Ce virus est indestructible.

— Déjà la moitié des ordinateurs, c'est ça ?

— Plus ou moins. Et quand on sacrifie une machine ici, ceux du Pentagone en consomment trois ou quatre. On en est à près de trois cents ordinateurs.

— Tous… totalement écrasés ?

— Jusqu'au dernier fichier, insiste Devin. Dès qu'on tente de le neutraliser, le virus se déclenche. Cette pile est bonne pour la casse. Vous pouvez faire venir les cinq cents autres ordis ?

Je me tourne vers Alex et lui pose la question. Oui, les Marines les apporteront en un rien de temps.

— Ça suffira ?

— Il n'y a pas cinq cents façons d'arrêter ce truc, grommelle Casey. On a déjà essayé tout ce qui nous venait à l'esprit.

— Et Augie, il ne vous aide pas ?

— Oh, il est brillant, assure Devin. Il a enfoui ce truc vraiment profond, j'avais jamais vu ça. Mais pour le désactiver, ce n'est pas sa spécialité.

Je regarde ma montre.

— Il est 16 heures, les gars. Tâchez de faire preuve de créativité.

— Oui, monsieur le Président.

— Autre chose ?

— On a une chance de capturer Suliman et de le ramener ici ? demande Casey.

Je lui tapote le bras, sans rien dire.

« On y travaille » aurait pu être ma réponse.

79

Je regagne la salle des communications et découvre la vice-présidente Katherine Brandt éteinte, les yeux fixés au sol. Avant que je n'interrompe notre conversation, elle m'a annoncé quelque chose de significatif.

Lorsqu'elle m'aperçoit, elle se redresse, se raidit même.

— On n'a pas eu de chance avec ce virus jusqu'à présent. Celui ou celle qui a créé ce truc joue aux échecs alors que nous, on joue aux dames.

— Monsieur le Président, je viens de vous présenter ma démission.

— Oui, ça ne m'a pas échappé. Mais ce n'est pas vraiment le jour, Kathy. On a essayé de nous tuer deux fois, Augie et moi. Et je ne suis pas au mieux, comme je viens de vous l'expliquer.

— Je suis désolée de l'apprendre. Je ne savais pas que votre santé refaisait des siennes.

— Je n'en ai parlé à personne. Le moment est mal choisi pour que nos amis ou nos ennemis pensent que le président est malade. Sachez que, pendant tout ce temps, Carolyn n'a pas quitté la Maison Blanche. Elle était juste au-dessus de vous. Elle est au courant de tout. On a tout consigné. S'il m'était arrivé quoi que ce soit, Carolyn vous aurait briefée dans la minute. Sur les mesures que j'ai envisagées en fonction de la gravité du virus. Y compris des frappes militaires sur la Russie, la Chine, la Corée du Nord – tous ceux qui seraient à l'origine de ce virus. Les directives sur la loi martiale, la suspension de l'*habeas corpus*, le contrôle des prix, le rationnement des produits de première nécessité – absolument tout.

— Mais, monsieur le Président, si j'ai trahi, dit-elle en butant sur le mot, si je suis de mèche avec eux, pourquoi me faire confiance pour stopper ces gens-là ?

— Est-ce que j'ai le choix ? Je ne peux vous remplacer au pied levé. Qu'est-ce que j'étais censé faire il y a quatre jours, quand Nina m'a fait savoir, par l'intermédiaire de ma fille, qu'il y avait une taupe dans mon équipe ? Demander votre démission ? Et après ? Pensez au délai nécessaire pour vous remplacer. L'enquête, le processus de nomination, l'approbation par les deux Chambres. Je n'avais pas tout ce temps. Et si vous partez, réfléchissez à qui se trouve après vous dans l'ordre de succession.

Elle ne répond pas, ne me regarde pas. L'allusion au président de la Chambre, Lester Rhodes, ne semble pas à son goût.

— Plus important encore, Kathy… je n'étais pas sûr que c'était vous. Pareil pour les autres. Évidem-

413

ment, j'aurais pu vous virer tous les six, pour être certain de me débarrasser du traître. Par sécurité. Mais je me serais privé de toute l'équipe chargée de la Sécurité nationale au moment où j'en avais le plus besoin.

— Vous auriez pu nous faire passer au détecteur de mensonges.

— En effet. Carolyn était pour.

— Mais vous ne l'avez pas fait.

— Non.

— Et je peux vous demander pourquoi, monsieur ?

— L'effet de surprise. Mon seul avantage : je savais qu'il y avait une taupe, et la taupe ne savait pas que je savais. Si je vous passais tous au polygraphe pour savoir si vous aviez fait fuiter des infos sur Dark Ages, je dévoilais mon jeu. Et le coupable, quel qu'il soit, aurait été prévenu. Mieux valait jouer au crétin.

» Je me suis attelé à résoudre le problème. J'ai appelé la sous-secrétaire à la Défense et je lui ai demandé de veiller, de manière indépendante, à la bonne réorganisation de nos systèmes militaires. Juste au cas où le secrétaire Dayton serait notre Benedict Arnold. Et j'ai demandé au général Burke du Commandement central de faire la même chose à l'étranger, juste au cas où l'amiral Sanchez serait le traître.

— Et on vous a assuré que tout avait été fait dans les règles.

— Globalement, oui. Impossible de tout remettre en place en deux semaines, mais on a bien avancé. On est en mesure de lancer des missiles, de déployer des troupes au sol et d'utiliser notre aviation. Nos exercices d'entraînement ont été concluants.

— Est-ce que ça signifie que Dayton et Sanchez ont été rayés de votre liste ? Désormais réduite à quatre noms ?

— À votre avis, Kathy ? Ils devraient l'être ?

Elle réfléchit une minute.

— Si l'un des deux est le traître, il n'aurait jamais saboté quelque chose sous sa responsabilité. Il pouvait faire fuiter le nom de code de façon anonyme. Fournir des infos à l'ennemi. Mais avec ces missions spécifiques que vous leur avez confiées, ils ont un projecteur braqué sur eux. Ils ne peuvent pas échouer. Ils seraient à nu. Celui qui est derrière tout ça n'a rien laissé au hasard.

— Tout à fait d'accord. Donc, ils ne sont pas rayés de la liste.

Kathy Brandt a beaucoup d'infos à enregistrer. Et elle est consciente que, lorsque je parle du traître, je pense peut-être à elle. Une situation qui ne serait facile pour personne. Mais une fois de plus, dans cette histoire, elle n'est pas toute blanche.

Finalement, elle lâche :

— Monsieur le Président, si nous nous en sortons…

Je la reprends :

— *Quand* nous nous en sortirons. Il n'y a pas de « si ». « Si » n'est pas une option.

— Quand nous nous en sortirons, répète-t-elle, je vous remettrai ma démission et vous en ferez ce que vous voudrez. Si vous n'avez pas confiance en moi, monsieur le Président, je ne vois pas comment je peux vous servir.

— Et qui est le suivant dans l'ordre de succession ? insisté-je.

Elle cligne des yeux à plusieurs reprises, mais ne répond pas franchement.

— Eh bien, je ne quitterai pas mon poste tant que vous n'aurez pas trouvé un remplaçant...

— Vous n'osez même pas prononcer son nom, Kathy ? Votre ami, Lester Rhodes.

— Je... Je ne dirais pas ami, monsieur.

— Ah non ?

— Certainement pas. Je... je suis tombée sur lui ce mat...

— Je vous arrête tout de suite. Vous pouvez vous mentir tant que vous voulez, Kathy. Mais pas à moi.

Elle ouvre la bouche, cherchant quelque chose à répondre.

— Savez-vous ce que j'ai fait, il y a quatre jours lorsque j'ai appris la fuite ?

Elle secoue la tête, mais n'arrive pas à parler.

— J'ai fait surveiller chacun de vous.

Elle porte une main à sa poitrine.

— Vous m'avez... ?

— Tous les six. J'ai moi-même signé les mandats. Les juges n'avaient encore jamais vu ça. Liz Greenfield s'est chargée de leur application. Interceptions, écoutes, la totale.

— Vous avez...

— Épargnez-moi votre indignation. Vous auriez ordonné la même chose. Et cessez de me raconter que

416

vous êtes « tombée » sur Lester Rhodes ce matin à l'heure du petit déjeuner.

Katherine ne peut pas répondre grand-chose, elle n'a aucune branche à laquelle se raccrocher. Elle semble vouloir disparaître dans un trou de souris.

— Concentrez-vous sur le problème, continué-je. Oubliez la politique. L'audition de la semaine prochaine. Oubliez de vous demander qui pourrait être président dans un mois. Notre pays doit faire face à un problème majeur. Et ce qui compte, c'est de le résoudre.

Elle acquiesce.

— Si quelque chose devait m'arriver, vous seriez aux manettes. Alors sortez-vous la tête de là où je pense, et soyez prête.

Elle approuve. D'abord timidement, puis plus franchement. Elle se redresse, comme si elle mettait tout le reste de côté pour se concentrer sur la nouvelle tournure prise par les événements.

— Carolyn va vous expliquer les plans d'urgence. Qui sont strictement confidentiels. Vous resterez confinée dans le centre opérationnel. Vous ne devrez communiquer avec personne, en dehors de Carolyn ou moi. C'est compris ?

— Oui. Puis-je ajouter quelque chose, monsieur ?

Je soupire.

— Allez-y.

— Passez-moi au polygraphe.

J'ai un mouvement de recul.

— Pour l'effet de surprise, ce sera raté, concède-t-elle. Mais faites-moi passer au détecteur de mensonges et demandez-moi si je suis à l'origine de la fuite de Dark Ages. Interrogez-moi sur Lester Rhodes, si vous le souhaitez. Sur n'importe quoi. Mais n'oubliez surtout pas de me demander si j'ai, de quelque manière que ce soit, trahi mon pays.

Celle-ci, je dois le reconnaître, je ne l'avais pas vue venir.

— Faites-le, insiste-t-elle, et vous saurez la vérité.

Berlin, 23 h 03.

Quatre événements se déroulent simultanément.

Le premier : Une femme en long manteau blanc passe la porte d'un immeuble luxueux, chargée de nombreux sacs. Elle se dirige droit vers le concierge, à l'accueil. Elle regarde autour d'elle et remarque la caméra dans l'angle. Elle pose ses paquets et sourit à l'employé qui lui demande son identité. Elle lui présente son insigne.

— *Ich bin ein Polizeioffizier*, dit-elle, son sourire envolé. *Ich brauche ihre Hilfe, jetzt.*

Elle ajoute qu'elle a besoin de son aide. Tout de suite.

Le deuxième : Un grand camion benne orange, barré du nom de la Berliner Stadtreinigungsbetriebe, se gare le long du même immeuble, côté est ; un vent soufflant de la Sprée tournoie autour du bâtiment. La porte arrière du véhicule bascule et douze hommes des Kommando Spezialkräfte – les KSK, l'unité d'intervention des forces spéciales allemandes – surgissent. Ils sont équipés de gilets pare-balles, de casques et de grosses bottes, et armés de pistolets-mitrailleurs HK MP5 et de fusils anti-émeute. Une porte de service s'ouvre automatiquement – grâce à la coopération du concierge –, et ils s'y engouffrent.

Le troisième : Un hélicoptère d'une chaîne de télé locale – en réalité un appareil de la KSK maquillé et capable de se déplacer silencieusement – est en vol stationnaire au-dessus de ce même immeuble. Quatre membres des commandos se laissent glisser jusqu'au toit, dix mètres plus bas. Ils atterrissent en douceur et détachent le filin de leur ceinture.

Le quatrième : Suliman Cindoruk rigole intérieurement en observant son équipe dans la suite du penthouse. Ses quatre hommes – les derniers membres des Fils du Djihad – se remettent des excès de la veille. Ils traînent leur gueule de bois, à moitié débraillés, quand ils ne sont pas encore ivres. Depuis qu'ils ont émergé, en milieu de journée, ils n'ont absolument rien fait.

Elmurod, son tee-shirt violet moulant un estomac gonflé, s'effondre sur le canapé et allume l'écran plat. Mahmad, en caleçon et marcel couverts de taches, cheveux en pétard, tète une bouteille d'eau. Hagan, le dernier à s'être levé, torse nu et pantalon de jogging, picore du raisin de la veille. Levi, dégingandé et gauche, en slip – il a très certainement perdu son pucelage pendant la nuit –, pose la tête sur un coussin, un sourire niais aux lèvres.

Suliman ferme les yeux en sentant la brise sur son visage. Certains esprits chagrins se plaignent du vent porté par la Sprée, surtout le soir. Pourtant, c'est une des choses qu'il apprécie le plus. Et qui va lui manquer.

Il vérifie son arme, s'assure qu'elle est chargée. Par habitude. Il le fait toutes les heures ou presque.

Chargée, elle l'est. D'une unique balle.

81

Les soldats investissent la cage d'escalier, sécurisant chaque palier, y laissant un éclaireur, avant de poursuivre l'ascension. Il y a des angles morts partout, les embuscades sont possibles à chaque niveau. Leur contact à l'accueil a donné le feu vert pour les escaliers, mais sa compétence s'arrête aux écrans de surveillance.

Christoph, le chef de l'Unité 1, a onze ans de KSK au compteur. Quand ses douze hommes atteignent l'étage du penthouse, il annonce par radio :

— Unité 1 en position rouge.

— Restez en position rouge, Unité 1, répond le commandant d'un véhicule stationné au bout de la rue.

Pour cette mission, le commandement a été confié au général de brigade, le chef des KSK en personne. Une première, d'après Christoph, que le patron prenne la direction des opérations sur le terrain. C'était aussi la première fois qu'il recevait un coup de fil du chancelier.

La cible est Suliman Cindoruk. Il doit être capturé vivant. Et dans des conditions qui permettront de l'interroger sur-le-champ.

D'où l'ARWEN, le fusil anti-émeute que Christoph a entre les mains, chargé de balles en plastique non létales, capable d'en tirer cinq en quatre secondes. Six des douze hommes en sont équipés pour neutraliser leurs cibles. Les six autres ont des pistolets-mitrailleurs MP5 standard, au cas où la situation exigerait de tirer à balles réelles.

— Unité 2, votre position ? demande le général.

— Unité 2 en position rouge.

Deux hommes des KSK se préparent à descendre en rappel du toit pour atteindre la terrasse. Les deux autres sont chargés de sécuriser le périmètre et prévenir toute tentative de fuite.

Mais il n'y aura pas de fuite. Christoph le sait. *Ce mec est à moi*, se dit-il.

Son Ben Laden à lui.

La voix du général retentit :

— Unité 3, confirmez le nombre et la position des cibles.

L'Unité 3 : l'hélico en vol stationnaire au-dessus de l'immeuble qui détecte, grâce à sa caméra thermique, le nombre d'individus présents dans le penthouse.

— Cinq cibles, mon commandant. Quatre dans la pièce principale et une sur la terrasse.

— Cinq cibles confirmées. Unité 1, en position jaune.

— Unité 1, en position jaune.

Christoph adresse un signe de tête à ses hommes, qui épaulent leur arme. Puis il tourne lentement la poignée de la porte de la cage d'escalier et, dans un sursaut d'adrénaline, l'ouvre d'un coup sec.

Le couloir est désert, calme.

Dos voûtés, pistolets-mitrailleurs braqués vers l'avant, les douze progressent lentement vers l'unique porte sur la droite. Tous ses sens en alerte, Christoph perçoit l'énergie de ses hommes derrière lui et des rires étouffés au bout du couloir.

Plus que huit mètres. Plus que six. L'adrénaline monte. Son rythme cardiaque s'emballe. En place sur ses appuis, confiant…

Clic-clic-clic.

Il tourne la tête vers la gauche. Un bruit faible mais net. Un minuscule boîtier sur le mur, un thermostat…

Non, pas un thermostat.

— Merde, lâche-t-il.

Suliman allume une cigarette et vérifie son télé-phone. Rien de neuf sur le front international. À Los Angeles, ils semblent très préoccupés par le problème de l'eau. Les Américains sont-ils tombés dans le pan-neau ? se demande-t-il.

Dans le penthouse, Hagan attrape un saladier en argent et vomit dedans. Sans doute le champagne, pense Suli. Hagan a beau être un codeur de génie, il n'a jamais été un bu...

Le portable de Suliman émet un bip aigu. Un bip réservé à un seul cas de figure.

Une intrusion. Le détecteur du couloir.

D'instinct, il caresse l'arme sur sa hanche, celle chargée de l'unique balle.

Il s'est juré de ne jamais se laisser capturer vivant, de n'être jamais interrogé, torturé et traité comme une bête. Il préfère partir à sa manière, en appuyant sur la détente, le pistolet calé sous le menton.

Il a toujours su, malgré tout ce qu'il s'était promis, qu'il y aurait un moment de vérité. Il s'est toujours demandé s'il aurait le courage d'aller jusqu'au bout.

— On est grillés ! chuchote Christoph. Unité 1, on se met en position verte.

— Position verte, Unité 1.

Pour l'effet de surprise, c'est mort. Ses hommes se précipitent vers la porte et se déploient – cinq de chaque côté, et deux avec le bélier, prêts à l'enfoncer.

— La cible sur la terrasse est rentrée dans le penthouse, indique le chef de l'Unité 3.

C'est lui. Christoph le sait. Il est prêt.

Un coup de bélier, les gonds cèdent. Le haut de la porte s'abat comme un pont-levis libéré de ses chaînes.

Les deux soldats en première ligne lancent chacun une grenade assourdissante. Elles explosent la seconde d'après : 180 décibels et un flash aveuglant.

Durant cinq secondes, les cibles seront aveugles, sourdes et sonnées.

Un, deux. Christoph est le premier à passer le seuil. La lumière blanche s'évapore, l'écho de l'explosion est encore audible.

— Pas un geste ! Pas un geste ! hurle-t-il en allemand, pendant qu'un de ses hommes l'imite en turc.

Il scanne rapidement la pièce.

Un gros type en tee-shirt violet, à moitié tombé du canapé, les yeux fermés. *Pas lui.*

Un homme, en maillot de corps et caleçon, titube agrippé à une bouteille d'eau, puis s'affale par terre. *Négatif.*

Un autre gît au sol, un saladier de fruits renversé sur son torse nu. *Non.*

Christoph fait le tour du canapé et découvre un homme en slip, inconscient. *Pas lui...*

Devant la baie vitrée, la dernière cible, une jeune Asiatique, en culotte et soutien-gorge, est étendue par terre, l'air hébété.

— Seulement cinq cibles, Unité 3 ? hurle-t-il.

— Affirmatif, chef. Cinq cibles.

Christoph passe devant la fille — déjà maîtrisée par un de ses hommes — et ouvre la baie vitrée. Il bondit sur la terrasse qu'il balaie de son fusil anti-émeute. Personne.

— RAS dans le reste du penthouse, lui annonce son second.

Christoph revient à l'intérieur. Il fait le tour de l'appartement, déconfit, pendant qu'on relève les cinq cibles, mains attachées dans le dos, encore sous le choc.

Son regard se porte alors vers l'angle de la pièce.

Vers la caméra braquée sur lui.

— *Guten Tag*, lance Suliman, avec un petit salut de la main, au soldat qui ne peut pas le voir.

Celui-ci semble si désemparé que Suliman en a presque de la peine pour lui.

Quand le serveur de la taverne, située sur les berges de la Sprée, à une vingtaine de kilomètres du penthouse, s'approche de lui, il referme son ordinateur portable.

— Autre chose, monsieur ?

— Juste l'addition, répond Suliman.

Il n'a pas une minute à perdre. Le voyage en bateau va être long.

Sous la tente, le chancelier Richter met un terme à sa conversation téléphonique.

— Je suis désolé, monsieur le Président.

— Disparu sans laisser de trace ?

— Oui. Les individus arrêtés pendant l'assaut affirment qu'il est parti il y a environ deux heures.

Il avait un coup d'avance sur nous, comme d'habitude.

— Il… il faut que je réfléchisse, dis-je.

Je regagne le chalet. J'avais de grands espoirs. C'était notre meilleure chance. La dernière personne à pouvoir stopper ce virus.

Je descends au sous-sol, suivi d'Alex Trimble. Je les entends du couloir, avant même d'entrer dans la *war room*. Je m'arrête sur le seuil. Les experts sont tout près d'un haut-parleur, sans doute en pleine discussion avec le reste de l'unité spéciale au Pentagone.

— Je te dis qu'on inverse la série ! lance Devin. Tu connais le sens du mot inverser, non ? T'as pas un dico qui traîne quelque part ?

— Mais WannaCry n'avait pas…, rétorque une voix dans le haut-parleur.

— C'est pas WannaCry, Jared ! Ce n'est pas un ransomware. Rien à voir avec WannaCry. J'ai jamais vu un truc pareil ! peste Devin en balançant une bouteille d'eau vide à travers la pièce.

— Tout ce que je dis, Devin, c'est que la porte dérobée…

Tandis que son interlocuteur termine sa phrase, Devin lève les yeux vers Casey.

— Il est encore en train de parler de WannaCry. Il me donne envie de chialer.

— C'est une impasse, conclut Casey en faisant les cent pas.

J'ai la réponse à ma question. Je tourne les talons.

— Je vais dans la salle des communications, dis-je à Alex, qui m'escorte mais n'entre pas.

Je ferme la porte et éteins la lumière. Je m'allonge par terre et ferme les yeux, bien qu'il fasse déjà noir. Je plonge une main dans ma poche, serre mon badge de Ranger et commence à réciter :

— Je suis volontaire pour être Ranger, en ayant pleinement conscience des risques du métier que j'ai choisi…

La destruction totale d'une nation de trois cents millions d'individus. Trois cents millions de personnes, ruinées et désespérées, à qui l'on a tout pris – leur sécurité, leurs économies, leurs rêves. Privées de tout par quelques petits génies armés d'ordinateurs.

— … mon pays attend de moi que j'avance plus vite et plus loin, et que je me batte davantage que n'importe quel autre soldat. Et j'accomplirai mon devoir, quel qu'il soit, à cent pour cent, et même plus…

Des centaines d'ordinateurs-tests inutilisables. Nos meilleurs experts impuissants face à ce virus. Et le seul individu capable de l'arrêter se joue de nous, nous observe à distance pendant que les forces spéciales allemandes envahissent son penthouse.

— … Je les vaincrai sur le champ de bataille… « Se rendre n'est pas Ranger. »

Ce n'est pas une certitude, mais si le virus se propage, je n'aurai pas d'autre choix que de faire preuve d'autoritarisme – afin d'empêcher les gens de s'entre-tuer pour de l'eau, de la nourriture ou un toit.

Et si cela devait arriver, nous serions méconnais-sables. Nous ne serions plus les États-Unis d'Amé-rique, comme le monde entier les a toujours connus ou imaginés. Sans parler des émeutes. Et du risque réel de se retrouver en guerre, avec une menace nucléaire plus grande encore que depuis Kennedy et Khrouchtchev.

Je dois parler à quelqu'un. J'attrape mon téléphone et appelle l'homme de la situation. Au bout de trois sonneries, Danny Akers décroche.

— Monsieur le Président.

Sa voix me remonte immédiatement le moral.

— Je ne sais pas quoi faire, Danny. J'ai l'impres-sion d'avoir foncé droit dans une embuscade. Je suis à court d'idées. Je crois bien que, cette fois, ils pour-raient nous battre. Je n'ai plus de solution.

— Tu vas y arriver. Comme toujours.

— Mais cette fois, c'est différent.

— Tu te souviens de l'opération Tempête du Désert avec la compagnie Bravo ? Même si tu n'étais pas passé par l'académie des Rangers, après la blessure de Donlin à Bassora, ils t'ont fait caporal pour que tu puisses être chef de groupe. Sans doute la promotion la plus rapide de toute l'histoire de la compagnie.

— Là aussi, c'était différent.

— Tu n'as pas été promu sans raison, Jon. Et surtout au détriment de tous ceux passés par l'Académie. Et pourquoi ?

— Je ne sais pas. C'était…

— Merde, j'en ai même entendu parler ici au pays. Ça a fait le tour. Le lieutenant a raconté que, lorsque Donlin s'était retrouvé au tapis et que vous étiez sous le feu ennemi, tu avais pris les choses en main. Il a déclaré que tu étais « un chef naturel qui garde la tête froide et trouve toujours une solution ». Il avait raison, Jonathan Lincoln Duncan. Et je ne le dis pas parce que je t'aime, mais je n'aimerais voir personne d'autre à la barre en ce moment.

Qu'il ait raison ou pas, et que cela me plaise ou non, c'est moi qui suis à la barre. Il est temps d'arrêter de se plaindre et d'aller au charbon.

— Merci, Danny, dis-je en me relevant. Tu racontes n'importe quoi, mais merci.

— Garde la tête froide et trouve une solution, monsieur le Président.

Je raccroche et rallume la lumière. Avant d'avoir eu le temps d'ouvrir la porte, mon téléphone sonne à nouveau. Carolyn.

— Monsieur le Président, j'ai Liz en ligne.

— Monsieur le Président, nous avons fait passer la vice-présidente au détecteur de mensonges, annonce Liz. Les résultats ne sont pas concluants.

— En clair ?

— On ne peut affirmer qu'elle ment. Impossible de se prononcer.

— Bon. Alors qu'est-ce qu'on en fait ?

— Honnêtement, il fallait s'y attendre. On a posé les questions en rafale là où, en temps normal, on prend tout notre temps. Et qu'elle soit coupable ou innocente, la pression sur elle est phénoménale.

Je suis passé une fois au polygraphe. Les Irakiens s'en sont chargés. Un interrogatoire interminable sur nos mouvements de troupes. Je leur ai menti sur toute la ligne, et ils n'y ont vu que du feu. Grâce aux techniques apprises lors de ma formation. On peut tromper la machine.

— On lui accorde quelques points pour s'être portée volontaire ? dis-je.

— Non, répond Carolyn. Si elle échoue au test, elle met ça sur le compte du stress et nous sort justement cet argument : pourquoi aurais-je demandé de passer au détecteur de mensonges si je savais que j'allais échouer ?

— En plus, ajoute Liz, elle devait savoir que, tôt ou tard, elle y aurait droit, comme tout le monde. Elle était volontaire, tout en sachant qu'elle finirait par y être contrainte.

Elles ont raison. Kathy est assez maligne pour l'avoir anticipé.

Bon sang, pas l'ombre d'une solution.

— Carolyn, il est temps de passer ces coups de fil.

— Monsieur le Juge, j'aurais aimé pouvoir vous en dire plus. Mais il est primordial que tous les membres de la Cour suprême soient en sécurité, et vital que nous puissions communiquer.

— Je comprends, monsieur le Président. Nous sommes tous en sécurité et nous prions pour vous et notre pays.

Le coup de fil avec le leader de la majorité au Sénat se déroule à peu près de la même façon, alors qu'il gagne les bunkers accompagné de ses principaux collaborateurs.

Lester Rhodes se montre particulièrement méfiant :

— Monsieur le Président, à quel genre de menace faisons-nous face ?

— Impossible de vous donner plus de précisions, Lester. Mais il est impératif que vous soyez en lieu sûr. Je vous informerai dès que possible.

Je raccroche avant qu'il ait pu parler de l'audition de la semaine prochaine devant la Commission d'enquête. Il pense sans doute que je tente de détourner l'attention de l'opinion publique. Un type comme

Lester, c'est la première chose qui lui vient à l'esprit. Nous sommes confrontés au pire des scénarios, en état d'alerte maximale, à prendre des mesures pour sécuriser la continuité de notre gouvernance, et lui, il s'accroche à sa petite politique politicienne.

Dans la salle des communications, je pianote sur l'ordinateur et appelle Carolyn Brock.

— Monsieur le Président, tout le monde est en sécurité dans le centre opérationnel d'urgence.

— Et Brendan Mohan ? dis-je en parlant de mon conseiller à la Sécurité nationale.

— Il est lui aussi en lieu sûr.

— Et le chef d'état-major des armées, Rod Sanchez ?

— En sécurité.

— Et mon secrétaire à la Défense, Dom Dayton ?

— Aussi.

— Erica Beatty ?

— En sécurité, monsieur.

— Sam Haber ?

— Aussi.

— Et la vice-présidente ?

Mes six suspects.

— Ils sont tous dans le centre opérationnel.

Garder la tête froide et trouver une solution.

— Que tout le monde se tienne prêt pour une réunion d'ici quelques minutes.

Je regagne la *war room* où mes petits génies s'efforcent de trouver une solution. Avec leurs traits juvéniles et leurs yeux rouges, ils ressemblent autant à des étudiants bûchant leurs examens qu'à des spécialistes en cybersécurité tentant de sauver le monde.

— Arrêtez, dis-je. Stop !

Tous les regards se braquent sur moi.

— Vous êtes peut-être trop intelligents ?

— Trop intelligents, monsieur ?

— Oui. Face à quelque chose de si sophistiqué, vous n'avez peut-être pas envisagé de solution suffisamment simple ? Vous n'avez peut-être pas vu l'arbre qui cache la forêt ?

— À ce stade, intervient Casey, je suis ouverte à…

— Montrez-moi. Je veux voir ce truc.

— Le virus ?

— Oui, Casey. Le virus qui va détruire notre pays.

Tout le monde est à cran, l'atmosphère est pesante.

— Désolée, monsieur le Président, dit-elle en tapant sur son clavier. Je vais utiliser le tableau.

Je remarque pour la première fois que le tableau blanc est une sorte d'écran interactif. Soudain, des fichiers apparaissent. Casey les fait défiler avant de cliquer sur l'un d'eux.

— Le voilà, votre virus.

Suliman.exe

J'ironise :

— Quelle humilité, ce Suliman. C'est le fichier que nous cherchons depuis deux semaines ?

— Il était indétectable, explique Casey. Nina l'a programmé pour qu'il contourne le démarrage et… en gros, il disparaît dès qu'on le cherche.

— Vous avez réussi à l'ouvrir ?

— Oui, monsieur. Il nous a fallu un bon moment.

Elle tapote sur le clavier de son ordinateur et le contenu du virus apparaît sur le tableau.

Je ne sais pas à quoi je m'attendais. Peut-être à une petite gargouille verte, prête à gober données et fichiers, comme un Pac-Man fou.

Ce n'est qu'un gros charabia. Six lignes de symboles et de lettres – esperluettes, dièses, caractères en majuscules et minuscules – qui ne ressemblent à aucun mot d'une langue connue.

— C'est une sorte de code crypté qu'on doit craquer ?

— Non, dit Augie. C'est une offuscation. Nina a brouillé le code du virus de manière à ce qu'il ne puisse pas être déchiffré, ni rétro-conçu.

— Mais vous avez réussi à le reproduire ?

— Oui, en grande partie, précise Augie. Les gars d'ici sont doués, mais on n'est pas sûrs d'avoir tout

438

recréé. Et on n'a pas réussi à reproduire le compte à rebours.

Je soupire.

— OK, vous ne pouvez pas le désactiver. Ni le tuer. Ni Dieu sait quoi encore.

— Exactement, dit Casey. Lorsqu'on essaie de le supprimer ou de le désactiver, il se réveille.

— Expliquez-moi « il se réveille ». Vous voulez dire qu'il efface toutes les données ?

— Il écrase tous les fichiers actifs. Et ils ne peuvent plus être restaurés.

— Comme quand je supprime mon fichier, et que je vide la corbeille ?

— Non, c'est différent. Lorsqu'on supprime un fichier, c'est son index qui est effacé. L'espace disque n'est donc plus alloué et peut être réaffecté si l'OS a besoin de…

— Casey, pour l'amour du ciel, parlez dans une langue accessible au commun des mortels !

— Ça n'a pas vraiment d'importance, monsieur, dit-elle en remontant ses grosses lunettes sur son nez. J'expliquais juste que lorsqu'un utilisateur supprime un fichier, il est simplement inactif, il ne disparaît pas tout de suite, et pas pour toujours. L'ordinateur le marque comme supprimé, libérant ainsi de l'espace dans la mémoire, et il disparaît de la liste des fichiers. Mais un expert peut le restaurer. Ce wiper ne se comporte pas comme ça. Il écrase les données. Définitivement.

— Je veux voir ça. Montrez-moi le virus en train d'écraser les données.

— D'accord. Nous vous avons préparé une simulation. (Casey tape tellement vite sur son clavier que je ne saisis rien de ses manips.) Voilà, prenons un fichier au hasard sur cet ordi. Vous voyez là ? Toutes ces lignes, ce sont ses propriétés.

Sur le tableau interactif, une fenêtre s'est ouverte avec les propriétés d'un fichier. Des lignes horizontales, chacune occupée par un chiffre ou un mot.

— Je vais maintenant vous montrer le même fichier, une fois qu'il a été écrasé.

Une image différente apparaît sur le tableau. Une fois encore, je m'attendais à quelque chose de spectaculaire. Visuellement, c'est très décevant.

— C'est identique, fais-je remarquer. Sauf pour les trois dernières lignes qui ont été remplacées par un zéro.

— Ces zéros, ça signifie qu'il a été écrasé. Impossible de le restaurer une fois qu'il a disparu.

Une série de zéros. L'Amérique va être transformée en pays du tiers-monde par une série de zéros.

— Remontrez-moi le virus.

Le magma de chiffres, de symboles et de lettres réapparaît à l'écran.

— Ce machin pète, dis-je en claquant des doigts, et toutes les données disparaissent ?

— Pas vraiment, explique Casey. Certains wipers fonctionnent comme ça. Mais celui-ci procède fichier par fichier. Ça va assez vite, mais c'est plus lent qu'un claquement de doigts. Comme la différence entre mourir d'une attaque, ou d'un cancer.

— En combien de temps ?

— Je ne sais pas, une vingtaine de minutes.

Trouver une solution.

— Ce truc est doté d'un compte à rebours ?

— C'est possible.

— Bon, et quelles sont les autres options ?

— Le virus attend peut-être l'exécution d'une commande. Ou les virus dans toutes les machines infectées communiquent les uns avec les autres. Et lorsque l'une d'elles donnera l'ordre d'exécuter, elles le feront toutes, simultanément.

— Quand ? dis-je en regardant Augie.

— Je ne sais pas. Je suis désolé. Nina ne m'a pas donné cette info.

— Est-ce qu'on peut jouer avec le temps ? En changeant la date sur l'ordinateur, l'année ? Si le virus est programmé pour se réveiller aujourd'hui, on ne pourrait pas remonter un siècle en arrière ? Il pensera qu'il doit patienter cent ans ? Comment ce foutu virus peut-il connaître la date si on lui indique quelque chose de différent ?

— Nina ne l'aurait jamais relié à l'horloge d'un ordinateur, affirme Augie. Trop imprécis et trop simple à manipuler. Ou il est régi à distance, ou elle l'a réglé sur un laps de temps précis. En partant de la date et de l'heure souhaitées, il lui suffisait de calculer ce temps en secondes, puis de programmer le virus pour qu'il se déclenche au moment voulu.

— Et elle a fait ça il y a trois ans ?

— Oui, monsieur le Président. Ce n'est qu'une simple multiplication. Des secondes par milliard. Mais qu'importe. Juste un petit calcul.

Je cale.

— Si vous ne pouvez pas modifier l'heure, comment l'avez-vous déclenché ?

— Nous avons essayé de le supprimer ou de le désactiver, intervient Devin. Et c'est comme ça qu'il s'est réveillé. Il est comme piégé avec un détonateur, il détecte les tentatives d'intrusion.

— Nina ne pensait pas que quelqu'un le repérerait un jour, explique Augie. Et elle avait raison. Personne ne l'a jamais détecté. Mais elle l'a doté de ce détonateur au cas où.

— D'accord, dis-je en arpentant la pièce. Creusez avec moi. Considérons la chose dans son ensemble. Mais de manière simple.

Tous se concentrent, hochant la tête comme s'ils faisaient le point. Ils sont habitués à la complexité, aux casse-têtes, aux défis entre experts.

— Pourrait-on mettre le virus en… quarantaine ? Dans une boîte dont il ne pourrait pas sortir ?

Augie secoue la tête avant même que j'aie terminé ma phrase.

— Ça aurait pour conséquence d'écraser tous les fichiers actifs, monsieur le Président. Il n'existe aucune « boîte » capable d'empêcher ça.

— Croyez-moi, renchérit Casey, on a essayé. On a décliné cette idée à toutes les sauces. Impossible d'isoler le virus.

— Est-ce que… On ne pourrait pas simplement déconnecter tous les appareils d'Internet ?

— Peut-être, répond-elle. Si les virus communiquent entre eux et que l'un envoie un ordre à tous les autres. Elle l'a peut-être conçu ainsi. Si c'est le cas, alors oui, si nous déconnectons tout d'Internet, cette commande « exécuter » ne sera pas reçue, et ce wiper ne se déclenchera pas.

— Bon. Alors…

— Monsieur, si on déconnecte tout… si on donne l'ordre à tous les fournisseurs d'accès du pays de suspendre…

— Tout ce qui dépend d'Internet mettra la clé sous la porte.

— On fera le boulot à leur place, monsieur.

— Et sans même savoir si ça peut marcher, ajoute Devin. Si ça se trouve, chaque virus a son propre compte à rebours, indépendant d'Internet. Les virus ne communiquent peut-être pas entre eux. On ne sait pas.

— Très bien. (Je me frotte les mains.) Continuez. Continuez à vous creuser les méninges. Et… et que devient ce virus une fois qu'il a tout effacé ?

— L'ordinateur plante, prévient Devin. Une fois les fichiers système écrasés, il est bon pour la casse.

— Oui, mais qu'arrive-t-il au virus ?

Casey hausse les épaules.

— Qu'arrive-t-il à une cellule cancéreuse lorsque le corps hôte décède ?

— Vous êtes en train de me dire que le virus meurt avec l'ordinateur ?

— Je… (Casey regarde Devin, puis Augie.) Tout meurt.

— Bon, et si l'ordinateur plante, mais que vous réinstalliez le système d'exploitation et redémarriez l'ordinateur ? Est-ce que le virus sera encore là à nous attendre ? Ou sera-t-il mort ? Ou au moins endormi à jamais ?

Devin réfléchit une seconde.

— Ce n'est pas le problème, monsieur. Vos fichiers seront déjà écrasés, disparus à tout jamais.

— Est-ce qu'on ne pourrait pas… j'imagine qu'il n'est pas envisageable d'éteindre tous nos ordinateurs et d'attendre que le temps passe ?

— Non, monsieur.

Je recule d'un pas, regarde Casey, Devin et Augie, et leur lance :

— Ne lâchez rien ! Soyez créatifs. Retournez le problème dans tous les sens. Il faut trouver une solution !

Je pars en claquant la porte, bousculant presque Alex au passage. Je me dirige vers la salle des communications.

Ma dernière chance : un Ave Maria.

89

Ma bande de suspects apparaît sur l'écran. La taupe est l'une de ces six personnes – Brendan Mohan, mon conseiller à la Sécurité nationale ; Rodrigo Sanchez, chef d'état-major des armées ; Dominick Dayton, secrétaire à la Défense ; Erica Beatty, directrice de la CIA ; Sam Haber, secrétaire à la Sécurité intérieure ; et la vice-présidente Katherine Brandt.

— Un traître ? s'étonne Sam Haber, brisant le silence.

— Et forcément l'un d'entre vous, dis-je.

J'éprouve un certain soulagement d'avoir enfin craché le morceau. Depuis quatre jours, je sais que quelqu'un de l'intérieur travaille avec l'ennemi. Cela a faussé mes rapports avec toute cette équipe.

— Bon, voilà à peu près où nous en sommes. Qui que vous soyez, j'ignore pourquoi vous avez agi de la sorte. Pour l'argent, je suppose. Car je n'arrive pas à croire que vous, qui avez consacré votre vie à l'intérêt général, détestez assez ce pays pour souhaiter le voir partir en fumée. Peut-être qu'il ou elle a été dépassé par les événements ? Pensant qu'il s'agissait d'un banal piratage informatique. Un énième vol d'informations sensibles. Sans se rendre compte qu'il était en train de lâcher les chiens de l'enfer sur notre pays. Et le temps de comprendre, il était trop tard pour faire machine arrière. Ça, je pourrais l'entendre.

Je ne peux pas envisager que le traître souhaite réellement la destruction de notre pays. Il, ou elle, a peut-être été victime de chantage, ou succombé aux vieilles sirènes de la corruption. Mais je refuse de croire que l'une de ces six personnes est à la solde d'une puissance étrangère qui veut anéantir les États-Unis.

Et, même si je me trompe, je veux que le traître pense que je vois les choses ainsi. Que j'essaie de lui offrir une porte de sortie.

— Mais ça n'a plus aucune importance. Ce qui compte, c'est d'arrêter ce virus avant qu'il ne se propage et fasse des ravages. Je vais donc faire quelque chose que je n'aurais jamais imaginé.

J'ai du mal à y croire, mais je n'ai pas le choix.

— Qui que vous soyez, si vous sortez du bois et m'aidez à stopper ce virus, je vous pardonnerai vos crimes.

Je les scrute tout en prononçant ces paroles, mais les écrans sont trop petits pour que je note une quelconque réaction sur leurs visages.

— Les cinq autres sont témoins. Je lui pardonnerai tous ses crimes s'il m'aide à arrêter le virus et m'avoue qui se cache derrière. Je classerai l'information Secret Défense. Il démissionnera de ses fonctions et quittera le pays immédiatement, pour ne jamais revenir. Personne ne saura pourquoi il est parti. Personne ne saura ce qu'il a fait. S'il a reçu de l'argent de notre ennemi, il pourra le garder. Il ne sera plus jamais autorisé à revenir. Mais il sera libre. Ce qui est déjà plus que généreux. S'il ne se manifeste pas maintenant : il ne s'en tirera pas comme ça. Je traquerai le ou la responsable sans relâche. Une fois démasqué, il ou elle sera poursuivi et reconnu coupable de tant de chefs d'accusation que la liste sera longue comme le bras. Coupable de haute trahison envers les États-Unis d'Amérique. Et condamné à mort.

Je reprends ma respiration avant de poursuivre :

— Voilà. Il peut choisir la liberté, sans doute la fortune, et l'impunité. Ou que l'on se souvienne de lui comme de Ethel et Julius Rosenberg ou du Robert Hanssen de cette génération. C'est la décision la plus facile que l'un – ou l'une – d'entre vous ait jamais eue à prendre. Mon offre expire dans trente minutes, voire moins si le virus se réveille avant. Faites le bon choix.

Je coupe la connexion et quitte la pièce.

90

Je suis dans la cuisine, d'où j'observe le bois. Dehors, la lumière commence à faiblir. D'ici une heure, le soleil sera couché, disparu derrière les arbres. Dans cinq heures, ce « Samedi aux États-Unis » sera de l'histoire ancienne.

Il s'est écoulé onze minutes et trente secondes depuis mon offre à ma bande des six.

Noya Baram me rejoint, me prend la main et y blottit ses doigts fins.

— Je voulais donner à mon pays un nouvel élan, dis-je. Je voulais nous rapprocher. Que chacun se sente impliqué, que nous soyons unis. Ou du moins essayer d'aller dans cette direction. Je pensais que c'était en mon pouvoir. Je croyais vraiment en être capable.

— Vous l'êtes.

— On aura de la chance si je réussis à nous garder en vie. Si je parviens à empêcher qu'on s'entretue pour un bout de pain ou un bidon d'essence.

Notre nation survivra à cette épreuve, j'en suis convaincu. Mais le bond en arrière sera monumental. Et le prix à payer colossal.

— Où ai-je failli, Noya ? Qu'est-ce que j'aurais dû faire ?

Elle pousse un long soupir.

— Vous êtes prêt à mobiliser les forces d'active et de réserve pour maintenir l'ordre si nécessaire ? demande-t-elle.

— Oui.

— Les responsables des pouvoirs législatif et judiciaire sont en lieu sûr ?

— Oui.

— Vous avez préparé des mesures d'urgence pour stabiliser les marchés ?

— Les textes sont prêts. Noya, qu'est-ce que j'aurais dû faire pour empêcher ça ?

— Ah ! Que doit-on faire lorsqu'on sait qu'un ennemi arrive et qu'on ne peut pas l'arrêter ? Nombreux sont les chefs d'État dans l'histoire qui auraient aimé avoir la réponse à cette question !

— J'en fais partie.

— Qu'avez-vous ordonné en Irak, lorsque votre avion a été abattu ?

Un hélicoptère, plus précisément un Faucon noir, lors d'une mission de récupération d'un pilote de F-16 abattu près de Bassora. Entre le moment où le missile sol-air irakien avait perforé sa queue et celui où il s'était écrasé au sol, il s'était écoulé entre cinq et dix secondes.

— J'ai juste prié pour mes hommes et moi en me disant que je ne lâcherais aucun renseignement.

Ma version officielle. Seuls Rachel et Danny connaissent la vérité.

J'avais été éjecté de l'appareil qui piquait vers le sol. Aujourd'hui encore, c'est flou et ça tourbillonne, un mouvement à vous retourner l'estomac, avec la fumée et l'odeur du carburant. Puis le sable du désert qui amortit ma chute me coupant le souffle.

J'avais du sable plein les yeux et la bouche. Impossible de bouger. Je ne voyais rien. Mais j'entendais. Les cris des hommes de la Garde républicaine irakienne qui approchaient, s'interpellant en arabe. Leurs voix de plus en plus nettes.

Mon fusil était introuvable. Je voulais remuer le bras droit. J'essayais de me retourner. Mais impossible d'atteindre mon arme de poing coincée sous mon corps.

Je ne pouvais faire le moindre mouvement. La clavicule fracturée et l'épaule méchamment luxée, mon bras pendait comme celui d'une poupée disloquée.

La meilleure chose à faire – la seule, désarmé comme je l'étais – était de rester étendu, immobile, en espérant que lorsque les Irakiens arriveraient, ils penseraient que j'étais déjà...

Brusquement, je saisis le bras de Noya. Elle sursaute.

Sans une explication, je dévale les escaliers vers la *war room*. Casey bondit de sa chaise lorsqu'elle voit ma mine déconfite.

— Qu'est-ce qu'il y a ? demande-t-elle.

— On ne peut pas se débarrasser de ce truc. Et on ne pourra pas réparer les dégâts.

— Exact...

— Et si on le trompait ?

— Le tromper ?

450

— Vous m'avez dit que lorsque vous supprimez des fichiers, ils deviennent inactifs, c'est bien ça ?

— Oui.

— Et le virus n'écrase que les fichiers actifs, c'est ça ?

— Oui. Et alors ?

— Alors ? dis-je en me précipitant sur Casey. Et si on faisait le mort ?

— Faire le mort ? répète Casey. On détruit les données avant que le virus ne s'en charge ?

— Eh bien… d'après ce que vous m'avez expliqué, lorsque les fichiers sont supprimés, ils ne le sont pas vraiment. Ils sont juste marqués comme supprimés. Ils ne disparaissent pas, mais deviennent inactifs.

Elle acquiesce.

— Et vous m'avez bien précisé que le virus n'écrase que les fichiers actifs. Pas les inactifs, donc pas les fichiers marqués comme supprimés.

À côté du tableau, Augie agite un doigt.

— Vous suggérez que l'on supprime tous les fichiers actifs de l'ordinateur.

— Oui. Lorsque l'heure du réveil aura sonné pour le virus, il ouvrira les yeux et ne verra aucun fichier à supprimer. Imaginons… imaginons que le virus soit un assassin dont le contrat consiste à entrer dans une pièce pour en tuer tous les occupants. Mais lorsqu'il entre, ils sont tous déjà morts. Ou du moins, c'est ce qu'il pense. Alors il ne sort pas son arme, il se contente de tourner les talons et de partir puisque quelqu'un a fait le boulot à sa place.

— On marque tous les fichiers actifs comme supprimés, déclare Casey. Puis le virus se déclenche. Mais ne fait rien, parce qu'il ne voit aucun fichier à écraser.

Elle regarde Devin, qui semble sceptique.

— Et après ? demande-t-il. À un moment donné, il va falloir récupérer ces fichiers, non ? Tout l'enjeu, c'est de sauver ces fichiers, de sauver toutes les données. Quand on les restaurera, qu'on annulera la suppression et qu'ils seront de nouveau actifs – alors le virus les écrasera. On va gagner du temps, mais on ne fera que retarder l'inéluctable.

Je les regarde l'un après l'autre, bien décidé à ne pas lâcher le morceau. J'ai beau être d'une incompétence crasse comparé à eux, j'ai le sentiment que nos échanges peuvent être productifs. Ils ont trop la tête dans le guidon pour voir la route.

— Vous en êtes certains ? Quand le virus a fait son boulot, est-on sûrs qu'il ne s'endort pas, ou qu'il meurt, ou que sais-je encore ? Je vous ai déjà posé cette question et vous m'avez répondu en me demandant ce que devenait une cellule cancéreuse sur un cadavre. Servez-vous plutôt de mon analogie. L'assassin entre dans une pièce pour supprimer tout le monde, mais ils sont déjà morts. L'assassin va-t-il tourner les talons en pensant que le boulot est fait ? Ou va-t-il s'éterniser dans les parages, juste au cas où quelqu'un se réveillerait ?

— Il a raison, dit Casey à Devin. On ne sait pas. Dans toutes nos simulations, le virus a écrasé les fichiers système et détruit l'ordinateur. On ne s'est

453

jamais demandé ce que devenait le virus. On n'a pas fait de simulation où l'ordinateur survit. Impossible d'affirmer avec certitude que le virus serait encore actif.

— Mais pourquoi ne le serait-il plus ? demande Devin. Je vois mal Nina programmer le virus Suliman pour qu'il s'arrête à un moment.

Tous les regards convergent sur Augie qui, mains dans les poches et yeux plissés, fixe un point indéfini entre le présent et le passé. Je n'entends que la trotteuse de la pendule. J'ai envie d'attraper Augie et de le secouer. Mais il réfléchit. Lorsqu'il ouvre la bouche, tout le monde est suspendu à ses lèvres.

— Ça pourrait marcher, lâche-t-il. Ça vaut le coup de faire un essai.

Je regarde ma montre. Dix-huit minutes depuis mon offre de pardon. Aucun contact.

Mais pourquoi ? C'est la chance d'une vie.

— Faisons un test immédiatement, suggère Casey.

Devin croise les bras, l'air peu convaincu.

— Eh bien, quoi ?

— Ça ne va pas marcher, m'assure-t-il. Et nous perdons un temps précieux.

92

Toute l'équipe, épuisée, fixe le tableau interactif, tandis que Devin prépare la simulation.

— Très bien, dit-il, en se penchant sur le clavier d'un des ordinateurs cobayes. Les fichiers de cette machine, sans exception, ont été marqués comme supprimés. Même les fichiers système.

— On peut supprimer les fichiers système et continuer de faire fonctionner l'ordinateur ?

— Normalement, non. Mais ce que nous avons fait, c'est de…

— Peu importe. Allons-y. Activez le virus.

— Je vais le supprimer, ce qui devrait le réveiller. Je me tourne vers le tableau pendant que Devin fait une des rares choses dont même un dinosaure de mon espèce est capable, à savoir sélectionner le fichier « Suliman.exe » et cliquer sur la touche « Supprimer ».

Rien ne se passe.

— Très bien, constate Devin, il ne s'est pas laissé faire et a déclenché son processus d'activation.

— Devin…

— Le virus est activé, monsieur le Président, précise Casey. L'assassin est dans la place.

Des fichiers apparaissent à l'écran, comme ceux pris au hasard plus tôt. Des fenêtres s'ouvrent en cascade, des rangées de propriétés défilent pour chaque fichier.

— Il ne les écrase pas, dit Casey.

L'assassin n'a encore trouvé personne à liquider. Jusqu'ici, tout va bien.

Je me tourne vers Casey.

— Vous m'avez bien dit qu'il lui fallait environ vingt minutes pour faire l'inventaire de tous les fichiers. Ce qui nous laisse vingt minutes pour…

— Non, réplique-t-elle. Il faut vingt minutes pour les écraser tous, un par un. Mais il les repère beaucoup plus vite. Il…

— Là ! lance Devin penché sur son clavier.

Il fait apparaître une image du virus Suliman.

Analyse effectuée…
62 %

Casey a raison. Il va beaucoup plus vite.

70 %… 80 %…

Je ferme les yeux, les rouvre et regarde l'écran interactif :

Analyse terminée
Nombre de fichiers détectés : 0

— D'accord, déclare Devin. Donc, il n'a rien écrasé. Aucun fichier n'a été touché.

— Maintenant, voyons si, une fois sa mission accomplie, l'assassin va quitter la pièce.

Augie, resté silencieux dans un coin, intervient :

— On devrait réessayer de supprimer le virus maintenant qu'il a terminé sa tâche. Il pourrait ne pas résister.

— Ou cela pourrait le réactiver. Le réveiller, m'explique Devin.

— Si c'est le cas, rétorque Augie, on relancera la simulation, mais sans le supprimer.

Je comprends tout d'un coup que chacun de leurs essais est lourd de conséquences, chaque tactique est approximative. C'est pour ça qu'il fallait autant d'ordinateurs. Pour autant de simulations.

— On devrait d'abord essayer à ma façon, propose Devin. Il y a plus de chances que le virus coexiste avec le…

Une discussion éclate en plusieurs langues. Tout le monde donne son avis. Je lève une main et sonne la fin de la récré :

— Oh ! Tentez l'approche d'Augie. Supprimez de nouveau le virus et voyez ce qui se passe. (Je fais signe à Devin :) Allez-y.

— D'accord.

Sur le tableau interactif, je regarde Devin déplacer le curseur sur le seul fichier actif de l'ordinateur, le virus « Suliman.exe ». Puis il clique sur la touche « Supprimer ».

L'icône disparaît.

Un soupir de soulagement traverse la pièce au moment où les meilleurs experts internationaux en cyberattaque contemplent, béats, l'écran vide.

— Bordel de merde ! s'écrie Casey. Vous savez combien de fois on a tenté d'éradiquer ce foutu machin ?

— Environ cinq cents ?

— C'est la première fois que ça marche.

— La méchante sorcière de l'Ouest est morte ! s'exclame Devin.

Je tempère mon enthousiasme. Ce n'est pas encore gagné.

— Récupérons tous les autres fichiers, intervient Casey. Voyons si l'assassin a vraiment quitté les lieux.

— OK, restauration de tous les fichiers marqués comme supprimés, dit Devin. Sauf le virus, bien sûr.

Incapable de regarder, je me détourne. Il règne un silence de mort.

Je vérifie l'heure sur mon téléphone. Vingt-huit minutes se sont écoulées depuis mon offre de pardon. Personne n'a appelé. Je ne comprends pas. Je ne m'attendais pas à des aveux immédiats. Reconnaître pareils agissements est une décision grave, qui vaut bien quelques minutes de réflexion.

Et il ou elle allait forcément prendre le temps de réfléchir au risque d'être pris en flagrant délit de haute trahison et à ses terrifiantes conséquences – prison, déshonneur, famille anéantie. Et voilà que j'offre un laissez-passer – pas seulement pour éviter la prison ou la peine de mort, mais pour échapper à l'infamie. J'ai donné ma parole de classer ce dossier top secret. Personne ne saura ce que le traître a fait.

S'il a été payé, ce qui est vraisemblable, il peut, en plus, garder l'argent.

Pas de prison, ni de disgrâce ou de déchéance – pourquoi refuser une offre pareille ? Est-ce que le traître ne m'a pas cru ?

Devin interrompt le cours de mes pensées :

— Monsieur le Président.

Je me tourne vers lui. De la tête, il indique l'écran, sur lequel apparaissent une série de fichiers et leurs propriétés.

— Pas de zéros.

— Pas de zéros, confirme Devin. Les fichiers ont été restaurés, ils sont actifs et le virus ne les infecte pas !

— Oui ! (Casey lève un poing.) On a piégé ce foutu virus !

Tout le monde se tombe dans les bras, se tape dans les mains. La pression des dernières heures se relâche.

— Je vous l'avais bien dit que c'était une bonne idée, plaisante Devin.

Mon portable vibre.

— Préparez-vous à lancer ça en vrai ! leur dis-je. Configurez les serveurs du Pentagone.

— Oui, monsieur !

— Combien de temps il vous faut ? Quelques minutes ?

— Oui, répond Casey. Une vingtaine, peut-être une demi-heure. Il va nous falloir du temps pour…

— Dépêchez-vous. Si je ne suis pas là quand vous êtes prêts, venez me chercher.

Puis je quitte la pièce pour répondre au téléphone.

Il s'est écoulé vingt-neuf minutes. Il ou elle aura utilisé jusqu'à la dernière seconde de mon ultimatum.

Je sors mon téléphone de ma poche et regarde l'identité du correspondant.

LIZ FBI.

Dans le couloir devant la *war room*, je prends l'appel d'une personne au-dessus de tout soupçon.

— Monsieur le Président ? Nous venons de débloquer le deuxième téléphone de Nina. Celui qu'on a retrouvé dans le van.

— Une bonne nouvelle, non ?

— Espérons. On est en train de tout télécharger. On va pouvoir vous transmettre ça rapidement.

Pourquoi Nina avait-elle deux téléphones ?

— Liz, il doit y avoir quelque chose d'intéressant dans ce téléphone.

— C'est très possible, monsieur le Président.

— Il le faut, dis-je en regardant ma montre.

Trente et une minutes se sont écoulées. Mon offre a expiré et personne ne s'est manifesté.

Tout en haut du pin blanc, Bach écoute et attend, la lunette du fusil braquée sur l'arrière du chalet.

Où est-il ? se demande-t-elle. *Où est l'hélicoptère ?*

Elle a laissé passer sa chance. Elle en est désormais certaine, c'était bien le maigrichon aux cheveux en bataille entré juste derrière le président. Quelques secondes de plus pour obtenir la confirmation et l'homme serait mort, et elle dans un avion.

Elle se souvient des paroles de Ranko, ces trois mois où elle avait suivi son enseignement : *rater son tir est bien pire que de ne pas tirer.*

La prudence était la meilleure carte. Le garçon aurait pu resurgir au cours des dernières heures, pour lui donner une nouvelle opportunité. Qu'il ne soit pas ressorti du chalet ne rend pas pour autant sa décision mauvaise.

Dans ses écouteurs, la *Gavotte en ré majeur*, interprétée par Wilhelm Friedemann Herzog douze ans plus tôt. Une vidéo pour les élèves de la méthode Suzuki. Loin d'être son œuvre préférée ; elle ne l'a jamais trop appréciée et la verrait plutôt interprétée par un ensemble que par un violon solo.

Mais elle ne peut oublier cette partition. Elle la jouait sur le violon de sa mère, d'abord mal, puis de mieux en mieux, pour arriver à un résultat délicat et émouvant. Sa mère, penchée au-dessus d'elle, corrigeait chaque mouvement.

Position de l'archet !... Maintenant forte !... La première forte – forte, puis pianissimo... recommence... équilibre ton archet, draga*... moins vite tes doigts, pas l'archet – pas l'archet ! Là,* draga, *je vais te montrer.*

Sa mère saisissait alors l'instrument et jouait la gavotte de mémoire, transportée par la musique qui faisait taire les tirs d'artillerie à l'extérieur, protégeant la maison par cette douce partition.

Son frère était beaucoup plus doué qu'elle. Il avait deux ans de plus – et autant d'années d'apprentissage d'avance. Surtout, ça lui venait naturellement, comme si le violon était un prolongement de lui-même, comme si jouer de la musique était aussi naturel que parler ou respirer.

Pour lui, un violon. Pour elle, un fusil.

Oui, un fusil. Une dernière fois.

Elle regarde sa montre. C'est l'heure.

Pourquoi ne s'est-il rien passé ?

Où est l'hélico ?

95

— Je ne vous remercierai jamais assez, dis-je au chancelier Juergen Richter.

— Je ne vous cache pas que je suis très déçu de notre échec à Berlin.

— Vous n'y êtes pour rien. Il vous attendait. Juergen, continué-je en l'appelant par son prénom, chose rare avec cet homme protocolaire, si on en arrive là, votre influence auprès des membres de l'OTAN sera déterminante.

— J'en ai bien conscience.

C'est la raison principale de sa présence ici, et il le sait. Je l'ai fait venir pour le regarder droit dans les yeux et m'assurer que nos partenaires de l'OTAN seront solidaires en cas de conflit armé. L'article 5, la défense collective, serait éprouvé comme jamais si les rôles devaient être inversés et que la plus grande superpuissance du monde avait besoin d'aide, avec au final le spectre d'une Troisième Guerre mondiale.

— Noya, dis-je en la serrant longuement dans mes bras, profitant du réconfort de cette étreinte.

— Je peux rester, Jonny, murmure-t-elle.

— Non. Il est déjà plus de 19 heures. Je vous ai retenue plus longtemps que prévu… Si… si le pire… Je ne veux pas devoir veiller à votre sécurité. Et de toute façon, il est préférable que vous rentriez chez vous.

Elle ne proteste pas. Si le virus se réveille et que nos pires craintes se réalisent, les répercussions se feront sentir aux quatre coins du globe. Et ces chefs d'État préféreront être dans leur pays.

— Mes experts peuvent rester, propose-t-elle.

— Ils ont déjà fait tout ce qu'ils ont pu. Mes équipes travaillent maintenant sur les serveurs du Pentagone. Comme vous pouvez l'imaginer, on doit s'occuper de ça seuls.

— Bien sûr.

— En plus, c'est notre dernière chance d'arrêter le virus.

Elle prend ma main qu'elle garde dans les siennes.

— Israël n'a pas de meilleur allié. Et je n'ai pas de meilleur ami, conclut-elle.

La meilleure décision que j'ai prise aujourd'hui, c'est d'avoir convié Noya. Sans proches collaborateurs près de moi, sa présence et ses conseils m'ont été d'un grand réconfort. Mais au final, tout repose sur mes épaules. C'est la trotteuse de ma montre qui tourne. Il en va de ma responsabilité.

— Monsieur le Premier ministre, dis-je en serrant la main d'Ivan Volkov.

— Monsieur le Président, je crois que nos experts ont fait ce qu'ils ont pu.

— Oui, en effet. Ayez l'obligeance de transmettre mes remerciements au président Tchernokev.

D'après mon équipe, les Russes ont été réglos. Casey et Devin n'ont décelé aucun signe de sabotage. Ce qui ne veut pas dire qu'ils ne cachent pas quelque chose. Impossible de le savoir.

— Nos spécialistes pensent que votre plan pour neutraliser ce virus pourrait marcher, assure Volkov. On est de tout cœur avec vous.

Je guette l'esquisse d'une mimique, une pointe d'ironie sur le visage de marbre de mon interlocuteur.

— Tout le monde devrait l'être. Car si nous sommes touchés, tout le monde le sera. Mais les responsables de tout ça, monsieur le Premier ministre, ce sont eux qui ont vraiment du souci à se faire. Parce que les États-Unis vont contre-attaquer. Et nos alliés de l'OTAN m'ont assuré de leur soutien.

— Dans les jours à venir, réplique-t-il avec gravité, certains chefs d'État vont devoir prendre des décisions prudentes.

— Dans les jours à venir, nous saurons qui sont les amis de l'Amérique et qui sont ses ennemis. Et je peux vous assurer que personne ne voudra être notre ennemi.

Là-dessus, Volkov se retire.

Les trois dirigeants, suivis de leurs conseillers et de leurs experts, descendent les quelques marches à l'arrière du chalet.

Un hélicoptère des Marines se pose dans le jardin, prêt à les évacuer.

96

C'est parti.

Perchée dans son arbre, Bach observe à la lunette de son fusil l'arrière du chalet.

Respirer. Viser. Presser la détente.

L'hélicoptère de l'armée se pose.

La porte du chalet s'ouvre. Elle s'arme de courage.

Les chefs d'État apparaissent sous les lumières du perron.

Elle vise chacun d'eux. Elle pourrait les tirer en pleine tête, net et précis.

La Première ministre d'Israël.

Le chancelier allemand.

Le Premier ministre russe.

D'autres suivent. Elle scrute leurs visages. Une seconde, il ne lui faudra qu'une petite seconde, maintenant qu'elle est prête...

Respirer. Viser. Presser la détente.

Un homme aux cheveux noirs...

... son doigt caresse la détente...

Négatif.

Montée d'adrénaline. Allez ! Et elle en aura terminé pour toujours…

Un homme aux cheveux longs. Non. Ce n'est pas sa cible.

La porte du chalet reste ouverte. Puis se referme.

Jebi ga ! jure-t-elle. Il n'est pas sorti. Il est toujours à l'intérieur.

L'hélico décolle. Elle sent le courant d'air quand l'appareil s'élève et vire, avant de disparaître presque sans bruit.

Il ne sortira pas du chalet.

Ils vont devoir aller le chercher.

Elle pose le fusil et prend ses jumelles. Des hommes du Secret Service surveillent la pelouse et le perron. Ils ont délimité le périmètre de fusées éclairantes.

La suite va être beaucoup plus risquée.

— Équipe 1 en position, entend-elle dans son oreillette.

— Équipe 2 en position.

Et beaucoup plus sanglante.

97

— Dépêchez-vous, dis-je à Casey et Devin. Ce dernier, connecté aux serveurs du Pentagone, se hâte de marquer tous les fichiers comme supprimés.

Il fait tout son possible, ma remarque est parfaitement inutile.

Mon téléphone vibre.

— Oui, Liz.

— Monsieur le Président, on a récupéré le contenu du deuxième téléphone de Nina. Il faut absolument que vous y jetiez un œil, tout de suite.

— D'accord, mais comment ?

— Je vous l'envoie sur votre téléphone.

— Je dois m'intéresser à quoi en priorité ?

— Elle n'utilisait ce téléphone que pour une chose, explique Liz. Une seule. Pour ses appels, elle se servait d'un portable prépayé et envoyait des SMS depuis un autre. C'est avec celui-ci que Nina communiquait avec notre taupe, monsieur le Président. Elle correspondait par SMS avec notre... notre traître.

J'en ai froid dans le dos. Quelque part, j'espérais encore qu'il n'y ait pas de traître. Que Nina et Augie aient appris le nom de code Dark Ages par un autre biais et que personne au sein de mon équipe ne soit capable d'une chose pareille.

— Dites-moi qui c'est, Liz.

— Aucun nom, monsieur. Je viens de vous l'envoyer.

— Je lis ça et je vous rappelle.

Je raccroche.

— Devin, Casey ! Je vais dans la salle des communications. Appelez-moi quand vous serez prêts.

— Oui, monsieur le Président.

Dans la seconde, mon téléphone bipe. Le message de Liz. J'ouvre la pièce jointe en marchant, Alex sur mes talons.

C'est la transcription des SMS, classés par ordre chronologique, dont les protagonistes sont désignés par « Nina » et « NI », pour « numéro inconnu » – je dirais plutôt « traître », « Judas » ou « Benedict Arnold ».

Le premier message, daté du 4 mai, a été envoyé par le mystérieux correspondant. Un vendredi. Le lendemain du jour où je suis rentré de mon déplacement en Europe. La nouvelle avait fait le tour du monde : les États-Unis avaient empêché l'assassinat de Suliman Cindoruk. La mère d'un agent de la CIA, décédé durant l'opération, demandait des comptes.

Je m'intéresse aux échanges du 4 mai, et note l'adresse du correspondant :

1600 Pennsylvania Avenue

Le correspondant de Nina communiquait depuis l'enceinte même de la Maison Blanche ! C'est... incompréhensible.

Vendredi 4 mai
NI : 1600 Pennsylvania Avenue
Nina : Localisation inconnue
** Heure de la côte Est **

NI (7:52) : J'ai eu votre message. Qui êtes-vous, et comment savoir si tout ça est sérieux ?

Nina (7:58) : Vs savez maintenant que je ne plaisante pas. Sinon, comment j'aurais su pr le virus sur vos serveurs du Pentagone ?

Nina (8:29) : Pas de réponse ? Vs avez rien à dire ?

Nina (9:02) Vs me croyez pas ? Très bien. Alors regardez votre pays partir en 🔥. Au lieu d'être un héros, vs expliquerez à POTUS que vs auriez pu empêcher ça, mais que vs n'avez rien fait. Trop triste !!

Nina (9:43) : Pkoi je mentirais ? Vs avez quoi à perdre ? Pkoi vs m'ignorez ??

Je repense au timing. Ce matin-là, j'étais en réunion avec mon équipe de la Sécurité nationale. Mon premier cercle au grand complet, tous à la Maison Blanche.

Il – ou elle – a envoyé ses messages pendant cette réunion.

Je poursuis ma lecture. Nina continue à bombarder son mystérieux correspondant :

Nina (9:54) : J'imagine que vs avez pas envie d'être un héros. Continuez à faire l'autruche comme si je n'existais pas 🙈 🙉 🙊

471

Nina (9:59) : 🔥🔥🔥🔥🔥🔥🔥

Nina (10:09) : Après Toronto, vs me croirez peut-être.

Toronto. D'accord. Ce vendredi-là, le système informatique du métro de Toronto a planté, victime d'un virus, probablement des Fils du Djihad. En fin d'après-midi, en pleine heure de pointe. Nina envoie son texto le matin, avant l'attaque. Tout comme elle m'avait parlé du crash de l'hélicoptère à Dubaï avant qu'il ne se produise.

Au moins, cela explique comment on en est arrivés là. Je me suis toujours demandé comment ça avait commencé, comment une cyberterroriste et un membre de mon équipe de la Sécurité nationale avaient bien pu entrer en contact. Nina a initié le dialogue. Elle savait qu'il y avait un Judas dans le premier cercle.

Mais quelle que soit la taupe, pourquoi ne m'a-t-il, ou elle, pas prévenu sur-le-champ ? Dès la réception du message ? Pourquoi ne pas m'en avoir parlé ? Pourquoi l'avoir gardé secret ?

Tout cela aurait pu être très différent si cette taupe était venue me voir à ce moment-là.

Je fais dérouler les messages. C'est terminé pour le 4 mai.

L'échange suivant a lieu le lendemain – le matin du samedi 5 mai. L'inconnu envoie toujours ses SMS depuis la Maison Blanche.

Malin. Le traître, sachant qu'on pourrait suivre sa trace jusqu'à l'adresse postale au 1600 Pennsylavia, a pris soin d'envoyer ses messages alors qu'il était avec les autres responsables de la sécurité. Caché au sein même de la garde rapprochée. Prudent. Et malin.

Samedi 5 mai
NI : 1600 Pennsylvania Avenue
Nina : Localisation inconnue
** Heure de la côte Est **

NI (10:40) : Vous êtes sérieux. Vous réservez le même sort à nos systèmes militaires qu'au métro de Toronto hier soir ?

Nina (10:58) : Puissance mille. Vs m'écoutez maintenant !!

NI (10:59) : Oui, maintenant je vous crois. Vous pouvez arrêter ce virus ?

Nina (11:01) : Oui je peux vous dire comment faire.

NI (11:02) : Me le dire ne servirait pas à grand-chose. Je ne connais rien en informatique.

Nina (11:05) : Pas la peine de s'y connaître, je vs expliquerai ce que vous devez savoir, c très simple.

NI (11:24) : Dans ce cas, livrez-vous. Rendez-vous à l'ambassade américaine la plus proche.

Nina (11:25) : Pour finir direct à Guantanamo ? Non mci !!!

NI (11:28) : Alors dites-moi comment stopper le virus.

473

Nina (11:31) : Renoncer à mon avantage ?? C'est ma seule chance d'amnistie. Si je vous explique d'abord, pas sûr que vous respecterez votre part du contrat !! Désolée, c pas possible. Jamais.

NI (11:34) : Dans ce cas, je ne peux pas vous aider. Vous allez devoir vous débrouiller sans moi.

Nina (11:36) : Pourquoi vs ne pouvez pas m'aider?????

NI (11:49) : Parce que maintenant, je suis moi aussi dans le pétrin. Vous m'avez parlé de Toronto avant que ça arrive, et je ne l'ai dit à personne.

Nina (11:51) : Pourquoi vs l'avez dit à personne ??

NI (11:55) : Je n'y ai pas cru. Vous avez regardé les infos ? Le président se fait crucifier parce qu'il a appelé Cindoruk. Et moi je communique avec l'un de ses agents. Grosse erreur. Mais trop tard.
Je vous crois. Laissez-moi régler ça, OK ? Attendez des nouvelles. On a le temps ? Le virus doit frapper quand ?

Nina (11:57) : Dans une semaine. Je vs donne jusqu'à 2main, c tout.

Ainsi se terminent les échanges du samedi 5 mai. Je me triture les méninges, pour essayer de comprendre. Ce n'était donc pas mûrement réfléchi ? Pas un chantage non plus. Pas une histoire d'argent. Juste une erreur de jugement ? Ce serait donc une succession de maladresses qui nous aurait mis dans ce pétrin ?

Le message suivant est de notre Judas, toujours depuis la Maison Blanche, le lendemain matin, dimanche 6 mai :

NI (11:55) : Je crois savoir comment régler le pb sans me mouiller. Vous êtes loin de Paris ?

98

Une camionnette blanche, frappée du logo Lee's Boats & Docks, quitte une route bitumée de Virginie et rejoint une allée forestière. Au loin, se dresse une barrière et un panneau indique : « PROPRIÉTÉ PRIVÉE – DÉFENSE D'ENTRER ». Derrière, deux SUV noirs barrent la route.

Le conducteur du fourgon, un certain Lojzik, arrête le véhicule et regarde dans le rétroviseur les huit hommes assis à l'arrière, tous équipés de gilets pare-balles. Quatre d'entre eux sont armés d'AK-47. Les quatre autres de lance-roquettes.

— N'oubliez pas le signal : j'enlève mon chapeau.

Lojzik descend de la camionnette. Il ressemble à un gars du cru, avec son chapeau aux bords déchirés, sa chemise épaisse et son jean élimé. Il s'approche des SUV près de la barrière, la main levée comme pour poser une question.

— Bonjour. Les gars, savez pas où je peux trouver la Départementale 20 ?

Pas de réponse. Les vitres des SUV sont teintées, impossible de voir à l'intérieur.

— Y'a quelqu'un là-dedans ? lance-t-il.

Il repose la question. Puis la répète une nouvelle fois.

C'est bien ce qu'ils pensaient : personne dans ces Suburban. Le Secret Service est en effectif réduit, et encore plus maintenant que d'autres agents s'envolent dans un hélico des Marines.

Lojzik n'a pas à soulever son chapeau. Les hommes ne bondissent pas pour tirer des roquettes sur les SUV.

Parfait. Ils en auront besoin pour le chalet.

Lojzik rejoint la camionnette et hoche la tête en direction des hommes.

— La voie semble libre. Cramponnez-vous.

Il passe la marche arrière et recule jusqu'au bout de l'allée. Puis il s'arrête, enclenche la marche avant, et écrase le champignon, précipitant le véhicule vers la barrière.

Quelques instants plus tard, à la nuit tombante, un hors-bord glisse lentement vers la petite anse où des agents du Secret Service veillent dans un bateau tous feux allumés. Contrairement à la camionnette de l'Équipe 1 arrivant par le nord, le hors-bord – et les quatre hommes – ont peu de chances de passer entre les mailles du filet.

Ils sont deux à la proue. Et, couchés à leurs pieds sur le pont, deux autres, avec quatre fusils d'assaut AK-47 équipés de lance-grenades.

— Arrêtez votre bateau ! ordonne un agent du Secret Service dans un mégaphone. La navigation est interdite !

Le chef, un certain Hamid, met ses mains en porte-voix en direction des agents :

— Pouvez pas nous remorquer ? Notre moteur est en panne.

— Faites demi-tour !

Hamid écarte les bras.

— Impossible. Mon moteur est HS.

Le type à côté d'Hamid, la tête légèrement baissée, murmure aux hommes à ses pieds :

— À mon signal.

— Dans ce cas, jetez l'ancre et nous allons vous envoyer de l'aide ! crie l'agent.

— Vous voulez que je…

— Stop ! Jetez l'ancre, tout de suite !

Les agents se précipitent de chaque côté du bateau et à la proue, et retirent les bâches des mitrailleuses sur leur trépied.

— Maintenant ! chuchote Hamid en attrapant l'un des fusils d'assaut.

Les deux hommes cachés bondissent avec leurs AK-47 et ouvrent le feu sur les hommes du Secret Service.

99

En lisant les SMS échangés le dimanche 6 mai entre Nina et notre Benedict Arnold, je comprends comment Lilly s'est retrouvée mêlée à cette histoire. C'est la solution trouvée par la taupe pour que Nina ait directement accès à moi, sans intermédiaire et sans laisser de trace. Réponse de Nina :

Nina (7:23) : Vous voulez que je raconte ça à la fille du président ?

NI (7:28) : Oui. Si vs lui faites passer l'info, elle la transmettra illico à son père. Et le président négociera directement avec vous.

Nina (7:34) : Vs pensez que le président acceptera de conclure ce marché avec moi ?

NI (7:35) : Oui. Évidemment. Une amnistie dans votre pays natal et vous sauvez le nôtre ? Bien sûr qu'il va accepter ! Mais il faudra venir le voir. C'est possible ? Vous pouvez venir aux États-Unis ?

Nina (7:38) : Pour le rencontrer en personne ?

NI (7:41) : Oui. Ce n'est pas le genre de choses qu'il règle par téléphone.

Nina (7:45) : Faut que je réfléchisse. Et s'il m'envoie à Guantanamo et me fait torturer ?

NI (7:48) : Impossible. Croyez-moi.

En réalité, j'ignore ce que j'aurais été prêt à faire pour arrêter ce virus. Si j'avais eu le sentiment que ça aurait pu m'apporter des réponses, j'aurais cuisiné Nina.

Mais nous n'en sommes jamais arrivés là. Nina avait clairement fait comprendre – via Lilly et lorsqu'elle est venue me voir – qu'elle avait un associé détenant l'autre pièce du puzzle. Et Nina avait précisé que son offre n'était valable que pour la paire. Si je la retenais à la Maison Blanche, je pouvais faire une croix sur le puzzle et les chances d'arrêter ce virus.

La situation dans laquelle on se retrouve maintenant.

Nina (7:54) : Si je vais à Paris voir la fille du président, il me prendra au sérieux ?

NI (7:59) : C'est certain.

Nina (8:02) : Et pourquoi donc ? Vous, vs ne l'avez pas fait.

NI (8:04) : Parce que le nom de code que je vais vous donner vous rendra crédible. Dès que vous l'aurez prononcé, il saura que c'est sérieux.

Nina (8:09) : D'accord. C'est quoi ce code ?

NI (8:12) : Je vous fais confiance. C'est un code top secret. En cas de problème, je vais en prison. Vous comprenez ?

Nina (8:15) : Ouais, comme Edward Snowden et Chelsea Manning ?

NI (8:17) : En gros. Je prends tous les risques en vous aidant. Je vous fais confiance.

Nina (8:22) : C'est réciproque. Je ne dirai jamais qui vous êtes ni ce que vous m'avez dit. Je le jure devant Dieu !!

NI (9:01) : Parfait. Je prends le risque de ma vie. J'espère que vous en avez bien conscience. Et que je peux vous faire confiance.

Nina (9:05) : Oui. Vous pouvez.

Voilà comment Nina a appris l'existence de Dark Ages. Et le lendemain de cet échange de SMS – il y a cinq jours, lundi dernier –, elle a retrouvé Lilly à la Sorbonne et lui a murmuré Dark Ages à l'oreille. Ma fille m'a appelé, et j'ai passé les quatre derniers jours à essayer de démasquer le traître.

Et sur ce front, jusqu'ici, rien de nouveau. Je fais défiler la transcription...

— Monsieur le Président ! m'appelle Casey. Nous sommes prêts !

Je me précipite hors de la salle des communications suivi d'Alex, et retrouve Casey, Devin et Augie dans la *war room*.

— Prêts à déclencher le virus ?

Je pose mon téléphone sur un bureau et me tiens derrière Devin.

— Monsieur le Président, m'explique Casey, il faut que vous sachiez qu'on ignore si les virus communiquent d'un appareil à l'autre. Il est possible que le virus soit réglé pour se déclencher de manière indépendante sur toutes les machines infectées du pays. Mais il est aussi possible qu'un seul appareil donne le signal à tous les autres, provoquant un déclenchement simultané.

— Oui, vous me l'avez déjà dit.

— Là où je veux en venir, monsieur, c'est que j'espère que ça va marcher. Dans le cas contraire, si le virus se réveille sur les serveurs du Pentagone, il pourrait se réveiller aussi sur des millions, voire des milliards de machines à travers le pays. Si notre plan ne fonctionne pas, notre pire cauchemar deviendra réalité.

— Ça a marché lors de la simulation, dis-je.

— Oui, on a fait de notre mieux en matière de rétro-ingénierie lors des essais. Mais c'est impossible de garantir à cent pour cent que notre modèle est parfait. On n'a eu que quelques heures. Et je ne peux pas vous certifier que l'original se comportera comme notre modèle.

Je prends une profonde inspiration avant de parler :

— Si on ne fait rien, de toute façon, le virus va bientôt se réveiller. D'ici quelques minutes, au mieux quelques heures. Et c'est le seul plan qu'on ait trouvé pour arrêter le virus. Je me trompe ?

— Non, monsieur. C'est même le seul qui ait marché.

— Donc ? Vous avez une meilleure idée ?

— Non, monsieur. Je veux juste que vous compreniez. Si cela ne fonctionne pas…

— Tout pourrait partir en sucette. J'ai compris. C'est quitte ou double, un gros coup ou l'Armageddon. (Je regarde Augie.) Qu'en penses-tu ?

— Je suis d'accord avec vous, monsieur le Président. C'est notre meilleure chance. La seule, en fait.

— Casey ?

— Je suis d'accord aussi. Il faut tenter le coup.

— Devin ?

— Également, monsieur.

— Dans ce cas, dis-je en me frottant les mains, allons-y.

Les doigts de Devin courent sur le clavier :

— Voilà, c'est par…

— Quoi ? lâche Alex Trimble en sursautant et réajustant son oreillette. L'accès nord a été forcé ? Viper ! crie-t-il dans sa radio. Viper, vous me recevez, Viper ! (Alex m'attrape le bras.) Dans la salle des communications, monsieur le Président ! Nous devons rester confinés. C'est l'endroit le plus sûr…

— Non. Je ne bouge pas.

— Si, monsieur le Président, insiste Alex. Vous devez me suivre, et tout de suite.

— Dans ce cas, ils viennent avec nous.

— Très bien. Allons-y.

Devin débranche son ordinateur portable et tout le monde se précipite dans la salle des communications.

Au même moment, retentissent au loin des échanges de tirs nourris.

100

Lojzik, au volant de la camionnette blanche, ralentit après avoir enfoncé la barrière, cherchant un chemin qui n'est pas indiqué. Là ! Raté. Il s'arrête, passe la marche arrière, puis recule et s'engage sur le chemin à gauche. Si on ne l'avait pas briefé, il ne l'aurait jamais trouvé.

Un chemin trop étroit pour que deux véhicules puissent s'y croiser. Il fait sombre, le soleil couchant est masqué par les grands arbres de chaque côté. Lojzik, agrippé au volant la tête en avant, ne peut pas rouler trop vite sur ce terrain accidenté, mais il accélère doucement.

Moins d'un kilomètre jusqu'au chalet.

Sur le lac, une fusillade fait rage.

L'Équipe 2 envoie des grenades fumigènes et des rafales d'AK-47 sur le bateau des hommes du Secret Service. Ceux-ci ripostent à la mitrailleuse, forçant les assaillants à se replier, à l'abri de la coque de leur embarcation.

Les quelques agents du Secret Service qui couvrent le domaine se précipitent vers le lac et ouvrent le feu sur le bateau de l'Équipe 2.

Alors que les agents atteignent le ponton et que leur attention se focalise sur les assaillants, Bach traverse le jardin et saute dans le puits de fenêtre de la buanderie du sous-sol.

101

Alex Trimble verrouille la lourde porte de la salle des communications, puis sort un téléphone de sa poche et l'allume.

Devin est assis, son ordinateur ouvert sur les genoux. Il est prêt.

— Allez, Devin, dis-je. Activez ce virus.

Je me concentre sur le téléphone d'Alex. Le Secret Service a installé des caméras sur le toit, et nous regardons celle braquée côté nord ; une camionnette blanche fonce sur le chemin qui mène au chalet.

— Où êtes-vous, Viper ? hurle Alex dans sa radio.

Comme s'il répondait aux consignes d'un réalisateur, un hélicoptère d'attaque des Marines, le tout nouveau Viper, apparaît, comme sorti de nulle part. Fonçant sur l'arrière du van, il tire un missile air-sol Hellfire qui strie le ciel d'un panache blanc.

Le van explose et fait plusieurs tonneaux avant de s'immobiliser sur le flanc. Les agents du Secret Service se déploient, armes automatiques au poing…

Alex change de caméra sur son téléphone. À présent, ce sont des échanges de tirs au sud-est, sur le lac. Du ponton et de l'un de nos bateaux des agents canardent une autre embarcation pour l'empêcher d'accoster.

— Skipper, dégagez ! Tous les agents, à couvert pour Viper ! lance Alex, le doigt sur son oreillette.

Le bateau du Secret Service fait machine arrière, s'éloigne du hors-bord ennemi. Les agents quittent le ponton et se précipitent vers la terre ferme.

Le Viper surgit et tire un autre missile qui transforme le hors-bord en boule de feu, sous des gerbes d'eau. Le bateau du Secret Service chavire à son tour.

— Larguez les Marines sur le périmètre ! ordonne Alex, déjà passé à l'étape suivante.

Les Marines stationnés sur l'aérodrome local avec le Viper, c'était son idée. Profil bas au chalet, avais-je insisté, mais avec des renforts pas loin.

— Il y a des agents à l'eau ! fais-je remarquer.

— Ils ont des gilets de sauvetage, ça va aller, me répond Alex avant de lancer à la radio : Où sont mes Marines ? Et mon topo sur les pertes ?

— OK, dit Devin, le virus s'est réveillé sur le serveur du Pentagone.

Je me focalise sur Devin tandis qu'Alex se dirige vers la porte en continuant de donner des ordres par radio.

— Voyons si ça marche, soupire Devin. Prions.

Il tape sur le clavier. Maintenant que nous sommes confinés dans la salle des communications, plus de tableau interactif. Penché sur l'épaule de Devin, entre Casey et Augie, je le regarde exhumer les propriétés des fichiers, pour voir si ceux marqués comme supprimés vont survivre.

— Il y a un zéro, dis-je en examinant la dernière ligne des propriétés. Un zéro, c'est pas bon, n'est-ce pas ?

— C'est... Non... non..., s'exclame Devin. Ça écrase les fichiers.

— Vous les avez supprimés ? Vous les avez marqués comme...

— Oui, lance Devin en agrippant son ordinateur. Merde !

Je surveille les propriétés du même fichier, les lignes de mots et de chiffres qui défilent, toujours avec ce zéro sur la dernière ligne.

— Pourquoi ça ne marche pas ? Quel est...

— Notre modèle de virus lors des simulations ne devait pas être parfait, constate Augie. On n'a pas réussi à décrypter certains éléments.

— Quelque chose nous a échappé, renchérit Casey.

Mon sang se glace.

— Toutes les données des serveurs du Pentagone vont être effacées ?

Casey pose la main sur son oreillette.

— Répète-moi ça ! dit-elle en fermant les yeux. T'es sûr ?

— Qu'est-ce qu'il y a ?

— Monsieur le Président, reprend-elle en se tournant vers moi, notre équipe au Pentagone... Ils affirment que... le virus que nous venons d'activer a délivré une commande « exécuter » dans le système. Le virus est en train de se réveiller au Trésor... (Elle tapote son oreillette.) À la Sécurité intérieure. Au département des Transports. Par... partout, monsieur.

(Elle jette un coup d'œil à son smartphone.) Et sur mon téléphone aussi.

Je cherche le mien.

— Où est mon portable ?

— Oh, non, gémit Augie. Oh non, non, non.

— Mon téléphone aussi, dit Devin. Ça y est, c'est parti. Bon Dieu, il se déclenche partout.

Casey s'accroupit, la tête dans les mains, et murmure :

— C'est fini. Que Dieu nous vienne en aide.

Je suis sonné, incrédule. J'ai toujours cru que ça ne se produirait pas, qu'on trouverait un moyen.

Que Dieu nous vienne en aide, en effet.

L'âge des ténèbres est arrivé.

Le jet privé atterrit sur une petite piste à la périphérie de Zagreb. Suliman Cindoruk s'étire, se lève et descend les quelques marches de la passerelle jusqu'au tarmac.

Deux hommes à la peau mate, un fusil en bandoulière, l'accueillent avec déférence. Suliman les suit vers une jeep et s'installe à l'arrière. Très vite, ils se retrouvent sur une deux-voies qui longe le mont Medvednica, si majestueux...

Il sursaute lorsque son téléphone retentit. Il l'attendait, cette sonnerie – un bruit d'explosion, réservé à un unique événement.

En avance de quelques heures. Les Américains ont dû tenter de le supprimer.

Sur son téléphone, deux mots grisants apparaissent : Virus activé.

Il ferme les yeux et un sentiment de plénitude l'envahit. Il n'y a rien de plus excitant qu'un bon génocide de fichiers, déclenché par un clavier situé à des milliers de kilomètres.

Tandis que la jeep poursuit sa route, Suliman profite de l'instant. *Il* l'a fait.

L'homme, qui a changé le cours de l'histoire.

L'homme, qui a mis la première superpuissance mondiale à genoux.

L'homme, qui sera bientôt assez riche pour en profiter.

— Ce n'est pas possible !

— Non, bordel, non…

C'est la panique autour de moi, un concert de plaintes et de jurons. Je suis sous le choc. Il faut que je sorte de ce cauchemar. Je me dirige vers l'ordinateur de la salle des communications, connecté à une ligne sécurisée hors d'atteinte de Dark Ages.

L'heure des mesures d'urgence a sonné. Je dois contacter Carolyn.

D'abord : informer les leaders du Congrès – réunir dès que possible la Chambre et le Sénat, faire voter une loi autorisant le déploiement de nos forces armées dans le pays, la suspension de l'*habeas corpus*, un renforcement du pouvoir exécutif pour imposer un contrôle des prix et le rationnement.

Ensuite : les décrets…

— Attendez ! Quoi ? s'exclame Devin. Attendez, attendez ! Casey, regarde ça.

Elle se précipite à côté de lui. Je l'imite.

Devin fait défiler les séries de fichiers, sautant d'un groupe à l'autre :

— Il… Je ne comprends pas… il…

— Il quoi ? dis-je, hurlant presque. Parlez !

— Il… (Devin tape sur le clavier, des fenêtres apparaissent et disparaissent.) Il a commencé… il a écrasé quelques fichiers, comme s'il essayait de nous montrer qu'il pouvait… mais il a arrêté.

— Il s'est arrêté ? Le virus ?

Casey se penche vers l'écran.

— C'est quoi, ça ? demande-t-elle.

104

Bach se trouve dans le puits aménagé face à la fenêtre de la buanderie, lorsque la fusillade éclate sur le lac.

— Équipe 1, votre position, demande-t-elle à Lojzik, le chef d'équipe tchèque.

— Nous avançons vers… Mais… qu'est-ce…

— Équipe 1, donnez-moi votre position ! répète-t-elle, en haussant le ton.

— *Helikoptéra !* hurle Lojzik dans sa langue maternelle. *Odkud pocházi helikoptéra ?*

Un hélicoptère ?

— Équipe 1…

L'explosion retentit en stéréo – venant du nord, et dans son casque *via* le micro de Lojzik. Des flammes colorent le ciel.

Un hélicoptère d'attaque ? Quelque chose vacille en elle.

Elle essaie d'ouvrir la fenêtre de la buanderie. Fermée.

— *Jebi ga*, lâche-t-elle, légèrement paniquée.

Elle attrape son arme par le silencieux, se penche vers la fenêtre…

— *Ularning vertolyotlari bor !* hurle Hamid, le chef de l'Équipe 2, dans son casque.

Elle ne parle pas ouzbek mais elle a l'impression que…

— Ils ont un hélico ! Ils…

La détonation est encore plus forte. Une énorme explosion venue du lac lui agresse de nouveau les tympans en stéréo.

Une peur inhabituelle s'insinue en elle, palpite dans son ventre. Depuis Sarajevo, elle ne craint rien ni personne. Elle ne pensait pas que ça lui retomberait dessus.

Un petit coup de crosse et la vitre se brise. Elle passe la main et déverrouille le loquet, guettant une réaction à l'intérieur. Cinq secondes. Dix secondes. Rien.

Elle ouvre la fenêtre et se glisse dans la buanderie.

— Expliquez-moi ce qui se passe, dis-je.

— C'est un… (Devin secoue la tête.) Nina a installé un coupe-circuit.

— Un quoi ?

— Elle a… installé un mot de passe.

— Bon Dieu, vous allez enfin m'expliquer… ?

— Apparemment, bredouille Augie, Nina a prévu un mécanisme qui suspend l'activité du virus une fois qu'il a été réveillé. Comme l'a expliqué Devin, le virus a effacé une petite quantité de données, avant de s'interrompre. Il est en attente. Ce qui nous laisse une chance d'entrer le mot de passe qui l'arrêtera.

— Chose que nous n'avons pas reproduite sur notre modèle lors des simulations, précise Casey. On ignorait son existence.

— Et les virus aux quatre coins du pays ? Vous m'avez dit qu'ils communiquent. Ils sont aussi en veille ?

Casque sur les oreilles, Casey parle avec précipitation dans son micro :

— Jared, on a un coupe-circuit qui stoppe le virus… vous voyez la même chose ? Vous devriez voir la même…

Je la fixe avec intensité. J'attends.

Vingt secondes. Une éternité.

Soudain, son visage s'illumine.

— Oui, confirme-t-elle en tendant la main. Oui ! Sur les serveurs du Pentagone, il semble que le virus a envoyé une commande « suspendre » à toute la chaîne.

— Donc… le virus est partout à l'arrêt ?

— Oui, monsieur. On a une nouvelle vie.

— Montrez-moi ce mot de passe de circuit machin chose.

Je pousse légèrement Augie et regarde l'écran.

Entrer le mot de passe : ▓▓▓▓▓▓▓▓▓ 28:47

— Ce compte à rebours, dis-je, il a commencé à quoi, trente minutes ?

28:41… 28:33… 28:28

— Le virus s'est donc rendormi pour vingt-huit minutes et quelques ?

— Exactement, répond Augie. C'est le temps qu'il nous reste pour entrer ce mot de passe. Ou le virus se déclenchera vraiment. Sur tous les systèmes. Dans tout le pays.

— Pas question. Nous sommes encore dans la course. On a une dernière chance. Très bien, un mot de passe. (Je me tourne vers Casey.) Nous avons un logiciel pour cracker les mots de passe ?

— Oui. Mais on ne peut pas l'installer et le lancer en vingt-huit minutes. Surtout avec ce virus. Il nous faudrait des heures, sans doute des jours, des semaines…

— Très bien, alors il va falloir le trouver nous-mêmes. Et jouer aux devinettes.

« Simple », a précisé Nina dans son message, lorsqu'elle disait pouvoir expliquer comment arrêter le virus. Pas la peine d'être un expert, avait-elle dit.

Simple. Oui, quand on a le mot de passe.

— C'est quoi, ce fichu mot de passe ? (Je me tourne vers Augie.) Elle ne t'en a jamais parlé ?

— Je n'étais pas au courant. J'imagine que c'était sa façon de me protéger. Avec sa manie de cloisonner les infos…

— Elle t'a peut-être parlé un jour de quelque chose qui t'a semblé insignifiant sur le moment ? Mais qui, avec le recul, pourrait être un indice ? Réfléchis, Augie.

— Je…, commence-t-il, une main sur le front. Je…

Je m'efforce de me remémorer les paroles de Nina dans le Bureau Ovale. Elle a parlé du pays qui brûlerait. Puis elle a précisé que l'offre n'était valable que si Augie y était associé. Elle m'a donné un billet pour le match des Nationals. L'hélicoptère à Dubaï…

Ça pourrait être n'importe quoi.

— Tapez « Suliman », dis-je à Devin.

Il s'exécute et valide. Le mot disparaît.

Entrer le mot de passe : ▓▓▓▓▓▓▓▓▓▓ 27:46

— En capitales, suggère Casey. C'est peut-être un problème de casse.

Sans résultat.

— Tout en minuscules.

— Négatif.

— Essayez son nom entier. « Suliman Cindoruk. »

Devin tape le nom.

Négatif.

— Bon sang, comment on est censés s'y prendre ?

« Simple », a écrit Nina dans son texto.

Je tâte mes poches et jette un rapide coup d'œil circulaire.

— Où est passé mon foutu téléphone ?

— Essayez « Nina », propose Augie.

— Non, ça ne marche pas, dit Devin. Pas en majuscules non plus. Ni en minuscules.

— Et « Nina Shinkuba ». De toutes les manières possibles.

— Comment tu écris Shinkuba ?

Tout le monde se tourne vers Augie. Il répond en haussant les épaules :

— Je ne connaissais même pas son nom de famille. C'est vous, monsieur, qui me l'avez appris.

Je n'ai jamais vu ce nom écrit. C'est Liz qui m'a communiqué l'information. Je dois l'appeler. Je fouille de nouveau mes poches, et jette une fois encore un coup d'œil à la ronde :

— Où est mon téléphone ?

— Peut-être S-h-i-n-k-u-b-a, propose Casey.

Devin tente diverses variantes :

Nina Shinkuba
ninashinkuba
NINA SHINKUBA

En vain. Je regarde le compte à rebours :

26:35

— Mais où est ce maudit téléphone ? Quelqu'un a...

Et ça me revient. Je l'ai laissé dans la *war room*. Je l'ai posé au moment où Devin allait déclencher le virus. Et lorsque Alex nous a évacués, je l'ai oublié.

— Je reviens tout de suite.

Alex, qui continue à diriger les opérations par radio, se précipite pour me bloquer l'accès à la porte.

— Non, monsieur ! Nous sommes confinés. On n'a pas eu le feu vert.

— Mon téléphone, Alex. J'en ai besoin...

— Non, monsieur le Président.

Je l'attrape par la chemise, ce qui le surprend.

— C'est un ordre, officier. Ce téléphone est vital.

— Dans ce cas, je vais le chercher moi-même.

— Alors, allez-y, Alex !

— Une seconde, monsieur, dit-il en sortant quelque chose de sa poche tandis que je me tourne vers mon équipe.

— Continuez ! leur dis-je. Essayez le nom d'Augie ! Augie Koslenko !

106

Assise sur un lave-linge, Bach se laisse silencieusement glisser sur le sol. La pièce est plongée dans le noir. Elle jette un coup d'œil par la porte entrouverte. Conforme à la description qui lui a été faite, le sous-sol comporte un long couloir desservant plusieurs pièces. Sur la gauche, un escalier.

Par la fenêtre, lui arrivent des sons venant de l'extérieur – le bruit sourd d'un appareil qui se pose, des ordres lancés, des pas d'hommes qui se déploient.

Encore un hélico. Des Marines, ou peut-être des Forces spéciales.

Des pas. On court. Vers la fenêtre ouverte…

Bach s'accroupit, lève son arme.

Des hommes passent en cavalant, puis s'arrêtent. L'un d'eux se tient non loin du puits face à la fenêtre.

Qu'est-ce qu'ils…

— Groupe ouest, en position ! crie une voix.

Groupe ouest.

Elle est à l'ouest du chalet. Groupe ouest. Ce qui laisse supposer qu'il existe des groupes nord, sud et est.

Ils ont bouclé le périmètre.

À cet instant, Bach pense à sa mère, Delilah. À ce qu'elle a dû endurer au cours des visites nocturnes des soldats. À ce qu'elle a fait pour ses enfants, chaque nuit, en les mettant à l'abri dans un placard, loin de sa chambre, les confiant au cocon des écouteurs qu'elle plaçait sur leurs oreilles, afin qu'ils écoutent la *Passacaille* ou le *Concerto pour deux violons* plutôt que les bruits venant de la chambre. « N'écoutez que la musique », leur disait-elle.

Bach se redresse, sort de la buanderie et se dirige vers la première pièce à gauche. La *war room,* comme ils l'appellent.

Elle y jette un coup d'œil, aperçoit un grand écran blanc où figurent ces mots :

Entrer le mot de passe : ▨▨▨▨▨▨▨ 26:54

Puis un nom est tapé dans la boîte de dialogue :
Nina Shinkuba
Puis un autre apparaît à la place : ninashinkuba
Les noms continuent d'apparaître, et de disparaître :

NINA SHINKUBA
NINASHINKUBA
Ninashinkuba

Et une espèce de chronomètre à côté du mot de passe.

26:42
26:39
26:35

Elle bondit dans la pièce, en brandissant son arme. Personne. Elle l'inspecte, vérifie rapidement derrière une armoire, une pile de cartons. Rien, ni personne.

La pièce est vide. Pourtant, il était censé se trouver là.

Elle observe l'écran blanc où de nouveaux mots s'inscrivent.

Augie Koslenko

AugieKoslenko

Augiekoslenko

AugustasKoslenko

Elle connaît ce nom, évidemment. Mais elle ignore ce qu'il fabrique sur cet écran.

Un bourdonnement la fait sursauter, les vibrations d'un téléphone sur une table. Elle regarde le nom du correspondant : LIZ FBI.

Puis, elle lève les yeux et remarque la caméra qui l'observe dans un coin. Le clignotement de la diode rouge indique qu'elle fonctionne.

Elle se déplace vers la droite. La caméra la suit.

Un frisson la parcourt.

Elle entend du raffut provenant de la buanderie. Quelqu'un vient d'entrer.

Et des bruits de pas à l'étage au-dessus, des hommes si nombreux qu'elle ne peut pas les compter. Tous courent vers la porte menant au sous-sol, qui s'ouvre avec fracas.

Toujours ces bruits de pas alors que les hommes dévalent l'escalier.

Bach ferme la porte de la *war room* et recule lentement, jusqu'au mur opposé.

Elle dévisse le silencieux de son arme, inspire profondément, luttant contre les battements de son pouls dans sa gorge. Des larmes lui brouillent la vue.

Elle caresse doucement son ventre.

— Tu es mon trésor, *draga*, murmure-t-elle d'une voix tremblante dans sa langue maternelle. Je serai toujours avec toi.

Elle attrape son téléphone à la ceinture et débranche ses écouteurs, dont les fils serpentent sous son body.

— Là, *draga*, dit-elle à l'enfant qu'elle porte. Écoute, écoute mon ange.

Elle sélectionne une cantate, *Selig ist der Mann*. Les cordes du violon de Wilhelm Friedemann Herzog ; l'introduction délicate de la *Vox Christi* ; le chant passionné de la soprano.

Ich ende behende
mein irdisches Leben,
mit Freuden zu scheiden
verlang ich itzt eben.
Je veux finir ma vie terrestre avec joie, et j'aspire
à me séparer de ce lieu.

Elle se laisse glisser jusqu'au sol et place le téléphone contre son ventre. Elle augmente le volume.

— N'écoute que la musique, *draga*.

Alex et moi regardons les images de la *war room* sur l'écran de son smartphone, au moment où la tueuse se laisse tomber au sol, les yeux fermés, le visage étrangement serein sous son camouflage.

Elle cale l'arme sous son menton et le téléphone contre son ventre.

— Elle sait qu'elle est cernée, dis-je.

— Tout le périmètre est sécurisé, confirme Alex. Le sous-sol et l'ensemble du chalet. Il n'y a plus qu'elle. L'équipe d'intervention est derrière la porte, prête à l'assaut. Monsieur le Président, il est temps pour nous d'y aller.

— Nous ne pouvons pas partir, Alex. Il faut que nous...

— Elle a peut-être des explosifs sur elle, monsieur.

— Elle porte un body moulant.

— Ils sont peut-être cachés dessous. Avec son téléphone comme détonateur. Elle le garde sur le bas du ventre. Pourquoi ?

Je me concentre à nouveau sur l'écran.

Je me souviens d'avoir chanté pour Lilly lorsqu'elle était dans le ventre de Rachel.

— Monsieur, il faut qu'on y aille tout de suite, me presse Alex en m'attrapant par le bras.

Il n'hésitera pas à me traîner de force si je résiste. Je me tourne vers Devin, Casey et Augie qui tentent toujours de deviner le mot de passe.

— Combien de temps reste-t-il, Devin ?

— Vingt-deux minutes.

— Vous pouvez embarquer cet ordinateur à bord de Marine One ? Il fonctionnera là-haut ?

— Oui, bien sûr.

— Alors, allons-y ! Tout le monde.

Alex ouvre la porte et les Marines postés de l'autre côté nous escortent dans l'escalier, nous font traverser la maison, la terrasse, jusqu'à Marine One qui nous attend. Alex ne cesse de me pousser ; Devin tient son ordinateur comme s'il s'agissait d'un nouveau-né.

— J'ai besoin de mon téléphone, dis-je à Alex. Décollons, mais sans trop nous éloigner. Il faut que quelqu'un me l'apporte.

Nous grimpons à bord de Marine One, lieu familier et apaisant. Devin se laisse choir sur un siège et se remet tout de suite à son clavier.

— Vingt minutes pile, annonce-t-il, alors que Marine One décolle et oblique au-dessus des arbres et du hors-bord en flammes que le Viper a détruit.

Tout en gardant un œil sur l'écran d'Alex, je suggère à Devin :

— Essayez « Fils du Djihad », « FDD ». Majuscules, minuscules, etc. Ou peut-être seulement « Djihad ».

— Oui, monsieur.

Sur l'écran, la tueuse est immobile. L'arme sous le menton et le téléphone sur le ventre. Contre ses entrailles.

— Président évacué. Investissez la pièce, ordonne Alex dans sa radio.

Je lui prends la radio des mains.

— Ici le président Duncan. Je la veux vivante, si possible.

Elle ferme les yeux et fredonne. Plus rien n'existe sinon son enfant, Delilah, qui grandit dans son ventre, les cordes virtuoses et le chant émouvant du chœur.

Pas même le bruit de la porte qui vole en éclats.

Pas même les ordres des soldats lui intimant de jeter son arme, de se rendre.

Le SIG sous son menton, elle observe les hommes se déployer, les fusils d'assaut braqués sur elle. Ils doivent avoir pour consigne de la prendre vivante. Sinon, elle serait déjà morte.

Ils ne lui feront pas de mal. Elle est en paix avec elle-même.

— Pour toi, *draga*, c'est ce qu'il y a de mieux à faire, murmure-t-elle.

Elle jette son arme devant elle, avance mains en l'air et s'allonge face contre le tapis.

Les soldats la relèvent et l'emmènent hors de la pièce.

109

— Faites-nous atterrir, Alex. J'ai besoin de ce téléphone !

— Pas encore, lâche-t-il, avant de lancer à la radio : Prévenez-moi quand elle sera sous contrôle !

Autrement dit, quand ils se seront assurés qu'elle ne porte pas d'explosifs ou qu'ils l'auront suffisamment éloignée pour qu'elle ne représente plus un danger pour moi.

Encadrée par deux Marines, elle est rapidement évacuée de la pièce, avant de disparaître de l'image.

— Toujours pas ? demandé-je à Devin, connaissant la réponse.

— Pas avec « FDD » ou « Djihad », ni aucune autre variante.

— Essayez « Abkhazie » ou « Géorgie ».

— Comment épelez-vous Abkhazie ?

— A-b... Il faut que je l'écrive. Il y a du papier ? Du papier et un crayon !

Casey me tend un petit carnet et un stylo. J'écris le mot et l'épelle pendant que Devin le tape.

— Ça ne marche pas écrit normalement… Ni en capitales… ni en minuscules…

— Ajoutez un « n ». « Abkhazien ».

Il s'exécute.

— Négatif.

— Vous êtes sûr de l'avoir écrit correctement ?

— Je… je crois bien.

— Vous croyez ? C'est un peu léger, Devin ! dis-je en faisant les cent pas avant de revenir jeter un coup d'œil au compte à rebours…

18:01
17:58

… en essayant de me souvenir des paroles de Nina, de la transcription des SMS, d'un détail qui m'aurait échappé…

— Fin de l'alerte ! ordonne Alex. On va reposer cet hélico sur la terre ferme !

Le pilote est le plus réactif que j'aie connu à bord de Marine One. L'hélico pique droit vers le sol avant de se stabiliser et de se reposer en douceur sur zone.

La porte de l'hélico s'ouvre sur Jacobson qui me tend mon téléphone.

Je retrouve la transcription des SMS dont la lecture a été interrompue par les derniers événements.

Le téléphone vibre dans ma main. LIZ FBI.

— Liz, je n'ai pas le temps. Soyez brève.

110

Pour la énième fois aujourd'hui, j'appelle Carolyn, ma chef de cabinet. Pourtant, avec tout ce qui s'est passé depuis notre dernière conversation – la simulation « faire-le-mort », le déblocage par le FBI du deuxième téléphone de Nina, l'attaque du chalet et la découverte de l'existence d'un mot de passe pour arrêter le virus –, j'ai l'impression de ne pas lui avoir parlé depuis une éternité.

— Monsieur le Président, Dieu merci ! Je me…

— Carrie, je n'ai pas le temps de vous expliquer. Il reste moins de six minutes avant que le virus ne se déclenche.

J'entends Carolyn inspirer longuement.

— Nina a installé un mot de passe pour arrêter le virus. Si on le trouve, on pourra sauver tous les systèmes, toutes les machines. Mais en cas d'échec, il se réveillera partout – ce sera Dark Ages. Les experts ont tout tenté. On en est aux devinettes. J'ai besoin des gens les plus brillants. L'équipe de la Sécurité nationale. Rassemblez-les tous.

— Tout le monde ? Y compris la vice-présidente ?

— Surtout la vice-présidente.

— Oui, monsieur.

— C'était elle, Carrie. Je vous raconterai plus tard. Je vous informe aussi que je viens de donner l'ordre qu'on fouille son bureau dans l'aile ouest. Quelqu'un vous briefera quand le FBI arrivera. Laissez-les faire.

— Oui, monsieur.

— Réunissez tout le monde et contactez-moi à bord de Marine One.

— Oui, monsieur.

— Vite, Carrie ! Il nous reste… cinq minutes.

111

Je passe devant Devin et Casey, affalés dans les larges fauteuils de la cabine centrale de Marine One. Ils ont l'air épuisé, les cheveux humides de transpiration et les yeux rivés au plafond. Ils ont subi une pression d'enfer, ils ont tout donné. Je n'ai plus besoin d'eux. Désormais, c'est à moi de jouer – et à mon équipe de la Sécurité nationale.

Et à Augie. Notre lien le plus étroit avec Nina.

Je gagne la cabine arrière en compagnie d'Augie et ferme la porte derrière nous. D'une main tremblante, je dirige la télécommande vers l'écran plat où huit visages apparaissent instantanément – Liz, Carolyn et mon groupe des six.

Augie s'installe dans l'un des fauteuils, son ordinateur portable sur les genoux, prêt à taper.

— Carolyn vous a briefés ? dis-je à mes collaborateurs à l'écran. Il y a un mot de passe, et il nous reste…

Je regarde mon téléphone, dont j'ai synchronisé le chronomètre avec le compte à rebours :

— ... quatre minutes trente pour le trouver. On a essayé toutes les variantes de son nom, de celui d'Augie, de Suliman Cindoruk, de l'« Abkhazie », de la « Géorgie » et de « Fils du Djihad ». Chers amis, j'ai besoin d'idées, et j'en ai besoin tout de suite.

— On connaît la date de son anniversaire ? demande la directrice de la CIA, Erica Beatty.

— Le 11 août 1992, répond Liz en consultant le dossier de Nina.

— Essaie, dis-je à Augie. Le 8/11/92.

— Non, corrige Erica Beatty, les Européens mettent le jour avant le mois. Donc le 11/8/92.

— Exact. Dans les deux sens, alors.

Augie pianote rapidement, tête baissée et sourcils froncés, concentré :

— Non, dit-il après le premier essai.

Pareil après le deuxième.

Le troisième.

Et le quatrième.

J'observe la vice-présidente Kathy Brandt, restée silencieuse. Soudain, elle relève la tête :

— Et sa famille ? Les prénoms de sa mère, de son père, de ses frères et sœurs.

— Liz ?

— Sa mère s'appelle Nadya, N-a-d-y-a. Nom de jeune fille inconnu. Le père, c'est Mikhail, M-i-k-h-a-i-l.

— Essaie Augie, toutes les variantes. Tout en capitales, tout en minuscules, etc. Et aussi leurs noms ensemble.

Toutes ces combinaisons grignotent un peu plus les minutes restantes.

— Les autres, on continue de chercher. Les frères et sœurs, bonne idée. Et… (Je claque des doigts.) Nina avait une nièce, non ? Elle m'a raconté qu'elle est morte dans un bombardement alors que Nina a été touchée à la tête par des éclats d'obus. Cette nièce, on connaît son nom ? Liz ? Augie ?

— Je n'ai pas cette information, répond Liz.

— Ceux de son frère et de ses parents n'ont pas marché, m'avertit Augie. J'ai entré toutes les possibilités.

3:14

3:11

— Et cette nièce, Augie ? Nina ne t'en a jamais parlé ?

— Je… je crois que son prénom commençait par un R…

— *Commençait par un R* ? C'est un peu court. Allez, tout le monde !

— Qu'est-ce qui comptait pour elle ? demande Carolyn. Le plus important à ses yeux ?

Je regarde Augie.

— La liberté ? Essaie.

Augie s'exécute, secoue la tête.

— Son numéro de passeport, suggère le secrétaire à la Défense, Dominick Dayton.

Liz nous le donne. Augie le tape. Négatif.

— Où est-elle née ? demande Rod Sanchez, mon chef d'état-major des armées.

— Un animal de compagnie, chat ou chien, suggère Sam Haber, le directeur de la Sécurité intérieure.

— Le nom de la gare qu'elle a fait exploser, propose Brendan Mohan, conseiller à la Sécurité nationale.

— Et « virus », « bombe », « boum ».

— « Armageddon ».

— Dark Ages.

— Votre nom, monsieur le Président.

— USA. États-Unis.

Que des bonnes idées. Et tapées à toutes les sauces, majuscules, minuscules et autres subtilités.

Sans résultat.

2:01

1:58

De ce que je peux voir, la vice-présidente garde les yeux fixés droit devant elle, plus concentrée que jamais. Que se passe-t-il dans sa tête ?

— Elle était en cavale, n'est-ce pas ? s'enquiert Carolyn.

— Oui.

— On peut réfléchir là-dessus ? C'était quoi le plus important pour elle ?

— Elle voulait rentrer chez elle, répond Augie.

517

— Exact. Mais on a déjà essayé.

— L'Abkhazie, c'est sur la mer Noire, non ? demande Carolyn. Peut-être que la mer Noire lui manquait ? Quelque chose comme ça ?

— Bonne idée, dis-je à Augie. Essaie « mer Noire », et toutes ses variantes.

Pendant qu'Augie tape et que tout le monde y va de sa petite idée, je n'ai d'yeux que pour ma vice-présidente. La personne que j'ai choisie pour se présenter avec moi, parmi tant d'autres qui auraient volontiers accepté et m'auraient loyalement servi, ainsi que ce pays.

Elle reste stoïque, mais elle finit par détourner les yeux pour examiner la pièce autour d'elle. Elle est toujours dans le centre opérationnel d'urgence, sous la Maison Blanche. J'aurais bien aimé la voir plus nettement. Pour savoir si, au moins, tout cela lui pèse.

— Rien avec « mer Noire », annonce Augie.

D'autres suggestions suivent :

Amnistie.

Liberté.

Famille.

— Mais chez elle, c'est où exactement ? demande Carolyn. Si c'est tout ce qu'elle avait en tête, si c'était son unique but… de quelle ville est-elle ?

— Elle a raison. On devrait creuser de ce côté-là. Où vivait-elle, Augie ? Où exactement ? Liz ? Quelqu'un ?

— Ses parents habitaient à Soukhoumi, considérée comme la capitale de l'Abkhazie, précise Liz.

— Bien. Épelez, Liz.

— S-o-u-k-h-o-u-m-i.

— Allez, Augie. Soukhoumi.

— Vous êtes sûr ? demande Carolyn.

Je jette un œil à mon téléphone, mon pouls s'affole.

0:55
0:52

Je vois les lèvres de la vice-présidente s'entrouvrir. Elle dit quelque chose, mais les suggestions des autres couvrent sa voix…

— Stop, arrêtez ! Kathy, qu'est-ce que vous venez de dire ?

Elle semble brusquement étonnée que je m'intéresse à elle.

-- J'ai dit : essayez « Lilly ».

J'encaisse le coup. Je ne devrais pas être surpris mais, pour une raison que j'ignore, je le suis.

— Vas-y, Augie. Essaie le prénom de ma fille.

0:32
0:28

Augie s'exécute. Il fait non de la tête. Essaie tout en majuscules. Non. Tente d'une autre manière…

— Monsieur le Président, intervient Carolyn. Soukhoumi peut s'écrire de différentes manières. Lorsque j'étais à la Commission du renseignement, je le voyais toujours écrit sans « u » après le premier « o ».

Je renverse la tête en arrière et ferme les yeux. C'est aussi comme ça que je l'écrirais.

— Négatif pour Lilly, prévient Augie.

— S-o-k-h-o-u-m-i, lui dis-je.
Augie tape le mot.
Silence.

0:10
0:09

Ses doigts quittent le clavier. Il lève les mains en regardant l'écran.

0:04
0:03

— Le mot de passe a été accepté, dit-il. Le virus est désactivé.

Casey m'a rejoint dans la cabine arrière, avec son ordinateur.

— On a eu la confirmation que la commande « stop » a bien été transmise à tout le système, dit-elle. Le virus est désactivé. Partout.

— Et les ordinateurs et autres appareils qui sont déconnectés, sans accès Internet en ce moment ? Ils n'ont pas eu la commande d'arrêt.

— Pas plus que celle d'exécution, explique Devin. Et maintenant, ils ne l'auront jamais. La commande « stop » est définitive.

— Mais je ne vais pas quitter des yeux cet écran, annonce Casey.

— Rien, vraiment, ne sera endommagé par ce virus ?

— Tout à fait, monsieur le Président.

Et juste pour être sûr, si à tout hasard le virus Suliman renaissait de ses cendres, la Sécurité intérieure diffuse le mot de passe « Sokhoumi » à grande échelle. Grâce à divers décrets signés par mes prédécesseurs et moi-même, dans le cadre d'un plan d'urgence visant à lutter contre le cyberterrorisme industriel. En gros, à toute heure du jour ou de la nuit, nous pouvons communiquer une information à un contact dans les entreprises. Tous les fournisseurs d'accès Internet, toutes les administrations locales ou fédérales, tous les secteurs d'activités – banques, hôpitaux, compagnies d'assurance, industriels, et toutes les PME qui se sont inscrites – recevront le mot de passe.

Le mot de passe sera également diffusé via notre système d'alerte sur chaque télévision, ordinateur et jusqu'au dernier smartphone.

Je hoche la tête et me redresse, soudain gagné par l'émotion. Je contemple par le hublot de Marine One le ciel aux couleurs orangées, alors que le soleil se couche sur ce samedi.

Notre pays n'a pas sombré.

Les marchés financiers, l'épargne et les retraites par capitalisation, les dossiers d'assurance, les hôpitaux et les services publics ne seront pas touchés. Les ténèbres seront évitées. Les soldes des fonds communs de placement et ceux des comptes d'épargne refléteront bien les économies de nos concitoyens. Les allocations et les retraites ne seront pas suspendues. Les escalators et les ascenseurs continueront de fonctionner. Les avions ne seront pas cloués au sol. La nourriture ne pourrira pas. L'eau sera toujours potable. Pas de crise économique majeure. Pas de chaos. Pas d'émeutes ni de pillages.

Nous avons évité Dark Ages. Le retour au Moyen Âge…

Je regagne la cabine principale et tombe sur Alex.

— Monsieur le Président, dit-il, nous approchons de la Maison Blanche.

Mon téléphone vibre. C'est Liz.

— Monsieur le Président, ils l'ont retrouvé dans le bureau de la vice-présidente.

— Le téléphone ?

— Oui, monsieur, avec les messages de Nina.

— Merci, Liz. Retrouvez-moi à la Maison Blanche. Liz ?

— Oui, monsieur.

— N'oubliez pas votre paire de menottes.

113

Suliman Cindoruk est assis dans la petite cabane où ils l'ont conduit, au pied du mont Medvednica. Il fixe son téléphone, comme s'il pouvait changer quelque chose.

Virus désactivé

D'abord ce message dans la jeep, « virus suspendu », quelques secondes après s'être réjoui d'avoir anéanti les États-Unis. Et, moins d'une demi-heure plus tard, celui-ci. Il continue à fixer inutilement le message.

Comment est-ce possible ? Le virus était blindé. Une certitude. Augie... Augie n'était que le hacker. Impossible qu'il ait trouvé la solution.

Nina, songe-t-il. Nina a dû le saboter...

Un bref coup à la porte. L'un des soldats entre avec un panier – une baguette, du fromage et une grande bouteille d'eau.

— Je suis là pour combien de temps ? s'enquiert Suli.

— On m'a dit encore quatre heures, répond l'homme.

Encore quatre heures. Soit environ minuit, heure de la côte Est aux États-Unis – le moment où le virus était censé se réveiller si les Américains ne l'avaient pas déclenché prématurément.

Ils attendent que le virus soit un succès, avant de le conduire à destination. Il jette un autre coup d'œil à son téléphone :

Virus désactivé

— Il y a… un problème ? demande le soldat.
— Non, non. Aucun.

114

Je descends de Marine One et salue le soldat. Je tiens la pose plus longtemps que d'habitude. Dieu bénisse le corps des Marines.

Carolyn est là, qui m'attend.

— Félicitations, monsieur le Président.

— À vous, aussi, Carrie. Nous avons plein de choses à nous dire, mais accordez-moi une minute.

— Bien sûr, monsieur.

Je me précipite jusqu'à ma destination.

— Papa ! Oh mon Dieu…

Lilly bondit de son lit et le livre qui était sur ses genoux tombe par terre. Elle est dans mes bras avant d'avoir pu finir sa phrase.

— Ça va ? chuchote-t-elle tandis que je lui caresse les cheveux. J'étais super inquiète. J'étais sûre qu'il allait t'arriver quelque chose d'affreux. J'ai cru que j'allais te perdre, toi aussi…

— Je suis là, je vais bien.

Elle tremble. Pour la rassurer, je le lui répète encore et encore. Je respire son parfum unique entre tous en la serrant dans mes bras. Je me sens bien. Je ne me suis pas senti aussi bien depuis très longtemps. Reconnaissant, empli d'amour. Tout le reste disparaît. Il y a encore beaucoup à faire. Mais en cet instant, le reste du monde n'est plus qu'un brouillard. Rien ne compte plus que ma fille chérie.

— Elle me manque encore, murmure Lilly. Elle me manque plus que jamais.

À moi aussi. Tellement. Je voudrais qu'elle soit là pour qu'on fête ça ensemble, pour qu'elle m'enlace et me crucifie d'un bon mot avant que je n'attrape la grosse tête.

— Elle sera toujours avec nous, dis-je. Elle était à mes côtés, aujourd'hui.

Je recule, la tiens à bout de bras et lui essuie une larme sur la joue. Lilly n'a jamais autant ressemblé à Rachel.

— Bon. Maintenant, je dois aller faire le président.

115

Assis, soulagé et épuisé, dans le canapé du Bureau Ovale, je n'arrive toujours pas à croire que tout est terminé.

Enfin, pas vraiment. D'une certaine manière, le plus dur reste à venir.

Danny, qui m'a apporté un bourbon – le verre qu'il a perdu à pile ou face –, est installé à côté de moi. Il n'est pas très bavard, il sait que j'ai besoin de calme après la tempête. Juste une présence rassurante.

La vice-présidente se trouve encore au centre opérationnel d'urgence, dans cette pièce sous surveillance. Elle ne sait pas pourquoi. Personne ne lui a expliqué. À l'heure qu'il est, elle doit probablement suer à grosses gouttes.

C'est parfait. Laissons-la transpirer.

Sam Haber m'a tenu informé en permanence. L'adage « pas de nouvelle, bonne nouvelle » n'a jamais été plus juste. Le virus est toujours désactivé. Pas de surprise, pas de réveil soudain. Mais nos troupes le surveillent, penchées sur leurs claviers.

Les chaînes d'information ne parlent que du virus Suliman. Toutes affichent un bandeau en bas de l'écran : « Mot de passe : Sokhoumi. »

— J'ai encore des affaires à régler, dis-je à Danny. Je dois te mettre dehors.

— Pas de problème, répond-il, en se levant. Au passage, ajoute-t-il, j'ai l'intention de m'attribuer tout le mérite dans cette histoire. C'est mon petit laïus d'encouragement qui a fait la différence.

— Tu as le droit d'y croire !

— C'est comme ça que je m'en souviendrai, de toute façon.

— C'est ça, Danny. C'est ça.

Je souris encore quand Danny quitte la pièce. J'appelle ma secrétaire JoAnn et lui demande de faire entrer Carolyn.

Elle semble épuisée. C'est notre lot à tous. Personne n'a dormi la nuit dernière, et ce stress des vingt-quatre dernières heures... Tout compte fait, Carolyn a l'air plus en forme que la plupart d'entre nous.

— Liz Greenfield est là, dit-elle.

— Je sais. Je lui ai demandé d'attendre. Je voulais d'abord vous voir.

— Bien, monsieur.

Elle s'installe dans l'un des fauteuils face au canapé.

— C'est vous, Carrie, qui avez résolu le problème.

— C'est vous, monsieur le Président. Pas moi.

Voilà, c'est comme ça que ça marche. Le président est responsable quoi qu'il arrive, pour le meilleur et pour le pire. Si mon équipe remporte une victoire, c'est porté au crédit du président. Mais nous savons tous les deux qui a trouvé le mot de passe.

Les nerfs encore à vif, je pousse un grand soupir.

— J'ai foiré, Carrie, en choisissant Kathy Brandt comme colistière.

Elle ne me contredit pas franchement.

— Politiquement, cela avait du sens, monsieur.

— C'est pour ça que je l'ai fait. Pour des raisons politiques. Mais je n'aurais pas dû.

Cette fois encore, elle ne le nie pas.

— J'aurais dû choisir mon candidat au mérite, et nous savons tous deux qui j'aurais choisi. La personne la plus intelligente que je connaisse. La plus rigoureuse. La plus talentueuse.

Carolyn rougit. Toujours humble et discrète.

— Au lieu de ça, je vous ai donné le boulot le plus difficile de Washington. Le plus ingrat.

Elle écarte d'un revers de la main ce compliment qui la met mal à l'aise et rougit de plus belle.

— C'est un honneur de vous servir, monsieur le Président. Et peu importe le poste.

Je finis d'un trait mon verre.

— Puis-je vous demander, monsieur... ce que vous allez faire de la vice-présidente ?

— Vous avez une idée ?

Elle réfléchit en secouant la tête.

— Dans l'intérêt du pays, je n'intenterais pas d'action en justice. Je trouverais une issue en douceur. J'exigerais sa démission, je la laisserais présenter des excuses et je ne révélerais pas ce qu'elle a fait. Je réglerais cette affaire discrètement. Les Américains apprennent en ce moment même qu'une équipe de choc, chargée de veiller à la sécurité nationale sous votre direction, nous a sauvés du désastre. Personne

530

ne parle de trahison. C'est une belle histoire, et un avertissement, mais avec une fin heureuse. On ferait mieux de rester là-dessus.

C'est effectivement ce que j'ai envisagé. J'ajoute cependant :

— Le problème, c'est qu'avant d'agir ainsi, je veux savoir pourquoi.

— Pourquoi elle l'a fait, monsieur ?

— On ne l'a pas achetée. On ne lui a pas fait de chantage. Elle n'a pas voulu la destruction de notre pays. Ce n'était même pas son idée. Mais celle de Nina et d'Augie.

— Comment pouvons-nous en être certains ? s'enquiert Carrie.

— Ah, c'est vrai. Vous n'êtes pas au courant pour le téléphone.

— Le téléphone, monsieur ?

— Oui, le FBI a enfin débloqué le deuxième téléphone, celui qu'ils ont retrouvé dans le van de Nina. Ils en ont extrait une brochette de SMS. Des textos échangés entre Nina et notre Benedict Arnold.

— Ah. Non, je ne savais pas.

— Nina et Augie se sont retrouvés embringués dans une histoire qui les a dépassés. Lorsqu'ils ont pris conscience de l'ampleur du désastre qu'ils allaient provoquer, ils ont lâché Suliman. Ils nous ont envoyé ce petit coucou pour nous alerter, puis ils sont venus pour passer un marché : si nous obtenions l'amnistie du gouvernement géorgien pour Nina, elle désactive-rait le virus.

Je poursuis :

— Notre traître… notre Judas… n'était que l'intermédiaire. C'est elle qu'ils ont contactée, c'est tout. Elle n'est pas à l'origine de ce complot. Elle a essayé de convaincre Nina de se livrer à une ambassade américaine. Elle lui a demandé comment neutraliser le virus.

— Elle ne nous a pourtant rien dit, fait remarquer Carolyn.

— Exact. D'après les textos, elle pensait que plus elle communiquait avec Nina sans rien nous dire, plus elle se retrouvait impliquée. Elle a donc voulu sortir de la boucle. Elle a donné à Nina le nom de code Dark Ages par lequel elle pourrait entrer directement en contact avec moi – via Lilly – sachant que je la prendrais au sérieux.

— Cela… se tient, admet Carolyn.

— Non, tout le problème est là. Ça n'a aucun sens. Parce que dès que Nina me parle de Dark Ages, je sais qu'il y a une taupe dans ma garde rapprochée. Qui doit se douter que je vais remuer ciel et terre pour la démasquer et qu'elle figurera sur ma liste des huit suspects.

Carolyn acquiesce, tout en continuant à réfléchir.

— Pourquoi aurait-elle fait une chose pareille, Carrie ? Pourquoi attirer les soupçons ? Kathy Brandt a beaucoup de défauts, mais elle n'est pas idiote.

— Parfois… les gens intelligents font des trucs idiots, commente Carolyn.

Des paroles marquées au coin du bon sens.

— Je vais vous montrer quelque chose.

Je tends la main vers un dossier portant le sceau du FBI. J'ai demandé à Liz Greenfield deux exemplaires

532

de la transcription des SMS. Je tends à Carolyn les trois premiers jours – vendredi, samedi et dimanche.

— Lisez ça et dites-moi si notre traître est « idiot ».

— Vous avez raison, approuve Carolyn en relevant la tête après avoir lu la retranscription des trois premiers jours. Elle n'a pas manigancé ça toute seule. Mais… il doit y avoir une suite. Cela se termine dimanche, lorsqu'elle promet à Nina de lui révéler le nom de code.

— Exact, et ce n'est pas tout, dis-je en lui tendant la page suivante. Voici le lundi 7 mai. Il y a tout juste six jours. Le jour où Nina a soufflé Dark Ages à l'oreille de Lilly.

Carolyn prend la retranscription et commence à lire. Je fais de même avec mon exemplaire :

Lundi 7 mai
NI : 1600 Pennsylvania Avenue
Nina : Localisation inconnue
** Heure de la côte Est **

Nina (7:43) : Suis arrivée à Paris. Suis là alors que vs ne m'avez toujours pas donné le nom de code !! Vs allez le faire ou pas ? Je crois qu'on m'a suivie hier soir. Suli veut ma peau.

NI (7:58) : J'ai beaucoup réfléchi à ça pendant la nuit, et je pense que si on doit se faire confiance, vous devez me dire comment arrêter le virus.

Nina (7:59) : Faites ci, faites ça. STOP !!! combien de fois va falloir le répéter ?? Vous comprenez le sens du mot avantage ?!?

NI (8:06) : Vous l'avez dit vous-même, vous êtes en danger. Et si vous n'arrivez pas jusqu'ici ? S'il vous arrivait quelque chose ? On ne pourrait pas stopper le virus.

Nina (8:11) : À la seconde où je vous dirai comment l'arrêter, je n'aurai plus aucune valeur pour vous. C'est mon seul avantage.

NI (8:15) : Vous ne comprenez toujours pas ? Je ne peux pas révéler qu'on s'est parlé. Comment dire que je sais comment stopper ce virus sans avouer nos échanges ? Si je le fais, je suis grillée. Je devrai démissionner. Avant d'aller en prison.

Nina (8:17) : Pkoi vs voulez ce code ? Si c pas pour vs en servir ?

NI (8:22) : S'il vous arrive quelque chose et qu'il n'y a pas d'autre façon d'arrêter le virus, alors je le ferai. Pour sauver notre pays. Sinon, je ne pourrai plus me regarder dans une glace. Mais c'est le pire scénario. Je préfère que vous veniez voir POTUS vous-même et me laissiez hors du coup.

535

Nina (8:25) : Pas question. Je vs le dis pas.

NI (8:28) : OK, alors, adieu et bonne chance. Faites-moi confiance ou oubliez.

Une longue pause s'ensuit, trois bonnes heures. Puis :

Nina (11:43) : Suis à la Sorbonne. Je vois la fille de POTUS. Donnez-moi le nom de code ou je me tire pour tjrs.

NI (11:49) : Dites-moi comment stopper le virus et je vous le donne. Sinon, ne me contactez plus.

Nina (12:09) : Il y aura une chance d'entrer le mot de passe avant qu'il se réveille pour de bon. Une fenêtre de trente minutes. Vous tapez ce mot et exit le virus. Si vous me niquez sur ce coup-là, m'dame, je jure devant Dieu que je dirai à tout le monde qui vous êtes.

NI (12:13) : Je ne vais pas vous niquer. Je veux que vous réussissiez ! Nous voulons la même chose.

NI (12:16) : Écoutez, je sais que vous prenez de gros risques. Mais moi aussi. Je sais combien vous avez la trouille. Je suis moi-même terrifiée ! On est dans le même bateau, ma petite.

La carotte et le bâton. Elle a manipulé Nina. Elle a compris que Nina était vraiment en danger et qu'elle avait davantage besoin d'elle que l'inverse. Nina était une experte en cyberterrorisme, une codeuse hors pair, mais elle ne faisait pas le poids face à quelqu'un habitué à mener des négociations sensibles avec les puissants de ce monde. Environ dix minutes plus tard :

Nina (12:25) : Le mot de passe est Sokhoumi.

NI (12:26) : Le nom de code est Dark Ages.

Carolyn lève les yeux de la feuille.

— Elle le connaissait. Elle connaissait le mot de passe depuis lundi.

Je reste silencieux. Je m'enfilerais bien un autre bourbon, mais le Dr Lane me remonterait sans doute les bretelles pour un seul verre.

— Mais… attendez. Quand avez-vous lu ça, monsieur le Président ?

— Cette page… celle de lundi ? À bord de Marine One, après que les Marines ont récupéré mon téléphone.

Elle détourne le regard, assemblant les pièces du puzzle.

— Donc… lors de cette dernière visio-conférence, quand vous étiez à bord de Marine One et que nous avons réuni tout le monde pour deviner le mot de passe, quand le compte à rebours défilait…

— Oui, j'avais déjà le mot de passe. Devin l'avait rentré. La crise était derrière nous. Devin et Casey étaient quasi morts d'épuisement et de soulagement. Pendant ce temps-là, Augie et moi étions dans la cabine arrière, en conférence avec vous.

Carolyn me regarde fixement :

— Vous aviez déjà désactivé le virus ?

— Oui, Carrie.

— Alors, toute cette histoire de compte à rebours, chacun lançant des idées pour le mot de passe... c'était une ruse ?

— D'une certaine manière.

Je me lève du canapé, les jambes en coton. Je sens une bouffée de chaleur me monter au visage. Au cours des dernières heures, j'étais comme sur des montagnes russes, pris entre angoisse et excitation.

Mais là, j'en ai juste marre.

Je m'approche du *Resolute desk* pour regarder les photos de Rachel, Lilly, mes parents, de la famille Duncan et de la famille Brock à Camp David, avec les enfants de Carolyn coiffés de drôles de chapeaux de marins.

Je me sers une autre rasade de bourbon que je siffle d'un trait.

— Ça va, monsieur le Président ?

Je repose le verre, plus brutalement que je ne l'aurais voulu.

— Pas vraiment, Carrie. Pour être franc, ça ne va même pas du tout. (Mâchoire serrée, je fais le tour du bureau et y prends appui.) Vous aviez raison lorsque vous avez dit que « les gens intelligents font parfois des trucs idiots ». Mais il aurait fallu que Kathy soit vraiment dingue pour relier Dark Ages à Nina et orienter les soupçons dans sa direction. Elle avait bien trop de chances de se faire pincer. Elle aurait pu trouver un autre moyen pour que Nina entre en contact avec moi. Autre chose. Mieux que *ça*.

Carolyn fronce les sourcils.

— Que voulez-vous dire, monsieur ?

— Que celui ou celle qui a divulgué Dark Ages à Nina *voulait* que les soupçons retombent sur mon premier cercle.

Le visage de Carolyn trahit son embarras.

— Mais qui... qui aurait eu intérêt à attirer les soupçons sur eux ? demande-t-elle. Et pourquoi ?

117

— Pourquoi ? Ce n'est pas compliqué à deviner, non ? En fait, si, peut-être. (Je fais les cent pas dans le Bureau Ovale, en gesticulant.) Ce qui est sûr, c'est que je suis passé à côté. Qui sait ? Peut-être que je suis le plus grand crétin à avoir occupé ce bureau.

Ou peut-être que je tiens en trop haute estime *la* chose dont manque cruellement Washington – la confiance. Hélas, elle peut rendre aveugle. Et elle m'a aveuglé.

Je passe devant la table basse, à côté du canapé où se trouvait Nina hier, et regarde cette photo de Lilly et moi sur la pelouse de la Maison Blanche, avec Marine One en arrière-plan.

— Je ne… je ne vous suis pas, monsieur, répond Carolyn, les sourcils froncés. J'ai du mal à comprendre pourquoi quelqu'un voudrait que vous sachiez qu'il y a un traître.

Juste à côté, un cliché de Carolyn et moi bras dessus bras dessous, le soir de mon élection, faisant un grand sourire à l'objectif. Je saisis le cadre et me remémore notre joie ; combien nous nous sentions bénis des dieux.

Brusquement, je l'abats contre la table. Le verre se brise, la photo est abîmée.

Carolyn sursaute dans son fauteuil. Je poursuis :

— Bon, développons. Cette fuite jette le doute sur toute l'équipe chargée de la Sécurité nationale. Quelqu'un de l'intérieur, et dans les hautes sphères – par exemple, la vice-présidente des États-Unis –, est accusé. C'est une cible facile. Elle n'a pas été loyale. Et, pour être franc, elle m'a bien gonflé. La voilà donc hors jeu. Disparue. Démissionnée. En disgrâce. Inculpée. Ou pas – de toute façon aux oubliettes. Tout est là. Car il faut quelqu'un pour la remplacer, n'est-ce pas ? *N'est-ce pas ?*

— Oui, monsieur, murmure Carolyn.

— Vrai ! Et qui va la remplacer ? Pourquoi pas le héros de l'histoire ? La personne qui a trouvé le mot de passe alors que le chrono défilait ? Quelqu'un qui pense sûrement depuis toujours qu'elle aurait dû être vice-présidente ?

Carolyn Brock se lève et m'observe, telle une biche prise dans les phares, la bouche ouverte. Silencieuse. Car il n'y a pas de mot pour ça.

— La dernière visio-conférence avec l'équipe de la Sécurité nationale, pendant le compte à rebours. Une ruse, avez-vous dit ? C'était un test. Je voulais savoir qui allait sortir du bois avec le mot de passe. Je savais que l'un de vous le ferait.

Je continue mon explication :

— J'ai prié, je vous le jure. Sur la tombe de ma femme, Dieu sait que j'ai prié : n'importe qui sauf Carrie !

Alex Trimble entre dans la pièce accompagné de Jacobson ; ils s'adossent contre le mur, prêts à intervenir. Arrive ensuite la directrice du FBI, Elizabeth Greenfield.

— Vous avez été maligne jusqu'au bout, Carrie, dis-je. Vous nous avez orientés vers la ville natale de Nina, sans lâcher le nom vous-même.

Carolyn, visiblement moins affolée, fouille dans ses souvenirs.

— Vous l'avez mal épelé volontairement, chuchote-t-elle.

— Et vous étiez là pour nous corriger. Sokhoumi avec un seul « u ».

Carolyn ferme les yeux.

Je hoche la tête en direction de Liz Greenfield qui s'avance.

— Carolyn Brock, déclare-t-elle, vous êtes en état d'arrestation, pour espionnage et haute trahison. Vous avez le droit de garder le silence. Tout ce que vous direz pourra être retenu contre vous...

118

— Attendez une seconde ! Attendez !

La déclaration de la directrice du FBI, la lecture de ses droits déclenchent chez Carolyn Brock un mécanisme de défense. Elle brandit les mains en signe de protestation et se tourne vers moi.

— Nina voulait rentrer chez elle. C'était logique. Parce que je sais épeler le nom de la capitale d'une république du Caucase ça fait de moi un traître ? Vous ne pouvez pas... Monsieur le Président, après tout ce que nous avons traversé...

— Comment osez-vous ? Rien de ce que nous avons « traversé » ne vous permet de faire ce que vous avez fait.

— Je vous en prie, monsieur le Président. Est-ce que... vous et moi... on peut discuter ? Deux minutes. Donnez-moi juste deux petites minutes ? Je le mérite, non ?

Liz Greenfield fait un pas en direction de Carolyn. Je l'arrête d'un geste.

— Laissez-nous deux minutes, Liz. Cent vingt secondes chrono. Elle n'en aura pas une de plus.

— Monsieur le Président, ce n'est pas une bonne…

— Cent vingt secondes. Sortez, dis-je en indiquant la porte. Tous.

J'observe Carolyn tandis que les agents du Secret Service et la directrice du FBI quittent le Bureau Ovale. J'imagine les pensées qui se bousculent dans sa tête. Ses enfants, Morty, son mari. Les poursuites pénales. Le déshonneur. Elle doit trouver une porte de sortie. N'importe laquelle.

— Je vous écoute, dis-je une fois seuls.

Prenant une profonde inspiration, elle tend les mains, comme si elles indiquaient un début de solution.

— Réfléchissez à ce qui est arrivé aujourd'hui, monsieur le Président. Vous avez sauvé notre pays. Vous avez éliminé toute menace de destitution. Lester Rhodes va bouder dans son coin. Votre cote de popularité va grimper en flèche. Vous allez vivre un mandat comme jamais vous ne l'auriez rêvé. Pensez à tout ce que vous pourrez faire au cours de l'année et demie à venir – au cours des *cinq* années et demie à venir. À votre place dans l'histoire.

— Oui, mais…

— Imaginez les conséquences, monsieur, si vous m'accusez. Si vous me détruisez publiquement. Vous croyez que je vais prendre mes médocs comme une gentille petite fifille ? (Elle pose une main sur sa poitrine, incline la tête et poursuit avec une grimace :) Et que je ne vais pas me défendre ? La fouille du bureau de la vice-présidente, qu'est-ce que ça a donné ? Vous avez trouvé quelque chose ?

Son air de biche effrayée a définitivement disparu. Elle ne prend plus de gants. Elle a réfléchi à tout ça.

Évidemment. Elle n'a rien laissé au hasard. Carolyn Brock est impressionnante.

— Vous avez eu cent fois l'occasion de cacher ce téléphone dans son bureau. Kathy n'aurait pas été assez bête pour le laisser derrière une étagère, bon Dieu. Elle l'aurait brisé en mille morceaux.

— C'est vous qui le dites, réplique Carolyn Brock. Mes avocats ne seront pas de votre avis. Si vous me poursuivez pour trahison, j'en fais de même avec Katherine. Voyez la chance qui vous est offerte, monsieur le Président.

— Je m'en moque.

— Oh que non, répond-elle en contournant le bureau. Parce que vous voulez faire de belles choses à ce poste. Vous ne voudriez pas que votre plus grande victoire se transforme en scandale. « Trahison à la Maison Blanche. » Qui était le traître ? La plus proche conseillère du président, ou la vice-présidente en exercice ? Quelle importance ? C'est vous qui nous avez nommées. Vos choix vont être remis en question. Cet immense succès va se transformer en votre pire cauchemar. Ça vous chagrine, Jon ? Vous feriez mieux de tourner la page.

Elle s'avance jusqu'à moi, mains jointes, comme pour une prière :

— Pensez au pays. Aux gens, là, dehors, qui attendent que vous soyez un bon président. Un grand président.

Je me tais.

— Vous me faites ça, conclut-elle, et votre présidence est finie.

Liz Greenfield entre dans la pièce, me lance un regard interrogateur.

— Laissez-nous encore deux minutes, Liz.

À mon tour.

— Vous allez plaider coupable, dis-je à Carolyn, une fois que nous sommes de nouveau seuls. Mon choix sera critiqué, comme il doit l'être, de vous avoir nommée. Je m'en arrangerai. C'est un problème purement politique. Je ne vais pas balayer ça sous le tapis et vous regarder vous en tirer tranquillement. Vous plaiderez coupable.

— Monsieur le Pré…

— Des agents du Secret Service sont *morts*, Carrie. Nina est morte. J'aurais très bien pu être tué. Dans ce pays, ce n'est pas le genre de choses qu'on passe à la trappe.

— Monsieur…

— Vous voulez aller au procès ? Dans ce cas, vous expliquerez comment Nina a pu remettre ce premier message en mains propres à Kathy Brandt, alors que Nina était en Europe et que Kathy était ici, à Washington. Elle l'aurait envoyé par e-mail ? Fait livrer par FedEx ? Rien de tout ça ne serait passé sous les radars de notre sécurité. Mais vous, la chef de cabinet, pendant la dernière étape de notre voyage européen, à Séville ? Nina a très bien pu entrer dans cet hôtel et vous le remettre. Vous croyez que nous n'avons pas d'images des caméras de vidéosurveillance ? Le gouvernement espagnol nous les a transmises. Ce dernier jour en Espagne, quelques heures avant notre départ. Nina qui entre dans l'hôtel et en ressort une heure plus tard.

Les yeux de Carolyn se voilent.

— Et combien de temps avant que l'on réussisse à intercepter et décrypter les messages que vous avez envoyés à Suliman Cindoruk ?

Elle me regarde, horrifiée.

— Le FBI et le Mossad y travaillent en ce moment même. Vous l'avez tuyauté, n'est-ce pas ? Votre plan était fichu si Nina survivait. Si Augie et moi avions pu entrer dans son van au stade, on aurait trouvé un accord. J'aurais convaincu les Géorgiens de l'amnistier, elle m'aurait donné le mot de passe, vous n'auriez pas été une héroïne, et Kathy la manipulatrice. Et qui sait ? Peut-être même que Nina vous aurait oubliée.

Mesurant le désastre, Carolyn porte une main à son visage.

— Vous étiez mieux placée que quiconque pour joindre Suliman. C'est vous qui avez orchestré le premier appel via nos intermédiaires en Turquie. Vous auriez pu le refaire. Elle vous a tout dit, Carrie. J'ai lu le reste des SMS. Elle y expose tout son emploi du temps. Augie, le stade de baseball, le virus qui se déclenche à minuit. Elle vous faisait confiance, Carrie. Et vous l'avez tuée.

La fissure dans le mur qui fait céder le barrage ? Perdant toute retenue, Carolyn éclate en sanglots, tremblant de tout son corps.

Je suis plus triste que furieux. Carolyn et moi avons traversé tant de choses ensemble. Elle a tracé ma voie vers la présidence, elle m'a aidé à naviguer dans les champs de mines de Washington, elle a sacrifié d'innombrables heures de sommeil et une partie de sa vie de famille pour assurer le bon fonctionnement du Bureau Ovale. La meilleure chef de cabinet qui soit. Celle dont je n'aurais jamais osé rêver.

Au bout d'un moment, ses larmes finissent par se tarir. Elle prend sa tête entre ses mains. Elle est incapable de me regarder dans les yeux.

— Arrêtez de vous comporter comme une vulgaire criminelle, Carrie. Et faites le bon choix. Nous ne sommes pas dans un tribunal, nous sommes dans le Bureau Ovale. Comment avez-vous pu faire ça ?

— … dixit l'homme qui se trouve être président, répond-elle sur un ton que je ne lui ai jamais entendu.

Je découvre une facette de Carolyn qui m'a échappé durant toutes ces années passées à travailler ensemble. Elle relève la tête et me dévisage, ses traits déformés par une amertume que je ne lui connaissais pas.

— … dixit l'homme qui n'a pas vu *sa* carrière politique brisée pour un gros mot prononcé alors qu'un micro traînait.

Je suis passé complètement à côté de cette jalousie. De cette rancœur qui couvait en elle. C'est l'un des risques lorsqu'on est candidat, puis élu président. Il n'est question que de vous. Chaque minute de chaque heure de chaque jour, on se soucie de ce qui est le mieux pour le candidat, de ce dont le candidat a besoin, comment l'aider. Seul son nom est inscrit sur le bulletin. Et lorsque vous devenez président, la même histoire se répète quotidiennement. Puissance mille. Carolyn et moi avons tissé des liens, bien sûr. J'en suis venu à connaître sa famille. Mais sa rancune m'a totalement échappé. Elle était compétente. Je pensais qu'elle était fière de nos décisions, qu'elle trouvait le défi excitant, que le boulot lui plaisait et la comblait.

— J'imagine..., bredouille-t-elle, gênée, j'imagine que cette offre de pardon n'est plus d'actualité.

La chute a été brutale. Elle est entrée dans cette pièce avec l'idée qu'elle allait être nommée nouvelle vice-présidente, l'héroïne du jour. Et la voici qui implore pour éviter la prison.

Liz Greenfield réapparaît. Cette fois, je lui fais signe d'entrer.

Carolyn n'oppose aucune résistance quand le FBI l'embarque.

Tandis qu'on l'escorte hors du Bureau Ovale, elle se retourne mais sans parvenir à accrocher mon regard.

120

— Non. Non.

Suliman Cindoruk a les yeux rivés sur son téléphone et lit un « flash spécial » après l'autre sur les sites Internet, les variations du même gros titre :

IL AURAIT PU DÉTRUIRE L'AMÉRIQUE
LES ÉTATS-UNIS DÉJOUENT
UNE CYBERATTAQUE FATALE
LES ÉTATS-UNIS REPOUSSENT
LA MENACE D'UN VIRUS DESTRUCTEUR
LE CYBERVIRUS DES FILS DU DJIHAD
VISANT LES USA CONTRECARRÉ

Tous les articles révèlent un mot de passe – « Sokhoumi » – qui empêchera le virus de se déclencher.

Sokhoumi. Aucun doute maintenant. C'était Nina. Elle avait installé un coupe-circuit.

Suliman glisse la tête derrière la fenêtre du refuge. Il voit les deux soldats, toujours assis dans leur jeep, attendant les instructions.

Mais ceux qui l'ont fait conduire ici ne patienteront pas jusqu'à minuit, heure de la côte Est des États-Unis, pour voir si le virus est un succès ou un échec. Pas s'ils regardent les informations.

Il sort l'arme cachée dans sa chaussette, toujours chargée de son unique balle.

Puis il s'approche d'une porte donnant sur le jardin et les montagnes à l'arrière. Il essaie de l'ouvrir ; elle est verrouillée. Il tente sa chance avec l'unique fenêtre ; verrouillée elle aussi. Il examine la pièce spartiate, et aperçoit une petite table en verre. Il la balance contre le carreau, puis se sert de son arme pour casser les derniers bouts de vitre.

Il entend la porte s'ouvrir avec fracas et plonge, la tête la première, à travers la fenêtre, cramponné à son arme comme si c'était sa planche de salut. Il court vers les arbres et la végétation, qui lui assureront une couverture dans la pénombre.

Les soldats l'appellent ; il ne s'arrête pas. Son pied heurte une racine, il trébuche. Il s'étale de tout son long, le souffle coupé. Et son arme lui échappe.

Il hurle lorsqu'une balle transperce la semelle de sa chaussure. Il rampe vers sa droite, et un autre projectile vole dans les feuilles à côté de son bras. Il tâtonne à la recherche de son arme, en vain.

Les voix se rapprochent. Elles crient dans une langue qu'il ne connaît pas, le mettent en garde, semble-t-il.

Il ne parvient pas à retrouver son arme chargée de cette unique balle qui réglerait le problème. Il sait désormais qu'il en a le courage. Ils ne le prendront pas !

Mais il n'arrive pas à mettre la main dessus.

Il inspire profondément et prend une décision.

Il se relève, pivote pour leur faire face. Il joint ses deux mains vides, comme s'il braquait une arme sur les deux soldats.

En réaction, ceux-ci vident leurs chargeurs dans sa poitrine.

J'ouvre la porte de la pièce du sous-sol où la vice-présidente patientait, et reste sur le seuil. Elle se lève lorsqu'elle me voit.

— Monsieur le Président, dit-elle, plus perplexe que jamais. (Elle a les yeux cernés. Elle semble fatiguée et angoissée.) Je regardais…, ajoute-t-elle en coupant le son avec la télécommande.

Oui, CNN. Comme une citoyenne lambda ; et non comme la numéro deux du pays. Elle en paraît moins importante.

— Félicitations, me dit-elle.

Je me contente de hocher la tête.

— Ce n'était pas moi, monsieur.

Je jette à nouveau un coup d'œil sur l'écran, le virus Suliman en boucle et le mot de passe que nous avons découvert.

— Je sais.

Elle paraît soulagée.

— Votre offre de démission est toujours d'actualité ?

— Si vous la voulez, monsieur le Président, je vous la donne.

— C'est ce que vous souhaitez ? Démissionner ?

— Non, monsieur, non. (Elle lève les yeux vers moi.) Mais si vous n'avez plus confiance…

— Que feriez-vous si les rôles étaient inversés ?

— J'accepterais la démission.

Ce n'est pas ce à quoi je m'attendais. Je croise les bras et m'appuie contre le chambranle.

— J'ai refusé, monsieur le Président. J'imagine que vous le savez déjà si vous avez fait placer des micros dans ma limousine.

Ce qui n'est pas le cas. Le FBI ne pouvait y avoir accès sans en informer son service de sécurité. Mais ça, elle l'ignore.

— Je veux vous l'entendre dire.

— J'ai annoncé à Lester que je ne rameuterais pas les douze voix de chez nous dont il a besoin au Sénat, que c'était une limite que je ne pouvais pas franchir. Je… j'ai appris quelque chose sur moi-même, honnêtement.

— C'est formidable, Kathy. Mais on n'est pas sur le plateau de *Dr. Phil*. Vous avez manqué de loyauté rien qu'en acceptant ce rendez-vous.

— C'est vrai. (Elle joint les mains, puis me regarde.) On ne m'a pas posé de questions sur Lester quand je suis passée au détecteur de mensonges.

— Parce que la politique n'avait aucune importance. Pas à ce moment-là. Maintenant que la crise est passée, j'aimerais vraiment savoir si, oui ou non, je peux faire confiance à ma vice-présidente.

Elle n'ajoute rien.

— Alors, acceptez ma démission.

— Vous resteriez le temps que je vous trouve un remplaçant ?

— Oui, monsieur le Président. Bien sûr, lâche-t-elle, résignée.

— Qui devrais-je nommer ?

— Quelques noms me viennent à l'esprit. Mais un, plus que tout autre. Cela me fait mal de le dire. Et même très mal. Si j'étais à votre place, monsieur le Président, entre tous… je choisirais Carolyn Brock.

Au moins, je n'étais pas le seul.

— Kathy, votre démission est refusée. Maintenant, remettez-vous au boulot !

122

Bach se balance en écoutant la *Passion selon saint Matthieu*. Mais sans musique ni écouteurs – confisqués. Elle s'en remet à ses souvenirs des chœurs, du solo de la soprano dont elle avait l'habitude d'accompagner le chant. Elle s'imagine dans l'église, au XVIIIᵉ siècle, découvrant cette œuvre pour la première fois.

Elle sort de sa rêverie quand la porte de sa cellule s'ouvre.

L'homme qui entre est jeune, il a des cheveux blond-roux, il est en jean et chemise. Il a apporté une chaise qu'il place à côté du lit, et s'assoit.

Bach se redresse contre le mur, les pieds ballants. Ses poignets sont enchaînés.

— Je m'appelle Randy. Je suis le mec qui pose les questions gentiment. Mais j'ai un collègue moins sympa.

— Je… je connais la méthode.

— Et tu es… Catharina.

Elle ignore comment ils ont découvert son identité ; sans doute l'échantillon d'ADN qu'ils ont prélevé.

557

Peut-être un logiciel de reconnaissance faciale, mais elle en doute.

— C'est bien ça ? Catharina Dorothea Ninkovic. Catharina Dorothea, c'était la première fille de Johann Sebastian, n'est-ce pas ?

Elle ne répond pas. Elle ramasse le gobelet en carton et boit le reste d'eau.

— Puis-je te poser une question, Catharina ? Tu crois vraiment qu'on va prendre des pincettes avec toi parce que tu es enceinte ?

Elle s'agite sur le lit, une vulgaire plaque de métal.

— Tu as tenté d'assassiner un président.

— Si j'avais voulu assassiner un président, dit-elle en plissant les yeux, il serait mort.

Randy mène la danse et cela le réjouit. Il acquiesce, presque amusé :

— Je connais un tas de gens dans un tas de pays qui aimeraient bien avoir une petite discussion avec toi. Dont certains sont beaucoup moins regardants que nous en matière de droits de l'homme. On pourrait te transférer dans un de ces pays. Et il serait toujours temps pour eux de te renvoyer chez nous, enfin s'il reste quelque chose à renvoyer. Qu'en dis-tu, Bach ? En Ouganda ? Ou que dirais-tu du Nicaragua ? Les Jordaniens seraient aussi ravis de te voir. Ils semblent convaincus que tu as collé une balle entre les deux yeux de leur chef de la sécurité l'année dernière.

Elle attend qu'il ait fini de parler.

— Je vous dirai tout ce que vous voulez savoir, commence-t-elle après un silence. Mais j'ai une requête.

— Tu penses être en position de demander quoi que ce soit ?

— Quel que soit votre nom…

— Randy.

— … demandez-moi ce que je veux.

Il se cale sur sa chaise.

— D'accord, Catharina : qu'est-ce que tu veux ?

— Je le sais, je vais rester en détention jusqu'à la fin de mon existence. Je ne me fais aucune… illusion là-dessus.

— C'est un bon début.

— Je veux que ma fille naisse dans de bonnes conditions en Amérique. Et je veux qu'elle soit adoptée par mon frère.

— Ton frère, répète Randy.

Il est apparu derrière la maison voisine, alors qu'elle se trouvait près des ruines de leur habitation, caressant le visage tailladé de leur mère, attachée morte à un arbre.

— *C'est vrai ? demande-t-il en s'approchant, des larmes coulant sur les joues. (Il la regarde, regarde son fusil et l'arme coincée dans son pantalon.) C'est vrai, dis-moi ? Tu les as tués ? Tu as tué ces soldats !*

— *J'ai tué les soldats qui ont assassiné Papa.*

— *Et voilà le résultat, ils se sont vengés sur Maman ! Comment as-tu pu faire une chose pareille ?*

— *Je… je suis désolée… je…, bredouille-t-elle en s'approchant de son frère aîné qui recule, comme dégoûté.*

— *Non. Ne m'approche pas. Plus jamais. Jamais ! crie-t-il en tournant les talons.*

Il se met à courir. Vite. Elle le poursuit, le suppliant de revenir, hurlant son prénom, mais il disparaît.

Elle ne l'a jamais revu.

Pendant un temps, elle avait pensé qu'il était mort. Puis elle avait appris que l'orphelinat avait réussi à l'évacuer de Sarajevo. C'était plus facile pour les garçons que pour les filles.

Elle avait voulu lui rendre visite si souvent. Pour lui parler. Le serrer dans ses bras. Prendre le temps de l'écouter.

— Wilhelm Friedemann Herzog, dit Randy. Un violoniste qui vit à Vienne. Il a pris le nom de la famille autrichienne qui l'a adopté, mais il a gardé ses deux premiers prénoms. En hommage au fils aîné de Johann Sebastian Bach. J'y verrais bien comme une marque de fabrique.

Elle le fixe. Elle n'est pas particulièrement pressée.

— D'accord, tu veux que ton frère adopte ton enfant.

— Et je veux lui faire transférer tous mes avoirs financiers, et qu'un avocat établisse les documents nécessaires.

— Parce que tu penses que ton frère va vouloir de ton bébé ?

Cette question qui lui fait presque monter les larmes aux yeux, elle se l'est posée si souvent. Ce sera un choc pour son frère, pas de doute. Mais Wil est un homme bien. Son bébé sera du même sang que lui, et il ne pourra lui reprocher les péchés de sa mère. En outre, les quinze millions de dollars assureront à Delilah et à sa nouvelle famille une sécurité financière.

Et, plus important, Delilah ne sera jamais seule.

Randy secoue la tête.

— Tu vois, le problème c'est que tu me parles comme si tu avais les moyens de faire pression...

— Je peux vous fournir des informations sur des dizaines d'incidents internationaux survenus au cours de la dernière décennie. Les assassinats de nombreux officiels. Et vous dire pour qui j'ai effectué chaque boulot. Je vous assisterai au cours de vos enquêtes. Je témoignerai devant tous les tribunaux possibles. Je m'y engage, du moment que ma fille naît en Amérique et que mon frère l'adopte. Je vous parlerai de tous mes contrats, jusqu'au dernier.

Randy tient toujours son rôle, celui du type qui mène la danse, mais elle perçoit un changement dans son attitude.

— Y compris *celui-ci*, insiste-t-elle.

En passant par la porte est du Bureau Ovale, je gagne la roseraie, suivi d'Augie. Il fait lourd, et la pluie menace.

Rachel et moi avions l'habitude de flâner dans ce jardin tous les soirs après le dîner. C'est pendant l'une de ces promenades qu'elle m'a annoncé la récidive de son cancer.

— Je ne suis pas certain de t'avoir remercié en bonne et due forme, dis-je à Augie.

— Pas la peine.

— Et qu'est-ce que tu comptes faire maintenant ?

— Ça, je ne sais pas, lâche-t-il dans un haussement d'épaules. Nous… Nina et moi n'avions qu'une idée en tête : rentrer à Sokhoumi.

De nouveau ce mot. « Tendance », comme ils disent sur Internet en ce moment. Il me poursuivra jusque dans mes cauchemars.

— Le truc marrant, poursuit Augie, c'est qu'on savait que notre plan pouvait échouer. Et que Suliman allait envoyer des hommes à nos trousses. Mais on

ignorait comment vous alliez réagir. Il y avait tellement de...

— Variables.

— Oui c'est ça, des variables. Et pourtant, on en
parlait toujours comme si c'était une évidence. Nina
imaginait la maison qu'elle voulait s'offrir, à moins
d'un kilomètre de chez ses parents, pas loin de la mer.
Elle pensait aux prénoms qu'elle donnerait un jour à
nos enfants.

Son émotion est palpable, les larmes brillent dans
ses yeux. Je pose une main sur son épaule :

— Tu pourrais rester ici. Travailler pour nous.

Il se mord la lèvre.

— Je n'ai pas... de visa. Je n'ai pas...

— De ce côté-là, je devrais pouvoir faire quelque
chose. J'ai quelques contacts.

— Oui, bien sûr, répond-il avec un sourire, mais...

— Augie, je ne peux pas risquer un nouvel épisode
de ce genre. On a eu de la chance cette fois-ci. Mais
à l'avenir, il nous faudra sans doute plus que de la
chance. On doit être mieux préparés. J'ai besoin de
gens comme toi. J'ai besoin de toi.

Il détourne le regard vers les roses, les jonquilles
et les jacinthes. Rachel connaissait les noms de toutes
les fleurs de ce jardin. Moi, je sais seulement qu'elles
sont magnifiques. Et elles le sont plus que jamais en
cette saison.

— L'Amérique, dit-il, comme s'il envisageait la
chose. Il va falloir que je me mette au base-ball.

Cela fait du bien de rire ; cela faisait longtemps.

DIMANCHE

124

— Votre Majesté, dis-je au téléphone au roi Saad ibn Saoud d'Arabie Saoudite.

Assis à ma table dans le Bureau Ovale, je porte une tasse de café à mes lèvres. D'habitude je n'en bois pas l'après-midi, mais avec deux heures de sommeil et le vendredi et le samedi que nous avons passés, des mesures exceptionnelles s'imposent.

— Monsieur le Président, répond le roi. Il semblerait que vous avez vécu des journées mouvementées.

— Tout comme vous. Comment allez-vous ?

— Je suppose qu'un Américain dirait qu'il s'en est fallu d'un cheveu. Dans mon cas, c'est presque vrai. J'ai eu la chance que le complot ait été déjoué avant qu'ils ne puissent attenter à ma vie. Je suis béni. L'ordre a été restauré dans notre royaume.

— En temps normal, Votre Majesté, je vous aurais appelé en personne, après avoir appris cette tentative de putsch. Mais, vu les circonstances…

— Inutile de m'expliquer, monsieur le Président. Je comprends parfaitement. Vous avez été informé, je crois, de la raison de mon appel.

— La directrice de la CIA me l'a précisé, oui.

— Très bien. Comme vous le savez, monsieur le Président, la famille royale saoudienne est aussi grande que disparate.

Doux euphémisme. La dynastie saoudienne compte plusieurs milliers de membres, et de nombreuses branches. La plupart ont peu ou pas d'influence et se contentent d'empocher de gros chèques en pétrodollars. Mais même au sein de la branche régnante, dont le nombre de membres avoisine les deux mille, il y a des clans et des hiérarchies. Et, comme dans toute famille et toute hiérarchie politique, de multiples rancœurs et jalousies sévissent. Lorsque Saad ibn Saoud a damé le pion à de nombreux rivaux pour devenir roi, il y avait largement de quoi fomenter et financer le complot qui nous a tous menés au bord du chaos.

— Le clan qui a tenté ce coup d'État a subi mon… courroux.

— Félicitations, Votre Majesté, pour votre sens de la litote et pour avoir démasqué les conspirateurs.

— À ma grande honte, ces funestes plans ont germé sans que j'en sois informé. Ça s'est passé sous mon nez, comme vous diriez, et je ne m'en suis pas aperçu. Une lacune de nos services de renseignement à laquelle, je peux vous l'assurer, nous allons remédier.

Ce sentiment d'avoir loupé quelque chose, je connais.

— Quel était exactement leur plan ? Que voulaient-ils ?

— Un retour à une autre époque. Un monde sans Amérique dominante, et de ce fait avec un Israël moins fort. Ils voulaient régner sur le royaume saoudien et le Moyen-Orient. Leur intention, telle que je l'ai comprise, n'était pas tant de détruire l'Amérique que de l'affaiblir pour qu'elle ne soit plus une superpuissance. Un retour à une autre époque, comme je l'ai dit. Une domination régionale. Et plus de superpuissance globale.

— On aurait tellement à faire avec nos propres problèmes, qu'on en oublierait le Moyen-Orient, c'était ça l'idée ?

— Oui, c'est un bon résumé de leurs motivations, si irréalistes soient-elles.

Pas sûr que ce projet ait été si farfelu. C'est presque devenu réalité. Je continue de songer à l'inimaginable – que serait-il arrivé si Nina n'avait pas installé ce mot de passe pour désactiver le virus ? Et si elle ne nous avait pas envoyé ce « coucou » pour nous prévenir ? Et sans Nina et Augie, nous n'aurions jamais rien su. Dark Ages serait devenu une réalité. Nous aurions été paralysés.

Paralysés, pas achevés. Mais, de leur point de vue, paralysés aurait suffi. Trop occupés par nos soucis pour nous inquiéter du reste du monde.

Ils ne voulaient pas nous détruire. Ils ne voulaient pas nous rayer de la surface de la terre. Ils voulaient juste nous affaiblir pour nous forcer à nous retirer de cette partie du monde.

— Les interrogatoires ont été un succès, précise le roi.

Les Saoudiens ont un peu plus de marge de manœuvre que nous en ce qui concerne les techniques d'« interrogatoire ».

— Ils ont parlé ?

— Bien sûr, réplique-t-il, comme si c'était une évidence. Et nous tiendrons à votre disposition toutes ces informations.

— J'apprécie.

— En résumé, monsieur le Président, cette bande de félons a versé des sommes faramineuses à une organisation terroriste, les Fils du Djihad, afin qu'ils détruisent les infrastructures américaines. Apparemment, ils avaient aussi engagé une tueuse pour éliminer les Fils du Djihad ayant fait défection.

— Oui. Nous l'avons capturée.

— Et elle coopère ?

— Oui, nous sommes parvenus à un accord.

— Alors vous savez peut-être déjà ce que je suis sur le point de vous révéler.

— Peut-être, Votre Majesté. Mais j'aimerais quand même vous l'entendre dire.

— Je vous en prie, asseyez-vous, dis-je.

Nous sommes dans la *Roosevelt Room*. Normalement, nous devrions être dans le Bureau Ovale. Mais il est hors de question que j'y aie cette conversation.

L'ambassadeur déboutonne sa veste et s'installe. Je m'assois au bout de la table.

— Inutile de vous dire, monsieur le Président, que nous sommes ravis des résultats obtenus hier. Et nous nous réjouissons d'avoir pu contribuer, même modestement, à votre succès.

— Oui, monsieur l'ambassadeur.

— Andrei, je vous en prie.

Andrei Ivanenko pourrait jouer le papy dans une pub pour céréales. Il a le sommet du crâne chauve, parsemé de taches, quelques cheveux blancs clairsemés, et l'air globalement mal fagoté.

Une allure qui convient mal à sa stature d'ambassadeur. Mais sous ces dehors inoffensifs, Ivanenko est un espion, un pur produit de l'élite de feu le KGB.

— Vous auriez davantage contribué à notre succès en nous prévenant.

— En vous… prévenant ? Je ne comprends pas.

— La Russie savait, Andrei. Vous saviez ce que mijotaient certains membres de la famille royale saoudienne. Vous souhaitiez la même chose qu'eux. Pas nous détruire totalement, mais nous affaiblir suffisamment pour nous priver de toute influence. Pour que nous ne soyons plus un obstacle à vos ambitions. Vous auriez reformé l'empire soviétique, pendant que nous pansions nos plaies.

— Monsieur le Président, lâche-t-il, incrédule.

Ce type pourrait vous regarder droit dans les yeux en vous soutenant que la terre est plate, que le soleil se lève à l'ouest, que la lune est un gros fromage persillé, et réussir haut la main un passage au polygraphe.

— Les traîtres saoudiens vous ont balancés.

— Les gens désespérés, monsieur le Président, disent tout ce qu'on…

— La tueuse que vous avez embauchée nous raconte la même chose. Leurs versions sont trop…. similaires pour être fausses. Nous avons retrouvé la trace de l'argent. L'argent que la Russie a transféré aux mercenaires – aux Ratnici. Et à Bach.

— Des mercenaires ? Bach ?

— Et comme par hasard, Bach et les mercenaires ont attendu le départ de la délégation russe pour attaquer.

— C'est… c'est une accusation sans fondement.

J'acquiesce, le gratifiant d'un sourire glacial.

— Bien sûr, vous vous êtes servis de fusibles. Les Russes ne sont pas idiots. Vos dénégations seront plausibles. Mais pas avec moi.

D'après ce que nous ont raconté les détenus saoudiens, Suliman leur a glissé l'idée, et ils ont grassement rémunéré ses services. La Russie n'est pas à l'origine de cette affaire mais elle était au courant. Affolés à l'idée de transférer leur argent, les Saoudiens ont fait appel à des intermédiaires russes, comprenant qu'ils souhaitaient autant qu'eux mettre les États-Unis à genoux. En plus de transférer les fonds, la Russie a fourni les mercenaires et Bach, la tueuse.

Je me lève.

— Andrei, il est temps que vous partiez.

— Monsieur le Président, dit-il en se levant à son tour, dès mon retour à l'ambassade, je serai en contact avec le président Tchernokev, et je suis con…

— Cette conversation, Andrei, vous allez l'avoir avec lui, en personne.

Il se fige.

— Vous êtes expulsé. Je vous mets dans un avion pour Moscou, sur-le-champ. Le reste de l'ambassade a jusqu'au coucher du soleil pour décamper.

Sa mâchoire s'affaisse. Premier signe d'inquiétude.

— Vous fermez l'ambassade russe aux États-Unis ? Vous rompez les relations diplo…

— Et ce n'est qu'un début. Lorsque vous verrez la liste des sanctions que nous avons prévues, vous allez regretter le jour où vous avez pactisé avec ces dissidents saoudiens. Oh, et ces systèmes de défense antimissiles que la Lettonie et la Lituanie nous ont réclamés ? Ceux que vous nous avez demandé de ne pas leur vendre ? Ne vous inquiétez pas, Andrei, nous ne les leur vendrons pas.

Il déglutit, son expression se radoucit.

— Eh bien, au moins, monsieur le Pré…

— On va les leur livrer gracieusement.

— Je… Monsieur le Président, je dois… je ne peux pas…

Je m'approche de lui, si près qu'il me suffirait de chuchoter. Mais je n'en fais rien.

— Dites à Tchernokev qu'il a de la chance que nous ayons arrêté ce virus avant qu'il ne fasse des dégâts. Sinon la Russie aurait été en guerre avec l'OTAN. Et la Russie aurait perdu. Ne vous avisez plus jamais de me chercher, Andrei. Et au passage, ne vous mêlez pas de nos élections. Après mon discours de demain, vous aurez largement de quoi vous occuper à truquer les vôtres. Maintenant, foutez le camp de mon pays !

126

JoAnn entre dans le Bureau Ovale, où je me trouve avec Sam Haber, à passer en revue le topo de la Sécurité intérieure et à évaluer les retombées du virus Suliman.

— Monsieur le Président, j'ai le président de la Chambre au téléphone.

Je regarde Sam, puis JoAnn.

— Pas maintenant.

— Il a annulé l'audition devant la Commission d'enquête spéciale, monsieur. Il demande à ce que vous vous adressiez devant le Congrès demain soir.

Pas étonnant. Lester Rhodes a publiquement changé de discours depuis que nous avons arrêté le virus.

— Dites-lui que je ne manquerais ça pour rien au monde.

LUNDI

127

— Monsieur le président de la Chambre, annonce l'huissier, le président des États-Unis !

Les membres de la Chambre des représentants et du Sénat sont debout quand je pénètre dans la salle des séances, accompagné de ma délégation. J'ai toujours aimé m'exprimer devant le Congrès. Alors que je remonte l'allée, je goûte le cérémoniel et le bruissement des conversations encore plus qu'à l'accoutumée. Il y a encore une semaine, c'est le dernier endroit où j'aurais imaginé être ce soir. Et les deux derniers auxquels je me serais attendu à serrer la main sont les deux personnes que je salue sur l'estrade : la vice-présidente, Katherine Brandt, et le président de la Chambre des représentants, Lester Rhodes.

Face au Congrès, mon prompteur prêt, je prends le temps de savourer ce moment. L'occasion qui m'est donnée. La chance de notre nation.

Nous avons réussi, me dis-je intérieurement. Et si nous sommes capables de cela, rien ne nous est impossible.

128

Madame la vice-présidente, monsieur le président de la Chambre, mesdames et messieurs les membres du Congrès, mes chers concitoyens :

Hier soir, une valeureuse équipe de fonctionnaires américains, avec l'aide de deux proches alliés et d'un courageux ressortissant étranger, a déjoué l'une des plus redoutables cyberattaques jamais lancées contre les États-Unis ou contre toute autre nation.

Si elle avait réussi, cette attaque aurait paralysé nos forces armées, effacé toutes nos données financières, détruit notre réseau électrique, nos moyens de communication, nos systèmes de distribution et de traitement de l'eau, déconnecté nos téléphones portables, voire davantage. Les conséquences de cette attaque auraient également provoqué la mort d'un très grand nombre de personnes et eu un impact sur la santé de millions d'Américains. Elle aurait conduit à une crise économique plus dramatique encore que celle de 1929, à des émeutes dans tout le pays, et eu des répercussions à l'échelle mondiale. Il aurait fallu des années pour réparer les dégâts et une décennie – peut-être plus –

pour retrouver un équilibre économique, politique et militaire.

Nous savons que cette attaque a été ourdie et lancée par un certain Suliman Cindoruk, un terroriste turc non croyant, en échange d'une impressionnante somme d'argent et, apparemment, pour goûter au plaisir de s'en prendre aux États-Unis. Le projet était financé par un petit groupe de très riches princes saoudiens. Ils avaient l'intention de profiter de l'absence des États-Unis sur la scène internationale pour renverser le roi d'Arabie Saoudite et confisquer la fortune de la branche régnante de la famille royale, puis de se réconcilier avec l'Iran et la Syrie afin d'établir un califat technocratique moderne qui, grâce à la science et la technologie, aurait conduit le monde musulman vers un nouvel âge d'or.

Malheureusement, dans cette histoire il y a un autre participant à cet axe du mal : la Russie. Samedi, j'ai convié le président russe, le chancelier allemand et la Première ministre d'Israël sur une base opérationnelle installée non loin d'ici, en Virginie, pour leurs compétences reconnues en matière de cybersécurité et, dans le cas de la Russie, en matière de cyberattaques. Le chancelier et la Première ministre nous ont soutenus et aidés. Chaque Américain a une dette envers l'Allemagne et Israël.

Le président russe n'a pas jugé bon de se joindre à nous et a préféré envoyer son Premier ministre. Nous savons aujourd'hui qu'ils ont soutenu cette attaque. Tout d'abord, il faut savoir que les Russes étaient au courant dès le départ et qu'ils se sont bien gardés de nous en informer, même après ma demande. Ensuite, afin de préserver l'anonymat de ces princes saoudiens, ils ont transféré les fonds exigés par Suliman et sont allés jusqu'à engager des mercenaires et une tueuse. Ils espéraient profiter de notre faiblesse, non pour nous anéantir avec leur arme nucléaire, mais pour renforcer leur emprise sur leurs voisins, et asseoir ainsi leur pouvoir et leur influence partout dans le monde. Au moment de son départ, samedi soir, j'ai fait part au Premier ministre de nos soupçons et lui ai assuré que notre réponse ne se ferait pas attendre. Hier, j'ai pris une première mesure en expulsant l'ambassadeur de Russie, ainsi que tous les personnels consulaires russes présents sur notre territoire. La deuxième mesure visera à s'assurer que le monde entier apprenne que les Russes sont de piètres porteurs de valises.

Les Saoudiens n'ignorent plus rien de ce plan. Ils s'occupent de leurs traîtres.

Et, croyant ou pas, Suliman est parti rejoindre son créateur.

Samedi, rien de tout cela n'était encore joué. Au cours des dernières heures de cette course frénétique contre la montre, notre base a été prise d'assaut par des tueurs professionnels parfaitement entraînés – la troisième attaque du genre depuis que j'avais quitté la Maison Blanche pour m'occuper de cette affaire. De nombreux assaillants ont été tués. Malheureusement, deux courageux agents du Secret Service ont sacrifié leur vie pour sauver la mienne, et pour sauver notre pays, au moment où l'un et l'autre étaient menacés. Ces deux hommes sont de véritables héros.

Une autre personne a également été tuée. Une jeune femme, le cerveau de cette cyberbombe qui, avec son compagnon, a heureusement décidé de renoncer. Ils ont déserté les rangs de cette opération voulue par Suliman Cindoruk et, par des canaux pour le moins originaux, nous ont prévenus et aidés à empêcher l'attaque, en tentant d'échapper à la colère de Cindoruk et à ses sbires. Seul le jeune homme a survécu. S'ils n'avaient pas retrouvé un peu d'humanité à temps, l'issue dont nous nous félicitons aujourd'hui aurait sans doute été très différente.

Ils ne souhaitaient traiter qu'avec moi et m'ont fixé rendez-vous dans un lieu public très fréquenté. C'est la raison pour laquelle votre président avait disparu.

Il s'est passé beaucoup de choses au cours des derniers jours. Dès que cela sera possible, nous vous révélerons plus de détails. Il reste encore quelques questions ainsi que des problèmes de sécurité à régler.

Pendant mon absence, les médias se sont emballés, et pour cause. Où étais-je ? Pourquoi avais-je disparu ? Qu'est-ce que je faisais ? Avant tout ça, j'avais accepté, contre l'avis de mes conseillers, de passer devant une Commission d'enquête de la Chambre, mise en place pour décider ou non d'engager une procédure d'*impeachment*.

En mon absence, les spéculations sont allées bon train. Des médias bienveillants ont suggéré que ma maladie était en train de m'emporter, ou que j'étais victime d'une dépression due au surmenage, à ma cote de popularité en baisse et au chagrin dû au décès de ma femme. Des médias moins indulgents ont tout de suite songé au pire : j'étais en cavale et détenteur de comptes secrets bien garnis, j'avais trahi mon pays en le vendant au plus célèbre terroriste de la planète et au pays le plus prompt à corrompre notre démocratie.

Pour être franc, à l'exception de mon ancienne chef de cabinet, je n'avais dit à personne ce que je faisais ni pourquoi. Pas même à la vice-présidente Katherine Brandt, qui m'aurait succédé si j'avais été assassiné hier soir.

Je n'en ai pas informé non plus les leaders du Congrès car je pensais qu'ils ne seraient pas capables de garder le secret. Si l'affaire avait été révélée au grand jour, cela aurait pu déclencher une panique nationale et miné nos efforts pour déjouer l'attaque. Pire encore, nous soupçonnions qu'il y avait un traître au sein même du petit cercle de personnes au courant de la menace. En dehors de mon ancienne chef de cabinet, de la directrice du FBI et de moi-même, six personnes, dont la vice-présidente, pouvaient être soupçonnées. Nous n'avions pas encore trouvé l'identité du traître au moment où il m'a fallu disparaître, j'ai donc dû laisser la vice-présidente dans l'ignorance.

Après ma disparition, le président de la Chambre des représentants l'a informée qu'il avait les voix nécessaires pour ma mise en accusation à la Chambre, mais qu'il avait besoin de quelques voix supplémentaires dans notre camp pour atteindre les deux tiers nécessaires au Sénat, en vue de ma destitution. Il lui a demandé de l'aider à obtenir ces voix, affirmant qu'il se moquait bien qu'elle devienne présidente parce que mon éviction lui assurerait le contrôle de la Chambre des représentants et du calendrier législatif pour un bout de temps.

À son crédit éternel, la vice-présidente a refusé de le suivre.

Je ne dis pas cela pour raviver la vieille querelle qui m'oppose au président de la Chambre, mais pour crever l'abcès et repartir sur de nouvelles bases. Nous aurions dû combattre cette menace ensemble, au-delà de toute ligne partisane.

Notre démocratie ne peut survivre à la dérive actuelle vers l'extrémisme et la rancune exacerbée. Aujourd'hui, en Amérique, c'est « nous contre eux ». La politique est un sport impitoyable. Le résultat, c'est une méfiance accrue à l'égard de tous ceux qui ne font pas partie de notre petite bulle, tandis que notre capacité à résoudre les problèmes et à saisir les occasions en pâtit.

Nous devons faire mieux. Nous avons certes des divergences. Nous avons besoin de débattre avec vigueur. Le scepticisme, lorsqu'il est mesuré, est une bonne chose. Il nous préserve de pécher par naïveté ou cynisme. Mais il est impossible de protéger la démocratie lorsque la confiance est perdue.

Les libertés inscrites dans la Déclaration des droits et les garde-fous de notre Constitution ont été élaborés pour lutter contre les maux que nous nous infligeons. Et comme le révèle notre longue histoire, ces lois fondamentales doivent être appliquées par des personnes chargées de leur donner vie à chaque nouvelle époque.

C'est ainsi que les Afro-Américains se sont battus pour devenir égaux devant la loi. Une longue et douloureuse croisade, qui n'est toujours pas achevée. Il en va de même pour les droits des femmes, des travailleurs, des immigrés, des personnes handicapées. Ainsi que de la lutte pour défendre les libertés religieuses et garantir l'égalité aux personnes, sans considération d'orientations sexuelles ni de genre.

Ces combats ont été remportés de haute lutte, menés sur des terrains incertains et mouvants. Chaque avancée a déclenché de vives réactions de la part de ceux dont les intérêts et les croyances étaient menacés.

Aujourd'hui, les changements sont si rapides, noyés dans un brouillard d'information et de désinformation, que nos identités mêmes sont mises au défi.

Que signifie être américain aujourd'hui ? Cette question trouvera sa réponse si nous revenons aux valeurs qui nous ont portés jusqu'ici : accroître le champ des possibles et de la liberté, renforcer les liens de la communauté. N'abandonner, n'exclure, ne mépriser personne.

Nous devons nous réatteler à cette mission, avec énergie et humilité, en sachant que notre temps est compté et que le pouvoir n'est pas une fin en soi mais le moyen de mener à bien ces réformes nobles et nécessaires.

Le rêve américain fonctionne lorsque notre humanité commune importe plus que nos intérêts particuliers, et lorsque, ensemble, nous créons des possibilités infinies.

C'est une Amérique qui mérite qu'on se batte – et même qu'on se sacrifie – pour elle. Et, plus important encore, c'est une Amérique qui mérite qu'on vive et travaille pour elle.

Je n'ai pas trahi mon pays, ni le serment que j'ai fait de le protéger et de le servir quand j'ai disparu pour combattre ce que nous avons fini par appeler

Dark Ages. Tout comme je ne l'ai pas trahi quand, prisonnier de guerre en Irak, j'ai été torturé. Je n'ai pas trahi parce que je ne le pouvais pas. J'aime trop mon pays, et je souhaite que les États-Unis soient libres et prospères, en paix et en sécurité, et ne cessent de progresser pour les générations à venir.

Je ne dis pas cela pour me vanter. Je pense que la plupart d'entre vous, à ma place, auraient fait la même chose. J'espère que vous me ferez confiance pour prendre un nouveau départ.

Mes chers concitoyens, nous venons d'éviter la menace la plus grave depuis la Seconde Guerre mondiale. L'Amérique se voit offrir une deuxième chance. Que nous ne pouvons pas gâcher. Et nous n'avons d'autre choix que de la saisir tous ensemble.

Je pense que nous devrions commencer par réformer et protéger notre système électoral. Toute personne ayant le droit de vote devrait pouvoir l'exercer simplement, sans redouter d'être rayée des listes électorales, sans craindre que la machine ne soit piratée et ne prenne pas en compte sa voix. Et, partout où c'est possible, les circonscriptions devraient être redécoupées par des Commissions électorales non partisanes, afin de mieux représenter la diversité de nos opinions, l'une des forces de notre nation.

Songez au grand pas que nous ferions si l'on dépassait les aspirations de notre base électorale pour répondre à celles du plus grand nombre. Nous apprendrions à nous écouter davantage, et à moins nous dénigrer. Cela aiderait à forger la confiance nécessaire pour bâtir des fondations communes. Sur ces bases-là, nous pourrions amener les zones défavorisées vers l'économie moderne : l'accès à Internet partout, des énergies propres pour tous, et une meilleure répartition du travail ; un régime fiscal récompensant l'investissement dans les régions peu développées, qui encouragerait les chefs d'entreprise et les gros investisseurs à aider tout le monde, et pas seulement eux-mêmes.

Nous pourrions engager une réelle réforme en matière d'immigration, mais sans fermer nos frontières à ceux qui viennent ici en quête de sécurité et d'un avenir meilleur pour leurs familles. Notre taux de natalité atteint un seuil critique quant au renouvellement des générations. Nous avons besoin de rêveurs et de travailleurs, de spécialistes et d'entrepreneurs pour doper l'emploi et l'économie.

Nous devrions mieux former et accompagner nos forces de l'ordre, ainsi que les responsables des différentes communautés, afin d'empêcher les morts de civils innocents, d'accroître la sécurité de nos policiers et de réduire la criminalité. Et des lois plus strictes sur le port d'arme : préserver le droit d'en posséder une pour la chasse et le tir sportif, mais en priver ceux qui ne doivent en aucun cas en avoir une entre les mains, et en finir avec les tueries de masse. Il serait aussi temps d'avoir un vrai débat sur le changement climatique. Rassembler les meilleures idées pour lutter contre la menace, tout en créant des entreprises de pointe et les emplois inhérents. Avec les progrès en robotique et en intelligence artificielle, nous en aurons besoin.

Nous pourrions faire tellement plus pour endiguer la crise de santé publique due aux opiacés. Moins stigmatiser et mieux informer tous ceux qui ignorent qu'ils risquent leur vie, et s'assurer que chaque Américain pourra s'offrir des traitements abordables et efficaces.

Et revoir le budget de la Défense. Pour être en adéquation avec les réelles menaces de cyberattaques en perpétuelle évolution. De manière à ce que nos défenses soient sans égales. Et nous avons la stature pour persuader d'autres nations de travailler avec nous afin de réduire le risque partout, cela avant de devoir affronter une nouvelle apocalypse. La prochaine fois, nous n'aurons sans doute pas la chance de voir deux petits génies étrangers voler à notre secours.

Songez combien ce serait bénéfique si chaque matin nous arrivions au travail en nous demandant : « Qui pourrais-je aider aujourd'hui et comment faire ? » Plutôt que : « À qui puis-je nuire et combien vais-je pouvoir en tirer ? »

Nos Pères fondateurs nous ont confié une mission essentielle : former une « union plus parfaite ». Et ils nous ont laissé un système de gouvernance assez solide pour préserver nos libertés, et assez souple pour affronter les défis propres à chaque époque. Ces deux cadeaux nous ont déjà portés très loin. Nous devons cesser de les tenir pour acquis, et même de les mettre en péril pour un bénéfice dérisoire. Jusqu'à la nuit dernière, la plupart de nos faiblesses, y compris les carences de nos cyberdéfenses, nous ne les devions qu'à nous-mêmes.

Dieu merci, notre avenir est un champ de possibilités, et non de ruines desquelles il nous faudrait renaître.

Nous le devons à nos enfants, à nous-mêmes, aux milliards de personnes honnêtes à travers le monde qui espèrent voir en nous une source d'inspiration et un exemple, afin de tirer profit de cette seconde chance.

Souvenons-nous de cette soirée comme de la célébration d'un désastre évité, et offrons un nouvel élan à nos vies, à notre avenir et préservons l'honneur sacré de notre Union.

Que Dieu bénisse les États-Unis d'Amérique et tous ceux qui en ont fait leur foyer.

Merci. Bonsoir.

ÉPILOGUE

Après ce discours, mon pourcentage d'opinions favorables dans les sondages est passé de moins de 30 à plus de 80 pour cent. Je savais que ça n'allait pas durer mais c'était agréable de sortir des oubliettes.

On m'a reproché d'avoir instrumentalisé ce discours pour faire avancer mon programme, mais je voulais informer les Américains de ce que je souhaitais pour eux, et laisser toutes les portes ouvertes pour travailler avec l'autre camp.

Le président de la Chambre y a contribué à son corps défendant. En moins de deux semaines le Congrès a voté, à majorité bipartite, une loi visant à des élections plus transparentes, ouvertes à tous et plus fiables. Mais aussi le déblocage de budgets pour une transition vers un système qui ne puisse pas être piraté, à commencer par le retour du bon vieux bulletin papier. Le reste des mesures est en attente, mais j'ai bon espoir qu'avec de justes compromis, nous puissions faire davantage. Il y a même eu des avancées sur l'interdiction des armes de guerre et un projet de loi visant à imposer des vérifications drastiques sur les futurs détenteurs.

Le président de la Chambre réfléchit toujours à son prochain coup. Il était furieux que je le critique, mais soulagé que je ne sois pas allé jusqu'à raconter aux Américains qu'il voulait que la vice-présidente Katherine Brandt nomme sa fille à la Cour suprême en remerciement de lui avoir offert la présidence.

Carolyn Brock a été mise en examen, et devra répondre, entre autres, de haute trahison, d'actes de terrorisme, de divulgation d'informations classifiées, d'assassinat, d'association de malfaiteurs et d'entrave au bon déroulement de la justice. Ses avocats négocient une reconnaissance préalable de culpabilité, espérant lui éviter une peine de prison à vie. C'est un crève-cœur et, à bien des égards, elle a trahi tout ce que nous avions accompli en travaillant si dur, le brillant avenir qui lui était promis si elle n'avait pas cédé à une folle ambition. Mais, plus que tout, c'est l'impact de cette histoire sur sa famille qui me désole. Il m'arrive encore, perdu dans mes pensées sur des questions épineuses, de prononcer son nom.

J'ai finalement accepté que le Dr Lane m'administre le traitement protéiné, en plus d'injections de stéroïdes. Mon taux de plaquettes est confortablement installé à six chiffres. Je me sens mieux et je ne m'inquiète pas de tomber raide si je suis un peu en retard pour prendre mes pilules. Et ne pas se faire tirer dessus est fort agréable.

Dieu merci, ma fille a pu reprendre le cours normal de sa vie.

Le traitement de l'actualité par les médias traditionnels, qu'ils soient de droite ou de gauche, est maintenant plus honnête, pas tant à cause de mon discours, que par l'attitude des Américains qui, du moins pour le moment, se détournent des extrêmes pour aller vers des médias où l'analyse prime sur les attaques personnelles.

J'ai envoyé quelqu'un s'occuper du vétéran rencontré dans la rue après ma disparition. Il a été pris en charge et reçoit de l'aide pour trouver un emploi décent et un logement abordable. Et il semblerait que le Congrès va débloquer des fonds afin d'essayer de réduire le nombre de tueries, d'accroître la sécurité de nos forces de police et de mettre en place des associations de voisins qui travailleraient conjointement avec la police.

J'ignore ce que l'avenir nous réserve. Mais le pays que j'aime a signé un nouveau bail.

À la fin de la Convention de Philadelphie, une citoyenne avait demandé à Benjamin Franklin quel genre de régime politique nos Pères fondateurs nous avaient choisi. Il avait répondu : « Une république, si vous pouvez la garder. » C'est une tâche dont aucun président ne peut s'acquitter seul. Il nous revient à tous de la préserver. Et de la faire rayonner.

REMERCIEMENTS

Pour leur aide précieuse sur les questions techniques, un grand merci à John Melton qui a servi dans le 75ᵉ Régiment des Rangers de 1992 à 1994 ; à James Wagner ; à Thomas Kinzler, et à Richard Clarke qui a servi sous quatre présidents comme conseiller à la Sécurité et à la Lutte anti-terroriste.

Le Livre de Poche s'engage pour
l'environnement en réduisant
l'empreinte carbone de ses livres.
Celle de cet exemplaire est de :
400 g éq. CO$_2$
Rendez-vous sur
www.livredepoche-durable.fr

PAPIER À BASE DE
FIBRES CERTIFIÉES

Composition réalisée par NORD COMPO

Achevé d'imprimer en France par
CPI BRODARD & TAUPIN (72200 La Flèche)
en mai 2019
N° d'impression : 3033850
Dépôt légal 1re publication : juin 2019
LIBRAIRIE GÉNÉRALE FRANÇAISE
21, rue du Montparnasse – 75298 Paris Cedex 06